LA CARTE DES CONFINS

L'autrice

Enfant, **Marie Reppelin** passait son temps à lire, ce qui ne dérangeait pas ses parents, même si cela les obligeait à l'appeler quatre fois pour passer à table. Aujourd'hui, elle est libraire, anime des réseaux sociaux dédiés à ses lectures sous le pseudo Muffinsandbooks et, apparemment, vient d'écrire son premier roman. Elle habite à Lyon, a la larme facile, surtout quand ses personnages préférés meurent (ça arrive souvent), et ne sort jamais de chez elle sans un livre dans son sac. Au cas où.

MARIE REPPELIN

LA CARTE DES CONFINS

POCKET JEUNESSE
PKJ·

Directeur de collection :
Xavier d'Almeida

Contribution :
Marianne Joly

Loi n° 49 956 du 16 juillet 1949 sur les publications destinées à la jeunesse : mai 2021

ISBN : 978-2-266-31066-6
Dépôt légal : mai 2021

À mes parents : vous voyez toutes les particules d'amour ?...
À Marion : ma Blorp qui a toujours été là.

Les légendes parlent d'une carte.
Une carte capable de vous guider jusqu'aux confins du monde...
et de les franchir.
Une carte vers le plus beau des trésors : un nouveau monde.

CHAPITRE 1
BLAKE

La taverne est bruyante et, si je dois être tout à fait honnête, malodorante. Bien sûr, je ne m'attendais pas à mieux. Je suis dans cette ville depuis moins de deux heures et mon avis est déjà arrêté : petite, sale, inintéressante. La seule chose qui m'empêche de mettre les voiles immédiatement, c'est mon rendez-vous. S'il se révèle concluant, j'aurais largement compensé les heures perdues dans ce bouge infâme.

La porte d'entrée s'ouvre pour laisser passer trois hommes barbus qui rient aux éclats. Ils se dirigent vers le comptoir pour commander.

— Allons, capitaine. Un peu de patience, m'encourage Bold, mon second. Il n'a que dix minutes de retard.

— Je sais. Mais la patience n'est pas mon fort et l'enjeu est trop important pour que je reste calme.

Bold n'ajoute rien. Il me connaît parfaitement : c'était le second de mon père et, lorsque j'ai repris le bateau et les activités, il m'a soutenu. C'est en partie grâce à lui que je suis capitaine, à seulement vingt-deux ans. Et pas juste capitaine. Je possède *L'Avalon*, un bateau fantastique, dirigé par l'un des équipages de pirates le plus célèbre au monde. Je suis fier de cette renommée. Mon père était un bon capitaine, et un bon pirate, mais tout le monde s'accorde à dire que je le surpasse déjà. Et ce n'est que le début.

Un soudain fracas vient me distraire de mes sombres pensées : deux hommes passablement ivres se sont jetés l'un sur l'autre près du comptoir. Tandis que le tavernier tente de les séparer, d'autres clients les encouragent avec des rires gras. Pour ma part, je les regarde s'affronter avec indifférence : ce genre de scène est courant dans les tavernes. Ce qui l'est moins, c'est ce qui se passe lorsqu'un des deux hommes fait un grand geste du bras. Une langue de flammes rougeoyantes s'élève de sa main pour embraser le manteau de son adversaire. Celui-ci crie et se roule par terre pour étouffer le brasier qui le menace, sous les yeux ébahis des badauds.

Je comprends la situation une poignée de seconde avant les autres ; l'homme a utilisé la magie pour terrasser son rival. Ce n'est pas très malin : tout le monde sait que la magie est prohibée dans tous les royaumes du continent. J'ai moi-même un sorcier à bord, Al, et il sait très bien à quoi s'en tenir quand nous faisons escale. Discrétion et retenue sont les maîtres mots. Cet homme au comptoir n'a de toute évidence pas eu l'information, ou peut-être est-il trop soûl pour s'en rappeler. Il semble toutefois réaliser son erreur et fait quelques pas titubants vers la sortie, mais le tavernier est plus rapide que lui : s'emparant d'une bouteille, il l'abat avec force sur le crâne du fauteur de troubles qui s'effondre au sol avec un bruit sourd. Dans le silence qui s'est installé depuis l'utilisation de la magie proscrite, le propriétaire ordonne qu'on aille chercher les gardes. Il ne leur faut pas plus de dix minutes pour arriver et embarquer le sorcier. Lorsque la porte se ferme derrière eux, les conversations reprennent, d'abord dans un murmure, avant de retrouver très vite leur niveau sonore habituel.

Quelques minutes après, la porte s'ouvre de nouveau et une silhouette encapuchonnée fait son entrée. Pas de doute possible : c'est la personne que j'attends. Enfin.

Bold se lève après mon signe de tête. Le nouvel arrivant promène son regard sur la salle. Nous avons beau avoir choisi une table isolée dans un recoin, il est difficile de nous louper : Bold mesure deux mètres et c'est un vrai colosse aux muscles saillants et à la peau noire comme l'eau des profondeurs.

L'inconnu se rapproche de nous d'un pas vif et gracieux, sa cape serrée contre lui. Lorsqu'il se plante devant nous, il jauge Bold un moment avant d'incliner la tête vers moi. Je suis en droit d'attendre des salutations, voire des présentations, mais rien ne vient, alors je finis par prendre la parole :

— Vous êtes en retard.

Un haussement d'épaules est la seule réponse à ma pique. Je tâche de garder mon sang-froid. Mon interlocuteur n'est pas bavard. Soit. Je ferai avec.

— Asseyez-vous. Nous avons à discuter.

Sans un mot, il s'installe en face de moi. Bold nous observe un instant avant de s'éloigner pour nous laisser discuter et s'assurer que nous ne serons pas dérangés.

La capuche de mon interlocuteur m'empêche de bien le voir et le juger. J'estime que la personne en dessous doit faire un peu moins d'un mètre soixante-dix et qu'elle est de stature fine. Je ne perçois pas de danger immédiat, pourtant mon instinct me crie de me méfier.

— Vous buvez quelque chose ?

Nouveau haussement d'épaules. Je commence à me lasser.

— Si vous ne parlez pas, ça risque de compliquer les négociations. Je n'ai pas de temps à perdre. Je trouverai ce que je cherche ailleurs…

— Ça m'étonnerait.

Je sursaute. La voix est douce et posée. Elle est surtout indubitablement féminine. C'est pour le moins troublant.

Bien sûr, aucune loi ne spécifie que les receleurs ne peuvent être des femmes. Seulement, c'est un travail difficile et dangereux, surtout lorsqu'il touche aux objets magiques. Face à moi, la fille semble prendre une décision. D'un geste rapide, elle ôte sa capuche, révélant ainsi son visage.

Je dois reconnaître qu'elle est plutôt jolie. Pour le bien de ces tractations, j'aurais préféré avoir affaire à un gros homme bedonnant et puant. Au lieu de ça, ses yeux sont d'un vert saisissant, une couleur qui n'est pas sans rappeler celle de l'océan les jours de soleil. Ses cheveux, d'un roux tirant vers le cuivre, tombent en cascade sur ses épaules avant de disparaître sous sa cape noire. Son visage délicat est couvert de taches de son. Celles-ci s'étalent sur son nez et le haut de ses joues, créant une étrange constellation sur sa peau plutôt pâle. Malgré ses traits fins, elle ne sourit pas.

Je comprends soudain pourquoi elle fait ce travail. Entre cette détermination qui se lit sur son visage et son allure d'ange, elle doit être capable de négocier n'importe quelle vente et de s'en sortir sans encombre. Malheureusement pour elle, je ne compte pas me laisser embobiner facilement.

— Je ne m'attendais pas à ça, je reconnais.

— À quoi ? demande-t-elle d'une voix toujours aussi calme.

— À négocier avec une fille.

— Dans ce cas, tout va bien, puisque je suis une femme.

J'ouvre la bouche lorsqu'elle me prend de court :

— Je croyais que vous n'aviez pas de temps à perdre. Pouvons-nous éviter les propos cyniques et en venir au fait ?

Je ravale les répliques cinglantes qui me viennent. Si je dois supporter cette gamine pour obtenir ce que je veux, alors soit.

— Vous avez l'objet ?

Elle jette un coup d'œil à la ronde et sort un emballage noir de sa poche. Avec précaution, elle déroule les bandelettes de tissu qui protègent l'objet de mes désirs, révélant le compas que je recherche depuis des mois.

À première vue, il s'agit d'un compas marin tout ce qu'il y a de plus banal. Un cadran en argent, les indications classiques et une flèche qui ne cesse de s'agiter dans tous les sens.

— J'en demande dix mille pièces.

— Rien que ça…

— C'est une boussole très spéciale, vous n'êtes pas sans le savoir.

— C'est un compas marin.

Je la corrige malgré moi, trop absorbé par la contemplation de l'objet. Mais l'appellation exacte semble revêtir peu d'importance à ses yeux. Après tout, boussoles et compas nous indiquent le chemin à suivre. Mais pour celui que je cherche à emprunter, il me faut quelque chose de bien particulier.

— Comment puis-je être sûr qu'il s'agit d'un compas magique ?

En réponse à ma question, la receleuse la désigne du menton.

— Faites un test.

Je saisis l'objet. Il est plus lourd que je ne le pensais, mais ça ne veut pas dire que c'est *le* compas que je recherche. Les rumeurs racontent beaucoup de choses à son propos, notamment qu'il aurait été créé par magie il y a de cela des centaines d'années, qu'il aurait permis aux plus grands explorateurs de trouver leur chemin et, plus récemment, qu'il serait tombé entre les mains d'un puissant sorcier. J'ai peu d'espoir qu'il s'agisse du bon compas, mais je dois en avoir le cœur net. Je ferme les yeux, me concentre sur une image et me répète : *C'est ce que je désire le plus, c'est ce que je désire le plus, c'est ce que je désire le plus.*

Lorsque je rouvre les yeux, la pointe de la flèche est dirigée vers la pinte posée sur ma table. Je souris. Par l'Océan, c'est lui.

— Il fonctionne.

— Et votre plus grand désir à cet instant, c'est une pinte de bière, constate la jeune fille en face de moi.

Elle lève les yeux au ciel.

— Ah, les pirates !

À contrecœur, je repose le compas et prends le temps de boire une gorgée de bière. J'ai besoin de ce compas. Néanmoins, même si je reconnais sa valeur, je n'ai pas envie de donner dix mille pièces d'or à cette gamine.

— Cinq mille.

— C'est dix mille ou rien.

— Je ne paierai pas tant.

— Ça me brise le cœur, ironise-t-elle à ma grande surprise. J'imagine que je n'ai plus rien à faire ici, dans ce cas. J'ai d'autres acheteurs à voir.

Elle esquisse un mouvement et je lui agrippe le bras pour la retenir. Mon geste fait remonter sa manche et révèle un tatouage complexe qui fait le tour de son poignet. Elle me regarde avec intensité et je me rends compte que je la serre un peu trop fort : je relâche mon étreinte, les lèvres pincées.

— Ne bougez pas, je siffle entre mes dents.

Elle obéit, tout en remettant sa manche.

— Je n'ai pas de temps à perdre, capitaine.

Je ne suis même pas surpris qu'elle sache qui je suis : le contraire m'aurait même vexé. Moi aussi, j'ai entendu parler d'elle. Rien de précis, bien sûr, mais, de nos jours, les bons receleurs sont rares : avec l'augmentation des mesures de sécurité décrétées par les différents gouvernements du continent, peu de personnes osent encore se lancer dans cette voie dangereuse. Rois, reines, ducs et autres gouvernants semblent arriver à leurs fins beaucoup trop facilement : le peuple devient docile. De moins en moins de voleurs, de receleurs et de trafics louches. Heureusement pour moi et mon activité, j'ai gardé des contacts. Il suffit de s'adresser aux bonnes personnes. Celles qui n'auront pas peur de se mettre en danger, de mentir, et qui ne craignent pas les autorités. La fille en face de moi entre apparemment dans cette catégorie.

C'est du moins ce que m'a dit Mennons, mon contact, lorsqu'il m'a parlé de ce « fameux voleur ». En quelques années, la fille s'est fait un nom dans le milieu. En y mettant les moyens, elle peut vous obtenir n'importe quoi… sauf si cela touche à la magie. Cette information m'a d'abord inquiété car, alors, comment pouvait-elle être en possession du compas que je recherchais ? Puis, lorsque Mennons m'a répété qu'elle assurait l'avoir, cela m'a intrigué. Le commerce d'objet magique bat son plein et pourrait la rendre riche en un rien de temps. A-t-elle peur des conséquences qui menacent ceux qui usent de tels artefacts ? En la voyant aujourd'hui, je suis plus enclin à croire qu'il s'agit de prudence de sa part. Elle m'a l'air bien trop maligne pour se laisser embarquer dans des histoires de magie qui pourraient lui coûter la vie. Alors, tandis qu'elle attend ma réponse en silence, je passe à l'offensive :

— Vous avez certainement des centaines d'autres clients prêts à débourser les dix mille pièces d'or pour le compas. Je me trompe ?

Je poursuis sans lui laisser le temps de répondre :

— Allons, je sais que vous êtes pressée de vous en débarrasser, sans quoi vous n'auriez pas accepté un rendez-vous dans une taverne miteuse moins de deux jours après avoir reçu mon message. Vous n'avez pas envie de vous frotter au trafic d'objets magiques, je me trompe ? Si on apprend que vous êtes en possession de ce précieux compas, vous serez traquée : les autorités vous trouveront, et vous serez jetée en prison… ou vous serez exécutée.

Nos regards s'affrontent quelques instants.

— Que me proposez-vous ? finit-elle par dire.

— Cinq mille pièces d'or et je vous en débarrasse. Vous pourrez dire à tout le monde que vous n'avez plus le compas. Vous pourrez même leur donner mon nom, si ça vous chante.

— Car, naturellement, personne n'irait chercher des ennuis à Blake Jackson, capitaine du légendaire *Avalon* et de son célèbre équipage de pirates.

J'affiche un sourire que je sais suffisant et écarte les bras, comme pour m'incliner. Je suis brutalement ramené sur terre par son ton dédaigneux.

— Votre bateau n'est pas très discret.

— Vous non plus, je rétorque en désignant une mèche de ses cheveux cuivrés. Alors ? Nous avons un accord ?

— J'en veux huit mille pièces. Vous les avez sur vous ?

— Vous savez bien que non.

— Alors je crains que nous ne puissions faire affaire ce soir.

— Vous ne me faites pas confiance pour vous payer demain ?

— Vous savez bien que non.

Mon sourire s'élargit. Ce qui s'annonçait comme un moment de négociations tendu se révèle une conversation pleine d'esprit avec une magnifique jeune fille. Comme quoi, tout arrive.

— Qu'est-ce qui m'empêche de vous tuer ici et maintenant ? Je prends le compas et j'économise six mille pièces.

— Huit mille. Et vous seriez mort avant que vous ou votre acolyte n'esquissiez le moindre geste.

J'ai envie d'éclater de rire devant cette menace ridicule puis je me fige soudainement. Je viens de réaliser que, depuis le début de notre conversation, une de ses mains est cachée sous la table. Pas besoin d'être un génie pour comprendre qu'elle pointe une arme sur moi. Lorsque je reporte mon attention sur son visage, je suis surpris de voir qu'un léger sourire s'est dessiné sur ses lèvres.

Je me suis fait avoir comme un moussaillon et ça a l'air de l'amuser au plus haut point.

Ne t'énerve pas, Blake. Concentre-toi. Ce n'est pas le moment de flancher. Pense au compas. Pense à la Carte. Pense à la gloire.

— Bien joué. J'imagine donc qu'on n'a plus qu'à se donner rendez-vous ici demain soir. Même heure, même endroit ?

— N'oubliez pas l'argent.

Je me contente d'un hochement de tête. Elle m'imite avant d'empocher le compas d'un geste rapide. Je l'observe qui se relève calmement et remet sa capuche, mais je suis sûr qu'elle a vu l'étincelle d'envie dans mon regard au moment où le compas m'est passé sous le nez. Avant que j'aie le temps de dire ou de faire quoi que ce soit, elle se penche vers moi, attrape ma bière et en boit une gorgée.

— À demain, capitaine Jackson, finit-elle par me murmurer.

J'aperçois la mine moqueuse de Bold alors qu'elle s'éloigne, et mon sourire se transforme en grimace. Dans quel pétrin me suis-je encore fourré ?

CHAPITRE 2
BLAKE

Je rentre sur *L'Avalon* au petit matin, épuisé et le cerveau en ébullition. Bold et moi avons retourné la situation dans tous les sens : peut-être que le compas ne fonctionnera pas ? peut-être qu'il ne me mènera pas à la Carte ? peut-être que la fille va me trahir, peut-être qu'elle va essayer de me rouler ? Mais c'est un risque que je dois prendre. Malgré ce que j'ai laissé penser pendant notre conversation, je ne suis pas à huit mille pièces d'or près.

Je dors une bonne partie de la journée et quand vient le soir, je rejoins le village. Mes hommes ne sont pas particulièrement ravis à l'idée de rester à quai, mais leurs objections s'éteignent quand je leur donne quartier libre pour la soirée. Il n'y a rien qui réjouisse plus un pirate qu'une soirée à terre, avec de la bière, du rhum et des femmes. Sauf la perspective d'une bonne bataille. Mais rien ne dit que ce n'est pas au programme ce soir.

Lorsque j'arrive dans le centre de la petite ville, accompagné de Bold, je remarque immédiatement que quelque chose a changé. Même si la soirée ne fait que commencer, beaucoup de volets sont déjà fermés, et il y a des gardes partout. Les seules personnes dans la rue semblent se hâter de rentrer chez elles, effrayées.

Je m'approche d'un garde qui sursaute.

— Hé, l'ami, que se passe-t-il, ici ?

Il est jeune, sans doute la vingtaine, et il est évident qu'il est mort de trouille. À cause de ce qui se trame ou à cause de moi ? Je ne suis peut-être pas aussi impressionnant que Bold, mais avec mon mètre quatre-vingt-dix, ma tenue noire de capitaine et toutes les armes que je transporte, on y réfléchit généralement à deux fois avant de me provoquer. Et si on connaît mon nom et ma réputation, on évite de me bousculer.

Le garde scrute autour de lui avant de me chuchoter quelques mots à toute vitesse :

— On a reçu des informations. Un receleur d'objets magiques serait dans la ville. On a ordre de le trouver et de l'arrêter.

C'est donc ça. Elle s'est fait repérer. Pas si maligne que ça, finalement.

Le garde perd toute mon attention lorsque j'aperçois un visage familier auprès du capitaine de la milice. Petit, dégarni et grisonnant, Mennons est un hors-la-loi spécialisé dans la transmission d'informations et de messages. C'est lui qui nous a arrangé le rendez-vous avec la receleuse. Le voici en train d'empocher une bourse bien remplie puis de tourner les talons pour disparaître dans une ruelle. Maudit soit-il.

Il a mis en place ce rendez-vous, puis a vendu la receleuse pour se faire de l'argent. C'est rusé, je dois le reconnaître, mais ça n'arrange pas mes affaires. Ou… peut-être que si. Je réfléchis à toute allure. Une solution aussi simple qu'immorale s'impose à moi. Une solution qui me permettrait d'économiser huit mille pièces d'or et de prendre le dessus sur cette fillette qui pensait pouvoir traiter avec le capitaine Jackson. Une pointe de culpabilité me traverse quand je pense aux conséquences pour la receleuse, cependant je la chasse bien vite. Il y a des tas de jolies filles, mais, à ma connaissance, il n'y a qu'un seul compas magique. Et si celui-ci peut me mener à la Carte, alors au diable les scrupules. J'esquisse un sourire mauvais avant de me diriger vers le capitaine des gardes, d'un pas décidé.

— Chef, le salué-je, un brin moqueur.

Il me regarde d'un air méfiant. Tout en moi clame « pirate », et on n'a jamais fait bon ménage avec l'autorité. Pourtant, aujourd'hui, je suis là pour agir comme un citoyen modèle.

— Il paraît que vous recherchez un receleur…

***

Moins d'une heure plus tard, la fille est au milieu de la place, prête à être jugée.

Elle se tient droite, malgré la foule qui lui fait face. Les mains attachées dans le dos, elle est entourée de deux sentinelles armées de lances. Il paraît qu'elle a failli s'enfuir en assommant trois gardes tout à l'heure, ce que je trouve plutôt cocasse.

Le procès est rapide. Elle n'essaie pas de nier, ce qui serait difficile puisqu'elle a été trouvée avec deux sacs remplis à ras bord d'objets précieux en tout genre. Personne n'a envie de faire traîner les choses, la sanction tombe donc rapidement. Elle sera pendue demain matin. En attendant, c'est la prison. J'éprouve de nouveau une pointe de culpabilité en entendant la sentence, mais comme le maire enchaîne en prononçant la confiscation de tous ses biens, je m'en remets très vite.

Lorsqu'elle est emmenée par les gardes jusqu'au poste, elle passe devant Bold et moi. Ses yeux me transpercent telles des dagues. Je la regarde s'éloigner, pensif.

Le procès suivant ne m'intéresse pas autant, mais je ne peux pas dire qu'il me surprend. Il s'agit du sorcier de la taverne. Là encore, les charges et la sentence sont limpides : l'usage de la magie le condamne au bûcher. Il crie des insultes alors qu'on le traîne jusqu'à un bûcher monté à la hâte rien que pour lui. Lorsque les premières flammes lèchent ses pieds, je ne détourne pas le regard.

La magie n'a jamais autant été crainte et admirée à la fois. Les objets magiques s'arrachent comme des petits pains, des collectionneurs font des pieds et des mains pour acheter des grimoires aux écritures incompréhensibles qu'ils gardent bien cachés pour éviter toutes représailles. En revanche, si quiconque est surpris en train de s'adonner à la magie, ou même soupçonné de la pratiquer… c'en est fini de lui. Les temps étaient plus tolérants, jadis. Mais depuis la réapparition du Sorcier Noir, une créature qui semble sortie tout droit des Enfers, les royaumes du continent se sont lancés dans une guerre contre toute manifestation magique. Et pourtant, malgré leurs efforts et leurs mesures répressives, cela fait bien une dizaine d'années que le Sorcier Noir sème la terreur partout où il passe.

J'ai toujours été fasciné par la magie et ce qu'elle permet d'accomplir. Une mauvaise expérience m'a toutefois découragé d'y avoir recours moi-même : je ne suis pas assez téméraire pour me frotter à des forces qui me dépassent. La plupart du temps, je me contente de l'observer de loin, ou d'admirer de petits miracles comme ceux qu'Al peut accomplir.

Mais aujourd'hui, je dois viser plus haut.

Il me faut ce compas.

Les cris du pauvre homme ont cessé depuis longtemps quand je me détourne et me fraie un chemin à travers la foule compacte qui s'est rassemblée pour assister à son trépas.

Je passe quelques heures à la taverne où les ragots vont bon train. Mes hommes s'amusent bruyamment et je les laisse faire. Ils l'ont mérité et nous serons bientôt de retour en mer, où les distractions ne sont pas légion.

Vers 2 heures du matin, je m'esquive discrètement. Seul Bold remarque mon manège et il secoue la tête en plissant les yeux. Nous n'en avons pas parlé, mais je sais qu'il désapprouve mon plan et ma trahison. Il aimerait que je sois un peu plus humain et que je fasse preuve de plus d'empathie. Il me rabâche cela depuis que je suis gosse, mais, bizarrement, lorsque mon manque d'humanité ou de compassion nous mène à une grosse prise, il ne dit plus rien.

Je rejoins sans tarder la place principale et vérifie qu'il n'y a plus de lumière dans la maison du maire. Il vit au-dessus de son office, mais cela ne devrait pas poser de problème : je suis aussi discret qu'une ombre, aussi silencieux qu'un chat. Je passe par-derrière et crochète la serrure en quelques secondes. La porte s'ouvre avec un léger grincement et je redouble de prudence pour passer le seuil. Une fois à l'intérieur, je prends soin de fermer les volets avant d'allumer une lanterne. Je trouve rapidement les sacs avec les affaires de la fille : le maire n'a pas pris le temps de les vider ou même de les cacher. Sans doute avait-il trop peur de tomber sur un objet magique qui le transformerait en pierre.

Le nombre de trésors que cette fille possède est impressionnant. Il y a là suffisamment d'objets pour la rendre riche. Je ne retiens pas mes instincts et j'en fourre certains dans mes poches. Après tout, demain, la receleuse sera morte. Ça serait dommage que de si beaux objets se perdent : ils iront à merveille avec le reste de mon butin, bien caché sur *L'Avalon*.

Mes poches sont très vite remplies mais je ne me réjouis pas autant que je le devrais. Au bout d'une heure de recherches, je dois me rendre à l'évidence.

Le compas n'est pas là.

Je jure un peu plus fort que nécessaire et fouille à la hâte tout l'étage, au cas où le maire aurait déplacé le compas.

Rien.

La petite maligne. Elle s'est assurée que je ne puisse pas mettre la main sur le compas, même s'il lui arrivait quelque chose. Elle s'est peut-être même arrangée pour le garder sur elle. Un nouveau juron m'échappe. Il est presque 3 h 30. Il faut que je sorte d'ici.

J'ai encore un arrêt à faire avant de retourner sur *L'Avalon* et de mettre les voiles.

***

M'introduire dans la prison est un jeu d'enfant.

J'ai appris à crocheter des serrures presque avant de savoir marcher, et je n'ai encore jamais rencontré de verrou qui me résiste. Deux geôles aux barreaux rouillés et trois gardes endormis, ce n'est pas vraiment un défi à ma hauteur.

La fille est assise par terre, enroulée dans sa cape noire. Elle tourne la tête vers moi sans paraître étonnée. Nous nous regardons un instant.

— Des remords, capitaine ? finit-elle par dire, sans prendre la peine de baisser le ton.

Une odeur d'alcool emplit l'air : les gardes ne se réveilleront pas avant un moment…

— Je ne vous ai pas vue à la taverne, je m'inquiétais…

Elle lève les yeux au ciel.

— Vous m'avez dénoncée.

— Pas tout à fait. Ils vous cherchaient déjà, je les ai juste orientés.

— Vous n'avez aucun honneur.

— Je suis un pirate, c'est tout. Pourquoi payer pour le compas quand je peux l'avoir gracieusement ? D'ailleurs, où est-il ?

— Ah… y aurait-il une faille dans votre plan, capitaine ?

— Juste un léger contretemps.

Elle arbore un sourire moqueur qui m'agace prodigieusement.

— Je crains fort de ne l'avoir caché hier soir, après notre rencontre, soupire-t-elle avec un air faussement navré. Bon courage pour le retrouver une fois que je serai morte.

Elle a sans doute été fouillée avant d'être jetée dans cette cellule. Inutile d'espérer que les gardes soient passés à côté du compas.

— Dites-moi où il se trouve.

— Et qu'est-ce que j'en retirerais ?

— Rien, c'est vrai, dis-je en haussant les épaules. Mais étant donné que vous allez mourir, ça ne devrait pas trop vous gêner.

Elle lève de nouveau les yeux au ciel. Mais au lieu de m'envoyer au diable ou de m'insulter comme le font la plupart des gens, elle se contente de me toiser avec dédain. Je ne l'impressionne pas, pas plus que le fait d'être dans une geôle avec comme seule option de sortie l'exécution en place publique.

— Vous n'avez pas peur de mourir, dis-je, un peu surpris.

C'est rare de rencontrer des gens, surtout si jeunes, qui acceptent avec autant de calme l'idée de leur mort. Me cache-t-elle quelque chose ? Est-elle tout bonnement suicidaire ?

La fille se met debout, époussette sa cape et la longue robe foncée qu'elle porte en dessous, puis elle se plante devant moi, les poings sur les hanches. Malgré les barreaux qui nous séparent, elle est très proche de moi.

— Écoutez, *capitaine*, commence-t-elle, la voix pleine d'ironie. Malgré notre charmante discussion d'hier soir, vous ne savez rien de moi, alors n'essayez pas de m'attendrir ou de m'effrayer avec votre psychologie de bas étage. Je ne vous révélerais la cachette du compas que si vous me proposez quelque chose en échange.

Par tous les dieux, cette fille est aussi agaçante qu'intéressante. Elle ne me laisse guère le choix.

— Très bien, dans ce cas, je vous propose un marché.

Elle plisse les yeux, puis m'invite à poursuivre d'un geste de la main.

— Je suis tout ouïe, capitaine.

— Vous m'indiquez l'endroit où est caché le compas. Je vais le chercher et, une fois que je l'aurai entre les mains, je viendrai vous libérer. Vous pourrez fuir loin de ce trou à rat. Vous serez vivante et j'aurai mon compas. Ça me semble équitable.

Elle éclate de rire.

— Bien tenté. Hélas, je n'ai aucune confiance en vous. Je suggère donc que vous me libériez dès maintenant et que je vous dise ensuite où est le compas. Sans oublier le moment où vous me donnez mes huit mille pièces.

J'éclate de rire à mon tour.

— Le problème, c'est que je n'ai pas plus confiance en vous que vous en moi. Qu'est-ce qui m'assure que vous n'allez pas filer avec le compas aussitôt que je vous aurai libérée ?

— Qui ici a déjà dénoncé quelqu'un pour obtenir ce qu'il souhaite ? Je pense être la plus honnête de nous deux.

— J'en doute fort, voleuse.

— Ne soyez pas méprisant… pirate.

C'est plus fort que moi : je souris de nouveau. Décidément, cette fille est incroyable. Elle semble se ficher totalement de me plaire, elle ne cherche pas à m'attendrir pour que je l'aide. Je dois avouer que c'est agréable. Elle est telle qu'hier soir, quand elle menait les négociations : forte, ferme et belle – même si ce dernier point n'a rien à voir dans l'histoire. Ou peut-être que si. Si c'était un homme, je l'aurais déjà menacé et peut-être torturé pour qu'il m'avoue où se trouve le compas.

— C'est d'accord, je lâche avec un soupir. Je vous libère, vous m'indiquez où est le compas, et on est quittes.

Elle n'hésite pas longtemps avant de hocher la tête. Son empressement me fait réfléchir. Peut-être qu'elle n'est pas si calme que ça, au final. Peut-être que j'aurais dû négocier mieux que cela. Marmonnant dans ma barbe, je me penche vers la serrure pour la crocheter quand elle reprend la parole :

— Je veux que vous le juriez.

Oh, grands dieux, on ne va pas y passer la nuit !

— Je jure que…

— Sur l'Océan.

Je m'arrête net. Jurer sur l'Océan, c'est jurer sur le dieu le plus puissant qui soit, pour nous, les pirates. C'est le serment le plus important qui puisse exister. Quiconque le rompt s'expose à des répercussions terribles. L'Océan peut le bannir, l'avaler, lui faire subir mille morts. Et si ce n'est pas lui qui le punit, ça sera les autres pirates. Un pirate qui jure sur l'Océan mais ne respecte pas sa parole deviendra un paria et sera chassé par ses confrères. C'est la plus grande disgrâce qui soit.

— Très bien, finis-je par dire. Je jure sur l'Océan de vous libérer et de ne pas vous tuer dès que vous m'aurez révélé comment récupérer le compas.

Je marque une pause mais elle reste immobile, les bras croisés sur la poitrine, me regardant avec insistance.

— Mon or, dit-elle simplement.

Je serre les poings, franchement agacé.

— Et je jure aussi de vous donner vos cinq mille pièces d'or.

— Huit mille.

— Vos huit mille pièces d'or ! Satisfaite ?

— Très, sourit-elle. Maintenant, si vous vouliez bien me faire sortir…

Je lève les yeux au ciel. Il semblerait que son tic soit contagieux.

Sortir de la prison s'avère aussi facile que d'y entrer. La fille derrière moi est tellement silencieuse que je me retourne plusieurs fois pour vérifier qu'elle ne m'a pas faussé compagnie. Une fois dans la rue, je tourne au coin d'une maison et bute contre deux personnes qui arrivent en face.

— Ma parole, que…

Le maire est accompagné d'une femme que je jurerais avoir vue à la taverne quelques heures plus tôt, en train d'essayer de séduire un de mes hommes. J'ai une pensée compatissante pour madame la maire qui dort tranquillement chez elle en ignorant les frasques de son mari…

— Que faites-vous ? Vous vous enfuyez ! À l'aide, à moi la garde !

Sa voix est étonnamment puissante pour un homme aussi petit. Je le fais taire d'un coup de poing au visage. La femme nous regarde d'un air apeuré et je lui fais signe de déguerpir.

Malheureusement, les hurlements du maire ont attiré du monde et j'entends déjà des pas qui martèlent le sol pavé. Le raffut a sans doute réveillé les gardes de la prison : ils risquent de passer un sale quart d'heure quand le maire comprendra qu'ils ont failli à leur mission.

Je saisis la main de la fille et me mets à courir. Elle me suit sans résister et j'essaie de me souvenir du chemin le plus court pour retourner à *L'Avalon*. Toutes les rues se ressemblent, dans ce maudit bourg.

Des cris nous forcent à ralentir. Apercevant la lumière des torches, je bifurque et m'engage dans une ruelle sombre. Là, je me glisse dans un recoin et la fille me rejoint très vite. Nous sommes tous les deux hors d'haleine, attentifs au moindre bruit.

Lorsque nos poursuivants passent près de nous sans s'arrêter, je ferme les yeux de soulagement. Je suis fort, mais pas au point d'affronter seul la garde tout entière et, une fois n'est pas coutume, je préfère me faire discret. Nous attendons que les battements de nos cœurs se calment. C'est là que je réalise deux choses. D'abord que le recoin est très étroit et que je suis affreusement proche de la fille. Son corps est collé contre le mien et, si c'est loin d'être désagréable, ressentir les battements de son cœur contre ma propre poitrine est une sensation étrange. Ensuite que je tiens toujours sa main. Je regarde nos doigts entrelacés, presque surpris, et elle les retire d'un geste brusque, comme si elle venait elle aussi d'en prendre conscience.

— Eh bien, la soirée prend une tournure intéressante, murmuré-je à son oreille, avec un sourire qu'elle ne peut pas voir. On pourrait peut-être suivre l'exemple de monsieur le maire et son… amie.

— Taisez-vous, répond-elle sur le même ton, rien que l'idée me donne envie de vomir.

Son souffle chatouille mon cou et provoque des frissons dans tout mon corps.

— Très bien, alors parlons de nos affaires. Je vous ai fait sortir de la prison, à votre tour d'honorer votre part du contrat. Où est le compas ?

— Mais pour l'amour du Ciel, vous n'avez que cette question à la bouche !

— Nous avons un accord.

— Je sais. Seulement, le compas est caché derrière le temple, et y accéder avec la moitié des gardes à nos trousses relève de l'impossible. Il faudra revenir plus tard.

— Non, on y va maintenant. Nous avons un accord, répété-je d'un air buté.

— Qui stipule que je dois vous indiquer comment récupérer le compas. C'est chose faite. Pour avoir plus de précisions, il faudra attendre que la ville cesse de me poursuivre avec des torches.

Je serre les poings et tente de me contenir. Elle a beau m'énerver, elle a raison. C'est trop risqué de tenter quoi que ce soit cette nuit. Il faut retourner au bateau et lever l'ancre avant que le maire ne reprenne connaissance et ne lance la moitié de la région à nos basques. Il faudra revenir plus tard.

— Allons, capitaine, ne faites pas cette tête. Vous finirez par l'avoir, votre compas !

Elle sort la première, me tournant le dos. Sans hésiter, je l'assomme d'un coup, un peu moins fort que pour le maire. Je ne voudrais pas l'abîmer, elle peut encore me servir… Elle glisse au sol et, d'un geste rapide, je la rattrape et la jette sur mon épaule. Puis je me remets à courir.

CHAPITRE 3
CALLIE

Une affreuse migraine me cueille au réveil. J'ai l'impression d'avoir un oiseau qui tape du bec contre mon crâne, encore et encore. Cette sensation ne m'est arrivée qu'une seule fois, quand j'ai abusé de la liqueur que Lady Brigid nous donnait pour nous réchauffer en hiver. Est-ce que j'ai trop bu hier soir ? Je devais pourtant faire quelque chose d'important...

Tout me revient d'un coup.

La rencontre avec le pirate, les négociations, le rendez-vous le lendemain. Mon arrestation, la visite de ce rustre, notre accord et la fuite. Le sale traître ! Je lâche toute une bordée de jurons qui n'ont rien à faire dans la bouche d'une femme, comme ne manquerait pas de me le faire remarquer mon ancienne employeuse, Lady Brigid. Mais je n'ai jamais été et ne serais jamais une lady, alors qu'importe.

Je m'attendais à me réveiller dans la prison de la ville. Je m'attendais à ce que ce pirate arrogant m'ait de nouveau livrée aux autorités. Mais je ne m'attendais pas à me trouver dans la cale d'un navire. Et, malheureusement, je pense savoir de quel navire il s'agit.

La cale est sombre et humide. Elle est plutôt haute et large, preuve qu'elle a été construite pour des personnes plus grandes et grosses que moi. Ça pourrait jouer en ma faveur.

Le mobilier est sommaire : un seau d'eau et une sorte de paillasse à la propreté plus que douteuse. Mes mains ne sont pas attachées et seuls d'épais barreaux me tiennent enfermée. Je remarque qu'un homme attend non loin de ma cellule. Il fait un pas en avant et je reconnais son visage en même temps que son sourire suffisant.

Blake Jackson, capitaine de *L'Avalon*.

— Alors, votre chambre vous convient ?

— Vous aviez juré sur l'Océan.

— Oh, respirez un coup, fillette. Je n'ai pas l'intention de vous garder ici éternellement, même si cela ferait plaisir à mes hommes d'avoir un peu de distraction… Non, je m'assure juste que vous n'allez pas nous faire faux bond avant que je puisse vérifier où se trouve le compas.

— Je vous ai dit où il était.

— Oui, et on en revient toujours au même point : je n'ai pas confiance en vous. Vous resterez donc à bord de mon navire jusqu'à ce que les choses se calment à terre et que j'aie l'objet entre les mains.

Je l'observe un moment en silence. J'ai déjà pu remarquer que mes silences l'énervaient, je fais donc durer celui-ci, puis je soupire.

— Bien. Donc je reste ici jusqu'à ce que vous ayez le compas. Au passage, je tiens à vous faire remarquer que je n'ai pas manqué une seule fois à ma parole et que je n'ai pas essayé de vous trahir ou de vous doubler. Vous ne pouvez pas en dire autant.

— Peut-être, mais voilà, c'est vous qui êtes enfermée sur mon bateau, gamine. Alors tenez-vous tranquille et taisez-vous !

— Je m'appelle Callie. Et si vous ne voulez pas m'entendre, ne descendez pas me parler !

Il fait un geste qui marque son énervement et tourne brusquement les talons. Plutôt fière de l'avoir poussé à bout, je l'entends s'éloigner puis s'adresser à quelqu'un :

— Cette fille est impossible. Et dire que tu pensais que je devais m'excuser ! Tu peux rêver, Bold !

— Blake, elle est futée, ne rentre pas dans son jeu…

Les pas reprennent, suivis de grincements. D'autres pas se rapprochent et je reconnais très vite l'armoire à glace qui accompagnait Blake l'autre soir à la taverne. L'homme doit avoir dans les cinquante ans ; il est immense, très musclé et complètement chauve. Je distingue quelques tatouages sur sa peau noire, des arabesques qui disparaissent sous le tissu tendu de sa chemise. Il me toise en retour mais, contrairement à son capitaine, il ne dit rien. Moi non plus. On peut jouer à ce petit jeu longtemps.

Une minute s'écoule, puis une autre. Le silence est agréable : je peux entendre la mer juste à côté de moi et, maintenant que je suis habituée à l'odeur de renfermé, je distingue aussi celle, salée, des embruns. Il y a de cela des années, j'ai pris un bateau pour quitter mon village natal. J'étais jeune, effrayée et malheureuse, mais je me souviens de la sensation de calme que j'ai éprouvée lorsque le bateau s'est éloigné du port. Depuis, l'eau m'apaise. J'adore l'océan, mais je n'aurais jamais pensé le retrouver de cette manière.

L'homme – Bold, si j'en crois l'échange que j'ai surpris – craque le premier.

— Au nom du capitaine Jackson, je tenais à m'excuser pour l'attaque dont vous avez été victime.

— Je n'ai pas l'impression que votre capitaine soit du genre à s'excuser. Ni à éprouver des remords, d'ailleurs. Cela dit, s'il devait s'excuser pour tous les torts qu'il m'a causés, il en mourrait sans doute d'épuisement.

— Allons, mademoiselle…

— Callie.

— Callie. Je sais que la situation ne paraît pas brillante, mais vous devez admettre que ce n'est pas si grave. Vous êtes sortie de prison, vous êtes en sécurité sur *L'Avalon* et, dès que le capitaine aura le compas, vous serez libre de partir.

Il n'a pas tort : je me suis sortie de pétrins bien plus embêtants que celui-ci. Ce n'est pas une bande de pirates et leur capitaine, qui semble à peine plus âgé que moi, qui m'inquiètent. Non, ce qui m'inquiète, ce sont mes affaires restées chez le maire. Même si je m'échappe, je n'ai plus d'argent et plus d'objets à vendre. Rien. Oh, normalement, j'aurai les huit mille pièces d'or que j'ai soutirées au capitaine, mais je commence à douter qu'il tienne parole.

Comment ai-je pu me faire avoir par un pirate de la sorte ? Je savais bien que ce compas ne m'apporterait que des ennuis !

Maintenant, j'ai perdu tout mon butin. Sans lui, je n'aurai pas les moyens de bouger aussi souvent que je le fais et *il* finira par me retrouver. Je suis parcourue d'un frisson d'angoisse. Je ne peux pas retomber entre *ses* mains.

Machinalement, je regarde mon bras. Je pousse un soupir tout en promenant mes doigts sur les motifs que j'ai dessinés moi-même. Je suis toujours surprise du réconfort que ce geste me procure. Ce tatouage fait partie de moi. Et pourtant, il est bien plus qu'un accessoire de beauté. Pour le moment, l'encre est toujours visible et cela me rassure. Je n'aurai pas besoin de le refaire avant quelques semaines. D'ici là, j'espère être descendue de ce maudit rafiot.

CHAPITRE 4
CALLIE

Trois jours se sont écoulés. Bold est venu me parler à plusieurs reprises mais sans me soutirer d'informations. Je m'attendais presque à ce qu'ils me passent à tabac pour que je crache le morceau, mais ils n'en ont rien fait. Ils me laissent même relativement tranquille. Ces pirates se comportent de manière étrangement civilisée. J'ai le droit à un repas par jour et, le reste du temps, je demeure seule à contempler le plafond de bois. Je me suis habituée au roulis du bateau.

Malgré moi, je finis par apprécier les moments où Bold me rend visite. J'aimerais dire que c'est la solitude qui me pèse mais, la vérité, c'est que cet homme m'intrigue. Il a un physique de colosse, mais parle et agit comme un vieux sage. Je n'ai pas de mal à comprendre pourquoi il est second, comme je l'ai vite appris. Son calme et son côté réfléchi compensent la fougue et l'impatience du jeune capitaine.

Celui-ci aussi me rend visite, mais ses passages sont très courts. Il fait des allusions salaces, des blagues lourdes et me sourit avec son air vaniteux. Même si cela m'agace, il m'est difficile de ne pas remarquer que le capitaine est un bel homme. Il ne doit pas avoir beaucoup plus de vingt ans, est très grand et, chose rare pour un pirate, porte ses cheveux bruns assez court. Ses yeux bleus sont comme ses sourires : clairs, lumineux, arrogants et insupportablement séduisants. Il se passe souvent une main dans les cheveux, sans doute pour tenter de les discipliner, et joue parfois avec une chaîne qui pend à son cou, au bout de laquelle j'ai cru distinguer une chevalière.

Malgré mes observations, j'ai du mal à cerner le personnage : il semble assez dur pour assommer une jeune femme et l'enfermer sur son bateau, mais pas assez pour la laisser mourir de faim. Il est à la fois plein de fougue, mais aussi d'expérience – sans quoi, il ne serait pas le capitaine dont tout le monde parle. Car j'ai déjà entendu parler de lui. Sur le continent, on raconte qu'il a hérité de ce bateau et de l'équipage de son père, un grand pirate. On dit qu'il est encore plus grand que lui, brillant et féroce. Qu'il a mené des centaines de batailles sans en perdre une seule, qu'à lui seul il peut combattre quatre assaillants, qu'il a amassé plus de trésors en quelques années que d'autres en une vie et que ses hommes le suivraient au bout du monde. Mais je me méfie des rumeurs.

Bold m'a expliqué qu'il était impossible de retourner immédiatement au bourg car ils sont toujours à notre recherche. Qui sait combien de temps encore cela va durer ? J'ai hâte de retrouver ma liberté. J'ai besoin de me dégourdir les jambes. Et j'ai besoin de me laver. C'est pourquoi, quand Bold m'apporte mon repas le soir du troisième jour, je demande à voir le capitaine. Il arrive d'un air conquérant, comme s'il s'attendait à ce que je le supplie de me libérer. Il va être déçu.

— Je veux pouvoir sortir de cette cage. Et me laver convenablement. Si je dois rester sur ce rafiot jusqu'à ce que vous ayez le compas, c'est le moins que vous puissiez faire.

— « Ce rafiot » ? Vous rigolez, j'espère. *L'Avalon* est l'un des plus beaux navires au monde.

Il réfléchit un instant puis soupire avant de poursuivre :

— Pour autant, c'est vrai que vous n'êtes pas prisonnière. Plutôt partenaire d'affaires.

— Si c'est comme ça que vous traitez vos partenaires, je n'ai pas envie de savoir comment vous traitez vos ennemis.

Il m'adresse un sourire carnassier qui me rappelle de toujours me tenir sur mes gardes. Les légendes partent bien de quelque part.

— Je vais vous faire porter de l'eau pour que vous puissiez vous laver. Quant à la balade, je vais y réfléchir.

— De quoi avez-vous peur ? Vous pensez vraiment qu'une fille comme moi pourrait maîtriser tout votre équipage ?

— Pas une seule seconde. En revanche, je ne suis pas très à l'aise avec l'idée qu'une voleuse se promène librement sur mon navire. J'ai pas mal d'objets de valeur, voyez-vous.

— Aaaah, voilà qui m'intéresse.

Il me décoche un regard suspicieux. En retour, je lui adresse le plus innocent et angélique dont je dispose, celui qui m'a tirée de bon nombre de situations difficiles. Ses yeux deviennent moins méfiants et s'attardent sur mes lèvres. Une moue se dessine sur les miennes. Ah, les hommes… C'est si facile de les manipuler.

Quelques heures plus tard, Bold m'apporte une bassine d'eau, une chemise et un pantalon propres. Il s'éloigne pour me laisser me laver. La bassine n'est pas assez grande pour que je prenne un bain, mais c'est tout de même un délice de passer de l'eau sur mon corps noir de crasse. J'ai l'impression de revivre en sentant le liquide couler dans mon cou et je m'offre le luxe de plonger la tête dans le baquet, lavant comme je peux mes longs cheveux. En l'espace de quatre jours, j'ai été attaquée, traînée sur la place publique, jugée, jetée en prison, assommée et emmenée de force jusqu'à la cale de *L'Avalon*. Je quitte sans regret ma robe sale et élimée et j'enfile les vêtements d'homme qu'on m'a prêtés. Sans surprise, ils sont trop grands pour moi, mais en rentrant la chemise dans le pantalon et en le serrant aux chevilles, c'est presque correct. J'appelle Bold qui hoche la tête en me voyant.

— Te voilà un peu plus propre, approuve-t-il.

Je ne peux m'empêcher de lui sourire. Au fond, je crois que je l'aime bien. Il est gentil, pour un pirate. Il ouvre la porte de ma cellule et me fait signe de le suivre, ce que je fais sans hésiter.

CHAPITRE 5
BLAKE

La présence de la fille sur le pont attire mon œil comme un aimant et ça m'énerve prodigieusement. Depuis qu'elle est sortie à l'air libre, il y a de cela une heure, elle n'a pas bougé. Elle est appuyée contre la balustrade et contemple l'océan. Je me demande si elle est consciente de tous les regards dirigés vers elle. Sans doute, me dis-je, alors que je la vois répondre d'un geste obscène à une remarque lancée par un de mes gars. Sa réaction me fait sourire. Cette fille a du cran. Callie. Elle s'appelle Callie.

Bold m'a demandé d'arrêter de l'appeler « la fille » ou « la voleuse ». Je crois qu'il commence à s'attacher à elle. J'ai souvent surpris leurs conversations, lorsqu'il lui rendait visite. Ils parlaient amicalement, sans aucune trace du mépris qui transparaît dans sa voix lorsque c'est à moi qu'elle s'adresse. On finit par se disputer la plupart du temps et je jurerais que l'un a envie d'étrangler l'autre, pourtant je continue à aller lui parler. Ça me gêne de le reconnaître, mais cette fille me fascine. Il m'est déjà assez difficile de faire abstraction du fait qu'elle est magnifique. J'y parvenais assez bien quand je lui rendais visite dans la cale pour la narguer : passer des jours enfermée sous le pont n'est pas le meilleur moyen pour garder une hygiène irréprochable. Entre la poussière accumulée dans ses cheveux, les saletés sur ses joues et l'odeur qu'elle dégageait, il m'était facile de ne pas être attiré par la petite voleuse. Mais elle est propre désormais, ses cheveux encore humides forment des boucles près de son front et les taches de rousseur sont de nouveau bien visibles sur ses joues pâles. Et comme si ce n'était pas suffisant, son apparence n'est pas la seule chose qui m'intéresse. Nos échanges m'ont permis de comprendre qu'elle est aussi intelligente, courageuse, tenace et incroyablement mystérieuse. Derrière ses reparties cinglantes, elle dissimule un secret, j'en suis sûr. Où a-t-elle obtenu tous ces objets qu'elle revend ? Pourquoi s'est-elle fait tatouer des runes de protection sur le poignet ? J'ai vérifié dans mes livres et j'en ai parlé à Al, mon sorcier à bord : ce genre de symboles sert à bloquer les sorts de localisation. Je dirais qu'elle se cache, mais de qui ? Pourquoi ? Cette fille est une somme de mystères que j'ai envie de résoudre.

J'en oublie presque mon compas.

Grâce à lui, je serai le premier à naviguer sur les eaux inconnues, par-delà la barrière d'îles. Je l'ai promis à mon père sur son lit de mort, et cette promesse est devenue vitale pour moi. Je serai le premier à trouver la Carte, à embarquer vers l'inconnu, et alors personne n'oubliera mon nom.

Depuis, je cherche des indices, des témoignages… et je ne trouve rien. D'autres se seraient déjà découragés, mais je suis aussi tenace que Callie. La réputation du compas le précède et j'espère bien qu'il répondra à mes attentes. C'est l'une de mes dernières pistes.

— Tes cartes s'envolent, capitaine, me fait remarquer Bold avec un sourire dans la voix.

Par l'Océan, il faut que je me reprenne ! Certes, elle est belle et fougueuse. Mais je n'ai plus quinze ans. Je n'ai pas l'habitude qu'une femme me fasse autant d'effet, c'est tout, me dis-je pour me rassurer. Ça arrive. Et ça me passera, comme ça me passe toujours.

Comme si elle entendait mes pensées, Callie lève la tête vers nous. La voilà qui se détache de la balustrade et qui monte les marches pour nous rejoindre sur la plate-forme du gaillard d'arrière. Elle sourit à Bold qui lui fait un signe de la main en retour. Elle semble de bien meilleure humeur qu'avant.

— Qu'est-ce que vous faites ? me demande-t-elle en observant toutes les cartes étalées sur la table.

Elle hausse les épaules devant mon regard suspicieux.

— Tant qu'à être coincée sur ce rafiot avec vous, autant apprendre des choses. On ne sait jamais, si un jour je dois voler un bateau pirate…

L'Avalon, un rafiot ! Je lui en donnerais, des rafiots ! Elle éclate de rire devant mon air furieux et je suis surpris par le son qu'elle produit. On dirait une musique.

— C'est hilarant de vous voir bougonner dans votre barbe ainsi, tel un vieillard !

Je fais un geste des bras pour englober le bateau.

— Avouez ! *L'Avalon* n'a rien d'un rafiot !

Elle regarde autour d'elle, lentement, comme pour ne rien louper. Elle semble concentrée, comme si mes propos étaient d'une importance capitale. Elle analyse vraiment tout : la proue, les mâts, les gréements, les voiles, les cordages, le gaillard sur lequel on se trouve et le gouvernail. Lorsque c'est fait, elle se tourne vers moi et lance :

— Très bien, je dois l'admettre : c'est un beau bateau que vous avez là.

— Merci ! dis-je. Vous avez mis le temps pour le reconnaître.

Presque gênés par cet échange beaucoup trop cordial, nous nous interrompons. Je me racle la gorge pour briser l'instant et désigne un endroit sur la carte.

— On se trouve ici. La ville est ici. Je cherche comment rejoindre la côte sans nous faire repérer.

— Je vois. Repartir sans le compas n'est pas une option, pour vous. Et si nous passions par là ? suggère-t-elle en montrant un chenal.

Le « nous » me surprend et elle aussi, mais je ne dis rien. Je lui explique le principe des courants, des écueils et de la profondeur. Je m'attends à ce qu'elle me rembarre, mais elle écoute attentivement et hoche la tête en continuant d'observer les cartes. Nous restons ainsi un moment et je ne peux m'empêcher de relever souvent les yeux pour la regarder.

Vivement qu'on puisse descendre à terre. Plus vite on descendra, plus vite j'aurai mon compas, plus vite elle partira, et je pourrai enfin me concentrer.

CHAPITRE 6
CALLIE

Lorsque le soleil se couche sur l'horizon, je retourne dans ma cellule. Bold m'accompagne mais je sens le regard de Blake dans mon dos alors que je descends l'escalier. Le moment passé à parler des cartes était agréable. Trop. Il ne faut pas que je m'attache. Sans quoi, je vais encore souffrir.

J'avais oublié à quel point je me sentais bien sur un bateau. Libre. En sécurité. Je devrais peut-être essayer de me faire enrôler dans une compagnie maritime. Je ne sais même pas s'ils embauchent des filles, sur les navires. Est-ce que ce n'est pas censé porter malchance ?

Bold referme la porte derrière moi et hésite avant de donner un tour de clé. Je lui souris.

— On se ramollit ? On a des scrupules à enfermer la pauvre jeune fille sans défense ?

— Je t'enferme justement pour ta sécurité. Après t'avoir eue sous les yeux toute la journée, les hommes vont peut-être avoir de mauvaises idées.

Y penser me donne envie de vomir, mais qu'ils essaient, juste pour voir.

— Et puis, certes, je commence à avoir confiance en toi, mais pas au point de te laisser te balader sur le bateau pendant que je dors.

Bien plus tard, les hurlements du vent me réveillent en sursaut. Je me redresse d'un coup et retombe aussitôt sur les fesses. Le bateau tangue bien plus fort que tout à l'heure. Au-dessus de moi, je distingue des bruits de pas et des cris. Une nouvelle vague vient heurter le bateau et, comme je n'ai rien pour me rattraper, je suis projetée contre les barreaux de ma cellule. Je râle quand les barres me rentrent dans les côtes puis quand la porte cède et s'ouvre brusquement. Je roule contre des caisses en bois et me relève dès que je le peux. J'ai mal partout et je vais sans doute avoir quelques jolis bleus. Devant moi, la porte de ma cellule pend, totalement inutile. J'hésite. Je pourrais rester là. À moins que le bateau ne coule, il ne m'arrivera rien. Mais je pourrais aussi monter sur le pont. J'ai toujours rêvé de voir une tempête depuis la mer. Et ils ont peut-être besoin d'aide.

Je grimpe les marches quatre à quatre. Je sors des cales, traverse le pont inférieur où tous les hamacs des hommes sont vides, puis j'arrive sur le pont. Lorsque je débouche à l'air libre, je suis accueillie par une gerbe d'eau glaciale qui me coupe le souffle. Je fais quelques pas avant de regarder autour de moi. Le bateau tangue et grince de plus en plus fort et d'immenses vagues s'écrasent près de nous. Des éclairs déchirent le ciel et leur bruit couvre provisoirement le cri des hommes qui courent dans tous les sens. C'est à la fois effrayant et magnifique.

Bold, sur le pont, essaie de retenir trois cordes en y mettant tous ses efforts. Je repère ensuite Blake, sur le gaillard d'arrière, qui tente tant bien que mal de tenir la barre et le cap. Il ne porte pas son manteau, et sa chemise blanche est déjà trempée. Il hurle quelque chose à ses hommes avant de se tourner vers l'un d'entre eux, placé près de lui, dans une étrange posture. Il se tient immobile, un miracle, étant donné les mouvements du navire. Intriguée, je me rapproche un peu et plisse les yeux pour mieux voir, malgré les trombes d'eau qui s'abattent sur moi. L'homme a les yeux grands ouverts mais un regard absent, presque vide, dans un état qui semble proche de la transe. Les bras écartés et le visage levé vers le ciel, comme s'il priait, il semble dans une concentration extrême. Une rafale me fouette le visage et fait voler mes cheveux ; alors que j'esquisse un geste pour les rabattre sur le côté, le vent tombe soudainement. Au même moment, l'homme sur le pont met un genou au sol et le vent repart avec violence. Un horrible soupçon s'empare de moi. Ignorant le vent, la pluie, les cris et les marins autour de moi, je regarde Blake s'avancer pour poser une main sur l'épaule de l'homme. Celui-ci dit quelque chose, se redresse avec difficulté et reprend sa posture du départ : pieds bien ancrés sur le pont, bras écartés et visage levé. Blake lui jette un regard avant de retourner à son gouvernail et d'examiner le pont d'un air concentré. Ses yeux s'écarquillent lorsqu'il me voit.

Profitant d'une accalmie dans l'assaut des vagues, je cours vers la passerelle dont je gravis les marches. J'ignore l'homme aux bras écartés et me dirige vers Blake, mais celui-ci me prend de vitesse. Il lâche la barre, qu'un de ses hommes se précipite pour tenir à sa place, et me prend le bras sans douceur. La fureur déforme son visage.

— Qu'est-ce que tu fais ici ? rugit-il.

— Je suis venue aider !

— Nous n'avons pas besoin de toi, retourne en bas ! Tu vas te faire tuer !

Ces cordes ne doivent pas être si lourdes, n'est-ce pas ? Je peux les soulever, comme le font ses hommes. Je suis sûre d'en être capable. Mais Blake m'attrape les épaules et me force à le regarder.

— Callie, c'est un ordre, retourne en bas !

C'est la première fois que je l'entends m'appeler Callie et je ne peux qu'apprécier la sonorité de mon prénom dans sa bouche. Consciente qu'il ne plaisante pas, je hoche la tête à contrecœur. Il me lâche et me désigne la trappe vers les ponts inférieurs. Je tourne les talons et me dirige vers l'escalier quand des cris résonnent près de moi.

Trois hommes sont à terre et une corde grosse comme ma cuisse vole dans ma direction. Je plonge au sol mais ne parviens pas à éviter totalement l'impact. Le cordage me cingle le dos, me tirant un gémissement de douleur. Le temps que je me relève, deux hommes tentent déjà d'attraper la corde folle qui va et vient au gré des vagues et du vent. Mais ils sont trop lents. D'un bond, j'arrive à me saisir de la corde, qui m'entraîne aussitôt dans sa course effrénée. Heureusement, je l'ai assez ralentie pour que les deux matelots puissent s'en emparer aussi. Ensemble, nous parvenons à la bloquer, puis à la tendre jusqu'à la balustrade où je les regarde faire un nœud complexe. Lorsque c'est fait, l'un d'entre eux me regarde et m'adresse un sourire avant de lever un pouce appréciateur. Je suis sur le point de faire de même quand je vois surgir la plus grosse vague qui ait jamais existé.

Elle est plus haute que le navire et je n'ai pas le temps de me préparer que, déjà, elle s'abat sur nous. Il me semble avoir vu les deux hommes près de moi me tendre les mains, mais c'est trop tard.

Avec horreur, je me sens glisser le long du pont. Entraînée de force, je m'imagine déjà plongée dans l'eau noire et glaciale, incapable de me maintenir à la surface, aspirée par le fond… C'est alors qu'un bras se referme autour ma taille et me tire vigoureusement. Je me retrouve collée contre Blake qui se retient aux cordages d'une main. L'autre étant toujours autour de ma taille.

— Je t'avais dit de rester en bas ! hurle-t-il pour se faire entendre par-dessus le bruit de la tempête.

— Vous pouvez avoir besoin de moi ! dis-je à mon tour, sur le même ton.

— Pas si tu passes par-dessus bord !

Je tente de me dégager de l'étreinte de Blake, mais une nouvelle vague arrive et il me serre encore plus fort. Je pourrais être gênée ou énervée de sa prévenance, mais, pour l'instant, c'est la seule chose qui me permet de rester sur ce bateau. Lorsque je relève la tête, je rencontre le regard de Blake. Ses yeux bleu clair ressortent dans l'obscurité. Je reste un moment figée sous l'intensité de son regard. Il finit par grommeler quelque chose que je ne parviens pas à saisir. Je doute que ce soit très flatteur. Puis il me lâche et me désigne un groupe d'hommes.

— Va les aider. Et ne tombe pas à l'eau.

Je lui fais une grimace et cours vers l'équipage qui tente d'accrocher une corde au bastingage. Ils marquent un moment de surprise en me voyant débarquer, mais se remettent très vite au travail alors que d'autres vagues s'abattent sur le bateau.

C'est la nuit la plus longue de ma vie. J'ai vite découvert que les cordages que je pensais pouvoir soulever sont en fait plus lourds que moi, surtout lorsqu'ils sont gorgés d'eau. Les vagues qui s'écrasent sur le pont à intervalles irréguliers n'aident en rien. Quand l'océan s'apaise enfin, je m'effondre contre le mât et ferme les yeux. Je n'ai plus la force de me lever, ne serait-ce que pour aller chercher quelque chose pour me réchauffer. Je me sens glisser dans le sommeil, gênée de m'endormir ici, au milieu de tous ces hommes.

J'entends qu'on me parle, mais je n'ai plus l'énergie pour répondre. J'ouvre un œil et vois Blake, accroupi devant moi. J'essaie de me concentrer sur ce qu'il dit.

— C'est fini, tu peux aller te reposer si tu veux. On va nettoyer le reste.

En regardant derrière Blake, je distingue effectivement des allées et venues. L'équipage a l'air fatigué mais, moi, je suis épuisée. Je n'ai jamais été aussi épuisée de toute ma vie. Blake doit lire dans mes pensées car il reprend :

— On a l'habitude. Mais tu t'en es bien sortie, pour une terrienne.

J'ai envie de sourire autant que de le frapper mais c'est trop me demander.

— Je n'arrive pas à me relever, dis-je d'une voix pâteuse.

Avant que je comprenne ce qu'il m'arrive, il a passé un bras sous mes genoux, un autre autour de mes épaules et me soulève comme si je ne pesais rien. De nouveau, je pourrais être gênée d'être portée tel un bébé, mais la sensation est bien trop agréable. Je dois mobiliser tout ce qu'il me reste de forces pour ne pas poser ma tête sur sa poitrine.

Je devine qu'il me ramène dans ma cellule. Lorsque nous y sommes, il entre et me pose délicatement sur la paillasse. Je marmonne un merci qui lui tire un rire.

— Que ça ne devienne pas une habitude. Je ne vais pas venir te border tous les soirs.

J'aurais voulu faire une réponse piquante, mais je m'endors déjà, malgré le froid et la présence de Blake.

Le lendemain, lorsque je me réveille douloureusement, je suis surprise de me trouver enroulée dans une couverture en laine.

CHAPITRE 7
BLAKE

J'ai imposé à tout le monde quelques heures de repos, mais je n'arrive pas à dormir. Alors, je l'avoue, je vais voir Callie. Elle dort toujours, ce qui n'est pas surprenant. Elle m'a impressionné cette nuit. Affronter une tempête n'est pas chose facile, et elle s'en est remarquablement bien sortie, si on oublie le petit incident avec la vague et le fait que j'ai dû lui sauver la vie. Dieux, j'espère qu'elle se souvient de ça : savoir qu'elle m'est redevable la rendra sans doute folle de rage. Ou peut-être plus docile.

Je la regarde un moment. Ses cheveux cuivrés sont étalés autour de sa tête et lui font comme une couronne. Elle respire doucement et les traits de son visage sont reposés. Elle paraît plus jeune ainsi. Quel âge a-t-elle précisément ? Je ne le sais même pas. Je ne sais pas non plus d'où elle vient. En réalité, je ne sais rien d'elle. Je note une marque rouge sur sa joue : elle a dû se faire ça cette nuit. Je détourne le regard et remonte sur le pont.

Je n'ai pas de lourdes pertes à déplorer. Évidemment, Al est exténué par la magie qu'il a déployée. Comme toujours, il se sent aussi coupable de ne pas avoir pu faire plus, mais je sais bien qu'il a donné tout ce qu'il avait. Sans lui, la tempête aurait pu être bien pire.

À part l'état de mon sorcier et quelques égratignures, la seule blessure grave est celle de Glenn. Un crochet s'est fiché dans son bras et sa plaie n'est pas jolie à voir. Mais Doc, notre médecin de bord, fait des merveilles. Je ne doute pas que Glenn sera sur pied en un rien de temps et, pour en avoir le cœur net, je me dirige vers l'infirmerie. Je n'y suis que depuis quelques minutes, à regarder mon ami dormir, quand un bruit de pas me fait me retourner. Je m'attends à voir Doc, mais c'est Callie. Son visage a repris des couleurs. Je réalise à cet instant qu'elle n'est plus enfermée : elle a pu sortir hier soir et la voilà de nouveau en train de se balader sur le pont inférieur.

— Tu sembles aller mieux.

— Oui. J'étais… épuisée, dit-elle, d'un air gêné.

— C'est normal. Tu as bien aidé, cette nuit. Merci.

Je ne pensais pas qu'il serait aussi facile et naturel de la remercier. Elle se contente de hocher la tête avant de désigner Glenn du menton.

— Que lui est-il arrivé ?

— Un crochet. Doc a nettoyé la plaie, mais il devait se reposer avant de recoudre. Il dort toujours.

— Je peux le faire.

— Tu peux le faire… quoi ?

— Recoudre sa blessure. Je l'ai déjà fait. Bien sûr, tu peux attendre ton Doc, mais la plaie doit être recousue rapidement pour qu'il se remette au mieux.

Elle a raison. Et qu'est-ce que je crains ? Qu'elle utilise l'aiguille pour me transpercer la gorge ? Pas après ce que nous avons vécu cette nuit : survivre à une tempête, ça crée des liens. Je m'éloigne donc de Glenn et laisse la place à Callie. Celle-ci attache ses cheveux d'un geste assuré et s'empare d'une aiguille et d'un fil. Je préfère m'esquiver :

je n'ai jamais apprécié ce genre d'opération. Je ne m'inquiète pas pour Glenn : je sais qu'il préférera trouver le visage de Callie plutôt que le mien s'il se réveille.

Au bout d'une petite demi-heure, Doc revient et semble surpris de me trouver devant l'infirmerie. Je lui explique que Callie a pris les choses en main.

— La voleuse que nous avons kidnappée ?

Présenté comme ça, ce n'est pas la décision la plus sensée que j'aie prise. J'acquiesce et Doc se précipite à l'intérieur. J'entends qu'ils se parlent et, quand ils ressortent tous les deux, Doc a l'air rassuré.

— Ses points sont parfaits. On s'est dégoté une infirmière au poil ! ajoute-t-il en donnant une tape dans le dos de Callie.

Voilà qu'elle sympathise avec mes hommes, maintenant. Je n'ai pas envie qu'ils s'attachent à elle. Je n'ai pas envie de lui être reconnaissant pour son aide. Je n'ai pas envie de ressentir quoi que ce soit, d'ailleurs. Ça suffit. Elle doit partir.

***

Le soir même, Callie et moi prenons une des barques de *L'Avalon* pour rejoindre la terre. Lorsque j'ai prévenu la jeune fille qu'on descendrait à la nuit tombée, elle a paru surprise, mais a hoché la tête en guise d'accord. J'ai refusé que Bold nous accompagne : cela fait seulement quatre jours que Callie s'est enfuie de prison et je doute qu'ils aient abandonné les recherches. Il vaut donc mieux être prudents et discrets.

Au moment de monter dans la chaloupe, j'ai fait mine d'ignorer l'accolade que Bold a donnée à Callie. En revanche, je n'ai pas pu passer à côté du fait que plusieurs de mes gars étaient montés sur le pont pour dire au revoir à la jeune fille. Glenn était là, fatigué, le bras en écharpe, mais souriant, tout comme Doc. Les trois autres étaient de ceux qui avaient fait équipe avec Callie durant la tempête. Ils lui ont serré la main avec des sourires et des plaisanteries grivoises qui, à ma grande surprise, l'ont fait rire.

À quoi pense-t-elle, à présent ? Elle doit avoir conscience qu'elle ne remettra jamais les pieds sur *L'Avalon* et je ne crois pas me tromper en disant que cette perspective la rend un peu triste. Elle s'est attachée à Bold à une vitesse incroyable et peut-être que, avec le temps, elle aurait sympathisé avec d'autres membres de l'équipage. Et puis, je ne connais personne qui résiste à cette vie sur l'océan, et ceux qui le font sont des imbéciles à mes yeux. Peut-être que Callie a réalisé qu'elle avait apprécié ces quelques jours de vie en mer. Mais que ferait-elle sur le bateau ? Je n'ai pas besoin d'un poids mort.

Je m'empare des rames pour nous faire avancer et constate que Callie fait de même. Elle surprend mon regard et plisse les yeux.

— Quoi ? Je sais ramer.

— Effectivement. C'est juste que tu n'as pas vraiment le physique.

— Ce genre de phrases, je m'en passe, merci ! J'imagine que je n'ai pas non plus le physique pour escalader des falaises, marchander des objets magiques, les voler en cas de besoin et frapper un homme jusqu'à l'inconscience pour m'enfuir, et pourtant, ce sont des choses que j'ai déjà faites plein de fois dans ma vie ! Si c'est pour dire de telles idioties, peut-être qu'on devrait ramer en silence.

— Je suis désolé.

Non, mais regardez-moi qui m'excuse ! J'ai agi comme un imbécile, on me l'a fait remarquer et je m'excuse. Ça ne me ressemble pas et c'est tellement mature, Bold serait fier de moi. Je ne suis pas un modèle d'équilibre et d'humanité, mais les regards méprisants de Callie font naître quelque chose en moi. J'ai envie de lui prouver que je ne suis pas aussi bête qu'elle semble le penser. Mon ego m'impose de lui plaire.

Callie m'adresse justement un regard inquisiteur avant de hausser les épaules et d'afficher un demi-sourire. On rame un moment en silence avant qu'elle ne reprenne la parole :

— Je peux te poser une question ?

— Je serais bien en peine de t'en empêcher.

Elle soupire de manière théâtrale et poursuit malgré tout :

— Pourquoi tiens-tu tant à ce compas ?

— Il indique ce qu'on souhaite le plus au monde. Pour un pirate, ça signifie des montagnes d'or. Je ne cherche pas plus loin.

— Tu mens. Enfin, tu ne dis pas toute la vérité. Je sens que c'est beaucoup plus complexe que ça. Tu es obsédé par ce compas mais il n'est qu'un moyen de parvenir à autre chose. Quelque chose d'énorme.

— Tu m'as observé ? Et qui est obsédé maintenant ?

Elle semble exaspérée par ma remarque, ce qui me laisse le temps de me remettre de ce qu'elle a dit. Par les dieux, qu'elle est observatrice. Et intelligente. En l'espace de quelques jours, elle a compris que j'étais à la recherche de quelque chose de plus grand. Comme je ne réponds pas, elle lance :

— Très bien, ne me dis rien. Ça n'a pas vraiment d'importance, au fond. C'était juste par curiosité.

— Ta curiosité te perdra un jour.

— Tu veux dire plus que ma tendance à traîner avec des pirates hors la loi, arrogants et voleurs ? Ça alors !

Je ne peux retenir un sourire. Ce genre d'échanges va me manquer. J'adore mes hommes, mais la plupart exécutent mes ordres sans discuter. C'est agréable d'avoir quelqu'un qui tient tête, une fois de temps en temps. Quelqu'un avec qui avoir des échanges houleux et stimulants. Quelqu'un d'intéressant.

Il ne nous faut pas plus d'une demi-heure pour arriver sur une plage à l'est de la ville. Je prends soin de camoufler la barque sous des buissons et, aussi silencieusement que possible, nous nous mettons en route vers les lumières. Le trajet est court et, fort heureusement, nous ne croisons personne. En passant par l'est, nous parvenons directement derrière le temple dans lequel brillent encore quelques bougies allumées par des pèlerins. Jusqu'ici, c'est moi qui menais, mais je ralentis pour laisser passer Callie, esquissant une révérence à son intention. Elle décide d'ignorer mes pitreries. Je la suis jusque sur le parvis du temple et la regarde compter les pierres qui composent le mur d'enceinte du cimetière.

— J'aurais besoin de ta dague, me dit-elle.

Je la lui donne et la regarde s'attaquer aux joints qui s'effritent déjà, en restant sur mes gardes. Il ne lui faut que quelques secondes pour desceller la pierre, qu'elle retire avant de plonger son bras dans le trou qu'elle a révélé. Elle en sort le compas, bien protégé par les bandes de tissu. Je souris et tends la main.

— Tutut, tu ne pensais pas t'en tirer comme ça ? dit-elle. Je te rappelle qu'on a un accord.

— Je voudrais vérifier que c'est bel et bien le compas et que je ne vais pas payer huit mille pièces pour un caillou que tu as enroulé dans du tissu.

— Tu commences à bien me connaître, marmonne-t-elle en révélant l'objet.

La pointe de la flèche s'agite dans tous les sens avant de s'immobiliser. Droit sur moi. Je souris d'un air aguicheur et Callie lève les yeux au ciel.

— Du calme, capitaine. Je ne pense qu'aux pièces d'or que tu transportes.

— C'est ce qu'elles disent toutes, mais je sais à quoi m'en tenir.

Je crois remarquer une certaine rougeur sur ses joues. Se pourrait-il qu'elle soit embarrassée ? Je sors la bourse que je dépose dans la main qu'elle me tend. Aussitôt, la flèche se remet à bouger. Je dois dire que je suis un peu déçu. Et vexé. Callie, en revanche, semble surprise de voir la flèche s'agiter pour finalement se stabiliser en indiquant l'ouest. La direction de laquelle on vient. Se pourrait-il que Callie pense à *L'Avalon* ? Elle s'empresse alors de me mettre le compas dans les mains.

— Eh bien, voilà qui est fait, dit Callie en rangeant la bourse dans une poche de sa cape.

Je n'ai pas envie de la quitter mais je hoche la tête. D'un geste, je refuse la dague qu'elle me rend.

— Garde-la. Ça te fera un souvenir.

— Un souvenir ? De la fois où j'ai été arnaquée et kidnappée par des pirates ? Super.

— Ne t'en veux pas trop, je suis souvent plus malin que les autres. C'est un fardeau auquel je me suis résigné il y a longtemps.

— Et pourtant, si tu es plus malin que moi, pourquoi ai-je une bourse bien remplie dans les poches ?

— D'accord. Disons que cette fois, on est à égalité. À charge de revanche.

Nous réalisons tous les deux que ce que je viens de dire est stupide. Il n'y aura pas de revanche. On ne se reverra sans doute jamais. Callie baisse les yeux et examine la dague qu'elle fait tourner entre ses doigts. Je me racle la gorge.

— Prends-la. Si ce n'est pas en souvenir, dis-toi que la pierre sur la garde est une émeraude. Tu pourras en tirer une bonne somme.

— Ah, voilà le genre d'argument qui sait me convaincre !

Cette fille a vraiment tout d'un pirate. Je m'apprête à le lui dire quand j'entends des bruits de pas derrière nous. J'étais tellement pris dans la conversation que je n'ai pas pensé à vérifier que personne ne surgissait depuis plusieurs minutes ! Nous avons été repérés. Une dizaine de patrouilleurs s'approchent lentement. Sans réfléchir, je saisis la main de Callie et commence à courir. Mais elle me retient et je suis obligé de m'arrêter.

— Il faut y aller, dépêche-toi !

Elle secoue la tête. Ses yeux brillent dans la nuit.

— C'est ici qu'on se sépare. Ils auront plus de mal à nous trouver ainsi !

L'espace d'un instant, j'avais oublié que nos chemins respectifs bifurquaient. Je réalise que je ne suis pas vraiment prêt à lui faire mes adieux. Elle ne le semble pas plus que moi car le moment s'éternise. La situation est ridicule : nous sommes main dans la main, yeux dans les yeux, et les gardes s'approchent de plus en plus. Callie finit par rompre la magie. Elle presse doucement ma main, puis, d'un même geste, se détourne, relève sa capuche et se met à courir. Je la regarde grimper au mur du cimetière. Il n'y a pas de porte près de nous et les gardes n'ont que deux possibilités : faire le tour ou escalader eux aussi. D'ici là, elle sera loin, en sécurité.

Je me mets à courir à mon tour. Je ne peux pas retourner tout de suite à l'eau : les gardes me talonnent et, le temps que je remette la barque à flot, ils me tireront comme un canard. Je m'enfonce donc dans une ruelle et les hommes me suivent. Au bout de quelques minutes, je bifurque sur la droite, au hasard, et tombe dans une impasse. Décidément, ce n'est pas ma soirée. Je me retourne pour faire face aux premiers gardes. Je ne peux pas utiliser mon pistolet, cela réveillerait du monde et attirerait plus de gardes. Avec un soupir, je dégaine mon épée et passe à l'attaque quand ils arrivent à ma hauteur. C'est un jeu d'enfant que d'éliminer les premiers ; sept sont déjà à terre quand les choses se gâtent. Les patrouilleurs semblent avoir cessé de poursuivre Callie, ce qui est une bonne nouvelle en soi. Sauf qu'ils se concentrent désormais sur moi et qu'ils arrivent toujours plus nombreux. Je ne sais pas combien de temps je vais pouvoir tenir. J'en élimine encore deux quand un cri nous fait sursauter.

— La fille ! Je l'ai vue passer là-bas ! Avec moi !

Pourquoi Callie est-elle revenue ? Quel que soit son plan, il n'est pas bon puisqu'elle a de nouveau les hommes à ses trousses. Cela m'aide beaucoup en revanche, car ils ne sont plus que trois face à moi. Je puise dans mes réserves pour affronter deux nouveaux adversaires et, lorsqu'ils sont au sol, je me tourne vivement pour faire face au troisième et dernier.

Soudain, dans une forte détonation et une explosion de lumière, je suis projeté en arrière, touché par une balle. Le garde n'a pas eu les mêmes scrupules que moi quant à la tranquillité du voisinage. Fort heureusement, il ne sait pas viser. La balle qui m'aurait été fatale à la tête ou au cœur a pénétré ma cuisse. Douloureux, mais pas catastrophique.

Je m'apprête à tirer mon arme à mon tour quand le garde en face de moi se raidit en poussant un râle. Du sang s'échappe de sa bouche avant qu'il ne s'effondre au sol.

Derrière lui, au bout de ma dague tachée de sang, se trouve Callie.

CHAPITRE 8
CALLIE

Après avoir escaladé le mur du cimetière, je me retrouve à louvoyer entre les tombes. Je suis sûre d'avoir semé les gardes. Je suis aussi libérée de ces pirates et de leur rafiot, des transactions financières et des magouilles magiques, des tempêtes et des vagues infernales. J'ai du mal à l'admettre, mais j'ai pourtant apprécié ces quelques jours à bord de *L'Avalon*. Malgré les circonstances, malgré ma cellule miteuse, j'ai aimé la sensation qu'on ressent sur l'océan. J'ai même commencé à m'attacher à ces rustres, à Blake... Penser à Blake me ramène au présent. Si j'ai réussi à échapper aux patrouilles, il n'en est peut-être pas de même pour lui... Mais après tout, ce n'est plus mon problème. Il a son précieux compas et, moi, mon argent. Je n'ai plus de raison de me soucier de lui.

Pourtant, je ralentis.

En un éclair, je revois son sourire sarcastique, l'éclat de ses yeux avant qu'il ne lance une provocation. Je sens de nouveau sa main autour de ma taille alors qu'il me retient face aux vagues et me sauve la vie.

Sans plus hésiter, je fais demi-tour. Il ne me faut pas longtemps pour le retrouver. Il affronte ses assaillants et je suis étonnée que les bruits de leur combat n'aient pas réveillé la moitié de la ville. Volontairement, j'entre dans une flaque de lumière, sous un porche éclairé. Je m'assure qu'un garde m'aperçoive avant de filer.

— La fille ! Je l'ai vue passer là-bas ! Avec moi !

J'esquisse un sourire et tourne dans une ruelle où je m'empresse de grimper aux murs. En deux secondes, je suis sur le toit et regarde mes poursuivants se bousculer en criant.

— Où est-elle passée ?

— Elle a dû continuer, allez !

Ils se remettent à courir et, aussi silencieuse qu'une ombre, je progresse sur les tuiles glissantes. Sautant de toit en toit, je me retrouve bien vite au-dessus de l'endroit où Blake affronte les derniers gardes. Un nombre impressionnant de corps jonchent le sol alors que Blake ne semble pas avoir la moindre blessure. Au moment où j'arrive, il met un homme à terre d'un coup d'épée bien placé et se tourne pour s'occuper de son dernier ennemi. Le reste se passe trop vite pour que j'aie le temps de crier.

Le garde dégaine son arme à feu et appuie sur la détente. Le bruit déchire mes oreilles et je dois me retenir pour ne pas hurler. Avec soulagement, je vois Blake se redresser. Le garde doit être un piètre tireur pour louper le cœur à une distance si courte.

Il ne loupera pas une deuxième fois. Blake se tient la jambe et il est trop loin pour frapper le garde. Il doit sans doute avoir une arme à feu lui aussi mais, pris de court, il n'aura pas le temps de la sortir. De fait, l'homme le vise de nouveau. Je n'hésite pas et me laisse glisser avec souplesse le long d'une gouttière. Toujours aussi souplement, je m'approche du garde et, d'un geste rapide, plante ma nouvelle dague dans son dos. Je sais où frapper. Je me suis entraînée pendant des années. La lame passe entre les côtes et traverse son cœur. Il est mort avant de toucher le sol.

Je contourne le corps pour m'approcher de Blake qui me regarde, un peu surpris.

— Tu es revenue…

— Je me doutais que tu ne t'en sortirais pas seul, je marmonne avant de désigner sa jambe. Tu peux marcher ? Il faut qu'on parte d'ici.

— « On » ? Je croyais que nos chemins se séparaient.

Je regrette déjà ma décision de faire demi-tour.

— Mon côté serviable m'empêche de te laisser ramper jusqu'à ta barque.

Je passe l'un de ses bras autour de mes épaules pour l'aider à avancer. Je le sens sourire et lui donne un léger coup de coude dans les côtes.

— N'en profite pas, je lui siffle.

— Ça ne me viendrait pas à l'esprit, répond-il d'un air innocent.

Je sens pourtant sa main s'appuyer plus que nécessaire sur mon coude. La chance nous sourit enfin : nous ne croisons plus personne. Rejoindre la barque nous prend plus de temps qu'à l'aller car la jambe blessée de Blake nous ralentit dangereusement. Il me faut toutes mes forces pour remettre la barque à flot et, lorsque c'est fait, je patauge dans l'eau glacée pour monter à bord. Blake ne fait pas de commentaire et commence à ramer. Je l'imite en silence.

Je sais qu'il m'observe mais je refuse de croiser son regard. Il brûle sans doute d'envie de me demander pourquoi je continue à l'accompagner. Mais je refuse cette discussion, tout simplement parce que je n'ai pas de réponse. Le silence nous entoure toujours lorsque nous arrivons contre la coque de *L'Avalon*. Blake tape trois fois du plat de la main et, dans les secondes qui suivent, une échelle de corde atterrit près de nous. Blake me fait un signe, mais je secoue la tête.

— Toi d'abord.

— Tu ne vas pas me fausser compagnie maintenant ?

Son ton est léger, mais je sens que la réponse lui importe.

— Bien sûr que non. Où irais-je avec une petite barque comme celle-ci ? Je préfère juste qu'ils te voient en premier. Ils risqueraient de penser que je t'ai tué, sinon.

Blake lâche un ricanement pour me faire comprendre qu'il ne croit pas une seule seconde que je puisse réussir à le tuer. Puis il commence à monter. Doucement, à cause de sa jambe. Suffisamment doucement pour que je prenne le temps de bien réfléchir.

Si je fais demi-tour, rien ne m'attend. Il me faudra continuer à fuir, bouger régulièrement sans jamais avoir l'occasion de tisser des liens. Toujours sur le qui-vive, toujours dans la crainte qu'*il* ne me retrouve. Ou pire, que je sois tentée d'aller le retrouver en me disant que, peut-être, les choses vont être différentes. Être sur un bateau m'offre la liberté, la sécurité et me rend difficile à localiser. C'est la solution idéale. Prenant une profonde inspiration, je pose le pied sur le premier échelon.

CHAPITRE 9
BLAKE

— La vache ! sifflé-je entre mes dents alors que Doc extrait sans douceur la balle de la jambe.

— Désolé, je suis ton médecin, pas ton amante, rétorque-t-il avec ce ton distant qu'il prend quand il est en plein travail.

N'empêche. La prochaine fois, je demanderai à Callie, je suis sûr qu'elle fera preuve de plus de compassion.

Quelques instants plus tard, je sors de l'infirmerie. J'ai réussi à convaincre Doc que les points de suture ne sont pas indispensables et, à ma grande surprise, il est d'accord avec moi. Ma blessure ne doit pas être très profonde. Je n'ai désormais plus qu'une envie, me jeter dans mon lit et dormir jusqu'au matin. Nous ne sommes de retour sur *L'Avalon* que depuis quelques heures, mais il y a eu tellement à faire. Expliquer à mes hommes ce qui s'était passé, donner des ordres pour mettre les voiles afin de nous éloigner au maximum de cette ville que je souhaitais ne plus jamais revoir. Enfin, me faire soigner.

En voyant Callie sauter sur le pont, j'avais éprouvé une brève bouffée de soulagement. Une partie de moi pensait vraiment qu'elle allait partir. Mes hommes avaient paru étonnés de la revoir, à part Bold, bien sûr, qui avait esquissé un sourire entendu. Cela m'avait énervé au plus haut point.

Apprendre que nous avions été poursuivis avait suffi à l'équipage : nous n'allions pas laisser Callie se débrouiller seule ! Elle avait expliqué qu'elle n'avait besoin que d'une petite avance et qu'elle descendrait au prochain port. Personne n'avait objecté, à croire que nous recueillions des jeunes filles dans le besoin tous les jours. Pirates-gentlemen, c'était pourtant une combinaison inédite, pour nous.

Notre passagère m'attend d'ailleurs près de l'infirmerie.

— Hé.

— Hé. Comment va ta jambe ? demande-t-elle.

— Je survivrai.

— Je m'en doute. Tu as l'air coriace. Difficile à abattre.

— Tout à fait. Garde ça en tête, des fois que tu décides de tenter le coup.

Elle rit et le silence retombe sur le pont, à peine interrompu par les discussions des hommes non loin de nous.

— Tu…

— Est-ce que…

Nous avons parlé en même temps.

— Moi d'abord, dis-je. Je préfère commencer avant que tu ne m'agaces et ne me fasses changer d'avis. Merci. D'être revenue. Tu m'as probablement sauvé la vie.

Callie hausse les épaules, comme si ce n'était rien. Mais nous savons tous les deux que ce n'est pas le cas.

— Tu avais ton argent. Tu aurais pu me laisser là-bas.

— J'aurais pu, oui. J'aurais sans doute dû. Et toi, pourquoi m'as-tu retenue l'autre jour, pendant la tempête ?

Je suis surpris par sa question, mais je ne peux pas répondre que j'aurais été attristé de la voir aspirée par le fond. J'opte pour une demi-vérité.

— J'avais encore besoin de toi pour trouver le compas.

Elle paraît déçue par ma réponse, mais peut-être est-ce seulement mon imagination. De fait, elle enchaîne très vite :

— Eh bien voilà. Je t'ai sauvé parce que j'avais encore besoin de ton rafiot pour quitter cette maudite ville.

Je souris.

— Comme ça, au moins, c'est clair. On s'est mutuellement sauvé la vie. C'est beau.

Au lieu de rire, comme je m'y attendais, elle baisse la tête.

— Écoute, Blake… Ma présence ici n'était pas prévue, c'est vrai. Mais je ne sais pas vraiment où aller. Tu m'as balancée aux gardes, et, maintenant, je n'ai plus rien, mon stock s'est envolé.

Je ne sais pas si c'est la vérité. Elle me semble beaucoup trop maligne pour emporter tout son butin sur elle. Je parierais mon bras droit qu'elle a des planques un peu partout dans le pays.

— Sans compter qu'ils ont vu mon visage et qu'ils vont lancer la moitié du comté à mes trousses. Si je me balade de nouveau dans le coin, tu peux être sûr qu'ils me trouveront.

— Et cette fois-ci, tu n'auras peut-être pas la chance de tomber sur un séduisant et talentueux capitaine pour te sauver. Je comprends que ta situation soit délicate.

— Un séduisant capitaine ? Mince, j'ai dû louper son passage pendant que je somnolais en prison, fait mine de se désoler Callie. Je peux rester, alors ?

— Jusqu'au prochain port. Ensuite, tu vires.

— Je vois que tout se passe bien entre vous deux !

Bold nous sourit de toutes ses dents.

— J'étais venu vérifier que vous ne vous étiez pas déjà entretués, mais je constate que tout ça reste civilisé.

— Tu n'as pas à t'en faire pour ton capitaine, Bold, dit Callie en lui adressant un sourire. Je ne compte pas le tuer pour l'instant.

Sa réflexion me tire un rire mais, en voyant Bold la jauger du regard, comme s'il la considérait comme une menace, je ne peux retenir un marmonnement agacé.

— Tu peux toujours essayer.

— Bon, reprend-elle, puisque le grand et généreux capitaine Jackson a daigné m'accorder le droit d'asile sur son honorable navire… où est-ce que je m'installe ?

— Il me semble que tu as déjà tes quartiers à bord de mon honorable navire, *princesse*.

Le sourire de Callie disparaît et je m'attends à ce qu'elle me lance une de ses reparties dont elle a le secret. Au lieu de ça, elle hausse les épaules et tourne les talons, nous laissant, Bold et moi, dans un silence étonné.

— Elle va vraiment dormir dans la cale ? demande Bold.

— Je ne risque pas de lui céder ma cabine, en tout cas ! Et toi ?

— C'est humide et sale, là-dessous. Elle va attraper la mort.

— C'est le cadet de mes soucis. Je te rappelle qu'on n'est pas là pour faire la charité et recueillir toutes les pauvres âmes qui croisent notre chemin.

— Alors pourquoi est-elle à bord ?

— Je l'ai mise dans une situation un peu… difficile. Elle ne peut pas rester ici et si elle tente de quitter le comté par la terre, elle se fera prendre. Elle restera à bord jusqu'à notre prochaine escale. Là, elle s'en ira et les dieux m'en sont témoins, je me fous royalement de ce qu'elle décidera de faire, de vendre ou qui voler.

— Du moment que ce n'est pas toi…

— Du moment que ce n'est pas moi, je lui accorde avec un mouvement de tête. En attendant, on est toujours sur la trace de cette foutue Carte et, jusqu'à présent, on n'a pas beaucoup avancé. Maintenant que j'ai enfin le compas, il est temps de le tester.

Nous marchons ensemble jusqu'à ma cabine. Le capitaine et son second sont les seuls à disposer d'une cabine privative, sous le gaillard d'arrière, et c'est sans aucun doute les plus belles pièces de ce navire. Un seul coup d'œil suffit à me faire comprendre qu'un mousse est venu nettoyer durant mon absence. Le grand lit confortable a été fait et mes affaires sont bien rangées dans le meuble bas près de la porte. La seule chose qui n'a pas été touchée, c'est mon bureau. Mes papiers sont dans l'état où je les ai laissés avant de partir : mes hommes savent à quoi s'en tenir en ce qui concerne mes cartes et autres documents.

Je pose précautionneusement le compas dans un coin libre du bureau. Bold s'approche pour mieux voir. Sans plus faire durer le suspense, je répète à voix haute :

— Je veux la Carte des Confins, je veux la Carte des Confins, je veux la Carte des Confins…

L'aiguille tourne et tourne mais elle refuse de s'arrêter et de pointer dans une direction. J'attends quelques minutes, encore plein d'espoir, puis je me rends à l'évidence. Le compas ne fonctionne pas. C'est une blague.

Je ressens d'abord un profond abattement, suivi d'une colère noire.

D'un geste, j'envoie balader tout ce qui se trouve autour de moi. Bold ramasse vite le compas avant que je ne m'en prenne à lui.

— Il ne fonctionne pas ! Si Callie nous a menti, je jure que…

— Je ne pense pas que Callie ait menti, dit Bold posément.

Je ne sais pas ce qui m'énerve le plus. Qu'il reste calme dans un moment pareil ou qu'il ne doute pas une seule seconde de la jeune fille.

— Il a fonctionné quand tu étais au bar. Fais un autre test.

Je lui lance un regard excédé.

— Vas-y, toi, dis-je d'un ton amer.

Il se met à psalmodier tout haut. Très rapidement, le compas pointe vers le tableau fixé au mur derrière lui. L'endroit où se trouve l'un des coffres forts de ce bateau. Je lève les yeux vers mon second.

— C'est à ça que tu pensais ?

Il confirme. Je me calme un peu. Callie ne m'a pas arnaqué. Je n'aurais pas à la tuer. Pas pour ça en tout cas. Je me mets donc à réfléchir, triturant la chevalière, pendue à une chaîne autour de mon cou. Ce bijou est orné d'une ancre marine à laquelle s'entremêlent des tentacules de pieuvre, le tout sur fond piqueté. La famille Jackson n'a jamais eu de blason ni la prétention de s'en faire faire un, mais cette chevalière est passée dans les mains de tous mes ancêtres, depuis plus de cent cinquante ans. Mon père me l'a transmise sur son lit de mort, avec *L'Avalon* et le reste de ses trésors.

Pourquoi le compas ne fonctionne-t-il pas avec moi ? J'envisage d'aller faire chercher Al, mais je sais d'avance qu'il ne me sera d'aucune aide. Il sait faire des choses formidables avec la magie, mais les compas sont largement en dehors de son domaine d'expertise. C'est ce qu'il m'a dit quand je lui ai demandé des informations, il y a quelques jours. Je n'ai pas à me creuser la tête longtemps : comme souvent, Bold a une longueur d'avance.

— C'est la Carte. Elle est magique. Donc protégée.

Je le toise un moment.

— Et tu n'aurais pas pu le dire avant que je dépense huit mille pièces d'or, que je me coltine cette fille insupportable et que je manque d'y passer dans l'histoire ?

Il hausse les épaules.

— Tu m'aurais cru ?

Non, probablement pas. Du moins, j'aurais estimé que ça valait quand même le coup d'essayer. Je ne dis rien, mais Bold me connaît par cœur. Il me tend le compas et je le prends de mauvaise grâce.

— Il n'est pas inutile pour autant, me rassure-t-il. Il peut mener à tout le reste. Les trésors, les îles inexplorées…

— Rien de tout cela ne m'importe et tu le sais, le coupé-je. J'ai besoin de cette carte pour passer dans les Confins. C'est la seule chose qui compte.

— Blake…

Je connais ce soupir. C'est celui qui annonce une tentative de raisonnement et Bold en est le spécialiste. Mais quoi qu'il dise, je trouverai cette carte. Et je serai le premier à explorer le monde qu'elle ouvre. J'ai fait une promesse que je me dois d'honorer.

Une idée me vient soudain. Je lève la main pour interrompre Bold qui se lance dans son fameux sermon. Sans prendre le temps de m'expliquer, et mon cœur battant la chamade, je me mets à répéter :

— Je veux savoir comment trouver la Carte des Confins, je veux savoir comment trouver la Carte des Confins…

L'aiguille tourne de nouveau… Et s'arrête. Plein sud.

Je lève la tête et rencontre le regard ébahi de Bold. Un sourire immense se dessine sur ses lèvres et il me donne une grande tape dans le dos. J'éclate de rire et me précipite vers mes cartes pour noter la direction indiquée par le compas.

— Je n'en reviens pas, murmure Bold. Juste une question de formulation. Plein sud, capitaine ?

— Plein sud, Bold. Plein sud, dis-je, les yeux brillants.

Je sens qu'il brûle d'envie de monter sur la passerelle et de donner les ordres, de lâcher la voile et de foncer vers la direction indiquée. Je le retiens juste un instant.

— Bold ?

— Mmh ?

— Tu penses vraiment qu'elle arriverait à me tuer ?

Il se contente de rire et je l'observe qui s'éloigne avec un rictus aux lèvres. Je vais trouver cette carte.

CHAPITRE 10
CALLIE

Après ma discussion houleuse avec Blake, je me suis retranchée dans la cale. Elle est toujours aussi humide et je déteste l'idée d'y dormir une nuit de plus, mais je ne vais certainement pas accorder satisfaction à Blake en lui demandant une autre couchette. Je ne somnole que quelques heures avant de rejoindre les hommes sur le pont au matin.

Certains s'affairent déjà à manipuler des cordages et des voiles et je réalise que je n'ai pas la moindre idée de ce qu'on doit faire sur un bateau toute la journée. Je cherche Blake ou Bold du regard, ou au moins quelqu'un que je connais. Un homme me fait un signe de la main : c'est celui que j'ai aidé durant la tempête. Peter, si mes souvenirs sont bons. Il m'indique que Bold veut me voir et que je le trouverai dans le réfectoire.

Dans cette grande pièce sombre, les hommes se réunissent pour prendre leur repas et passer du temps ensemble. Lorsque j'entre, une délicieuse odeur de pain grillé me chatouille les narines, puis je suis accueillie par un silence de plomb.

Une vingtaine d'hommes me dévisagent, comme s'ils avaient oublié que j'étais à bord. Je refuse de baisser les yeux et m'avance à travers les rangées de chaises et de bancs pour rejoindre Bold. Lorsque je m'assois à côté de lui, il esquisse un sourire puis se tourne vers les autres.

— Allons, messieurs. Inutile de la regarder comme ça. Vous allez lui faire peur.

Je connais ce genre d'hommes. Montrez-leur un seul signe de faiblesse, et ils vous dévoreront toute crue.

— Oh, je ne vois rien ici qui puisse m'effrayer...

Ma voix est calme, posée, un brin moqueuse, et ils se mettent aussitôt à chuchoter entre eux. On dit que les femmes sont des commères, mais ce n'est rien comparé aux pirates. Je suis sûre que, d'ici quelques heures, tout l'équipage aura eu vent de ma provocation. Parfait. Je les attends de pied ferme. Plus vite j'en remettrai un à sa place, plus vite je serai tranquille.

— Tu n'as pas à t'en faire, me rassure Bold en poussant une assiette bien garnie vers moi. Blake a été très clair hier soir. Le premier qui te touche finira dans la cale.

Je me retiens de faire remarquer que la cale est justement occupée en ce moment. L'attention et la prévenance de Blake me font plaisir, mais c'est une précaution inutile. Si je ne doute pas que son équipage le respecte, je sais comment sont les hommes. Ils perdent tout sens de la raison dès qu'une femme passe près d'eux. Encore plus si elle est jolie. Et, apparemment, vu mes nombreux déboires, j'entre dans cette catégorie.

Je vide mon assiette en écoutant Bold me parler du navire et de son organisation. Il m'apprend qu'il y a deux équipes qui se relaient pour s'assurer que le navire est protégé et qu'il garde le bon cap. Pour commencer, je suis assignée à l'équipe de jour. Je dois donc les aider de mon mieux, même si je ne compte pas faire carrière dans la piraterie.

— Tu apprendras vite. Tu m'as l'air d'une jeune fille intelligente et motivée, n'est-ce pas ? Tu vas devenir aussi calée que nous !

Nous voilà de retour sur le pont supérieur où, malgré leurs efforts, les hommes ne peuvent s'empêcher de me regarder faire ma visite d'initiation.

— Nous nous dirigeons plein sud, m'explique Bold. Nous atteindrons sans doute le prochain port sûr pour toi dans une petite quinzaine. D'ici là, tâche de ne pas faire trop de bêtises.

Je réplique avec un sourire innocent :

— Ce n'est pas mon genre.

Bold me toise un moment mais ne semble pas convaincu.

— Je veux dire par là, pas de furetage dans les recoins du bateau, n'essaie pas de voler quoi que ce soit, ne provoque pas Blake plus que nécessaire et, surtout, si on est attaqués, file te cacher dans ma cabine.

Il m'indique une porte sous la passerelle.

— Il y a un couloir et deux portes. Ma cabine et celle de Blake. Tu te caches là, tu fermes la porte à clé et tu attends qu'on vienne te chercher, c'est clair ?

Je dois mettre ma fierté de côté pour admettre que je ne sais rien des attaques de pirates, si ce n'est qu'elles sont courantes et violentes. Je ne suis pas présomptueuse au point de balayer ses conseils et ses avertissements, alors je hoche la tête et il paraît satisfait. Ma docilité doit lui changer agréablement de l'attitude bornée de Blake.

Bold continue à me faire découvrir les différents ponts, la cambuse, la coquerie, ainsi qu'une étrange salle remplie de tuyaux et de pièces mécaniques qui tournent dans tous les sens. Lorsque je l'interroge sur sa fonction, je n'obtiens qu'une vague réponse.

— L'un des membres de l'équipage était un inventeur de génie qui a fait de *L'Avalon* une merveille de modernité. Tu auras l'occasion de t'en rendre compte bien assez vite ! Certaines pièces du navire comme la cambuse et la cabine de Blake ont même l'eau courante. On dispose aussi d'une machine qui traite l'eau de mer pour la rendre potable. Ça nous a sauvé la vie plus d'une fois.

Je suis fascinée par ce qu'il me raconte et je ne tente même pas de le cacher. Pas étonnant que *L'Avalon* fasse autant parler de lui, avec tous les avantages techniques qu'il apporte à son équipage… J'écoute ensuite Bold m'expliquer quelques-unes des tâches que j'aurai à réaliser. Entretenir les voiles, ranger et nettoyer le pont, le calfater pour le rendre étanche, traiter les cordages… Je regarde autour de moi, tentant de tout mémoriser. Mon regard tombe alors sur l'homme que j'avais remarqué durant la tempête.

Il est grand, presque autant que Blake, et il dépasse d'une bonne tête tous ceux qui l'entourent. Sa stature fine et dégingandée ne colle pas vraiment avec l'image qu'on se fait d'un pirate : je doute que ses membres frêles soient beaucoup plus efficaces que les miens pour porter les imposants cordages. Son visage est hâlé, ses yeux sont d'un marron chaleureux et ses cheveux châtains bouclés lui donnent un air juvénile. À part un poignard passé à sa ceinture, il n'est pas lourdement armé, contrairement à tous les hommes que j'ai croisés jusque-là. Cela confirme mon pressentiment : ce type n'est pas un combattant. Je ne suis pas assez près pour sentir l'aura qui émane probablement de lui mais j'en reconnais les signes. L'angoisse me saisit à la gorge. Je suis sûre de l'avoir cerné.

Je me tourne vers Bold et lui coupe la parole, sans me soucier d'être polie.

— Il y a un sorcier à bord ?

Je tâche de contrôler ma voix. Bold jette un regard vers l'homme qui s'éloigne et ses yeux se fixent sur moi : il me jauge un long moment. Il se pose forcément des questions : comment ai-je pu repérer un sorcier aussi vite, aussi facilement ? Pourquoi ai-je réagi aussi violemment ?

Il semble hésiter un moment avant de me répondre.

— C'est Alonso. Tout le monde l'appelle Al.

Il pourrait tout aussi bien s'appeler Marcel et se faire surnommer Germaine que je n'en aurais rien à faire. Je compte bien garder mes distances avec lui, de toute manière. Mon cœur bat la chamade dans ma poitrine et la panique manque de me submerger.

— C'est quelqu'un de bien, me dit-il. Il nous aide beaucoup. Blake lui-même reconnaît qu'il contribue à la renommée de *L'Avalon.*

— Et qu'est-ce qu'il fait ? Concrètement ? je demande, presque malgré moi.

Et si Bold me répond qu'il invoque des ombres pour affronter les ennemis de l'équipage ? Et s'il me dit qu'il torture en utilisant la magie noire ?

— Il contrôle les vents.

Une part de moi est soulagée par cette réponse. Une autre me fait remarquer que ça reste de la magie, donc un danger potentiel.

— Ça ne paie pas de mine comme ça, mais c'est très utile sur un navire pirate. Avoir quelqu'un qui peut s'assurer que le vent nous sera favorable durant une course poursuite, c'est ce qui fait la différence entre la défaite et la victoire. Al peut faire tourner les vents, il peut les faire souffler plus fort ou, au contraire, les apaiser. Tu l'as peut-être vu essayer d'intervenir l'autre jour durant la tempête.

— Il ne m'a pas paru très efficace à ce moment-là, je marmonne.

— Vu la force de la tempête, même lui n'y pouvait rien. Même la magie doit s'incliner devant la nature, parfois. Après tout, si la magie provient des dieux, il ne faut pas oublier que c'est eux qui ont créé le monde. Pourquoi nous auraient-ils donné des outils pour le dominer ? Il doit bien y avoir une hiérarchie.

Je suis étonnée de l'entendre tenir de tels propos. Pour moi, les pirates sont tous des hors-la-loi mécréants qui ne croient en rien en dehors de l'alcool, d'une bonne bagarre et de l'or. De toute évidence, je suis tombée sur un spécimen un peu différent.

— Pour être tout à fait honnête, reprend Bold, Al n'est pas ce qu'on peut appeler un sorcier très... puissant, ou instruit. Il est dans l'équipage depuis des années maintenant : Blake l'a recruté alors qu'on faisait escale dans un petit port perdu au large du continent. Avant ça, il vivait sur l'Archipel des Lacs.

J'ai déjà entendu parler de l'Archipel, évidemment. Il s'agit en réalité d'une très grande île, une des plus grandes qui existe sur les océans de ce côté du globe. Mais l'île est morcelée par d'immenses lacs, ce qui donne plutôt l'impression d'avoir affaire à une multitude de petites îles plutôt qu'à une seule grande. Les villes sont construites sur pilotis pour rentabiliser l'espace et reliées entre elles par des ponts et des passerelles.

Mais ce qui fait l'intérêt et la réputation de l'île, ce sont ses habitants. Tous pratiquent la magie. On raconte que, lorsque la magie a commencé à être chassée par les autorités, quand les choses ont dérapé, bon nombre de ceux qui pratiquaient et croyaient en la magie sont partis s'exiler sur l'Archipel, alors très peu peuplé, et l'ont fait prospérer. Je ne sais pas quelle part de vérité il y a dans ces récits, mais, aujourd'hui, tout le monde sait que l'Archipel est un lieu d'accueil pour ceux qui ont des sympathies à l'égard de la magie.

— Il n'est pas très puissant mais il nous aide bien, même s'il n'a pas achevé sa formation.

Encore mieux ! Non seulement c'est un sorcier, mais en plus il est mal formé.

— En tout cas, il est des nôtres. Et je sais que la magie peut être effrayante, mais c'est un bon gars. Il fait partie de l'équipage. Tu n'as aucune raison de le craindre.

Je hausse les épaules, restant silencieuse. Bold me toise un instant.

— Je t'ai connue plus bavarde.

— Je n'arrive pas à en placer une, avec tout ce que tu me racontes, je rétorque.

Ma pique ne semble pas l'atteindre.

— La plupart du temps, Al est en cuisine avec Doug, notre petit commis. Mais si tu as des questions pour lui, n'hésite pas à aller le voir !

C'est ça, oui, comme si j'avais envie d'aller faire la causette au sorcier de l'équipage. Ma panique vient à peine de retomber à un niveau acceptable. Et je connais déjà bien assez le sujet. Voyant que je ne réagis pas, Bold hausse les épaules à son tour et continue de me présenter le reste du navire. J'essaie de nouveau de me concentrer sur ce qu'il me dit mais j'ai du mal à chasser de mon esprit le visage pourtant souriant du sorcier.

Bold finit par me laisser avec un groupe d'hommes et part pour se mettre lui-même au travail. Le regard d'avertissement qu'il m'adresse avant de tourner les talons me surprend. Les hommes, en revanche, ne manifestent aucune surprise quand je me mets à les observer puis à imiter maladroitement leurs gestes, mais personne ne vient m'aider ni me conseiller. De temps à autre, je sens le poids de leurs regards. C'est donc un genre de test. Je me débrouillerai seule.

Une heure passe, puis deux. Je refuse de montrer que je suis fatiguée et assoiffée. Le soleil tape fort, les cordages sont lourds et je suis à bout de souffle. Lorsque enfin un des gars me donne une tape sur l'épaule pour me passer une gourde, je pousse un soupir de soulagement et prends une grande gorgée.

Que je recrache aussitôt. C'est du rhum.

Les hommes éclatent de rire, la plupart amusés, d'autres carrément méprisants.

— Qu'est-ce qu'il y a, poupée ? On ne supporte pas l'alcool ? lance l'un d'eux.

— Ne t'inquiète pas, si tu restes un peu avec nous, on va t'apprendre plein de choses que font les grandes personnes... ajoute un autre en imitant un bruit de baiser mouillé qui fait ricaner ses camarades.

Nous y voilà. La provocation que j'attends depuis que j'ai mis un pied sur ce bateau. Certes, avant d'aller récupérer le compas, je n'ai pas passé beaucoup de temps avec les hommes, mais tout de même. Je commençais à croire qu'ils étaient tous intelligents et civilisés, mais ces quelques spécimens veulent de toute évidence me prouver le contraire. Je suis prête. Je me tourne vers eux avec un sourire en coin. Les deux types qui ont parlé se sont rapprochés et me toisent avec une lueur de lubricité répugnante dans les yeux.

— Avant qu'il ne se passe quoi que ce soit, je veux qu'on soit bien d'accord, je dis d'un ton calme, toujours souriante.

Je ne peux pas être tenue responsable de ce qui va se passer. Vous m'avez provoquée, je ne fais que répondre...

Les deux hommes continuent d'avancer vers moi, toujours aussi amusés. J'écarte un peu les pieds pour être plus stable sur ce pont mouillé par les embruns et, d'un geste, essuie la sueur qui me tombe dans les yeux.

— Je sais que le capitaine va essayer de me faire porter le chapeau pour ça, alors vous lui direz bien que...

Une main se tend vers moi.

— C'est sûr que t'avoir à bord va égayer nos soir... Aaaaaargh !

Sa main s'est posée sur mon épaule, lourde et chaude. Je m'en saisis et la tords dans le même mouvement, satisfaite d'entendre un craquement sec m'indiquant que je lui ai brisé le poignet. Sans attendre ni lui lâcher la main, je lui assène un coup de coude au visage qui fait jaillir le sang de son nez. Il pousse un grognement incompréhensible et, lorsque je le lâche, il glisse au sol, ses bras couvrant son visage.

L'autre homme marque un temps de surprise, puis se reprend et fonce vers moi en criant :

— Espèce de garce !

J'esquive son coup de poing pour me retrouver derrière lui. Je le frappe du pied derrière les genoux, le fais tomber en avant, puis j'attrape sa tête que je cogne contre le bastingage. Pas trop fort non plus, je ne veux pas le tuer. Juste faire passer un message. Il s'écroule aussi au sol. Seul le bruit des vagues et des voiles vient rompre le silence.

— Qu'est-ce que c'est que ce bordel, par l'Océan ?

Blake semble furieux, mais aussi un peu curieux. Son regard passe rapidement sur ses deux hommes à terre, sur les autres qui se sont un peu éloignés pour ne pas être impliqués dans l'affaire, puis sur moi. Il me scrute de haut en bas et s'arrête sur mes mains. Je remarque que du sang a goutté sur mes jointures. La faute à Gorille n° 1.

Blake pousse un long soupir et ferme les yeux. D'une main, il se pince l'arête du nez tandis que, de l'autre, il fait un geste vers moi.

— Très bien. Explique-moi.

— Elle n'a fait que se défendre, capitaine.

À ma grande surprise, un des hommes du groupe s'avance.

— José et Colton l'ont provoquée et ils étaient prêts à… euh, tu vois, achève le pirate d'un air gêné.

— Je vois, dit simplement Blake.

Il me regarde de nouveau, imperturbable. Je soutiens son regard. Je n'ai rien à me reprocher et je savais que ce moment devait arriver. Il fait un geste vers les deux hommes, toujours au sol, avant de lancer :

— Emmenez-les dans la cale. Doc passera voir s'ils ont besoin de soins plus tard. En attendant, donnez-leur de l'eau et du pain. Ça leur changera.

Quelques hommes s'exécutent.

— Joli coup de coude, gamine, me dit l'un d'entre eux avec un sourire.

— Les autres, retournez au travail, ce bateau n'avance pas tout seul ! ordonne Blake.

Tout le monde acquiesce et je fais quelques pas vers eux, dans l'espoir de me fondre dans la masse.

— Callie, dit Blake d'une voix calme.

Je me tourne vers le capitaine, prête à me justifier.

— Ça fait quoi ? quatre heures que tu es sur ce bateau en tant que passagère ? Et tu as déjà trouvé le moyen de te battre avec deux de mes gars.

— Tu sais très bien que je ne pouvais pas me laisser faire. Si je montre un seul moment de faiblesse…

— Ils te dévoreront toute crue. Je sais. Bold m'avait prévenu. J'ai ordonné qu'on te laisse tranquille, mais il était sûr que ça ne suffirait pas. Selon lui, tu es trop jeune et trop jolie pour que mon ordre soit respecté.

Il me regarde de nouveau, longuement. Je prends un air offensé et, lorsque ses yeux s'arrêtent trop longtemps sur mes hanches, je pousse un sifflement entre mes dents. Il sourit et lève les mains, comme pour s'excuser.

— En tout cas, il fallait bien que ça arrive, non ? Tôt ou tard… Je pense que le message est passé. Ça devrait aller à partir de maintenant.

Un sourire se dessine sur mes lèvres. Les gens sont toujours surpris par ce que je peux faire. Surtout les hommes. Je ne suis pas particulièrement grande ou forte, mais je suis rapide et je sais où frapper. Je me suis beaucoup entraînée pour ça.

— Tu les as envoyés dans la cale…

— C'était ce qui était annoncé pour ceux qui s'en prendraient à toi.

— Peut-être, mais où vais-je dormir, à présent ?

— Tu n'auras qu'à te choisir un hamac avec les hommes.

Je fais une grimace, imaginant déjà les tentatives nocturnes, sans parler de l'odeur ou des ronflements. Blake hausse les épaules en avisant ma moue.

— Honnêtement, après ce que tu viens de faire, je ne pense pas que l'un d'entre eux tentera quoi que ce soit. Je te conseille quand même de garder la dague près de toi quand tu dors.

— Charmant, je marmonne.

Blake tourne déjà les talons.

— Blake ? Pourquoi tu te soucies de ma sécurité ? Pourquoi as-tu interdit à tes hommes de me toucher ?

Il pivote à moitié vers moi et me lance un sourire à la fois séducteur et prédateur.

— Peut-être que je veux être le premier à poser les mains sur toi…

— Dans tes rêves !

Ma réplique est spontanée, mais je me surprends à frissonner. Il rit en s'éloignant et le vent porte sa réponse jusqu'à moi.

— À ce soir, alors…

CHAPITRE 11
CALLIE

Comme je le pensais, ces hommes ronflent. C'est même un terme trop doux pour qualifier les sons insupportables qu'ils produisent. Impossible de trouver le sommeil dans tout ce vacarme. Au bout d'un moment, n'y tenant plus, je me lève d'un bond et, prenant ma couverture, je monte quatre à quatre les marches qui mènent au pont supérieur.

Lorsque je débouche en plein air, je prends une grande inspiration et referme la trappe pour atténuer le son des bienheureux qui dorment en dessous. Cela fait cinq nuits que je parviens tout juste à grappiller quelques heures de sommeil avant d'être réveillée par le bruit. Alors, toutes les nuits, je sors.

Je profite du calme et de la vue. La beauté de l'océan n'en finit pas de me fasciner. J'adore entendre les vagues, sentir le sel se déposer sur ma peau, regarder les quelques hommes de l'équipe de nuit s'affairer en silence. C'est un moment de sérénité comme je n'en ai pas connu depuis longtemps.

Pas de fuite, pas de pression. Plus de peur. *Il* ne me trouvera jamais ici. *L'Avalon* avance trop vite pour qu'*il* puisse me localiser. Je vérifie régulièrement l'état de mes tatouages. Les motifs sont toujours bien nets sur ma peau, ce qui me prouve que le sortilège est toujours actif. Oui, je suis bien, ici. Pas d'ombre du passé qui plane au-dessus de moi. Je parviens presque à oublier qu'*il* est quelque part, en train de remuer ciel et terre pour me retrouver.

Au-delà de cette sensation de sécurité, j'aime la vie sur *L'Avalon*. Je me suis habituée au roulis, aux bruits du navire et à leur signification. Je commence aussi à comprendre ce qu'on attend de moi au quotidien. Je ne soulève pas autant de poids que les hommes, mais je m'endurcis. Bien sûr, tout mon corps est douloureux et je suis épuisée, mais aucun autre homme n'a tenté de s'en prendre à moi depuis le premier jour. Même José et Colton, lorsqu'ils sont sortis de la cale au bout de vingt-quatre heures, n'ont rien dit. Ils ont subi en silence les moqueries de leurs camarades et refusent désormais de me regarder, ce qui me convient parfaitement. Les autres hommes m'ont accueillie et, si je ne fais pas encore totalement partie de la bande, j'ai l'impression que mon coup d'éclat m'a rendue méritante et sympathique aux yeux de ces pirates. Pour tout dire, je me suis même amusée lors des repas. Glenn, l'homme que j'ai recousu après la tempête, a commencé à m'apprendre à jouer aux cartes… et à tricher. Je garde toujours mes distances avec Al, le sorcier, qui semble être apprécié de tous. Je l'observe et tente de comprendre son pouvoir. Le plus simple serait encore que j'aille lui parler pour essayer de lui soutirer des informations, mais je n'en ai pas le courage pour l'instant.

— Il va vraiment falloir faire quelque chose à ce sujet.

Je sursaute et me tourne vers Blake qui se penche sur le bastingage, à côté de moi. Je ne l'ai pas entendu arriver. Pourtant, il est là toutes les nuits. La première fois, je me suis contentée de le regarder de temps à autre, de loin.

Il semblait concentré sur son gouvernail et je n'avais pas envie de me chamailler avec lui. La deuxième nuit, en revanche, je l'ai rejoint et nous avons parlé un long moment, à propos de navigation, cordages et autres aspects techniques du bateau. Nous ne nous sommes insultés que trois fois et la rencontre avait été somme toute très agréable. Depuis, chaque nuit, il vient me rejoindre sur le pont et nous discutons.

— À quel sujet ?

A-t-il lu dans mes pensées ? A-t-il vu que j'étais presque heureuse à bord de *L'Avalon* ? Ou fait-il référence à la peur panique que son sorcier fait naître en moi ?

— Tu ne peux pas continuer à faire des nuits blanches comme ça. Tu vas finir par t'affaler au milieu du pont, ça serait très gênant.

— Tu peux parler, je rétorque en tournant de nouveau mon regard vers l'océan. Tu dors à peine quelques heures par nuit.

— Peut-être, mais mon lit est extrêmement confortable. Une heure de sommeil y équivaut à une nuit réparatrice. Tu es la bienvenue pour tester son confort quand tu veux, d'ailleurs, ajoute-t-il, provocateur.

Je lève les yeux au ciel. Faire des allusions grivoises et me provoquer sont ses deux passe-temps favoris. Nos discussions se finissent presque toujours en dispute, mais je crois que ça nous convient à tous les deux.

— C'est ça. J'y penserai quand tout le reste du bateau sera en feu.

Peu importe ce que je réponds à ses provocations, il sourit. C'est à la fois énervant et déstabilisant. Je sais qu'il joue avec moi. Je ne suis pas bête : c'est un homme à femmes, ça se voit sur son visage, dans son allure, dans son attitude. Il flirte probablement ainsi avec toutes celles qu'il croise lors de ses escales. Et je ne dois pas me laisser séduire. Outre le fait que je répugne à être un trophée de plus sur son tableau de chasse, c'est une très mauvaise idée. Je me connais. Je sais que je m'attacherai. Et que je finirai par souffrir. Immanquablement.

Mon père m'a appris à ne jamais baisser la garde, car tout finit par passer. À ne compter sur personne pour se sauver. Et puis, je sais mieux que quiconque que l'amour détruit de l'intérieur, qu'il mène à la folie.

— Très bien, reprend Blake, me tirant de mes pensées. Puisque tu refuses de me tenir chaud la nuit, peut-être que tu pourrais prendre la cabine de Bold.

— Pardon ?

— C'est lui qui a proposé. Il est d'accord pour te laisser sa cabine.

Ça ne m'étonne pas, venant de Bold. Sous ses airs de gros dur, c'est un homme bon et généreux. Et je crois qu'il m'apprécie beaucoup. Savoir que je ne peux me reposer comme il faut doit le travailler, voire le faire culpabiliser. Blake hausse les épaules d'un air théâtral.

— Il nous faudra encore une bonne semaine pour arriver à notre prochaine escale. Comme je le disais, si tu continues à ne dormir que quelques heures par nuit, tu vas finir par t'évanouir. Et je ne supporte pas les gens qui tirent au flanc. Si Bold doit te prêter sa cabine pour que tu dormes et que tu puisses faire ton travail la journée… je n'y vois pas d'inconvénient.

Je suis tentée de refuser mais, lorsque je pense au lit qui pourrait être à moi, au calme et au repos… je hoche la tête.

— Bien, c'est entendu alors, dit Blake en tapant dans ses mains.

De nouveau, il se penche contre le bastingage et regarde l'océan.

— Maintenant c'est moi qui vais avoir du mal à dormir.

Je lui adresse un regard interrogateur, mais je sens qu'il va lancer une nouvelle provocation.

— La cabine de Bold se trouve juste à côté de la mienne. Comment trouver le sommeil en sachant que seul un mur nous sépare ?

Je lève les yeux au ciel.

— Pervers. Tu me dégoûtes.

Son regard est attiré par une lueur au loin et l'empêche de répondre. Le sourire de Blake disparaît. Il plisse les yeux puis, sans ajouter un mot, part en courant vers le gaillard d'arrière. Lorsque je le rejoins, légèrement inquiète, il tient une longue-vue à la main et scrute l'horizon. Le navire se rapproche incroyablement vite. Je distingue ses voiles noires, comme celles de *L'Avalon.* Il continue d'avancer vers nous. Blake rentre sa longue-vue et se tourne vers l'homme au gouvernail.

— Je prends la relève. Va réveiller les hommes. Tous à vos postes.

Le pirate acquiesce et fonce exécuter les ordres. Blake manœuvre un moment en silence avant de se tourner vers moi, l'air grave.

— Ils vont nous attaquer.

Des bruits de pas résonnent dans l'escalier. Bold se place à côté de Blake et prend la longue-vue pour observer l'ennemi. Les deux hommes échangent quelques mots puis Blake s'avance vers moi, à présent sombre, froid et concentré. Le calme et le silence paisible sont balayés par les cris et les cavalcades des hommes qui se préparent au combat. Blake m'entraîne vers le pont supérieur en me prenant par le coude. Je me dégage d'un geste, mais je n'ai pas honte d'admettre que toute cette agitation commence à m'effrayer un peu. Blake plonge ses yeux dans les miens.

— Ils ne vont pas tarder à nous rattraper : ils ont le vent pour eux. On va devoir se battre. Si un de ces hommes tombe sur toi… Crois-moi, tu n'apprécieras pas ce moment.

Je suis de nouveau frappée par le changement d'attitude qui s'est opéré en lui. Il est froid et dur et n'a plus rien à voir avec l'homme qui flirtait sans subtilité avec moi. Son sérieux me pousse à l'écouter.

— Très bien, je vais dans la cabine de Bold.

— Non, va dans la mienne. N'allume aucune lampe et ne touche à rien.

Comment Blake peut-il penser que je vais fouiller dans ses affaires dans un moment pareil ? Je me rends compte qu'il attend une réponse, alors je confirme :

— Je ne toucherai à rien, c'est promis.

— Bien. Garde ta dague près de toi et, quoi que tu entendes, ne sors pas. On viendra te chercher quand ça sera fini.

— Et si vous ne vous en sortez pas ?

Il sourit d'un air carnassier et j'en ai des frissons dans le dos.

— On viendra te chercher, répète-t-il avant de tourner les talons. Par l'Océan, où est Al ? Il pionce ou quoi ? crie-t-il en retournant devant le gouvernail.

— Je suis là, je suis là ! répond le sorcier en grimpant les marches du gaillard d'arrière à la hâte. C'est le milieu de la nuit alors je… je dormais, quoi. Qu'est-ce que je peux faire pour toi, capitaine ? dit-il, encore essoufflé.

Blake commence à lui faire part de son plan d'attaque – à croire que cet assaillant sorti de nulle part ne le perturbe pas et qu'il avait tout prévu –, tandis qu'Al agite les mains et les bras, sans doute pour s'échauffer.

Je jette un regard vers l'horizon. Le navire ennemi s'est encore rapproché et, à mon tour, je me détourne pour entrer dans le couloir qui se trouve sous le gaillard d'arrière. Comme me l'a dit Bold, il n'y a que deux portes et je pousse la première pour entrer dans la cabine de Blake. Elle est plus grande que je ne le pensais et très belle. Le lit a effectivement l'air moelleux et un pan de mur est recouvert d'étagères qui débordent de livres et de cartes. Un bureau en désordre est placé près des grandes baies vitrées qui laissent passer la clarté de la lune. Dans un coin, un paravent cache une baignoire. J'ai à peine fait le tour quand des cris commencent à résonner au-dessus de moi. Je prends ma dague en main et m'assois au bout du lit. Avant de me lever pour m'approcher de la porte. Après quelques secondes, je me recule pour me mettre dans un coin. Je suis incapable de me poser quelque part. Je suis bien trop stressée.

L'attente et l'ignorance sont insupportables. Je crois que je préférerais encore être en haut, quitte à risquer ma vie.

Les cris redoublent. La nuit va être longue.

CHAPITRE 12
BLAKE

Même si c'est ma cabine, je frappe avant d'entrer. Connaissant Callie, elle serait capable de me sauter dessus pour m'égorger avant que je ne fasse deux pas.

— Callie ? C'est Blake. Je vais entrer.

Doucement, je pousse la porte et jette un coup d'œil. Elle est debout au milieu de la pièce et tient ma dague pointée devant elle. Elle me regarde intensément et je me rappelle tout à coup que je suis couvert de sang.

— C'est fini, dis-je d'un ton neutre.

Elle hoche la tête, mais ne baisse pas sa dague. Peut-être que je l'effraie. Je lève les mains et, lentement, elle rengaine son arme. D'un geste du menton, elle désigne le sang sur moi.

— Tu es blessé ?

— Ce n'est pas le mien.

Est-elle soulagée ou dégoûtée ? Au fond, cela n'a pas d'importance. Ce que Callie pense de moi devrait être le dernier de mes soucis, surtout après une bataille comme celle-ci. Je n'ai qu'une envie, me laver et dormir. Essayer d'effacer de mon esprit tous ces visages morts.

Est-ce faire preuve de faiblesse que de repenser à ceux qu'on a tués ? Après chaque bataille, je vois défiler les visages de mes adversaires. Parfois, ils me parlent. Ce n'est pas vraiment de la culpabilité, mais c'est une sorte de rituel auquel je ne peux pas couper, un poids qui pèse sur mes épaules pendant quelques nuits.

Je ne saurais expliquer ce qui m'arrive durant les combats. Quand il faut se battre, je perds tout sens de la mesure. Je deviens un être sauvage et sanguinaire, ma vision se trouble et se teinte de noir... Quand j'étais jeune, cela m'a aidé à me faire reconnaître comme capitaine. J'ai dû éviter les mutineries, les attaques, les trahisons et les guet-apens. Cela fait des années que plus personne n'ose réellement me défier, mais la folie furieuse qui me prend parfois ne s'est pas envolée. J'ai même l'impression que tout empire avec le temps. Parfois, au plus fort de la bataille, tout devient flou et une telle colère m'aveugle que je perds le contrôle. Mes ennemis peuvent se rendre, supplier, en appeler aux dieux, je les tue quand même jusqu'au dernier. C'est comme ça que j'ai été élevé par mon père : il lui fallait un héritier qui puisse défendre son nom et il n'a jamais tenté de m'apprendre à maîtriser ma rage et ma soif de sang. Au contraire, il l'a entretenue tant et si bien que j'ai gagné la réputation d'être un pirate sans merci.

Je soupire, soudain très las.

— Mes hommes sont en train de nettoyer et de s'occuper des corps, tu devrais attendre dans la cabine de Bold.

Elle ne dit rien mais acquiesce, sans paraître s'émouvoir à l'idée de se trouver à côté de cadavres. Je ne cesserai jamais d'être surpris par cette fille. Alors qu'elle s'avance vers la porte, je me laisse tomber sur une chaise pour enlever mes bottes poisseuses. Mais elle se retourne brusquement.

— Tu as une baignoire.

Je marque un moment de surprise.

— Et tu m'as laissée me laver dans une bassine minuscule jusqu'à présent ? Rustre.

— Tu es libre d'utiliser ma baignoire quand tu veux. Surtout quand je me trouve dans la cabine. Vraiment, n'hésite pas.

Le clin d'œil qu'elle m'envoie me surprend. Je reste un instant fasciné par le mouvement qu'esquissent ses taches de rousseur.

— Ah, capitaine, tu n'es pas prêt pour une telle vision…

J'éclate de rire alors qu'elle tourne les talons et ferme la porte derrière elle. Je finis d'enlever mes vêtements en repensant à sa provocation et m'allonge enfin sur mon lit. Tant pis pour le bain. Je suis trop fatigué. Je ferme les yeux, m'attendant à voir défiler les visages ensanglantés. Au lieu de ça, je ne vois que le sourire de Callie.

CHAPITRE 13
CALLIE

Cela fait deux nuits que je dors dans la cabine de Bold et, sans faire ma précieuse, je revis. Le lit est confortable – peut-être pas autant que celui de Blake, mais après quelques jours à dormir dans un hamac, le plus simple des matelas devient synonyme d'extase. Il n'y a pas de bruit, pas d'odeur et, si la cabine est petite, j'ai un espace à moi qui n'est pas sans arrêt envahi par des pirates bougons ou braillards. J'ai un peu de peine pour Bold qui m'a laissé ce petit coin de paradis et doit maintenant se contenter de la promiscuité du pont inférieur, mais il ne semble pas mécontent. Je profite donc de chaque nuit et, ce matin, je me prélasse encore un moment entre les draps, laissant mes pensées vagabonder.

Grâce à mes nuits réparatrices, les tâches de la journée ne me semblent plus si insurmontables. Je sais que mon corps s'habitue : j'ai moins mal aux muscles et ma peau prend une teinte hâlée à force d'être exposée au soleil. Le seul inconvénient, à disposer de cette cabine, c'est que cela a mis fin à mes petites discussions nocturnes avec Blake. Non pas que ça soit une mauvaise chose. En fait, c'est sans doute mieux comme ça. Plus prudent.

Le voir arriver couvert de sang après la bataille m'a un peu remuée. Je ne sais pas à quoi je m'attendais. Je sais que c'est un capitaine pirate et que, pour arriver à cette position, il faut être sans pitié. Je commence à le connaître et je sais que ce n'est pas un enfant de chœur. Pourtant… ses sourires et ses regards me bouleversent. Certes, il est plutôt beau garçon. Il est intelligent et les conversations que nous avons sont passionnantes… quand il décide de laisser le sarcasme, les moqueries et les provocations de côté.

Ô, par les dieux, il m'agace autant qu'il m'attire. Je ne sais plus quoi penser.

Quand j'étais petite, je lisais tous les livres qui me tombaient sous la main. Fictions, biographies, traités scientifiques, essais philosophies, discours politiques, romances… Tout pourvu que ça me fasse oublier les cris et les atrocités commises dans les pièces à côté. Pendant des années, j'ai rêvé qu'un chevalier en armure vienne me chercher, qu'un brigand justicier m'enlève sur le chemin du village et me mette en sécurité. Mais personne n'est venu. Les histoires étaient fausses. Le jour où j'ai compris que, dans la vie, il ne faut compter que sur soi-même, j'ai cessé d'attendre qu'un homme vienne me sauver. J'ai réalisé qu'il me suffisait d'être le héros que j'attendais. Il n'est donc pas question que je tombe aux pieds du premier capitaine pirate qui croise ma route.

Je soupire.

Dix jours sont passés depuis que nous avons quitté la petite ville. Dix jours que je suis à bord de *L'Avalon* et je sais que nous ne tarderons pas à faire escale. Nous voguons plein sud depuis notre départ, sans que j'arrive à savoir vers quoi nous mettons le cap. Tout ce que j'ai réussi à comprendre, c'est que c'est très important. Et comme j'ai aperçu le compas dans les mains de Blake à plusieurs reprises, j'en déduis qu'ils sont sur la piste d'un énorme trésor ou d'une île sauvage qui font tant frissonner les pirates. Au fur et à mesure que l'escale, c'est-à-dire la fin de mon voyage, se rapproche, je me rends compte que je n'ai pas envie de retourner à terre. J'aime travailler dur, en plein soleil, avec l'océan à mes côtés. J'aime rire avec les hommes que ma présence ne dérange presque plus. J'aime jouer aux dés ou aux cartes avec eux. J'aime passer des soirées à rire avec Bold, à l'écouter me raconter ses incroyables aventures en rêvant d'y être. J'aime lorsque mes yeux croisent ceux de Blake par hasard et qu'aucun de nous deux ne veut se détourner le premier. J'aime encore plus surprendre les sourires qui se dessinent sur ses lèvres quand je mouche l'un de ses hommes. J'aime la vie à bord de *L'Avalon*. Si je m'écoutais, j'y resterais, savourant l'ambiance de liberté et d'amitié qui y règne.

Mais m'attacher, m'ouvrir, c'est laisser les gens s'approcher trop près de mon secret, celui-là même qui m'a forcée à changer de vie. Ce secret qui pousse les gens à me regarder avec de la haine et de la peur dans les yeux. À croire que j'étais complice plutôt que première victime. Les gens ne réalisent pas que je l'ai aimé – comment aurait-il pu en être autrement : il était mon modèle, mon héros. Tout s'est effondré quand il a récité cette formule. Je n'étais qu'une enfant, mais je me souviens encore des ombres, de la chute brutale de la température. Je me souviens des cris, les siens et les miens. Je me souviens d'avoir ouvert les yeux et de l'avoir regardé. Je me souviens de ne pas l'avoir reconnu.

Il m'a pourtant fallu longtemps pour réunir le courage nécessaire pour partir. C'était sans doute égoïste de ma part, mais je ne supportais plus cela. Les regards, les murmures, la peur des gens. Ils savaient qui j'étais, ils savaient que je l'aimais, que j'étais avec lui. Et ils me haïssaient autant qu'ils avaient peur de moi à cause de ça.

L'amour, sur le coup, ça semble valoir la peine. Mais ce n'est pas le cas. Plus on aime, plus on souffre. Oui, rester à bord de ce bateau est une mauvaise idée. Je m'attache déjà : à Bold, à Glenn et à Peter qui ne sont pas de si mauvais bougres et qui m'ont appris à m'enrichir aux cartes, à Doc, qu'on voit rarement, mais qui est capable de me captiver en parlant de ses remèdes, à Doug, le petit commis de cuisine qui me regarde comme si j'étais une déesse (un regard qui lui aurait valu un coup de pied bien placé s'il n'avait pas dix ans)… et à Blake. Je me déteste de m'être attachée à Blake, à son sérieux quand il donne des ordres pour manœuvrer le bateau, à l'amour qu'il porte à son navire et à son équipage, au sarcasme dans sa voix quand il me parle, à nos conversations… Tout cela ne mènera à rien. Ces hommes sont des pirates qui m'oublieront au moment même où le bateau s'éloignera du quai où je serai restée. Et Blake n'a pas assez de cœur pour éprouver quoi que ce soit pour moi.

Je me lève rapidement, comme pour chasser ces pensées. Je m'habille et noue mes cheveux en une longue tresse. Puis je sors sur le pont où des hommes s'activent déjà. Je fais un signe de la main à Glenn puis m'engouffre dans l'escalier vers le réfectoire. Là, Doug me sourit avec béatitude et me tend une assiette remplie à ras bord que je dévore avec appétit. L'océan, ça creuse.

Les hommes vont et viennent, s'assoient, discutent, mangent puis repartent. Je les regarde, seule dans mon coin. Je n'ai pas envie de me mêler à eux aujourd'hui. Je vais bientôt partir.

Je dois aussi penser à leur sécurité. Malgré toutes mes précautions, *il* peut me retrouver. Ce jour-là, mieux vaut que Blake et son équipage ne se trouvent pas près de moi. Ils n'en sortiraient pas vivants.

CHAPITRE 14
BLAKE

Alors que le port se dessine à l'horizon, une vague de déception m'envahit. Bold semble le lire sur mon visage mais ne fait pas de commentaire.

— Tu vas la prévenir ?

Je hausse les épaules, mais comme il se place devant le gouvernail, je devine que je n'ai pas vraiment le choix. Je pousse un soupir exagéré et commence à descendre les marches.

— Blake ?

— Mmh ?

— Sois gentil, me dit Bold.

— Bien sûr. Tu me connais….

Je n'ai pas envie d'être gentil avec Callie. J'ai envie d'être moi-même. Dur, exigeant, un peu vulgaire, un peu cassant peut-être mais déterminé, loyal et, surtout, sans pitié sur bien des points. Ce qui m'effraie le plus, c'est que j'ai l'impression que je peux tout lui dire. Je ne sais pas si elle réalise à quel point je me laisse aller avec elle. Bold, lui, l'a vu. Peut-être est-ce pour cela que je n'ai pas envie qu'elle parte. Avec elle, je me sens moi-même. Oh, je suis sur une pente dangereuse, là.

Je marmonne pour moi-même des paroles incompréhensibles et ignore les hommes que je croise sur mon chemin. Glenn et Al s'arrêtent de parler lorsque je passe devant eux et sourient tous les deux d'un air moqueur.

— Quelque chose ne va pas, capitaine ?

Je leur adresse un geste obscène qui les fait rire aux éclats. Je me déride enfin : j'aime mes hommes et j'ai confiance en eux, mais je dois avouer que j'ai une relation particulière avec Glenn et Al. Glenn a quasiment grandi avec moi et il est comme un frère à mes yeux. Quant à Al… c'est plus compliqué et plus récent, mais j'aime son humour et son esprit. On s'entend bien tous les trois, et c'est d'ailleurs les seuls membres à bord qui se permettent de me manquer de respect. Avec Bold, bien sûr, même si c'est un cas à part. Et Doc. Oh et, désormais, il y a Callie.

Enfin… plus pour longtemps. Je frappe à la porte de la cabine de Bold et j'entre, sans attendre. Callie se tourne vers moi et ses yeux me lancent leurs fameux éclairs. Elle est en train de boutonner sa chemise qui reste à moitié ouverte et ce que j'aperçois est tout à fait à mon goût.

— Ça va, tu profites du spectacle ? fait-elle en fermant précipitamment les derniers boutons.

— Tu n'as rien que je n'aie déjà vu.

— Ça, je n'ai pas de mal à le croire, répond-elle en levant les yeux au ciel. Qu'est-ce que tu veux ?

— J'ai oublié. La vision de ta peau nue m'a totalement bouleversé et… Aïe !

Je ris en me frottant le bras qu'elle vient de frapper. Je ne me lasse pas de faire ces sous-entendus grivois. J'adore l'air dédaigneux qu'elle affiche, mais j'aime encore plus voir la rougeur discrète à ses joues.

— Tu as trois secondes pour me dire ce que tu veux et arrêter de me regarder comme si j'étais une chope de bière que tu comptes engloutir, m'avertit-elle.

— Je vois qu'on a adopté le vocabulaire des pirates…

Elle lève de nouveau les poings et je reprends très vite la parole :

— Le port est en vue. On accostera dans la soirée.

D'un coup, elle laisse retomber ses mains le long de son corps. Nous restons silencieux et immobiles à nous regarder.

— Parfait, finit-elle par dire en se détournant. J'en ai ma claque, des pirates.

Je me détourne et sors de la pièce. Je n'ai rien d'autre à ajouter. Rien que je ne puisse regretter par la suite, en tout cas.

Le soir même, nous accostons au port de Tadel. La ville n'est pas très grande, mais suffisamment pour avoir une taverne, ce qui en fait l'endroit idéal pour nous. Lorsque je pose pied à terre, et comme chaque fois, il me faut un moment pour me réhabituer à la stabilité du sol. C'est une sensation étrange. Je laisse mes hommes passer devant ; ils s'éloignent en riant et en parlant très fort. D'ici à quelques minutes, toute la ville saura que des pirates ont accosté et les lumières seront baissées tandis que les hommes enfermeront leurs femmes et leurs filles. Pas toutes, j'espère. Callie a remis la robe qu'elle portait lorsque nous nous sommes rencontrés. Après des jours à la voir habillée d'un pantalon et d'une chemise trop grands pour elle, j'avais oublié comment elle était… en fille. Elle surprend mon regard et plisse les yeux. Je lève les mains en signe de paix et m'approche d'elle.

— On va prendre un dernier verre, en souvenir du bon vieux temps ?

Elle hésite.

— Allez, j'insiste. Tu ne vas pas quitter la ville de nuit, de toute façon. Et je te promets de ne pas essayer de te soûler pour te mettre dans mon lit.

— Quelle noblesse, je suis touchée par ton sacrifice.

Néanmoins, elle m'emboîte le pas quand je me mets en marche. Du coin de l'œil, je vois Al, resté un peu en retrait, près du quai, me regarder.

La taverne où nous entrons est bondée et encore plus bruyante que la dernière que j'ai visitée. Le niveau sonore diminue un peu quand nous faisons notre entrée ; les gens nous fixent, sans que je sache si c'est ma tenue de capitaine qui les impressionne ou s'ils observent Callie.

J'ai ma réponse alors que nous arrivons au milieu de l'allée centrale et qu'un homme un peu trop audacieux – ou trop stupide – passe sa main sur les fesses de Callie. Celle-ci s'arrête brusquement et plisse les yeux. Avant que je ne fasse un seul pas, elle se retourne et, d'un geste vif, assène un coup de pied dans les parties sensibles de l'homme. Son geste me fait grimacer ; j'ai presque mal pour ce pauvre bougre. Celui-ci glisse à genoux et tente de porter les mains vers la zone meurtrie. Callie est plus rapide et elle y appuie son pied botté tandis que son bras s'enroule autour de la gorge de l'homme.

Le silence est total dans la taverne. Je m'amuse comme un fou.

— Le prochain qui pose la main sur moi, je les lui arrache. Ça lui fera un joli collier pour annoncer au monde entier à quel point il est un porc, dit-elle d'une voix forte. C'est clair ?

Personne n'ose rompre le silence, mais je vois quelques hommes baisser la tête. Je n'en reviens pas d'assister à un tel spectacle. Mes hommes se bidonnent discrètement. Je vois Glenn s'essuyer les yeux tellement il rit. Comme elle n'a pas de réponse, Callie appuie un peu plus fort sur l'entrejambe de l'homme qui gémit de plus belle.

— C'est… très clair, madame, lâche-t-il dans un souffle.

— Bien, dit Callie avec un sourire si innocent et adorable qu'on dirait qu'ils viennent de parler du temps qu'il fait.

Elle le relâche et se détourne en essuyant ses mains sur sa cape. La serveuse lui tend une bière sans même lui demander ce qu'elle veut. Un regard vers l'arrière m'indique que l'homme qui vient de se faire humilier a rejoint sa bande de camarades tous aussi moches, patibulaires et probablement aussi stupides que lui. Ils n'ont pas l'air contents et sortent de la taverne alors que les conversations reprennent enfin. Je rejoins Callie et me mets dos au comptoir pour la fixer longuement.

— Quoi ? finit-elle par dire.

— Tu sais que tu ferais un excellent pirate ?

Elle rit en rejetant la tête en arrière. Ses cheveux mettent son visage en valeur, ses yeux brillent, ses taches de rousseur ressortent plus nettement sur sa peau hâlée… *Oh, là, là, Blake, rappelle-toi ce qu'on a dit, mon gars.*

— Je prends ça pour un compliment, me répond-elle.

— Tu peux. C'en était un.

Callie lève sa chope et trinque avec moi.

— Buvons à ça, alors ! dit-elle avec un sourire.

— À la vie de pirate !

CHAPITRE 15
BLAKE

— Je ne te crois pas !

— Je jure que c'est vrai. Il a gardé la trace de ma main pendant trois jours après ça. Chaque fois que je le croisais dans les couloirs du château, il baissait les yeux et accélérait le pas. C'était hilarant.

Je ris de nouveau et finit ma bière. La soirée est bien entamée et cela fait une heure que je discute avec Callie. Étonnamment, personne n'a encore été insulté, et la conversation reste tout à fait amicale. Je la regarde prendre une nouvelle gorgée puis reposer sa chope sur le comptoir.

— Je suis impressionné.

Elle lève les yeux vers moi, le visage rougi par la chaleur de la taverne et sans doute un peu par l'alcool. Je désigne sa bière :

— Tu tiens plutôt bien l'alcool, pour une fillette.

— J'ai dix-huit ans, répond-elle avec un regard de travers. Et je suis sur la route depuis que j'ai douze ans. Ça fait bien longtemps que je ne suis plus une fillette.

Je l'observe, surpris. C'est la première fois qu'elle me donne des informations aussi personnelles. Jusqu'à présent, je ne savais rien d'autre que son prénom et le fait qu'il ne fallait pas la chercher. Je me demande si c'est parce qu'elle se dit qu'on ne se reverra plus ou si c'est l'alcool qui aide, mais elle me semble plus encline à se confier, ce soir.

— Tu as perdu tes parents à douze ans ?

Elle grimace, me fixe un moment et finit par soupirer.

— C'est compliqué. En tout cas, à douze ans, je me suis retrouvée seule. Plus rien ne me retenait dans mon village natal. Alors je suis partie.

— Comme ça ?

— Comme ça ! Je ne savais même pas où j'allais. C'est d'ailleurs la seule fois où j'ai utilisé le compas ! J'étais tellement perdue que j'ai fait confiance à la magie, juste pour cette fois !

Oui, c'est bien l'alcool qui la fait parler. Ses joues sont encore plus rouges que tout à l'heure et ses yeux brillent plus que d'habitude. Je sais que c'est mal d'en profiter, mais je suis loin d'être un saint.

— Où as-tu trouvé le compas ? Il est extrêmement précieux…

— Ah, tu le reconnais enfin ! Maintenant que tu n'as plus besoin de me le payer à son juste prix…

Elle roule des yeux. C'est tellement drôle de la voir dans cet état. Je remarque qu'elle n'a pas répondu à ma question, alors je reste silencieux pour ne pas la brusquer. Comme je l'espérais, elle reprend, l'air de rien :

— Il appartenait à mon père. Je le lui ai volé avant de quitter la maison, avec d'autres choses… Au début, j'étais trop effrayée pour revendre ce que je lui avais pris, mais j'ai fini par prendre mon courage à deux mains. J'ai aussi découvert que j'aimais bien marchander… et voler. Il se trouve que je suis plutôt douée pour ça.

En l'écoutant, je me félicite de l'avoir gardée à l'œil pendant son séjour à bord de *L'Avalon*.

— Enfin. Je m'en sortais plutôt bien en volant puis en revendant un objet de temps à autre. Mais j'ai éprouvé le besoin d'avoir un peu de stabilité... Alors j'ai trouvé des petits métiers. J'ai été femme de chambre pour une lady pendant des années. Lady Brigid. Une vraie peste. Mais j'étais bien, là-bas. Je m'y suis fait des amis, Miles et Sharon. On était inséparables.

— Pourquoi es-tu partie ?

— Je préfère bouger. C'est plus sûr.

— Plus sûr ?

Elle ouvre la bouche, mais, cette fois, elle semble se rendre compte qu'elle en dit trop. Elle me regarde d'un air soupçonneux.

— Je vous trouve bien curieux, ce soir, capitaine.

Je lève les mains comme pour montrer que je suis innocent. Callie n'est pas dupe et quitte difficilement sa chaise. Elle titube un moment et je la prends par le bras pour la stabiliser.

— Ouups, c'est plus fort que je ne le pensais !

Ses yeux se posent sur ma main, toujours serrée sur son coude, et je la lâche. Elle s'éloigne d'un pas mal assuré mais parvient néanmoins jusqu'à Bold et se laisse tomber à côté de lui. Je les regarde commencer à discuter, songeur. Ces révélations me l'ont confirmé : Callie fuit quelque chose, ou plutôt quelqu'un.

Tout en finissant ma chope, je me tourne pour voir ce qui se passe autour de moi et je surprends des bribes de conversations. Deux hommes parlent d'une affaire qu'ils sont sur le point de monter et je devine à leurs sous-entendus que personne ne devrait acheter ou boire le vin qu'ils vont vendre. Un groupe tout près de moi évoque la pêche et les récents caprices de l'océan. Juste à côté de moi, un homme raconte une histoire qui semble captiver ses camarades.

— Vous n'êtes pas obligés de me croire, dit-il alors que je me penche vers eux pour mieux entendre. Mais les faits sont là. Personne ne sait d'où il vient, ou peut-être tout simplement que les gens sont trop effrayés pour parler. Personne ne sait quel est son vrai nom, et surtout, personne ne sait comment le stopper.

— Personne ne connaît ces réponses parce qu'elles n'existent pas, imbécile, lui rétorque un autre homme. Le Sorcier Noir est un démon. Sorti des profondeurs des Enfers pour nous massacrer. Son pouvoir n'a pas de limites et on ne peut que prier les Cieux et les dieux qu'il reste loin de nous. C'est tout.

Alors que la discussion s'envenime, je me détourne et brandis le bras pour commander une autre boisson. La serveuse me l'apporte avec un sourire aguicheur auquel je réponds par habitude. En réalité, je pense totalement à autre chose. Quand Al vient s'asseoir à côté de moi et commence à me parler, je ne l'écoute que d'une oreille.

Évidemment, j'ai déjà entendu parler du Sorcier Noir. Je vis peut-être sur l'océan, mais je me tiens informé de ce qui se passe sur terre. Le Sorcier Noir est devenu célèbre il y a une dizaine d'années. Avant cela, ce n'était qu'une légende, comme il y en a tant d'autres. L'histoire d'un mage noir, plus puissant que tous les autres, capable de réaliser des prouesses maléfiques. Il apparaissait quelquefois, décimait une ville entière, puis retournait en enfer. D'après ce qu'on raconte, ce Sorcier Noir est en réalité une ombre magique, invoquée par des personnes avides de régler leurs comptes, qui prend possession d'un corps pour y parvenir. Dans le passé, une fois sa basse besogne effectuée, il disparaissait, jusqu'à ce qu'on l'appelle de nouveau. Il pouvait apparemment se passer des années sans qu'on l'aperçoive.

Et puis, il y a environ six ans, quelque chose s'est produit : les gens disaient qu'il était réapparu, mais pour de bon cette fois-ci. Il tuait et mutilait par-ci par-là, mais il ne repartait pas. Aujourd'hui, tout le monde connaît son nom et prie pour ne pas se trouver en travers de son chemin. On dit qu'il est vêtu de noir, qu'il est aussi changeant que l'océan et aussi cruel que les créatures des profondeurs. Personne ne sait ce qu'il veut, il semble tuer comme bon lui semble. Certains des villages qu'il traverse restent intacts, d'autres sont réduits en cendres. On a raconté pendant des mois l'histoire de la sorcière à qui il a arraché la tête pour la planter sur une pique avec laquelle il s'est baladé dans le village. On a aussi parlé de cet homme pour qui il aurait fait apparaître des coffres emplis d'or, même si personne ne sait ce qu'il avait fait pour mériter un tel traitement. On dit parfois qu'il veut renverser les souverains des différents royaumes et régner sur notre monde. C'est ridicule car, avec son pouvoir, il devrait y parvenir en quelques heures. On dit aussi qu'il cherche quelqu'un. Mais qui peut lui échapper ? Qui peut parvenir à le fuir et à le semer pendant six longues années ?

Je prends une gorgée de ma boisson. La fuite. Comme Callie. Que fuit-elle ? Pourquoi ? Le tatouage, le compas, la peine dans son regard quand elle évoque son passé, sa peur irrationnelle de la magie… Soudain, je repense à cette rumeur, la rumeur selon laquelle le compas était en possession d'un sorcier… Et pas n'importe lequel. J'avale de travers. Ce n'est qu'une intuition un peu folle, mais si ce que je pense se révèle exact… c'est absolument énorme.

CHAPITRE 16
CALLIE

Il faut presque une heure pour que les effets de l'alcool retombent. Ai-je bu autant parce que j'étais en face de Blake ou bien voulais-je oublier que j'allais de nouveau me retrouver seule, sans but et exposée ? J'ai peur d'avoir révélé des choses importantes, et les regards que Blake m'a lancés quand je me suis éloignée de lui m'ont fait froid dans le dos. Et s'il découvrait la vérité ? S'il devine ce que je peux lui apporter, il me vendrait sans hésitation. Et je serais de retour avec *lui*. Rien que d'y penser, j'ai envie de hurler.

Je jette un regard vers Blake et constate qu'il a d'autres choses en tête puisqu'une fille blonde et plantureuse est maintenant assise sur ses genoux. Elle lui susurre des choses à l'oreille et rejette la tête en arrière pour rire à sa réponse. Évidemment, dans le mouvement, elle exhibe sa poitrine et j'esquisse une grimace en voyant la gourmandise de Blake. Celui-ci lève les yeux et nos regards se croisent. J'ai envie de me détourner mais ce n'est pas dans mes habitudes et, après tout, je n'ai rien à me reprocher, moi. Je ne fais que discuter avec Bold, pas fricoter avec une pauvre fille qui n'a rien d'autre à faire que de se frotter au premier pirate qu'elle croise.

Blake hausse les sourcils, dans un mouvement signifiant : *Puisque tu refuses de partager mon lit, je dois bien trouver quelqu'un d'autre.* Mais, après tout, à la fin de la soirée, ce qu'il fait et avec qui, ce n'est plus mon problème.

Aaaaah, je suis ridicule. Passe à autre chose, Callie.

Du coin de l'œil, je vois Al se lever et se diriger vers moi. Je tente de l'ignorer en écoutant les villageois à ma droite. Ils parlent d'une attaque vers la capitale, à des lieues d'ici.

— Le Sorcier Noir est de plus en plus audacieux.

— Pourquoi serait-il prudent ? C'est le sorcier le plus puissant de tous les temps !

— C'est un monstre ! Une créature du diable ! Il faudrait l'arrêter !

— Eh bien, vas-y, toi ! ricane le premier homme. Je te rappelle que personne ne peut le tuer.

Je ne veux pas entendre ça. Par réflexe, je me détourne et tombe nez à nez avec Al qui me sourit.

— Tu es à sec ? me dit-il, toujours avec cet air affable.

Sa présence me surprend tellement qu'il a besoin de me désigner ma chope vide pour que je comprenne de quoi il parle.

— Tu veux que j'aille te chercher quelque chose à boire ?

Ça doit être la première fois qu'on se parle, seul à seul, et voilà qu'il joue les gentilshommes attentionnés. Étrange.

— Non, merci. J'ai assez bu pour la soirée, je réponds, tentant de garder une voix neutre.

Qu'est-ce qu'il me veut ? Je jette des regards autour de moi, avec l'impression d'être prise au piège.

— Ouf, reprend Al. J'ai dit ça pour être gentil et serviable, mais je n'ai aucune envie de retourner près du comptoir. Blake et la serveuse sont sur le point de nous offrir un spectacle dont je me passerais bien.

— Tu n'approuves pas les agissements de ton capitaine ?

Al hausse les épaules et prend une gorgée dans sa propre chope, bien pleine.

— Disons que c'est amusant au début, mais on se lasse vite.

Je me demande pourquoi il me raconte ça. Essaie-t-il de me faire comprendre que Blake sort ce petit numéro à toutes les filles qu'il croise dans les ports ? Car ça, je m'en doutais. Essaie-t-il de me dire que je ne suis rien pour Blake ?

— Qu'est-ce que tu veux, Al ?

Il écarquille les yeux, comme s'il était surpris par ma question et mon animosité.

— Je voulais juste parler un peu. On n'a jamais vraiment eu le temps de faire connaissance, toi et moi…

— Et c'est ce soir que tu te décides ? Alors que je vais partir ?

— Mieux vaut tard que jamais, j'imagine, dit-il en haussant de nouveau les épaules. J'ai essayé de venir te parler plusieurs fois, mais je n'ai pas eu l'impression d'être le bienvenu.

— Je n'ai rien contre toi.

— Tu es sûre ? Tu m'as l'air méfiante…

— Tes questions me mettent mal à l'aise.

Son visage a l'air si triste que j'ai de la peine pour lui. Je pousse un soupir et, avant que je comprenne comment j'en suis arrivée là, me voilà en train de rassurer un sorcier à moitié éméché.

— Je n'ai rien contre toi, je répète, d'une voix douce. J'ai du mal avec… la magie, je finis par lâcher.

Aussitôt, Al se redresse et me lance un regard étonné.

— Vraiment ? Tu as peur de la magie ? Je ne suis pas maléfique, tu sais.

— Oui, je m'en suis rendu compte, lui dis-je en souriant.

— J'utilise la magie qui m'entoure, c'est tout. Et je ferais n'importe quoi pour *L'Avalon* et Blake. Ils sont ma famille, ajoute-t-il en désignant les pirates autour de nous d'un geste du menton.

— Je n'en doute pas. Mais les habitudes ont la dent dure. Je me suis toujours méfiée de la magie, alors… À vrai dire, fais-je, je la déteste.

— Non, rétorque Al. Tu détestes ceux qui utilisent mal la magie.

Il observe un moment sa chope avant de reprendre :

— C'est curieux que Blake et toi vous entendiez aussi bien. La magie te rebute, lui, il est fasciné par ce qu'elle peut accomplir.

Je ne sais pas bien pourquoi il me dit ça et je botte en touche :

— Eh bien, ça n'a plus tellement d'importance, désormais, n'est-ce pas ? Comme je le disais, c'est ma dernière soirée avec vous.

Il marmonne quelques mots pour lui, si bas que je ne parviens pas à comprendre. À mes côtés, Bold remue un peu, et sa voix devient plus forte, couvrant le silence gênant entre le sorcier et moi. Puis Al lève sa chope maladroitement, ce qui fait trembler notre table.

— Tiens. Une dernière bière en guise d'au revoir. Je te promets que je ne l'ai pas empoisonnée.

Je souris et, pour lui faire plaisir, prends une gorgée de la boisson. Lorsque je le regarde de nouveau, il hoche la tête.

— Bonne continuation, Callie. C'est dommage que tu quittes *L'Avalon.*

Son visage m'indique le contraire de ce qu'il dit. Cet homme est vraiment spécial : il s'est toujours montré bienveillant et amical avec moi, pourtant je sais qu'il mentait quand il a parlé de mon départ. Al n'est pas triste du tout de me voir partir, mais je n'arrive pas à savoir pourquoi.

Décidée à profiter encore un peu de ma dernière soirée en tant que pirate, je me tourne vers Bold qui a trop bu et raconte des histoires rocambolesques à qui veut bien l'écouter.

— Et là, Blake saute sur le pont, récupère le sabre de son père et, en deux ou trois gestes, c'était fini. Les autres étaient à terre et *L'Avalon* était sauvé. Je vous jure, ce gamin était fait pour être pirate. Quinze ans, et il sauve déjà son équipage !

Les villageois qui l'écoutent poussent des cris d'émerveillement et je souris devant la fierté qui transparaît dans la voix du second.

— Tu connais Blake depuis longtemps, dis-je à Bold alors que les conversations reprennent.

Il acquiesce.

— J'étais là quand son père est remonté sur le bateau en transportant ce petit bout d'homme dans les bras. Je n'ai jamais su qui était sa mère, mais je l'ai vu devenir l'homme qu'il est aujourd'hui. Son père était l'un des meilleurs pirates que ce monde ait jamais vus… On ne peut pas dire que c'était un bon père. Il ne lui a jamais montré ses sentiments et Blake ne connaît pas d'autre façon d'agir. Il a dû s'endurcir très vite pour survivre.

Je reste songeuse face à cette description. Je sais parfaitement ce qu'est un père incapable de montrer ses sentiments. C'est même la source de tous mes ennuis.

— Tu sais, Bold, commencé-je d'un ton mal assuré. Je… Je voulais te remercier. Je sais que ça ne fait pas longtemps qu'on se connaît mais je t'apprécie beaucoup.

Et, contre toute attente, j'ai passé de bons moments sur *L'Avalon.*

— Comme la fois où tu as remis en place deux membres de l'équipage ?

Bold éclate de rire devant mon hochement de tête amusé et se penche vers moi pour que personne ne nous entende.

— Moi aussi j'ai apprécié les moments passés avec toi, petite.

Venant de toute autre personne, ce qualificatif m'aurait fait sortir de mes gonds, mais il faut avouer que je suis minuscule face à Bold. Je laisse donc couler, d'autant plus que je sens l'affection dans le terme.

— Tu vas me manquer. J'aimais bien ce que tu apportais à l'équipage.

Je souris bêtement et lève mon verre. Bold trinque avec moi, bientôt rejoint par d'autres pirates.

Des heures plus tard, j'échappe à Glenn qui tient absolument à faire un bras de fer contre moi et je m'éclipse dans un coin de la salle. C'est le milieu de la nuit, mais la taverne est toujours aussi bondée et le bruit ne s'arrête jamais. J'ai besoin de prendre l'air. Les serveuses ont de plus en plus de mal à circuler sans être accostées avec lourdeur. Et le pire, ce sont les couples qui se bécotent sans aucune pudeur, laissant tout à fait imaginer comment leur soirée va se terminer. J'aperçois d'ailleurs Blake qui s'est trouvé un endroit plus tranquille. Il a aussi changé de partenaire puisqu'il a désormais la bouche collée à celle d'une petite brune que je reconnais comme étant une autre serveuse. J'imagine que c'est en effet une manière comme une autre de faire le service.

Je sors discrètement et inspire un grand coup. L'air frais de la nuit vient fouetter mon visage et mes cheveux chatouillent mes joues. On est suffisamment près de l'océan pour que l'air ait ce petit goût salé auquel je me suis déjà habituée. Peut-être que je pourrais partir maintenant ?

Ça serait tellement plus simple. Pas d'au revoir, pas de moment gênant. Juste une dernière soirée sympathique et, d'ici à ce que l'un d'entre eux réalise que je ne suis plus là… eh bien, je ne serai plus là. Oui, c'est sans doute mieux comme ça. Quelle est l'autre option ? Rentrer interrompre Blake pour lui dire que je m'en vais ? Il me tuerait. Attendre demain matin ? Quel intérêt ? Si j'attends trop, je serais capable de revenir sur ma décision. Autant partir quand j'en ai encore la force.

Sans un regard en arrière, je fais quelques pas dans la ruelle qui longe la taverne. Je n'ai pas beaucoup avancé lorsqu'une main s'abat sur mon épaule. Je fais volte-face, uniquement pour recevoir un poing dans la figure que je ne suis pas assez rapide pour esquiver. Satané alcool !

Je tombe en arrière et finis ma chute contre le mur de pierre de la taverne. J'ai un goût âcre dans la bouche et je crache du sang. La bière et les poings dans la figure ne font pas bon ménage. Lorsque je parviens à me relever, je n'ai pas l'impression d'être très stable sur mes jambes.

Je jette un regard haineux à mon agresseur et je reconnais l'homme que j'ai remis à sa place tout à l'heure. J'imagine qu'il n'a pas apprécié et qu'il veut sa revanche. Il est accompagné par deux autres hommes, tout aussi gros et musclés que lui. J'ai un léger frisson en avisant leurs regards torves, mais je ne veux montrer aucun signe de faiblesse. D'un geste assuré, je sors ma dague et la pointe devant moi.

Malgré mon assurance de façade, je n'en mène pas large. Ils sont trois, ils sont costauds et sur leurs gardes. Je me maudis intérieurement d'avoir tant bu et envisage de crier pour appeler au secours. Mais qui m'entendrait ? Et qui me viendrait en aide ? La moitié des occupants de la taverne sont des pirates qui ne bougeraient pas le petit doigt pour une fille. Et puis ma fierté me l'interdit. Je décide de passer à l'attaque, comptant sur l'effet de surprise pour reprendre le dessus.

Je bondis vers l'homme à droite de moi et lui lance mon coude dans la trachée. Il s'effondre avec un grognement et je plonge pour éviter sa tentative de contre-attaque. Pendant quelques folles secondes, je pense pouvoir m'en sortir. Je distribue coups de poing et de pied, visant les parties que je sais sensibles chez les hommes – il y en a beaucoup plus qu'on ne le croit. Finalement, le premier homme que j'ai affronté se relève et parvient à me bloquer les bras dans le dos. Je tente de donner des ruades, mais ils finissent par m'immobiliser. Je me retrouve face à l'homme qui, d'une main, agrippe mes cheveux pour me forcer à relever le visage. Il m'adresse un sourire mauvais.

— Alors, on fait moins la maligne, maintenant, hein ? Espèce de petite…

Je le coupe en lui crachant au visage – et malgré ma situation, je suis très fière d'avoir atteint son œil. Il se met à me frapper la tête, le ventre… La douleur explose dans mon corps et je manque de perdre connaissance. La panique obscurcit mon esprit et je me mets à crier. Une main se pose sur mes lèvres et une voix susurre à mon oreille.

J'ai du mal à respirer. Tout est brumeux autour de moi. Je sens de nouveaux coups. Et des mains sur mon corps. Mes larmes se mêlent au sang qui marque mon visage. La panique m'étouffe totalement, je commence à haleter de façon pathétique pour retrouver mon souffle.

— Il ne faut pas pleurer, chérie, se moque l'un des assaillants. On va passer un bon moment tous les quatre. Tu verras.

Ils ricanent tous ensemble et je sens la haine me ronger.

— Je ne crois pas, non, fait alors une voix dure.

Il me semble la reconnaître, mais, dans mon état, je ne suis sûre de rien. Les hommes me lâchent subitement et je tombe au sol dans un bruit sourd. Je tente de me calmer en respirant à fond à plusieurs reprises, mais je ne parviens qu'à me faire mal avec d'énormes sanglots. Les larmes continuent de couler sur mes joues, m'empêchant de voir ce qui se passe autour de moi. J'entends des cris, des bruits de combat et des gémissements. Puis, très vite, plus rien. Ma panique reprend de plus belle et je tente de me lever pour m'enfuir. Je fais quelques pas jusqu'à me retrouver face au mur de la taverne. J'y prends appui et me retourne.

Une main se pose alors sur ma joue et le visage de Blake apparaît devant mes yeux.

— Callie, est-ce que ça va ?

Je cligne des paupières pour être certaine que ce n'est pas une image que mon cerveau aurait inventée. Mais non, Blake est bien là et il a l'air inquiet de mon silence, à tel point qu'il pose à présent ses deux mains sur mes joues, entourant mon visage et me scrutant d'un air concentré, comme pour voir où je pourrais être blessée. Je finis par hocher la tête.

— Je… Ça va, réussis-je à articuler d'une voix rauque.

Les mains de Blake retombent et, sans la chaleur de ses paumes, la nuit me paraît tout d'un coup très froide. Je regarde autour de moi et, lorsque j'aperçois trois corps étendus au sol dans une marre de sang, je me fige un moment. *Allons, Callie, c'étaient des violeurs en puissance. C'est une bonne chose qu'ils soient morts.* C'est du moins ce dont je tente de me convaincre. Tremblant de la tête aux pieds, je me tourne vers Blake qui me regarde toujours avec attention. Il anticipe mes questions :

— Je ne te voyais pas rentrer. Et j'ai cru entendre un cri.

Je pense avoir quelques bleus, notamment sur la pommette, et ma lèvre semble fendue, ce qui me fait un mal de chien. Malgré tout, il y a eu plus de peur que de mal.

Blake me regarde, concentré, mais son visage reste inexpressif. Il passe une main dans ses cheveux avant de reprendre la parole :

— Est-ce que tu… Enfin, est-ce qu'ils…

— Non, je l'interromps. Tu es arrivé à temps.

— Tu es blessée ?

— Seulement ma fierté, dis-je en esquissant un pauvre sourire. Dire que j'ai dû être sauvée par un pirate…

Ma tentative de plaisanterie tombe à l'eau. Je ne sais même pas pourquoi j'essaie de dédramatiser. Mon regard ne quitte pas celui de Blake. Soudain fatiguée, je me laisse glisser contre le mur et Blake me rejoint. Assise ainsi, je me sens mieux, même si je vois toujours les trois cadavres. Le silence dure un moment avant que je ne trouve le courage de le rompre.

— Merci.

Il se tourne vers moi, de nouveau silencieux et sérieux. Ça ne lui ressemble pas. Cela dit, ça n'est pas non plus dans mes habitudes de le remercier. Je me jure de ne plus boire autant et de tout faire pour ne plus jamais me retrouver dans cette situation. Comme il ne réagit toujours pas, je lui donne un léger coup de coude.

— Tu as entendu ? Je te remercie de m'avoir aidée ce soir.

— J'ai entendu. Je savoure cet instant où tu avoues avoir eu besoin de moi, fait-il en retrouvant ce ton arrogant que je déteste.

Néanmoins, il me rend mon coup de coude.

— C'est normal. Je sais que je suis un pirate, mais je ne suis pas un monstre.

Puis il soupire d'un air théâtral :

— Que veux-tu, je suis comme ça ! Toujours prêt à aider les demoiselles en détresse.

Il se penche vers moi et me susurre quelques mots à l'oreille :

— Mais maintenant que je t'ai sauvée, j'ai quelques idées en tête… Sur la façon dont tu pourrais me remercier et t'assurer que ma soirée ne soit pas perdue…

Je le fusille du regard puis lui lance d'un ton grinçant :

— Je n'ai pas échappé à trois soûlards répugnants pour finir dans le lit d'un pirate éméché, mais merci pour l'offre.

Il me sourit sans rien ajouter, et le silence s'éternise de nouveau entre nous. Au moment où ça devient insoutenable, Blake se relève et époussette sa veste. Il me tend ensuite la main et me regarde droit dans les yeux.

— Viens. Rentrons sur *L'Avalon*.

J'hésite une fraction de seconde. Puis je saisis sa main. Il m'aide à me relever avec force et nous commençons à marcher, laissant la taverne derrière nous.

— Pour ton information, reprend Blake, je suis parfaitement sobre.

— Blake, tu ne marches pas droit.

— C'est la route qui zigzague !

CHAPITRE 17
BLAKE

Quelle soirée ! J'essaie de ne pas penser à ce qui serait arrivé si je n'avais pas eu la curiosité de voir où était Callie. Soyons clairs, je ne la surveillais pas : j'étais vraiment occupé avec la petite brune qui me collait avec insistance, mais j'avais remarqué que Bold commençait à raconter des histoires salaces. Ce qu'il ne se serait pas permis en présence de Callie. J'avais donc repoussé ma partenaire et, sans me soucier de son regard de chien battu, j'étais sorti. En comprenant ce qui se passait, j'étais entré dans mon habituelle colère noire. Je n'ai pas le moindre scrupule pour ce que j'ai fait. Les porcs qui abusent des femmes, je les hais. Ironique quand on pense aux circonstances de ma naissance.

Je vérifie rapidement que le compas pointe toujours plein sud avant de sortir de ma cabine, sans oublier de fermer la porte à clé. Je sors sur le pont et, sans surprise, vois Callie sur la passerelle, le regard perdu vers l'océan. Le reste de l'équipage n'est pas encore rentré de la taverne et ils ne le seront sans doute pas avant l'aube. D'ici là, quelqu'un aura trouvé les trois corps et il nous faudra lever le camp au plus vite.

J'ai beau réfléchir, je ne parviens pas à savoir pourquoi j'ai proposé à Callie de revenir sur *L'Avalon*. Est-ce à cause de son secret ? Je crois l'avoir percé à jour, mais j'ai besoin d'en être sûr. Et si c'est le cas, puis-je l'utiliser à mon avantage ? Si j'ai raison, ça devrait changer la manière dont je la regarde, ça devrait changer mes plans. Elle pourrait être l'intermédiaire qui me conduirait où je veux. Je n'ai jamais été sentimental, et s'il faut la vendre encore une fois pour mettre la main sur cette carte... je devrais pouvoir le faire.

Quand je repense à la lueur dans ses yeux au moment où elle parlait de son enfance. Quand je pense à tous les efforts qu'elle a fournis pour se cacher, toutes ces années... Est-ce que je suis sans cœur au point de balayer tout ça ? Pour une carte ? Pour la gloire ? Est-ce pour ça que je n'ai pas changé d'avis quand elle est montée à bord ? Pour l'avoir sous le coude, au cas où ? Ou est-ce simplement parce que je l'apprécie ? Il faut que je me la sorte de la tête. Évidemment, l'inviter à rester avec nous n'est pas le meilleur moyen d'y parvenir...

Lorsque j'arrive devant elle, elle me fixe d'un air contrit. Je la connais assez désormais pour savoir quand quelque chose la travaille.

— Allez, crache le morceau, lui dis-je en m'accoudant au bastingage.

Elle m'imite, jetant un coup d'œil rapide à ma chevalière au bout de sa chaîne qui s'est échappée de l'encolure de ma chemise. Elle en observe le balancement un instant puis soupire et regarde au loin.

— Je sais que le plan, c'était de me débarquer au prochain port. Et j'ai eu l'occasion de partir il n'y a pas une heure mais, je me demandais si...

— Oui ? dis-je sans pouvoir réprimer mon immense sourire.

Elle fronce les sourcils et sa bouche dessine une adorable moue boudeuse. J'adore la voir ainsi, un peu gênée, un peu énervée. J'adore aussi être celui qui la met dans cet état.

— J'aimerais rester à bord. Je me plais, ici. J'aime la sensation de liberté, j'aime être sur l'océan, j'aime la vie de pirate.

— Tu ne peux plus te passer de moi, avoue.

Elle se redresse d'un coup en me foudroyant du regard. Je lui attrape le bras avant qu'elle ne parte comme une furie, et la force à se retourner vers moi.

— Oh, du calme, je plaisantais ! Ce n'est pas si horrible que je le pensais de t'avoir à bord. Les hommes semblent t'apprécier et tu as trouvé ta place parmi nous. Même si tu t'obstines à refuser de partager ma couche…

Elle lève les yeux au ciel. Je reprends :

— Je sais surtout que, si tu quittes *L'Avalon*, tu vas recommencer à revendre des objets magiques et je sais que tu vas te faire attraper.

— Vraiment ? demande-t-elle d'un ton narquois.

— Chérie, tu ne tiendras pas longtemps, soupiré-je en prenant un air condescendant.

— Je me débrouillais très bien avant que tu ne décides de me livrer, sale pirate égocentrique.

— C'est une manière de parler au capitaine de l'équipage que tu souhaites intégrer ?

— Laisse tomber, j'ai changé d'avis, dit-elle en me tournant le dos.

— Callie.

Elle soupire et se retourne vers moi. Le vent vient rabattre ses cheveux autour de son visage.

— Tu peux rester si tu le souhaites.

Elle me regarde un long moment. Tellement long que je finis par me dire qu'elle a effectivement changé d'avis.

— On a justement besoin de quelqu'un pour aider Doug en cuisine…

— Dans tes rêves !

CHAPITRE 18
CALLIE

Eh bien voilà. *L'Avalon* est reparti et je suis toujours à bord. Les hommes ont paru surpris de me revoir, mais un regard de Blake a suffi à leur intimer le silence. J'imagine que ça doit jaser au pont inférieur. Je suis sûre qu'ils s'imaginent que je couche avec le capitaine. J'ai envie de leur hurler que c'est faux, mais à quoi bon ? J'avais croisé Al au moment où il montait sur le pont pour faire souffler les vents qui nous permettraient de sortir du port. Notre dernière conversation m'était revenue en mémoire, mais il s'était contenté de me sourire, comme d'habitude. Cet homme est difficile à déchiffrer : avais-je bien décrypté son expression à la taverne ? Est-il déçu que je sois toujours là ? Et moi, suis-je toujours méfiante à son égard ? Dois-je l'éviter ou me rapprocher de lui pour tenter de déterminer s'il représente un danger ou non ? Ma peur de la magie semble bien idiote face à quelqu'un comme lui, pourtant je ne parviens pas à m'en défaire.

Bold m'a officiellement laissé sa cabine. Il dit que ça ne le gêne pas de dormir avec les hommes et que, ainsi, j'aurais plus de place pour mes « affaires de fille ». J'aurais pu lui faire remarquer que j'étais arrivée à bord sans aucune affaire et que je devais leur emprunter des vêtements de rechange, mais je me suis abstenue. Si cela me permet d'avoir ma propre cabine, de dormir dans un vrai lit et d'échapper aux ronflements sonores, alors soit.

Je n'ai aucun mal à me remettre au travail le matin de notre départ. Mon corps est douloureux des coups reçus hier soir, mais Doc m'a donné des onguents qui font des miracles. La seule chose pour laquelle il ne peut rien, c'est ma lèvre. Elle devra guérir à son rythme. En attendant, je retrouve mes habitudes et la première journée passe très rapidement. Celle d'après aussi. Et celle d'encore après aussi. Avant que je ne réalise quoi que ce soit, ça fait une semaine que je suis à bord. Et je ne me suis pas trompée : j'adore la vie de pirate. Le travail, l'ambiance, les blagues grivoises, les soirées autour d'une pinte ou d'un verre de rhum, les repas étonnamment savoureux préparés par Doug. Le vent, le soleil, l'océan. La liberté.

Quand j'ai demandé ce qu'on poursuivait, Blake m'a simplement rétorqué :

— Quelque chose d'énorme. Maintenant, retourne nettoyer le pont.

Oui, je nettoie parfois le pont. Je ne m'en plains pas parce que tout le monde passe par là. Ça m'énerve de le reconnaître, mais Blake est un bon capitaine. Il est dur, mais si ces hommes lui sont fidèles, ce n'est pas par peur. C'est par respect. Ils l'apprécient parce qu'il est juste : pas de favoritisme par exemple, ce qui veut dire que tout le monde doit, à un moment ou un autre, laver le pont. Bon, pas de chance : aujourd'hui, c'est mon tour, et il fait au moins 38 degrés.

Lorsque j'ai fini, je me traîne jusqu'au réfectoire où je descends un pichet d'eau à moi seule. J'aperçois le visage moqueur de Blake à quelques sièges de moi et je lui renvoie un regard noir. Avant de quitter la salle, il passe à côté de moi et se penche pour me dire quelques mots.

— Va te laver dans ma cabine. Tu as quinze minutes, après quoi j'entre, que tu aies terminé ou non.

Il s'éloigne d'un pas tranquille et je fonce vers sa cabine sans me préoccuper des rires que je soulève sur mon passage. Je me souviens de l'invitation de Blake après la bataille... Il n'aura aucun scrupule à entrer alors que je suis encore en train de me laver. Je n'ai donc pas un instant à perdre.

Sa cabine n'a pas changé, si ce n'est que la baignoire est remplie d'eau. Je me débarrasse de mes vêtements et plonge dans l'eau avec un soupir de contentement. Je prends le temps de m'immerger en entier, puis de laver mes cheveux avec le savon que je trouve sur un tabouret à côté. C'est avec regret que je sors de l'eau et entreprends de me sécher. Comme il est inconcevable que je remette mes vêtements puants, j'attrape une chemise sur une chaise et l'enfile. Elle est trop grande, évidemment, puisque c'est celle de Blake qui mesure à peu près deux têtes de plus que moi et qui, par ailleurs, n'a pas *du tout* la même carrure. J'ai cependant pris l'habitude de porter des vêtements masculins depuis que je suis arrivée à bord. Je récupère mon pantalon en toile qui me semble suffisamment propre pour être porté encore un peu et commence à nettoyer mon autre chemise. Je suis en train de l'essorer quand Blake entre.

Il me dévisage de haut en bas, l'air déçu.

— Oh, tu as déjà fini.

Je lui adresse un geste grossier sans prendre la peine de répondre. Il fronce les sourcils.

— Est-ce que tu as mis ma chemise ?

— Je ne pouvais pas porter une minute de plus cette guenille.

— Alors tu t'es servie ? Comme ça ? Voleuse.

— Goujat.

J'essore une dernière fois ma chemise et me dirige vers la sortie. Blake se place devant moi. Adossé au cadre de la porte, il tend un bras pour me bloquer le passage.

— Je voulais te parler, me dit-il d'une voix étonnamment calme et sérieuse.

L'espace d'un instant, je me demande s'il a changé d'avis et s'il va me jeter par-dessus bord. Je hoche néanmoins la tête… Quelles sont mes autres options ?

— Par rapport à ce que tu m'as dit à la taverne l'autre soir.

J'essaie de me remémorer ce que je lui ai dit. Quelle information capitale ai-je bien pu laisser échapper ?

— Tu parlais de ton père. Comme quoi le compas lui appartenait.

Je grimace. Parmi tout ce que j'aurais pu dire, il a fallu que ce soit ça. L'une des seules choses qui permettent de me relier à *lui*.

— Ton père possédait une grande collection d'objets magiques ?

Je ne fais pas assez confiance à Blake pour lui laisser deviner mon secret.

— Non, dis-je d'un ton ferme. Il n'avait que quelques babioles. Le compas était probablement l'objet le plus précieux en sa possession. Ce n'était pas un grand collectionneur, ajouté-je en haussant les épaules.

Je revois les montagnes d'or et d'objets tous plus précieux les uns que les autres. Je revois les chaudrons débordants, les étagères ployant sous le poids, les rouleaux de parchemin renfermant des sortilèges interdits soigneusement rangés. J'espère que Blake ne voit pas que je mens.

— Pourquoi me demandes-tu ça ?

— Pour la millième fois, Callie, je suis un pirate. S'il y a un trésor quelque part, je le veux.

Je me retiens pour ne pas lâcher un soupir de soulagement. Blake est cupide, mais il ne soupçonne rien.

— Eh bien, désolée de te décevoir, mais ce n'est pas chez moi que tu trouveras ce qui t'intéresse.

— Oh, je ne sais pas... Il y a beaucoup de choses qui m'intéressent chez toi, fit-il, provocateur.

Je lève les yeux au ciel, repousse son bras et sors de sa cabine. En moins de deux minutes, je suis assise sur mon lit, la tête dans les mains. Quoi que je décide, où que j'aille, je vis toujours avec cette peur. Celle qu'on découvre la vérité. En réalité, je ne sais pas ce qui m'effraie le plus. Qu'*il* me retrouve ou qu'on découvre que le Sorcier Noir possède mon père.

Je me force à respirer à fond. Pour le moment, tout va bien. Blake n'a pas remarqué que je lui mentais.

CHAPITRE 19
BLAKE

Elle me ment, c'est sûr.

Je la regarde s'éloigner avant de fermer la porte de ma cabine et de m'asseoir sur mon lit. Elle est douée, mais je m'y connais en mensonges : je mens comme je respire depuis ma naissance. Par l'Océan, la plupart du temps, je me mens à moi-même et je le fais tellement bien que je n'arrive pas à savoir ce que je ressens réellement.

Cette lueur dans ses yeux, cet instant d'hésitation... Je le sais : elle me ment. C'était l'élément qu'il me manquait pour être sûr de moi. Callie fuit son père. Car celui-ci n'est autre que le Sorcier Noir. Je ne sais toujours pas pourquoi le Sorcier Noir est resté sur terre au lieu de retourner aux Enfers. Je ne sais toujours pas pourquoi ni comment il s'est retrouvé lié au père de Callie au point de le posséder. Mais le reste est plutôt clair : sa fuite lorsqu'elle était jeune (probablement lorsque la magie a commencé à consumer son père et à le changer de manière irrévocable) ; son tatouage qui empêche qu'on la localise par la magie (sans doute le seul moyen de se protéger d'un père surpuissant) ; le fait qu'elle soit toujours en mouvement ; son envie de rester sur *L'Avalon* pour savourer la liberté que le navire offre ; sa peur et sa haine de la magie (comment ne pas associer tout objet ou personne magique avec le monstre qu'est devenu son père) ? Et puis il y a ce compas qui était en sa possession… Le Sorcier Noir est connu pour avoir la plus grande collection d'objets et de sorts magiques au monde.

Il serait sûrement prêt à payer très cher pour récupérer sa fille. Bien sûr, d'autres personnes ne s'embarrasseraient pas et tueraient Callie sans hésiter. En guise de punition pour tous les méfaits accomplis par son père. Entre les esprits cupides et ceux aveuglés par la haine qu'ils vouent à ce sorcier maléfique, je comprends que Callie garde le secret quant à son identité.

Mais maintenant, je sais qui elle est. Reste à savoir ce que je vais faire de cette information. Je me lève et me mets à faire les cent pas dans ma cabine. Je dois être rationnel.

Contacter le Sorcier et lui remettre Callie en échange d'informations sur la Carte des Confins serait un jeu d'enfant. Mais rien ne prouve que le Sorcier sache quoi que ce soit sur la Carte. Je risquerais donc de m'exposer à sa colère et à son caractère imprévisible, sans assurance d'obtenir quelque chose en échange… Même pour moi, ce plan est trop risqué. Non, je vais plutôt continuer à suivre le compas et garder Callie sous la main. Si cette piste ne donne rien, alors il sera temps de penser à organiser une réunion de famille.

Je cesse d'arpenter ma cabine. Pourquoi je ressens un pincement au cœur ? Est-il possible que je me sente coupable à l'idée de vendre Callie ? Que m'arrive-t-il ?

CHAPITRE 20
CALLIE

Je pousse un cri de frustration et me baisse une énième fois pour ramasser mon sabre. Bold a décidé de me « former au combat ». Je pensais signer pour quelques leçons… Après tout, j'ai déjà les bases. Je sais me défendre, même si l'épisode de la taverne ne plaide pas en ma faveur. Bold a néanmoins décidé que, si je devais rester à bord, il fallait que je me batte comme un pirate. Et je ne peux pas vraiment lui donner tort : je ne pourrai pas toujours me terrer dans la cabine de Blake si on se fait attaquer. Déjà parce que ma fierté en prendrait un coup, ensuite parce que ce n'est pas dans mes habitudes de fuir ou de me cacher. Et puis, ce ne serait pas juste que je sois la seule à ne pas risquer ma peau.

Bold m'a donc concocté un programme d'entraînement qui, comme je l'ai vite découvert, s'appelle : « Comment devenir un pirate en un temps record et en souffrant atrocement. » Ça passe notamment par des séances physiques éreintantes. Jusqu'ici, j'ai dû grimper aux différents mâts du navire jusqu'à ce que mes jambes me lâchent, soulever et transporter des rouleaux de cordages aussi lourds que moi et faire tellement d'exercices de renforcement que je doute que mes bras s'en remettent un jour. Les premières fois, je rampais presque jusqu'à ma cabine où je dormais toute la nuit, seulement réveillée par mes membres douloureux. Puis, à ma grande satisfaction, mes efforts ont commencé à payer. Je n'ai jamais été mollassonne, mais je n'étais pas particulièrement musclée pour autant. Grâce à Bold, je sens que mon endurance, mes muscles, mais aussi ma confiance en moi se développent. Ce qui, après mon agression de l'autre jour, ne pourra pas me faire de mal.

J'ai toutefois toujours du mal avec la seconde partie de l'entraînement : l'affrontement direct. Il a vite compris qu'il n'avait rien à m'apprendre question armes à feu : de son propre aveu, je tire aussi bien que lui et mieux que certains de ses hommes. Le vrai problème vient du combat au corps à corps : je n'ai jamais été douée avec les épées et les sabres. J'ai toujours préféré les poignards, plus petits, plus fins, plus faciles à manier. Ils nécessitent plus de rapidité et de souplesse, ce qui, honnêtement, constitue mes deux avantages face à des pirates puissants et armés jusqu'aux dents.

— Tu ne lèves pas ton arme assez haut, me reprend Bold.

— Parce que je n'ai pas assez de forces ! Ce truc pèse dix kilos, au bas mot. Je ne suis pas aussi forte que toi, tu sais.

— Foutaises. Tu dois apprendre à manier une épée. Le jour où on se fera attaquer, tes adversaires n'attendront pas que tu t'approches assez près pour les poignarder avec ton petit couteau.

Il m'agace : il caricature, comme souvent durant nos entraînements.

— Alors, comment s'en sort la petite nouvelle ?

Il ne manquait plus que ça. Blake qui vient inspecter et se moquer. Il me regarde avec amusement, moi qui tiens mon épée du bout des bras. La pointe touche le sol et je finis par la lâcher, consciente que je suis ridicule et qu'elle me sera inutile.

— Elle a un peu de mal avec les épées. Et les sabres.

— Je me débrouille très bien avec un poignard. Et je sais tirer avec une arme à feu. J'ai d'autres cordes à mon arc.

— Je n'en doute pas, répond Blake avec un clin d'œil.

Je suis fatiguée et il fait très chaud. Je rêve de nouveau d'un bain. Le soleil commence à se coucher et quelques hommes sont venus regarder mon entraînement. Blake, lui, continue de sourire, et, finalement, il se penche pour dire quelques mots à Bold.

— Déjà ? s'étonne celui-ci.

— Al a bien bossé, dit Blake en faisant un geste vers le sorcier. Ils seront en vue d'ici quelques minutes. Derrière cette île, ajoute-t-il en désignant un îlot non loin.

— Je rassemble les hommes.

— Fais donc cela.

Puis il se tourne vers moi et, à ma grande surprise, sort son épée. Bold soupire alors que je reste immobile.

— Blake, ce n'est pas le moment…

— On a encore quelques minutes, non ?

Bold marmonne dans sa barbe avant de tourner les talons et de monter sur le gaillard d'arrière, tout en donnant des ordres. Je le suis du regard avant de revenir vers Blake qui n'a pas bougé. Et qui sourit toujours.

— Que se passe-t-il ?

— Je te le dirai si tu arrives à me désarmer.

— Tu n'as vraiment que ça à faire ? Lancer des défis puérils ?

Il hausse les sourcils.

— Si tu es aussi douée que tu le dis, si tu as autant de cordes à ton arc… ça ne devrait pas te poser de problème !

— Très bien.

Je sais que Blake ne changera pas d'avis avant d'obtenir ce qu'il souhaite. Il est aussi têtu que moi. Je vais donc devoir l'affronter. Je doute d'avoir mes chances mais, après tout, je n'ai rien à perdre. J'aurais juste préféré qu'il n'y ait pas de spectateurs : malgré les ordres donnés par Bold, certains se sont attardés. Je croise le regard de Glenn et le vois lever les pouces à mon intention. Al et Peter se tiennent à ses côtés mais se gardent bien de m'encourager.

Je saisis mon poignard et me lance sans plus attendre. Pendant un moment, nous enchaînons les attaques et les parades. Malgré la longueur de sa lame qui l'avantage, je me défends plutôt bien, compensant avec des pirouettes et des esquives. Mais Blake est meilleur que moi : meilleur escrimeur, meilleur stratège, meilleur combattant. Je suis peut-être plus rapide, mais il est plus endurant : il a l'habitude de mener des batailles qui durent des heures.

Il est inenvisageable que je perde. J'ai ma fierté, et Blake ne me laissera jamais oublier ce moment. Je dois donc ruser. Quel est son point faible ? Je perds ma concentration un instant et Blake manque de me toucher avec son épée. Je suis contrainte de me jeter au sol. Alors, au lieu de me relever immédiatement, je roule sur moi-même et me rapproche de mon adversaire. Lorsque je me relève, j'ai passé sa garde et, avant qu'il ait pu remonter son épée, je me colle contre lui. Il se fige et je sens tout son corps se tendre.

Le point faible de Blake ? Les femmes.

Nos visages sont tout près l'un de l'autre et nos regards se croisent. Blake ne pense plus du tout au combat. J'incline un peu la tête pour rapprocher nos lèvres et… vive comme l'éclair, je frappe son bras qui tient l'épée, parvenant à la lui arracher. Je fais deux pas en arrière et pointe la lame vers sa poitrine.

Haletante, je le regarde en affichant un grand sourire.

— C'est de la triche.

Son souffle est aussi court que le mien et je baisse ma garde, laissant son épée reposer au sol. J'entends des rires autour de nous. Je sais que Glenn a apprécié le spectacle. Alors que je me tourne vers lui, je rencontre le regard fermé d'Al.

— Tu disposes d'armes contre lesquelles aucun homme ne peut faire le poids…

Il sourit à son tour et tend la main pour reprendre son épée.

— Je risque d'en avoir besoin.

Je la lui donne par la garde et nos mains se frôlent.

— Alors, que se passe-t-il ?

Il fait quelques pas vers la passerelle et je le suis.

— Nous allons attaquer un autre navire.

CHAPITRE 21
BLAKE

Du doigt, je lui désigne l'île dont nous nous sommes approchés. Comme prévu, un navire aux voiles blanches mouille non loin. Son pavillon m'indique qu'il s'agit d'un transporteur marchand.

Callie regarde ce que je lui indique avant de se tourner de nouveau vers moi.

— Donc, en attendant une attaque, tu as décidé de t'amuser ? À se demander si tu es bel et bien capitaine ou juste un mousse qui voudrait jouer à la bagarre !

L'ironie perce dans son ton. Elle s'approche un peu de plus du gouvernail, tandis que je donne quelques ordres, notamment à Al qui utilise aussitôt sa magie pour nous faire gagner de la vitesse. Il prend sa pose habituelle : les pieds plantés sur le pont, les bras écartés, le visage levé vers le ciel et un regard vide assez déstabilisant. Callie l'observe avec méfiance.

— Et qu'est-ce qu'ils ont fait pour s'attirer tes foudres ?

— Rien, à part transporter des cargaisons entières de poudre qui nous seront très utiles. Plus quelques babioles et certainement une jolie quantité de pièces.

Elle semble vouloir dire quelque chose avant de se raviser. Puis, d'un geste rapide, elle attache ses cheveux pour dégager son visage. Ce visage qui était si proche du mien il y a quelques instants. Tellement proche que je pouvais compter chacune des taches de rousseur qui parsèment son nez et ses joues. Son souffle sur mes lèvres. Son corps contre le mien.

Ce n'est pas le moment de se laisser déconcentrer. Je me détourne pour donner d'autres ordres.

— Callie, toi, tu restes à bord et tu t'assures que personne n'accède au gouvernail. C'est clair ?

— Quoi ? Tu ne veux pas que j'aille me cacher dans ta cabine ?

— C'est différent, cette fois : nous sommes les assaillants. Et puis, tu as dit toi-même que tu savais te défendre.

Elle n'insiste pas plus et tourne les talons, me laissant me préparer pour ce qui arrive.

J'adore ce moment. Celui qui précède une attaque. Celui où tous mes sens sont en éveil. L'excitation accélère les battements de mon cœur, ma vision devient plus précise. Le monde autour de moi semble ralentir tandis que je deviens plus alerte. Quand j'étais plus jeune, Bold me disait que ce que je ressentais était un don de l'Océan. Une preuve que j'étais fait pour cette vie de pirate, pour tuer et piller.

Je donne encore des ordres puis descends sur le pont. Sur le bateau que nous nous apprêtons à attaquer, c'est le branle-bas de combat. L'effet de surprise à fonctionné et, comme souvent, l'intervention d'Al nous a donné l'avantage. Cette attaque s'annonce bien.

De fait, quelques minutes plus tard, j'esquive les premiers coups de feu et saute à bord du bateau adverse en hurlant. Mes hommes m'imitent et il est bientôt impossible de se repérer dans la foule mouvante et bruyante et ensanglantée. Le pont devient glissant à cause du sang qui s'y écoule et je dois bientôt enjamber les cadavres ou les blessés gémissants pour continuer à avancer. Je suis dans mon monde. Je pare, je feinte et je pourfends. J'esquive, je glisse et je frappe.

J'ai atteint cet état que j'adore et redoute à la fois. Celui qui me coupe du monde, celui qui me plonge dans une transe meurtrière effrayante mais efficace.

Au bout d'un moment, les adversaires se font moins nombreux sous ma lame. Jetant un coup d'œil derrière moi, je réalise que c'est fini : le capitaine du navire a jeté son arme et se tient en retrait avec une petite dizaine d'hommes. C'est tout ce qu'il reste de son équipage. Je m'approche d'eux et n'attends pas qu'ils implorent ma pitié, me promettent de l'or ou me jurent fidélité. Je lève mon épée et, d'un coup précis, tranche la gorge du capitaine. Mes hommes font de même avec le reste de l'équipage, et le silence retombe.

L'excitation coule toujours dans mes veines et j'en viens presque à regretter que ce soit déjà la fin. Je donne des ordres pour qu'on fouille le navire et récupère tout ce qui peut l'être. Mes hommes savent ce qu'ils font et le travail est effectué vite et bien. Alors que je regarde le transport du dernier baril, une main se pose sur mon épaule et je me retourne pour faire face à Callie. Son visage ne porte plus aucune trace de son agression près de la taverne. En revanche, il est désormais marqué d'une estafilade à la joue.

— Tu es blessé, me dit-elle en désignant mon bras.

Je note qu'une ligne ensanglantée parcourt effectivement mon avant-bras.

— Ce n'est rien, dis-je en haussant les épaules.

— Vous dites tous ça, mais quand je commence à désinfecter ou à suturer, vous pleurez comme des bébés, rétorque Callie en levant les yeux au ciel.

Elle tient un morceau de tissu et un flacon de la solution que Doc utilise pour nettoyer nos plaies. Elle doit lui donner un coup de main pour soigner les blessés. Je la laisse donc faire et la regarde avec attention alors qu'elle déchire un bout de ma chemise pour passer son chiffon sur ma plaie, placée bien en dessous de mes premiers tatouages.

— Vous, les hommes, vous êtes vraiment délicats. Vous ne pourriez pas supporter la moitié de ce qu'une femme endure dans sa vie. Une bonne chose pour l'espèce humaine que les dieux aient décidé que les femmes seraient celles qui donnent la vie, sans quoi ça ferait longtemps que l'humanité aurait disparu.

Elle appuie un peu plus que nécessaire sur ma blessure et je lâche un sifflement, lui tirant un sourire satisfait.

— Tu n'es pas une très bonne infirmière, je marmonne.

— Et toi, tu es une vraie chochotte.

CHAPITRE 22
CALLIE

Moins de deux heures après ce bain de sang, *L'Avalon* met les voiles vers le sud et je me retrouve à faire des nœuds dans les cordages. La vie reprend son cours et je ne pense presque plus à tous ces hommes morts. Mais l'image de Blake frappant sans relâche ne me quitte pas. Je revois ce regard sauvage qu'il arborait les rares fois où j'ai réussi à distinguer son visage dans la mêlée. Quand il se bat, c'est un vrai monstre.

Après l'attaque, il avait toujours cette lueur de guerrier assoiffé de sang dans les yeux. Je me demande si cette attitude a un rapport avec ce que Bold m'a dit sur son père, son absence de preuves d'affection et la pression que Blake a dû subir.

Moi aussi, j'ai dû grandir dans l'ombre de mon père, même si ce n'est pas tout à fait le même genre d'ombre. J'ai dû apprendre à vivre avec sa différence, avec le sentiment que mon père n'était pas toujours mon père. Je comprends que cela ait changé Blake, mais je refuse de penser que ça fasse de lui quelqu'un d'intrinsèquement mauvais. Malgré le soin qu'il apporte à sa réputation, Blake est quelqu'un qui gagne à être connu. Il faudrait juste qu'il accepte de faire tomber les masques pour révéler qu'il peut être autre chose qu'un pirate sans cœur.

Je finis un nœud particulièrement complexe et pousse un soupir.

Qui suis-je pour donner des leçons ?

Je suis la fille qui fuit son père. Qui est terrifiée par lui au point d'en faire des cauchemars. Je suis la fille qui a eu l'occasion de mettre fin à son calvaire et à celui de bien d'autres personnes, mais qui n'a rien fait.

Je ne me souviens pas bien des premières années de ma vie. Mes parents vivaient dans un petit village près de la côte. Mon père était pêcheur et ma mère guérisseuse. Elle est morte quand j'avais cinq ans. Et c'est là que la vie a basculé. Mon père m'aimait. Je le sais, je m'en souviens, même, mais cette mort l'a plongé dans le désespoir et, du haut de mon jeune âge, je ne savais pas quoi faire pour le réconforter. Certains jours, il agissait normalement. D'autres, je ne pouvais même pas lui parler sans qu'il se mette à hurler. J'ai vite appris à reconnaître les bons et les mauvais jours. J'ai appris à me débrouiller seule.

Les autres villageois venaient nous manifester leur sympathie au début, mais très vite, mon père a commencé à leur faire peur. J'ai mis du temps à comprendre pourquoi, mais quand j'ai eu dix ans, j'ai découvert son secret. Depuis toutes ces années, il cherchait un moyen de ramener ma mère, une entreprise folle qui gardait loin de nous tous les amis que nous avions pu avoir par le passé. Il flirtait avec les limites de la magie, récoltait des artefacts qu'il tentait d'utiliser, persuadé que cela pourrait la faire revenir.

Un soir, échevelé et tremblant, d'un air triomphant, il m'avait promis que c'était la fin de tous nos soucis, qu'il avait trouvé une solution. Deux heures plus tard, il invoquait le Sorcier.

La légende du Sorcier Noir est de celles qu'on raconte aux enfants pour leur faire peur, pour les pousser à obéir, à aller se coucher, à manger leur soupe. Mais ce soir-là, la fumée a rempli notre maison et d'affreuses odeurs m'ont fait suffoquer. Recroquevillée dans un coin, je pleurais tandis que mon père psalmodiait les mots inscrits sur un vieux parchemin. Quand il a eu fini, une forme humanoïde se tenait au centre du pentacle qu'il avait dessiné avec ce qui ressemblait atrocement à du sang. Cette soirée remonte à des années et, pourtant, chaque terrible instant qui la compose est gravé dans mon esprit à jamais.

Avec le recul, j'ai compris que mon père avait invoqué les ombres pour qu'elles fassent revenir ma mère. Ce que mon père ignorait, c'était que les ombres avaient besoin d'une ancre pour rester dans notre monde. Sa formule, dénichée les dieux seuls savent où, et son pentacle grossièrement tracé au sol ne le protégeaient pas.

Les ombres ont commencé à lui parler, à lui promettre qu'elles pourraient réaliser tous ses désirs… Mais pour cela, il devait les accepter en lui. Il disposerait alors de leur pouvoir total. La magie du Sorcier Noir serait à lui ! Qui pourrait lui résister ? Qui pourrait s'opposer à son bonheur ? Sûrement pas quelque chose d'aussi futile que la mort…

Chacun des mots susurrés par les ombres était faux ou biaisé. Mais mon père, tout à son désespoir, ne le voyait pas. Pétrifiée, je l'ai regardé, impuissante, faire un pas à l'intérieur du pentacle.

— Enfin… ont murmuré les ombres.

La voix qui s'élevait était étrange. Rauque et grave, elle m'avait fait frissonner de dégoût et de peur. Mon instinct me hurlait de fuir, de partir loin de cette scène de cauchemar qui se déroulait devant moi. Mon père semblait dépassé, comme s'il réalisait seulement ce qu'il avait fait.

Puis le chaos s'était déchaîné : les chaises s'étaient mises à voler, des éclairs illuminaient la pièce, et la fumée s'épaississait. Il m'avait semblé entendre un long cri de victoire, tandis que les ténèbres s'abattaient sur la maison.

Il m'avait fallu un temps fou pour trouver le courage d'ouvrir les yeux tellement je redoutais ce que j'allais voir. Quand j'y étais enfin parvenue, l'ombre avait disparu. Mon père se tenait à l'endroit où il était avant que l'enfer ne se déchaîne, plus grand et plus droit que je ne l'avais vu depuis des années. Il tenait toujours le parchemin dans ses mains. Il me regardait d'un air surpris. Ses yeux brillaient.

— Je… Je la sens, m'avait-il dit d'une voix éthérée. Je sens la magie…

Il avait fermé les yeux et écarté les bras, éclaté d'un rire de dément. Quand il avait soulevé ses paupières de nouveau, ses yeux étaient noirs comme la nuit.

Ce jour-là, je venais de perdre mon père. Il n'était plus le même : il se montrait violent sans raison et, même s'il n'a jamais levé la main sur moi, il m'effrayait. Il utilisait la magie à tort et à travers.

— Les ombres sont en moi, ma chérie, m'a-t-il dit un jour. Je les sens. Je les contrôle, ne t'en fais pas. Mais je dois utiliser leur magie, sans quoi je sens que je pourrais devenir fou…

Avait-il réalisé que c'était déjà le cas ? Il ne semblait pas comprendre à quel point il avait changé. Il prétendait contrôler les ombres mais agissait de manière de plus en plus étrange. Il disparaissait parfois pendant des jours puis revenait, l'air hagard, couvert de bleus et d'autres taches qui n'auguraient rien de bon. J'ai vite compris qu'il perdait un combat qu'il n'était même pas conscient de mener.

Les ombres prenaient le pas sur lui et lui faisaient faire des choses horribles. Pourtant, il continuait à utiliser la magie.

Il me répétait que c'était pour mon bien, qu'il pouvait me rendre heureuse. Mais il ne nous a rendus que riches. Plus besoin de me creuser la tête pour savoir ce qu'on allait manger le soir ni de réparer les fuites d'eau du toit de notre masure, en un tour de main, mon père nous avait construit un château sur la colline qui surplombait le village. Il me couvrait de cadeaux, tous plus somptueux les uns que les autres. Mais il ne me parlait que pour évoquer la magie ou l'avenir qu'elle nous offrait. Je tentais de le persuader de renoncer à l'utiliser mais, chaque fois, il se contentait de rire et de balayer mes objections d'un geste de la main. Il n'a plus jamais prononcé le nom de ma mère, sans que je sache si les ombres lui avaient fait oublier son grand projet ou si la ramener était au-dessus de ses pouvoirs.

Le pire, dans cette histoire, c'est que mon père a toujours été bon avec moi. Étrange, distant, bien loin de l'homme qui me portait sur ses épaules et me faisait rire jusqu'à en pleurer, mais il restait mon père. Et toutes ses actions prouvaient qu'il m'aimait. Pour les autres… il semait la terreur et la haine, il tuait sans aucune raison et mutilait sous prétexte qu'on lui avait marché sur le pied. Des villageois ont essayé de s'opposer à lui, mais sa magie était trop forte. Bientôt le village a été abandonné, et l'histoire du Sorcier Noir a commencé à se répandre dans le pays.

Je restais à ses côtés, même quand je le voyais tuer et faire preuve de cruauté, même quand il a paru clair que mon père avait perdu ce fameux combat invisible, même quand il n'est plus rien resté de lui dans ses gestes et ses paroles. C'était toujours mon père, je gardais l'espoir qu'un jour il reprenne le contrôle.

Un matin, ç'a été trop pour moi. J'ai pris la fuite. Un acte lâche : j'aurais mieux fait de le tuer. J'étais la seule capable de l'approcher d'assez près. La seule capable de mettre fin aux tourments du monde. Mais je ne l'ai pas fait. Parce que je doutais d'y parvenir, mais surtout parce que c'était mon père et que je ne m'en sentais pas la force. Je l'aimais.

Encore aujourd'hui, alors que j'entends les récits de tortures qu'il perpétue, je ne parviens pas à le haïr. Mon père n'était pas foncièrement mauvais : la disparition de l'amour de sa vie lui a simplement fait perdre l'esprit. Et la magie a profité de cette faille pour achever le travail.

***

Je suis réveillée par des pas au-dessus de moi et je grogne. À cause de ces souvenirs, je dors extrêmement mal depuis quelques jours et j'aurais aimé profiter de cette soirée pour me reposer. J'avais fait l'impasse sur mon repas pour me coucher plus tôt, et voilà que je suis réveillée par ces rustres. Je marmonne tout en me levant.

— Maudits pirates.

Je débouche rapidement sur le pont, puis monte sur le gaillard d'arrière. Alors que le soleil achève de se coucher à l'horizon, Blake, Bold et Al sont dans une discussion animée. Je me plante devant eux.

— Qu'est-ce qui se passe ?

Blake me désigne un bateau non loin.

— On a de la compagnie.

— Encore une attaque ?

— Non, pas cette fois. Eux, ce sont des amis.

Blake ? des amis ? Désormais parfaitement réveillée, je prends le temps d'observer le navire aux voiles noires comme les nôtres. La figure de proue représente un homme portant une sirène. Je retiens mon souffle.

— Eh oui. Le *Siren Queen*. Le navire de la célèbre Jossy Meads.

Ça valait le coup d'être réveillée en plein milieu de la nuit. J'ai entendu parler de Jossy Meads, évidemment. C'est la seule capitaine pirate au monde. Et comme si cela ne suffisait pas, elle commande un équipage exclusivement féminin dont les exploits égalent, voire dépassent, ceux de bien de leurs homologues masculins. C'est une légende qui m'a toujours fascinée. Et dire que je vais la rencontrer ! Je demande à Blake :

— Vous vous connaissez ?

— Jossy et moi sommes de vieux amis. Ça fait un moment qu'on ne s'est pas vus, mais nos équipages s'entendent bien, alors nous allons passer la soirée avec elles.

Al émet un petit bruit de gorge à côté de Blake et je me tourne vers lui.

— « Jossy et moi sommes de vieux amis » ? fait-il d'un ton moqueur.

Blake le fait taire d'un regard noir. Le sorcier fait mine de se coudre les lèvres, mais je ne suis pas idiote…

— Jossy va te plaire, Callie, me dit quand même Al. Vous avez beaucoup de choses en commun.

— J'ai hâte de la rencontrer, je lâche du bout des lèvres.

Le sorcier fait de son mieux pour me mettre à l'aise, pour être amical avec moi. Il ne m'impose jamais sa présence, mais s'arrange pour que je sache qu'il est ouvert au dialogue. Alors j'essaie de contrôler mes instincts qui me crient que la magie est néfaste. Je refrène tout ça et j'agis le plus naturellement possible avec lui. Ce n'est pas toujours facile mais il ne s'en formalise pas, même si je l'ai déjà surpris plus d'une fois en train de me regarder, d'un air un peu triste ou dur, selon les jours.

Il ne faut pas plus d'une heure pour que les deux navires soient positionnés côte à côte. Tous les hommes sont debout sur le pont, apparemment impatients. Bold m'apprend que les deux capitaines ont leurs habitudes. À chacune de leurs rencontres, ils organisent une grande fête, l'occasion pour tout le monde de se détendre et de passer un bon moment.

Une planche en bois est installée entre les deux navires et, très vite, la capitaine pose le pied sur notre pont. Elle sourit à Blake qui se tient en face d'elle et je prends le temps de bien l'observer.

Elle doit faire la même taille que moi. Je lui donne la trentaine, même si l'aura de confiance qu'elle dégage contribue sans doute à la vieillir un peu. Elle a des courbes marquées et un visage tout en rondeurs. Ses longs cheveux noirs sont retenus en arrière par un bandeau doré et ses yeux tout aussi sombres brillent d'une lueur indescriptible. Elle porte une tenue qui me fait regretter de n'avoir que des vêtements masculins à me mettre sur le dos : un pantalon en cuir noir, des bottes qui lui montent jusqu'aux genoux, une chemise noire et une sorte de corset brodé d'or. Elle porte aussi d'innombrables bijoux qui cliquettent à chacun de ses gestes. Elle rayonne.

Son regard balaie l'équipage de *L'Avalon* puis s'arrête sur moi. Elle fronce les sourcils. D'autres femmes la rejoignent, vêtues plus simplement et moins dotées en bijoux, mais tout aussi sauvages et impressionnantes que leur capitaine. Celle-ci ne me quitte pas des yeux.

Blake prend la parole dans le silence qui s'est installé.

— Bienvenue à bord, Jossy. Ça faisait longtemps.

Jossy se détourne enfin de moi.

— Blake, mon cher, ça fait effectivement trop longtemps. Tu m'as manqué.

Sa voix est douce et suave. Blake fait un geste de la main.

— J'ai été pas mal occupé.

— Je sais. J'ai entendu les rumeurs. Toujours à courir après cette chimère ?

— Tu me connais, je ne me laisse pas facilement distraire.

— Toi et moi savons bien que c'est totalement faux.

Ils se sourient d'un air complice tandis que les équipages rient aux éclats devant le sous-entendu. Je suis gênée. Jossy semble remarquer que je suis la seule à ne pas rire : elle me toise de haut en bas avec une attitude qui ne me plaît pas beaucoup. Je ne m'attendais pas à rencontrer une telle animosité. Je m'agite, mal à l'aise, et Blake se tourne vers moi, toujours en joie. Le visage de Jossy se décompose un court instant avant de reprendre un sourire de façade.

— Eh bien, qu'avons-nous là, Blake ? Un animal de compagnie ?

Sa remarque tire des rires à son équipage. Le sang bout dans mes veines et la colère prend le pas sur la surprise. Je redresse le menton. La soirée s'annonce mouvementée.

CHAPITRE 23
BLAKE

Malgré les rires, Callie ne se démonte pas et toise Jossy d'un air fier. Avec cette attitude et malgré ses vêtements rapiécés, pas du tout taillés pour elle, je trouve qu'elle en impose dix fois plus que la capitaine avec ses vêtements neufs et ses bijoux clinquants. J'interviens avant que les deux femmes ne s'entretuent. Ce qui, en réalité, serait un spectacle grandiose.

— Callie a rejoint notre équipe il y a peu.

— Je vois. Vous faites dans la charité, maintenant ? Ça ne te ressemble pas vraiment, Jackson.

Je sens Callie se tendre à côté de moi. Les femmes s'affrontent vraiment pour des broutilles et refusent de lâcher le morceau même quand c'est stupide.

— Pour votre information, j'ai sauvé la vie de votre cher capitaine Jackson, alors ne venez pas me parler de charité, rétorque Callie d'un ton mordant. J'ai mérité ma place à bord de ce navire.

Une lueur brille dans les yeux de Jossy. Est-elle impressionnée ou énervée ? L'atmosphère est plus que tendue.

— Un mot, Jossy.

Nous nous éloignons des équipages pour parler tranquillement.

— Qu'est-ce qui t'arrive ?

— Tu n'es pas content de me revoir ? demande-t-elle d'un air faussement peiné.

— Je l'étais avant que tu ne t'obstines à provoquer un de mes…

— Un de tes gars ? me coupe Jossy avec une grimace. Franchement, Blake, je ne comprends pas ce qu'elle fait là.

— Elle fait partie de l'équipe. Elle m'est utile.

— Je vois.

— Pas comme tu l'entends.

Est-il vraiment nécessaire de me rappeler que je n'ai pas encore posé la main sur Callie et que je ne le ferai sans doute jamais ?

— Cesse tes gamineries et passons une bonne soirée. Comme au bon vieux temps. Je te croyais plus ouverte d'esprit que mes hommes… Ton équipage est entièrement composé de femmes, enfin !

— Pas des femmes comme elle !

— Tu veux dire plus belles que toi ?

Elle me fusille du regard et lance sa chevelure d'ébène par-dessus son épaule. Son attitude m'exaspère au plus haut point, mais je me contente d'un soupir avant de lui prendre la main.

— Fais un effort, s'il te plaît. Pour moi… Ne nous prive pas d'une belle soirée.

Je n'ajoute pas que si elle ne change pas d'attitude très rapidement, Callie pourrait bien lui faire avaler sa suffisance. Elle n'a pas besoin de savoir que ma protégée peut lui mettre une raclée. Elle boude encore un moment. Cette femme est une vraie comédienne.

— Tu la trouves réellement plus belle que moi ?

— Bien sûr que non, je mens avec aplomb. Tu sais que tu es la plus belle à mes yeux.

Elle sourit enfin et passe ses mains sur mon torse. Bien. La soirée peut commencer.

CHAPITRE 24
CALLIE

Blake semble avoir réussi à calmer l'irritable capitaine Jossy Meads. Après leur discussion, ils reviennent vers nous comme si de rien n'était et elle m'ignore royalement. Les équipages se mêlent, les discussions reprennent et la soirée débute.

Une quantité astronomique de nourriture est apportée sur le pont de *L'Avalon* et deux hommes ont sorti des flûtes et petites guitares. Ils jouent des airs entraînants et, même si personne ne danse, l'ambiance est détendue et bon enfant. Je ne pensais pas connaître ça sur *L'Avalon* un jour.

Bold discute avec deux femmes tandis que Glenn, Al, Peter et d'autres membres de l'équipage rient bruyamment pour attirer l'attention de nos invitées. Quelle subtilité. Bien sûr, la palme d'or revient à Blake et Jossy qui se murmurent des choses à l'oreille. Ils sont collés l'un à l'autre et, toutes les deux minutes environ, Jossy éclate d'un rire exubérant en rejetant sa tête en arrière. Elle a une main posée sur son torse et elle pourrait tout aussi bien uriner autour de lui pour marquer son territoire, le message n'en serait pas plus clair : Blake est à elle.

Je me détourne et finis par engager la conversation avec une femme qui m'entraîne très vite auprès de ses camarades. Nous discutons avec enthousiasme et elles me racontent leurs aventures palpitantes. J'en oublierais presque que leur capitaine est une garce.

Elle est toujours collée à Blake, qui regarde dans ma direction. Il me fait un signe de la tête avec son petit sourire en coin avant de retourner à sa discussion avec Jossy.

Tiana, l'une des pirates de Jossy, me sourit.

— Même si *L'Avalon* est un superbe navire, je persiste à penser que tu serais plus à ta place avec nous. Entre femmes, il faut se serrer les coudes !

— Je ne sais pas si votre capitaine serait d'accord. En toute honnêteté, je suis même étonnée que vous me parliez. Vous n'avez pas peur de sa réaction ? Elle semble me haïr !

— Elle ne te hait pas. C'est à cause de Blake : elle se sent menacée. Quoi qu'il en soit, enchaîne Tiana, tu ne veux pas voir l'état dans lequel elle se met quand elle hait vraiment quelqu'un.

— Ooh, raconte-lui l'histoire du marchand d'armes ! glousse une de ses camarades.

Elles éclatent de rire et entreprennent de me narrer l'histoire d'un homme misogyne et arrogant à qui Jossy a inculqué le respect des femmes et l'humilité. Je suis tellement prise par l'histoire et par celles qui suivent que je ne vois pas le temps passer. Quand je retourne me servir à boire, j'ai l'impression que la nuit est déjà à moitié écoulée.

Je me remplis une chope et me tourne… pour tomber nez à nez avec Jossy.

— Cartes sur table, me balance-t-elle sans préambule.

Ses joues sont un peu rouges, sans que je sache si c'est l'effet « alcool » ou l'effet « Blake Jackson ». Elle reste sublime et dégage quelque chose de sauvage. Je comprends pourquoi Blake l'apprécie.

— Je ne t'aime pas, reprend Jossy en posant les mains sur ses hanches.

— On ne se connaît même pas.

— Peu importe. J'ai travaillé dur pour arriver où j'en suis, j'ai fait des sacrifices et j'ai souffert plus que tu ne pourrais l'imaginer. Et je n'apprécie pas qu'une femme plus belle et plus jeune que moi, sortie de nulle part, vienne me narguer sur le bateau d'un de mes plus proches amis.

Alors qu'elle reprend son souffle, sans doute pour continuer à débiter des non-sens, je la prends de vitesse :

— Alors, premièrement, sachez que j'étais très impatiente de vous rencontrer. Blake m'a dit énormément de bien sur vous et votre équipage. Je suis déçue de voir que leur capitaine n'est qu'une femme comme les autres, aussi vaniteuse et puérile que les catins qu'on trouve dans les tavernes.

Ses yeux brillent de rage. Tant pis si je l'énerve encore plus, tant pis si je dois me battre pour me sortir de là.

— Dans un monde rempli d'hommes, je m'attendais à un peu plus de soutien de votre part. Ce que vous avez vécu ne vous donne pas le droit de juger les autres sur un coup de tête. Vous ne savez rien de moi mais j'estime mériter un peu plus de considération, si ce n'est votre respect.

Mon interlocutrice semble tellement surprise par ma tirade qu'elle me laisse continuer sans rien dire.

— J'ai enfin trouvé un endroit où je me sens bien et où je suis libre. Je refuse que vous veniez gâcher ça en me rabaissant ou en sous-entendant que je ne suis là que pour chauffer le lit de Blake.

— Ne me dis pas que tu n'y as pas pensé !

Mon agacement augmente encore.

— Il est dingue de vous. Vous étiez à deux doigts de vous embrasser il y a cinq minutes.

— Il n'est pas dingue de moi ! rétorque Jossy avec un geste de la main.

Derrière son apparente désinvolture, je sens comme une fêlure dans sa voix. Blake Jackson serait-il son point faible ? Cela expliquerait son attitude à mon égard. Qu'elle me prenne pour une rivale est assez drôle, en réalité. Comme si Blake pouvait se contenter d'une seule fille !

— Eh bien, il n'est pas dingue de moi non plus, je reprends. Pas plus que moi de lui, d'ailleurs.

— Chérie, tu n'as pas vu les regards qu'il te lance.

— Blake regarde toutes les filles de la même façon.

— Si tu le dis.

Elle m'arrache presque mon verre des mains, boit une gorgée puis me jauge du regard pendant un long moment. Finalement, comme si elle avait pris une décision, elle repose brusquement le verre vide sur la table.

— Bon, j'ai été un peu virulente avec toi. Je sais comment me faire pardonner.

Elle m'attrape par le bras.

— Allez, viens.

— Où ça ?

— Je t'emmène son mon bateau. J'ai des choses pour toi. Si je dois te voir une seconde de plus dans ces horribles vêtements, je ne réponds plus de rien. Que tu nettoies le pont, que tu prennes le soleil ou que tu tues tes adversaires, je veux que tu sois bien dans ta peau et belle à en crever, en toutes circonstances.

Alors que nous montons à bord de son navire, je jette un coup d'œil derrière moi et croise le regard de Blake qui plisse les paupières. Et si tout cela n'était qu'un piège pour m'attirer loin des autres et me tuer ? Jossy ne répond plus aux questions que je lui pose, alors je reprends la parole, la provoquant un peu plus sans vraiment savoir pourquoi.

— Finalement, vous m'aimez bien, pas vrai ?

Elle éclate de rire et me regarde avec ses yeux brillants. Je suis totalement décontenancée par son changement d'attitude.

— Ça se pourrait, chérie.

CHAPITRE 25
BLAKE

Une demi-heure que Callie et Jossy ont disparu sur le *Siren Queen*. Est-ce qu'elles sont en train de se battre à mort ? Juste au moment où je me décide à aller voir ce qui se passe, les deux femmes reviennent sur *L'Avalon* en riant, complices, comme s'il n'y avait jamais eu de tensions entre elles.

Encore une chose que je ne comprendrais jamais chez les femmes. Une minute elles se détestent, celle d'après elles sont les meilleures amies du monde. Je n'y réfléchis pas vraiment car mes yeux se posent sur Callie.

Elle porte un pantalon moulant noir en cuir et des bottes de la même matière qui lui montent jusqu'aux genoux. Une chemise blanche met en valeur ses cheveux cuivrés qui tombent naturellement en boucles sur ses épaules. Elle porte un long veston marron et, comme Jossy, un corset noir fermé par une large ceinture plutôt que par des rubans dorés. Je l'observe de la tête aux pieds alors qu'elle s'avance aux côtés de mon amie. J'aimerais dire que je réagis de façon décontractée, mais la vérité, c'est que je fais comme tous les hommes à bord. J'ouvre la bouche et j'écarquille les yeux.

Elle est sublime.

Je la regarde arpenter le pont en riant, ses cheveux volant derrière elle et les yeux brillants. Ses nouveaux vêtements lui vont à la perfection, lui donnant un air de guerrière. Un air de pirate.

Voilà qui va aider mes hommes à se concentrer…

Je passe le reste de la soirée à la regarder furtivement et à lui lancer des coups d'œil qui, je l'espère, passent inaperçus. Je suis ridicule et énervé par ma propre attitude. Par cette attirance que je ressens. Tout serait tellement plus simple si je pouvais le mettre dans mon lit. Je pourrais alors passer à autre chose. C'est ce qui arrive avec toutes les autres filles qui m'attirent. Je les rencontre, elles me plaisent, je pense à elles, je couche avec elles et je les oublie aussitôt. Mais avec Callie, ce n'est pas une option. Ce qui signifie qu'elle m'obsède et me déconcentre. Je déteste ça.

Je lui jette un nouveau regard, mais croise celui de Jossy à la place.

La voilà qui se dirige vers moi, de son pas chaloupé. Elle se plante devant moi, pose ses mains sur mes joues et m'attire à elle pour me donner un long baiser. Je me laisse faire. Par les dieux, je lui rends même son baiser. Je serais bête de m'en priver. Bien trop tôt à mon goût, elle s'écarte et je la regarde avec un sourire. Je suis sur le point de lancer une de ces réflexions dont j'ai le secret quand elle me prend de court :

— J'ai toujours su que tu n'étais pas pour moi, Blake Isaac Jackson.

— Waouh, quand tu utilises mon deuxième nom, c'est du sérieux, dis-je en fronçant les sourcils. Que se passe-t-il, Jossy ?

— Il est temps que je te laisse partir, c'est tout, dit-elle avec un nouveau sourire triste. Mais j'espère qu'elle te rendra heureux.

Je la regarde, perplexe. J'ai comme l'impression qu'elle met fin à ce qu'on partageait. Cela m'agace aussi qu'elle ait perçu si clairement mon attirance pour Callie, alors je fais mine de ne pas saisir de quoi elle parle. Mais Jossy me connaît trop bien pour être dupe.

— Un jour, tu devras faire face à tes sentiments, reprend-elle. Le jour où tu le feras, ne fais pas comme moi, Blake. Ne perds pas ton temps.

— Booon, dis-je avec précaution, je pense que tu as trop bu.

Elle hausse les épaules et se détourne.

— Ne t'en fais pas, Jackson. Je m'en remettrai. Il y a des tas de beaux garçons sur cette planète !

— Je n'aurais pas su te rendre heureuse et tu le sais très bien, Jossy. Si j'étais capable d'éprouver des sentiments pour quelqu'un, ça se saurait.

Je me tourne vers l'océan dont la vision m'apaise. Je la sens hésiter avant de me rejoindre. Elle n'ajoute rien. Il n'y a rien à ajouter.

CHAPITRE 26
CALLIE

Forte de ma promesse et de ma mauvaise expérience, je n'ai pas trop bu hier soir, mais tout le monde n'a pas été aussi raisonnable. Quand j'arrive sur le pont, Blake est au gouvernail, mais on dirait que c'est le gouvernail qui le soutient plus qu'autre chose. Quelques hommes nettoient le pont sans enthousiasme et j'aperçois Glenn qui tente de nouer les cordages tout en marmonnant dans sa barbe.

— Bonjour tout le monde ! je fais d'une voix forte.

— Chhhhhhut, me répond-on en chœur.

Je rejoins Blake qui, tout compte fait, semble un peu plus réveillé que le reste de son équipage. Il doit avoir un niveau de tolérance assez incroyable car, en fin de soirée, il descendait chope après chope.

Au moment où je pose le pied sur la passerelle, Jossy arrive sur *L'Avalon* et avance vers nous. Elle semble fraîche et pimpante, comme si elle n'avait pas passé une nuit à rire et à boire.

— Bon, eh bien, il est de temps de nous séparer !

Blake hoche la tête et tend la main pour serrer celle de Jossy. Je trouve son geste très formel, surtout quand on pense à leurs comportements de la veille. Jossy semble partager mon avis car elle éclate de rire et attire Blake à elle.

Sans lui laisser le temps de réagir, elle dépose un baiser sur ses lèvres.

— N'oublie pas ce que j'ai dit, Blake, ajoute-t-elle avec un clin d'œil.

Laissant le capitaine là, elle se tourne vers moi et me tend le grand sac qu'elle porte.

— Comme promis, ma belle, voilà de quoi faire honneur à toutes les femmes pirates du monde. Ne te laisse pas marcher sur les pieds par ces rustres. Ne te laisse pas marcher sur les pieds tout court.

— Comme tu le sais, ce n'est pas mon genre !

Elle rit de nouveau et me donne une accolade amicale. Quand elle se recule, elle garde un moment mon visage dans ses mains.

— Prends soin de toi, ma fille. Et quand tu en auras marre de traîner avec cette équipe de bras cassés, pense à moi ! Tu t'intégrerais à merveille dans notre équipage, chérie.

C'est à mon tour d'éclater de rire et, derrière Jossy, je vois l'air outré de Blake, ce qui accroît mon hilarité.

— C'est une proposition intéressante, mais on sait tous qu'ils ne peuvent plus se passer de moi ! Ce serait cruel de les priver de ma présence.

Blake fait les gros yeux.

— Je ne comprendrai jamais les femmes.

— Tu n'as pas besoin de nous comprendre, lui rétorque Jossy. Juste de nous vénérer.

— Compte là-dessus !

Sur un dernier éclat de rire et un signe de la main, Jossy descend de la passerelle et remonte à bord du *Siren Queen*. Très rapidement, son navire s'éloigne du nôtre. Je le regarde un moment, puis j'ouvre le sac qu'elle m'a donné. Je vois des étoffes de toutes les couleurs et de toutes les textures. Je repense à ce qu'elle m'a dit hier soir, dans sa cabine.

« Des corsets conçus spécialement pour nous : pour te battre sans être gênée par tes formes, ma chérie. Une chemise, avec juste ce qu'il faut de décolleté pour intriguer les hommes. Et les déconcentrer, si besoin. Des pantalons en cuir ou en tissu, peu importe, le tout c'est qu'ils soient confortables. Des bottes souples, au cas où tu devrais quitter le lit de ton amant discrètement avant qu'il ne se réveille.

— Ce n'est pas au programme pour le moment...

— Alors pour ne jamais glisser sur un pont mouillé. Avoue que ça serait embarrassant. »

Je dispose maintenant de la parfaite panoplie du pirate. Et, au risque de paraître superficielle, j'adore ça. Je me sens bien, mieux que dans les vêtements que j'avais récupérés. Je sais que ces tenues mettent un peu plus mes formes en valeur, mais ça ne me dérange pas et je pense que l'équipage ne sera pas choqué non plus. Il est temps qu'ils se fassent à l'idée qu'une vraie femme est à bord.

Je referme le sac et me rends compte que Blake me regarde.

— Quoi ?

— Tu comptes t'habiller comme ça tous les jours ?

— Ça pose un problème ?

— Non. Les hommes vont être dissipés, c'est tout.

— Ce sont de grands garçons, ils s'en remettront. Et ils savent très bien ce qui les attend s'ils ne parviennent pas à se contrôler et agissent comme des animaux.

Il ne dit rien, regarde de nouveau devant lui et tourne un peu le gouvernail. Je détecte une sorte de malaise dans son attitude. Je décide de pousser un peu...

— Mais votre inquiétude ne concerne peut-être pas vos hommes, capitaine, dis-je d'une voix suave. Peut-être que vous êtes inquiet à l'idée de ne pas pouvoir vous contrôler vous-même ?

— Tu te donnes trop d'importance, réplique Blake sans daigner tourner les yeux.

Il a sans doute raison. Pourtant, il paraît toujours tendu et je ne peux m'empêcher d'éclater de rire. Je dois être ridicule à essayer de le séduire pour jouer.

— Bon, je reprends après un moment de silence. Plus sérieusement. J'ai le droit de dire que je fais partie de l'équipage maintenant que j'ai la tenue ?

— Si tu veux. On peut dire que tu es moussaillon.

Je le frappe sur le bras en poussant un cri.

— Saleté de pirate !

CHAPITRE 27
BLAKE

Nous faisons toujours voile vers le sud.

Plus le temps passe, plus je me demande ce que je vais trouver au bout du chemin. D'abord, comment saurai-je que je suis arrivé ? Comment saurai-je ce qui est censé me mener à la Carte ? Une autre pensée s'immisce fréquemment dans mon esprit : et si la Carte n'était qu'une légende ?

Je me souviens très bien des histoires que me racontait mon père. C'étaient d'ailleurs les seuls moments où il agissait avec un peu de tendresse : il laissait de côté le capitaine sanguinaire et me mimait les merveilles qu'on pouvait rencontrer aux Confins du monde. Bien sûr, je lui ai promis d'être le premier à naviguer sur ces eaux légendaires alors qu'il rendait son dernier souffle. J'aurais tout aussi bien pu jurer sur l'Océan ce jour-là. Je ne sais pas ce que je ferais si je découvrais que les histoires… ne sont que des histoires.

Je refuse d'y penser une minute de plus.

Et puis, je ne suis pas le seul à lui courir après. Jossy a cherché la Carte pendant des années avant de se résigner. D'autres pirates ont décidé de se lancer à la conquête des Confins sans la Carte. On ne les a jamais revus. Plus récemment, une rumeur m'a appris que Thull et l'équipage du *Black Gold* étaient eux aussi sur ses traces. Je déteste Thull, et il me le rend bien. Nos pères avaient déjà des relations compliquées et le fait que je dérobe le trésor de l'Île Sombre, juste sous ses yeux, n'a pas arrangé nos affaires. Depuis, je me fais un malin plaisir de le contrer dans tout ce qu'il entreprend et de le doubler dès que possible. Il ne supporte pas l'idée que je sois plus doué, riche et célèbre que lui. Et j'adore le contrarier. À mes yeux, ce n'est qu'un homme vil et pathétique qui ne mérite pas de naviguer sous le pavillon noir.

S'il met la main sur la Carte avant moi, je ne réponds plus de rien.

— Je me demandais : est-ce que Doug a pour vocation de devenir pirate ou chef cuistot ?

Je suis attablé devant mon assiette, d'humeur maussade. Callie s'est glissée à côté de moi et contemple sa fourchette où sont piqués des morceaux de poisson.

— Parce que je ne l'imagine pas trop en pirate sanguinaire. En revanche, ses plats sont toujours délicieux.

Elle prend une bouchée en poussant un gémissement exagéré.

— Tu ne manges pas ?

— Je n'ai pas faim.

— Parfait.

Elle tire mon assiette jusqu'à elle et en verse le contenu dans la sienne. Cette fille est un ventre sur pattes. Elle mange autant que moi et parvient à rester svelte malgré tout, ce que j'ai tout le loisir de remarquer maintenant qu'elle porte ces tenues ridiculement moulantes.

— Pourquoi est-ce que tu es de si mauvaise humeur depuis quelques jours ? me lance-t-elle. C'est à cause de ce que tu cherches ? L'objet vers lequel le compas te mène ?

— Que sais-tu de ce que je cherche ?

Elle hausse les épaules et se remet à manger.

— Pas grand-chose. Je sais que tu le veux suffisamment pour payer un compas huit mille pièces d'or. Je sais qu'il se trouve vers le sud puisque c'est là que nous nous dirigeons. Je sais aussi que c'est « quelque chose d'énorme », comme tu me l'as gentiment indiqué il y a quelque temps.

— Eh bien tu en sais à peu près autant que moi, alors.

Puis je reprends la conversation comme si de rien n'était :

— Doug est un orphelin que j'ai recueilli il y a quelques années : il travaillait dans une taverne où nous avons fait escale. Il était battu par le propriétaire, un sale type qui martyrisait tous ses employés. J'ai laissé le choix au petit : rester là-bas ou venir avec moi, quitte à devenir un pirate.

Je jette un regard vers Doug, qui sert de nouvelles portions à mes hommes.

— J'avoue que je ne savais pas quoi faire de lui jusqu'à ce qu'il se lance dans la cuisine. Ce garçon est un désastre ambulant avec une arme. Il ferait un pirate lamentable.

Je reporte mon attention sur Callie et m'aperçois qu'elle me regarde avec un drôle d'air.

— Quoi ?

— Et dire que certains pensent que tu n'as pas de cœur. Et te voilà qui recueilles des orphelins en détresse…

Je souris et me cale contre le mur.

— Alors, dis-moi, qu'as-tu fait lorsque tu as quitté ton village natal ?

Aussitôt, elle se referme sur elle-même et son sourire disparaît. Je n'ai pourtant pas l'intention de la piéger ; je veux juste en savoir plus sur elle, essayer de comprendre comment une fille de douze ans qui fuit son sorcier de père peut s'en sortir. Callie me toise un instant.

— Pourquoi est-ce que tu me demandes ça ?

— Par curiosité, je réponds franchement. On se connaît depuis un moment, maintenant, et je ne sais rien de toi.

— Je ne sais rien de toi non plus, dit-elle d'une voix cassante.

— Alors faisons un marché. Je réponds à tes questions, tu réponds aux miennes.

— Dans la limite du raisonnable.

— Aurais-tu des choses à cacher, princesse ?

— Tu sais aussi bien que moi qu'une femme a toujours des secrets, capitaine.

Je la regarde se reculer et rejeter ses cheveux en arrière. Bizarrement, j'ai vraiment envie de tout savoir sur elle. Tout ce qu'elle sera prête à me dire. Et, encore plus étrange, j'aimerais qu'elle sache tout de moi. J'ai le sentiment qu'elle ne me jugera pas.

— Bon, toi d'abord. Parle-moi de ton enfance, dis-je alors que je connais déjà la réponse.

— Non, répond-elle avec un ton sec et un visage fermé.

— Ça commence bien, je bougonne.

Je me demande comment elle réagirait si je lui avouais que je sais qui est son père. Peut-être qu'elle serait soulagée de voir que ça ne change rien pour moi. Peut-être qu'elle serait plus à même de comprendre qui je suis vraiment. Après tout, son père est pire que moi ! Mais je dois garder cette information si je veux faire pression sur elle dans le futur.

— Allez, dis-moi ce que tu veux, je finis par dire en faisant un geste des bras pour l'encourager.

— J'avais douze ans quand je suis partie de mon village natal.

— Et tes parents, que sont-ils devenus ?

— Ne m'interromps pas, grogne-t-elle.

Je baisse la tête.

— Pour des raisons que je ne développerai pas, j'étais pressée de quitter mon village. J'ai marché jusqu'à la ville la plus proche et j'ai embarqué sur le premier bateau que j'ai croisé. Comme tu le sais, j'avais volé quelques objets et j'ai réussi à monnayer mon passage. Le bateau m'a emmenée à l'autre bout du pays, même si ça a pris du temps. Il n'était pas aussi rapide que *L'Avalon*. J'ai fait des petites tâches par-ci, par-là. À l'époque, j'étais trop jeune et sans doute trop peureuse pour revendre les objets que j'avais dérobés.

— Toi ? Trop peureuse ? J'ai du mal à l'imaginer.

— J'avais douze ans, Blake. Et j'étais terrifiée à l'idée qu'il… qu'on ne me trouve et ne me jette en prison.

Sa langue a fourché. Se rend-elle compte qu'elle a un tic quand elle parle de lui ? Elle pose toujours sa main sur son tatouage, celui qui l'empêche de la localiser.

— J'ai été serveuse, vendeuse, j'ai même ramoné des cheminées. Et puis, un jour, j'ai été embauchée par Lady Brigid.

— Ah oui, tu m'en as parlé, de celle-là.

— Une châtelaine dont le domaine se trouvait juste à la limite des Terres du Sud, une femme richissime et exécrable, mais elle me payait bien et j'étais nourrie et logée. J'y suis restée trois ans.

— C'est là que tu t'es fait des amis ?

Elle semble surprise que je me souvienne de tout ça.

— Oui. Sharon et Miles. Ils étaient domestiques aussi et nous avions à peu près le même âge. Nous avons fait les quatre cents coups ensemble.

— Pourquoi es-tu partie ?

— J'en avais assez, de faire le ménage pour cette mégère. Et, pour tout te dire, je crois que Miles était un peu amoureux de moi.

— Tu m'en diras tant, je marmonne pour moi, sans qu'elle semble le remarquer.

— C'est là que j'ai eu l'idée de vendre… Et de voler.

Callie esquisse un sourire qui me paraît particulièrement machiavélique sur un visage aussi délicat puis reprend :

— Je n'entrerai pas dans les détails. Disons simplement que je me suis largement servie dans les caisses à bijoux de Lady Brigid.

— Callie… dis-je, amusé.

— Je suis sûre qu'elle ne s'en est toujours pas rendu compte, elle en avait tellement ! Bref, j'ai pris mes affaires, je suis partie et j'ai commencé à tout revendre. Je me suis fait une petite réputation, je me suis parfois attiré des ennuis mais…

— Que serait la vie sans un peu de danger, pas vrai ?

Elle continue après un haussement d'épaules.

— Un soir, j'ai rencontré un pirate dans une taverne. À partir de là, tout est allé de travers…

— Un pirate, hein ? Est-ce qu'il était séduisant ?

— Pas vraiment, non. Et je ne te parle même pas de son rafiot, pff…

Je lui donne un coup de coude dans les côtes et elle éclate de rire.

— Allez, à ton tour, capitaine.

— Quoi, c'est tout ? C'est tout ce que tu as à me raconter sur ta vie ? Tu as travaillé pour une lady. Tu parles…

— À ton tour, répéta-t-elle, intransigeante.

— Très bien. J'ai grandi sur ce bateau que tu persistes à insulter alors que c'est l'un des plus beaux navires au monde… Mon père a rencontré ma mère un soir, puis il est revenu me chercher quelques années plus tard. Il n'a jamais prononcé son nom. Je sais que c'est elle qui m'a élevé les premières années, quand j'étais à terre, mais... je n'ai pas vraiment de souvenirs d'elle.

Ce n'est pas tout à fait vrai. Quand je pense à elle, une vague de chaleur remonte dans ma poitrine et un son qui ressemble à un rire aussi doux que le miel me revient aux oreilles. Je ne sais peut-être pas qui était ma mère, je ne me souviens peut-être plus de son visage ni de son nom, mais je suis persuadé qu'elle m'aimait.

Callie me regarde sans rien dire et je fais un vague geste de la main.

— Ça ne m'a pas vraiment manqué. J'avais tellement de choses à découvrir sur *L'Avalon*. Mon père voulait un héritier, c'est d'ailleurs pour ça qu'il est revenu me chercher. J'ai eu de la chance que ça tombe sur moi : il a probablement laissé des centaines de petits bâtards un peu partout dans le royaume.

— Charmant.

— Mais moi, il m'a reconnu et il m'a entraîné pour que je devienne son héritier. Il m'a tout appris : la navigation, le combat, les cartes, la stratégie... Tout. Il était exigeant, parfois cruel. Mais honnêtement, sur le coup, ça me semblait normal. Il était réputé pour être l'un des meilleurs pirates qui soient. Je ne pouvais pas me permettre d'être faible et de dénigrer son nom. La gloire de son nom, de sa lignée, c'était son obsession. Alors je me suis entraîné plus fort, j'ai repoussé mes limites. Et voilà le résultat !

Elle ne semble pas impressionnée.

— Tu ne lui en as jamais voulu ? D'avoir gâché ton enfance ?

— Non, je réponds automatiquement. Je n'aurais jamais pu devenir l'homme que je suis aujourd'hui. Ça n'a pas été facile tous les jours, mais c'est ce qui m'a permis de mener la vie que je veux. Je suis capitaine et je suis libre et, ça, c'est grâce à l'entraînement de mon père. Je n'ai pas de regrets.

— Même si tu n'as jamais vraiment noué de liens avec lui ? Ou avec quiconque ?

Je me demande si on parle toujours de moi, là. Callie me semble transposer ses propres doutes et angoisses sur mon histoire.

— Euh, pardon, mais j'ai noué des liens, je rectifie, d'un air offensé. Beaucoup, même.

— Je ne te parle pas des filles que tu croises dans les tavernes lors de tes escales, dit-elle en levant les yeux au ciel.

— Bold est comme un père pour moi. Glenn un frère. Al, Colton, Doc, Doug… ils sont ma famille, celle que j'ai choisie et pour laquelle je serais prêt à tout. Je ne suis pas aussi seul que tu sembles le penser !

Le regard de Callie se fait distant. Si quelqu'un est seul aujourd'hui, c'est bien elle. Un instant, je suis pris par l'envie de la réconforter, de lui assurer qu'elle n'est plus seule désormais, mais je chasse bien vite cette idée déconcertante. Au lieu de ça, je me racle la gorge pour la faire revenir sur terre.

— Maintenant, concernant ces filles d'un soir, si tu veux des détails, je peux…

— Par pitié, non !

CHAPITRE 28
CALLIE

J'avais engagé la discussion avec Blake parce que je voulais chasser ce voile sombre de son regard et, au final, c'est moi qui me suis retrouvée à broyer du noir. Depuis notre discussion, je ne peux m'empêcher de ressasser. Qu'est-ce que j'ai dans la vie ? D'un côté, un père surpuissant et totalement fou qui, selon les rumeurs, remue ciel et terre pour me retrouver. De l'autre, une bande de pirates qui semblent tolérer ma présence à bord, mais qui sait pour combien de temps encore ? Et au milieu, une vie de peur et de solitude, triste à en pleurer. Ah ça, il n'y a pas de doute, je suis vraiment une petite chanceuse.

J'essaie de voir le positif : j'ai appris pas mal de choses sur Blake, avec les éléments qu'il m'a donnés, mais aussi grâce au ton ou au regard qu'il avait pendant la conversation.

Cette fois, j'ai bien fait attention de ne pas révéler quoi que ce soit qui pourrait le mener à mon père. J'ai éludé ses questions sur mon enfance, j'ai longuement parlé de Lady Brigid. Parler du château m'a fait repenser à Miles et Sharon pour la première fois depuis des années. Je me demande ce qu'ils deviennent. Je réalise qu'en voguant vers le sud, on se rapproche d'eux. Quelle tête feraient-ils en me voyant débarquer d'un bateau pirate ? *L'Avalon* qui plus est ! Rien que d'y penser, j'ai envie de rire.

Des cris m'arrachent à mes pensées. Les hommes s'agitent dans tous les sens et désignent quelque chose au loin. Je plisse les yeux et aperçois un navire. Moi qui pensais que l'Océan était grand !

Le bateau est loin derrière nous, mais vu la réaction de l'équipage, ça doit être important. Je me dirige vers le gaillard d'arrière pour obtenir des réponses. Je croise Bold qui donne déjà des ordres au reste des hommes. Il ne s'arrête pas et me jette un regard furtif et inquiet. Je commence à ressentir de l'anxiété. Je franchis les quelques marches et me plante devant Blake.

— Que se passe-t-il ?

Il abaisse la longue-vue avec laquelle il observait le navire et, pour la première fois depuis que je suis à bord, je réalise que je n'ai peut-être pas le droit de monter le déranger chaque fois que j'ai une question. Les autres ne le font pas. Je m'attends presque à ce que Blake m'envoie balader, mais il soupire en me tendant la lunette.

— On a de la compagnie, dit-il d'une voix grave.

Je regarde à travers la longue-vue mais, honnêtement, tous les bateaux se ressemblent, pour moi. Celui-ci me semble très similaire à *L'Avalon*, si ce n'est qu'il n'arbore aucun pavillon. Ses voiles sont d'un noir passé et sa proue représente un énorme squelette. Pas très engageant.

— Encore des amis ?

— Pas cette fois. C'est Thull, l'un des plus grands pirates au monde. Il est capitaine depuis plus longtemps que moi. Il détestait mon père et nos relations ne sont pas très amicales non plus.

— Qu'est-ce que tu lui as fait ?

— Disons que je l'ai privé de quelques trésors. Et un peu ridiculisé, aussi.

— Vous, les pirates, vous êtes tous les mêmes…

— Quoi qu'il en soit, il me hait. Et même si j'aime me moquer de lui, je ne dois pas le sous-estimer. C'est un adversaire redoutable et s'il décidait de se mettre en travers de mon chemin, il pourrait me compliquer la tâche.

Blake regarde un moment l'horizon avant de poursuivre, d'une voix plus basse :

— Il cherche la même chose que nous.

— Ce mystérieux objet vers lequel nous conduit le compas ? Celui dont tu ne veux rien me dire ?

— Celui-là même.

À mon tour, je regarde vers le navire, qui semble se rapprocher à toute allure.

— Vous allez vous battre ?

— Pas si je peux l'éviter. Ils sont autrement plus coriaces que les stupides pirates qui nous ont attaqués la dernière fois. Si je dois l'affronter, je veux décider du lieu et de la date. Je devrais avoir l'avantage stratégique pour l'emporter.

Moi qui l'imaginais tête brûlée et impétueux, je découvre une nouvelle facette de sa personnalité. Cette froideur calculatrice est à la fois fascinante et effrayante.

— Mais je ne peux pas faire comme si je ne l'avais pas vu, reprend Blake. Je pourrais demander à Al de faire jouer les vents en notre faveur et ainsi le semer. Mais il prendrait ça comme un signe de faiblesse. Je préfère couler avec *L'Avalon* plutôt que de m'abaisser devant Thull.

Il fait quelques signes à ses hommes qui s'empressent de tirer des cordages pour ramener les voiles. Aussitôt, *L'Avalon* ralentit. Blake s'arrange pour que le *Black Gold* nous rattrape.

— Que dois-je faire ?

Il me toise de haut en bas, de son air froid. Pendant un instant, j'ai peur qu'il ne me dise d'aller me cacher dans sa cabine.

— Tu ne peux pas passer ta vie à te planquer. Reste ici, mais essaie de ne pas te faire remarquer.

Il se détourne et je l'entends marmonner quelques mots parmi lesquels je distingue « pas facile » et « stupide tenue ». En temps normal, cela m'aurait tiré un sourire satisfait, mais je suis trop nerveuse : difficile d'ignorer la tension qui s'est emparée de *L'Avalon*. Nous nous rassemblons au centre du navire et je vois avec inquiétude les hommes sortir leurs armes. Je fais de même avec ma dague quand Bold me lance un regard que je ne parviens pas à interpréter.

— Quoi ?

— Ne fais pas de bêtises.

Je reste silencieuse alors que Bold se place devant moi. Sa silhouette massive me cache presque entièrement. Plus le *Black Gold* approche, plus la tension est forte. Blake est toujours sur le gaillard d'arrière et regarde droit devant lui en donnant des ordres aux quelques hommes restés à ses côtés. Je ne perçois pas l'expression sur son visage mais je devine qu'il est aussi tendu que le reste de l'équipage.

Lorsque le *Black Gold* se positionne à côté de *L'Avalon*, j'ai l'occasion de l'observer plus en détail. Il est légèrement plus gros que le bateau de Blake, mais si je me rappelle bien mes discussions nocturnes avec le capitaine, ce n'est pas forcément un avantage : ça le rend plus lourd, moins rapide et plus difficile à manœuvrer. En revanche, cela peut signifier qu'il abrite plus d'hommes. En cas d'affrontement, ce n'est pas bon pour nous.

Une passerelle est jetée entre les deux navires : cette fois, quelque chose me dit qu'on ne va pas faire la fête. Blake laisse le gouvernail et descend sur le pont au moment où un homme fait son apparition.

Jenkins Thull, le capitaine du *Black Gold*.

Je suis presque déçue : de taille moyenne, entre deux âges, il est richement vêtu, mais peu impressionnant. Les quelques mèches grises qui parsèment sa chevelure brun terne me poussent à dire qu'il a dépassé la cinquantaine. Je remarque immédiatement un collier autour de son cou : visiblement en or massif, il est serti d'un saphir gros comme mon poing. Pourtant, ce n'est pas sa taille qui attire mon attention, mais l'aura de magie qu'il dégage. Je remue un peu tant cette vision me met mal à l'aise. Bold se tourne discrètement vers moi, le regard interrogateur.

— Pardon. C'est son collier qui m'intrigue.

Bold me répond d'un ton si bas que je manque de ne pas comprendre ce qu'il me dit :

— Un talisman magique. Protection.

Je frémis. Thull ne paie peut-être pas de mine mais il est bien protégé et, lorsque Blake se plante devant lui, il lui lance un sourire glacial. Je frissonne. Ce simple rictus suffit à me faire comprendre qu'il s'agit d'un homme cruel et violent.

— Capitaine Jackson, salue Thull en esquissant une révérence moqueuse.

— Jenkins, mon vieux ! Quel plaisir de te revoir !

Le pirate se tend face à la salutation bien trop familière de Blake. Celui-ci en rajoute une couche.

— Je dois dire que je suis agréablement surpris de voir le *Black Gold* en si bon état. Après notre dernière rencontre et la tempête que tu as essuyée… C'est un petit miracle !

— Mon navire se porte très bien, merci, dit Thull d'un ton cassant. Cette tempête n'était qu'un léger contretemps…

— Qui t'a coûté un trésor. Encore une fois.

Pourquoi Blake le provoque-t-il alors qu'il voulait éviter l'affrontement ? Thull plisse légèrement les yeux.

— Bah, des trésors, il y en a plein ! Je crois d'ailleurs que nous sommes présentement à la recherche du même.

Nous y voilà.

— Je suis à la recherche de bien des choses, lui répond Blake. Il va falloir être plus précis.

— Mais cette carte est bien plus précieuse que de l'or ou des pierres.

Une carte ? C'est ça que cherche Blake ? Des cartes, il en a des milliers dans sa cabine. En quoi celle-ci est-elle différente ? Et pourquoi est-elle cachée ?

Blake éclate de rire.

— Le grand Jenkins Thull se lance à la poursuite d'une chimère ! Par l'Océan, voilà qui devrait être intéressant à suivre !

Il cesse de rire et écarte les bras d'un geste théâtral.

— Jenkins, personnellement, je n'ai pas de temps à perdre à chasser des licornes et des farfadets. Tu sais aussi bien que moi que cette carte n'est qu'une légende. Et si, par miracle, elle existe, personne ne peut la trouver.

— Sauf si on se trouve en possession d'un compas magique.

La tension atteint un nouveau palier. Je donnerais cher pour voir l'expression de Blake en ce moment. Bold est tellement tendu que j'ai l'impression qu'il va exploser.

Lorsque Blake reprend la parole, au bout de quelques secondes, j'entends le sourire dans sa voix.

— Jenkins, tu devras me donner le nom de tes espions, ils sont absolument formidables !

— Oh, tu sais, j'ai des informateurs ici et là. Personne à bord de *L'Avalon*, malheureusement, sinon je n'aurais pas eu besoin de subir cette conversation.

Les masques sont tombés : Thull sait qu'on cherche la fameuse Carte et qu'on possède un objet qui nous permet de nous en rapprocher. Blake sait que Thull l'espionne et, même s'il prétend ne pas avoir d'espions sur *L'Avalon*, comment en être certain ?

— Que veux-tu, Jenkins ?

— Le compas.

— Bien sûr. Et tu prendras bien quelques coffres remplis avec ça, rétorque Blake, railleur. Si tu penses que je vais te céder le compas, tu es encore plus bête que tu en as l'air.

— Ne me provoque pas, petit imbécile.

— Tu sais très bien que si tu m'attaques, je vous réduirai en cendres, toi, ton rafiot et ta bande de soûlards. Ne viens pas me menacer sur mon propre navire.

Le temps semble se figer. Mon attention est entièrement concentrée sur les deux hommes devant moi. Bold me bloquant un peu la vue, je me décale d'un pas.

— Un jour viendra où tu regretteras ton insolence et ta présomption, crache Thull.

— Probablement. Mais pas aujourd'hui. Aujourd'hui, je vais oublier ta requête pitoyable et tu vas retourner sur ton navire. Tu vas mettre les voiles et ne plus jamais, jamais, te mettre en travers de mon chemin. C'est clair ?

— Tu n'es pas digne de trouver cette carte, Jackson. Ton père ne l'était pas et tu l'es encore moins. Le compas n'est pas le seul moyen d'y parvenir. Je pars aujourd'hui, mais je n'ai pas dit mon dernier mot.

— C'est ça, moussaillon.

Sur cette ultime provocation, Thull serre les poings et esquisse un mouvement de départ. C'est alors que son regard s'arrête sur moi. Je me retiens de faire un pas sur le côté pour me mettre de nouveau à l'abri derrière Bold.

— Tiens, tiens. Qu'avons-nous là ? chuchote Thull d'une voix doucereuse qui, bizarrement, me fait plus peur que les menaces échangées plus tôt.

Blake ne se retourne pas, mais je le vois se tendre.

— On ne se refuse rien, Jackson. Après avoir recueilli ton petit sorcier de pacotille, tu as décidé d'aller plus loin dans la débauche. On prend des distractions à bord, désormais…

— Elle fait partie de l'équipage, intervient Bold, de sa voix forte, calme et puissante.

Thull l'ignore et continue de me fixer. Je refuse de baisser les yeux et plonge mon regard dans l'obscurité du sien. Cet homme est bien plus qu'un pirate médiocre que Blake vient de ridiculiser, c'est un être profondément mauvais qui ne reculera devant rien pour parvenir à ses fins. Je le sais, j'ai déjà vu ce genre de regard. Cette noirceur au plus profond de l'âme. Je l'ai vue chez mon père, à partir du moment où il n'était plus lui-même. Je l'ai vue chez les ombres qui prenaient possession de son corps.

— Ton équipage est tombé bien bas, si tu recrutes parmi le sexe faible, Jackson. C'est intéressant. Je ne manquerai pas de m'occuper d'elle lorsque je viendrai chercher le compas.

— Déguerpis.

L'espace d'un instant, je pense que les deux capitaines vont se jeter l'un sur l'autre, mais après un bref regard chargé de haine, Thull tourne brusquement les talons, avec un geste du bras.

— On se reverra, Jackson ! Et toi aussi, ma jolie...

Alors que le *Black Gold* s'éloigne de nouveau, je demeure immobile, comme tout le reste de l'équipage. Je suis toujours figée quand tous les autres se détendent, poussent des soupirs et commencent à discuter entre eux. Le moindre de mes mouvements pourrait révéler aux autres à quel point j'ai peur.

CHAPITRE 29
BLAKE

Je respire un grand coup et regarde le *Black Gold* disparaître à l'horizon. Bold est toujours à mes côtés. Callie reste derrière lui alors que tout le monde se remet au travail. Je donne quelques ordres pour que *L'Avalon* reparte au plus vite, notamment à Al que je mets à contribution, puis me tourne vers mon second. Le regard qu'il me lance me fait comprendre que nous sommes sur la même longueur d'onde.

— Il va falloir redoubler de prudence, commence-t-il.

— Tu crois que…

— Certainement. Nous devons vérifier.

— Odyssa ou South-Port ?

— South-Port. Mais il faudra…

— Euuuuh, bonjour ! intervient Callie en nous regardant, l'air un peu paniquée. Quelqu'un peut m'expliquer ce qu'il vient de se passer ? Si possible en faisant des phrases sensées.

Bold et moi avons tellement l'habitude de travailler ensemble, depuis toutes ces années, que nous n'avons pas besoin de faire des phrases complètes.

— On parlait juste de cette agréable rencontre…

Callie me suit alors que je monte sur la plate-forme.

— Alors, à ce sujet, j'aurais quelques questions.

— Quelle surprise ! je marmonne pour moi.

— Tu voulais éviter l'affrontement... Et là, je ne vois pas en quoi cette conversation était diplomatique...

— Détrompe-toi. C'était de la diplomatie de pirates. Les insultes, c'est normal. La provocation aussi. Il faut montrer qu'on n'est pas impressionné par l'autre.

Elle sait qu'à bord d'un bateau pirate, comme dans bien des aspects de la vie, faire preuve de faiblesse n'est pas une option.

— Très bien, reprend-elle. Mais pourquoi a-t-il demandé le compas ? Il ne s'attendait tout de même pas à ce que tu le lui donnes ?

— Bien sûr que non. Mais en m'en parlant, il m'a fait comprendre qu'il savait qu'il était en ma possession. Donc qu'il a trouvé un moyen de m'espionner... Il essayait de m'intimider.

— Il faut qu'on soit sur nos gardes, intervient mon second. Il en sait beaucoup plus que ce que nous pensions. Nous allons faire escale à South-Port. Nous avons des contacts là-bas et j'espère qu'ils pourront nous en apprendre plus sur les plans ou les alliés de Thull.

Callie hoche la tête, hésite puis dit :

— Est-ce que c'est le bon moment pour demander des précisions sur cette fameuse Carte dont vous parliez ou...

Je lui lance un regard dédaigneux et elle lève les mains.

— Compris. Je retenterai plus tard.

Je consulte mes cartes pour décider de l'itinéraire le plus court pour rejoindre South-Port. L'avantage de ce port, c'est qu'y faire escale ne nous fait pas dévier de la direction indiquée par le compas. Le vent se lève et *L'Avalon* reprend progressivement de la vitesse. Si l'océan est avec nous, nous devrions arriver à South-Port d'ici deux nuits. Parfait. J'aurai des réponses. Mes provocations n'ont pas eu autant d'effet que d'habitude sur Thull. Et son départ… trop facile. Je suis sûr qu'il a un plan derrière la tête. Je m'apprête à en discuter avec Bold quand je me rends compte que Callie n'a pas bougé. Elle semble perdue dans ses pensées et je suis surpris de m'apercevoir qu'elle tortille une mèche de ses cheveux entre ses doigts, comme si elle était nerveuse. C'est la première fois que je la vois comme ça.

— Callie ? Tu n'as pas du travail ? Il me semble que le pont ne se lave pas tout seul…

— Est-ce que Thull est un sorcier ?

Même si sa voix est posée, en étant attentif, on perçoit nettement le tremblement à la fin de sa phrase. Bold la regarde d'un air intéressé, avant de se tourner vers moi, comme pour m'inviter à prendre la parole. Je soupire.

— Ce n'est pas vraiment un secret, mais rares sont ceux qui connaissent cette histoire.

Callie ne me quitte pas des yeux et, conscient qu'elle ne me lâchera pas avant d'avoir ses réponses, j'entreprends de tout lui expliquer :

— Tu n'es pas sans savoir qu'à l'origine la magie était partout sur terre. Puis, progressivement, sans que personne sache pourquoi, elle s'est raréfiée. Certains disent que c'était le résultat d'une surexploitation, d'autres que les hommes cessèrent d'être dignes de ce cadeau des dieux. Les sorciers, ceux qui étaient nés avec la capacité naturelle à percevoir et utiliser la magie, sont devenus moins nombreux et les gens « normaux » ont commencé à avoir peur d'eux, du pouvoir qu'ils avaient. Ils les ont donc décimés. Aujourd'hui, il ne reste plus qu'une poignée de mages.

Callie reste silencieuse.

— Quand ils ont senti qu'ils étaient en mauvaise posture, certains sorciers ont décidé de transférer leurs pouvoirs pour que ceux-ci ne se perdent pas, et dans une tentative vaine de recommencer une vie normale. La majorité d'entre eux ont canalisé leurs pouvoirs dans des objets. C'est de cette période que datent la plupart des artefacts magiques dont nous disposons aujourd'hui. C'est le cas de ce remarquable compas, d'ailleurs.

Callie connaît probablement cette histoire et je suis étonné qu'elle me laisse poursuivre sans m'interrompre.

— Mais il y a d'autres techniques. Certains ont renoncé à leur humanité et à leur enveloppe charnelle pour devenir le pouvoir à l'état pur. Ils prenaient la consistance d'ombres, généralement maléfiques, que les hommes ont par la suite appris à invoquer et, parfois, à contrôler. C'est le cas du fameux Sorcier Noir.

Il n'y a pas à dire, elle est douée. Si je n'étais pas aussi attentif et si je ne savais pas ce que je cherchais, je n'aurais pas perçu l'infime battement de paupières qui révèle son trouble. Mais il est bien là.

— Techniquement, le fameux Sorcier Noir n'est qu'un pauvre bougre qui a joué avec des forces qui le dépassent.

— Quel rapport avec Thull ? lâche-t-elle d'une voix légèrement tremblante.

— J'y viens. Même si ce pouvoir est instable, même si c'est extrêmement risqué, les histoires regorgent d'hommes décidés à obtenir le pouvoir des ombres. Tu serais étonnée par le nombre de personnes qui ont commis la bêtise de les invoquer pour accaparer leur puissance.

Elle ne sourcille toujours pas. J'imagine pourtant que cette histoire lui est plus que familière.

— C'est ce qui est arrivé à Thull. Alors qu'il n'était qu'un médiocre moussaillon, il a eu le cran d'invoquer les ombres et de leur soutirer une partie de leurs pouvoirs.

— Il est possédé par les ombres ? s'horrifie Callie.

— D'après ce qu'on a pu tirer de son récit, non. Les ombres sont venues, il a tenté de les contrôler mais il a échoué et elles sont reparties. En tout cas, il ne fait preuve d'aucun talent magique.

— Elles sont venues puis sont reparties ? Vraiment ?

— Comme tu as pu le deviner, ça a laissé des séquelles chez notre ami, je dis avec une grimace. Après sa mésaventure, il a organisé une mutinerie et est devenu capitaine du *Black Gold*. Il est imprévisible et encore plus sanguinaire que moi. C'est sans doute une part des ombres qui sont restées en lui. C'est aussi ce qui en fait quelqu'un de dangereux.

Callie reste songeuse.

— Je m'en doutais. J'ai vu la noirceur dans son regard. Je reconnais les signes.

J'aimerais lui demander comment elle peut le savoir. Mais je sais qu'elle refuserait de me répondre, cela l'obligerait à m'avouer que son père est le Sorcier Noir. Al, dont j'avais même oublié la présence à nos côtés, met les pieds dans le plat :

— Dis donc, pour une personne qui se méfie autant de la magie, tu sembles en savoir un rayon.

Callie le foudroie du regard tandis que je lui adresse un geste impatient de la main pour lui dire d'aller voir ailleurs si j'y suis. Alors qu'il s'éloigne, je fais comme si Al n'était jamais intervenu.

— La plupart du temps, il semble plutôt maître de lui-même. Mais il y a des moments où il est complètement fou. Ça serait d'ailleurs comique, si ce n'était pas aussi horrible.

Le silence retombe entre nous. Je donnerais cher pour savoir à quoi pense Callie. Elle redresse la tête et, lorsque nos regards se croisent, je lis, un bref instant, une peur sans nom. Mais elle se reprend très vite :

— Eh bien, une chose est sûre : tu sais choisir tes ennemis, capitaine !

— Tu commences à me connaître : si ce n'est pas dangereux, ce n'est pas drôle !

Elle sourit à son tour, mais il reste de la tension dans son regard. Alors qu'elle se détourne, je poursuis :

— Ça a failli m'arriver, tu sais.

Callie s'arrête net et se tourne vivement vers moi.

Pourquoi ? Pourquoi est-ce que j'ai dit ça ? Bold s'est un peu éloigné mais je le vois me lancer un regard en coin, presque un avertissement. Il sait mieux que quiconque ce qui s'est passé ce jour-là. Il connaît les conséquences de cette journée. Il était là. Sans lui, je serais sans doute mort. Ou pire.

Callie me fixe toujours, un peu sur la défensive. Je soupire de nouveau.

— Mon père était obsédé par l'idée que son nom, que notre nom puisse être oublié. Il était sans cesse à la recherche d'un moyen d'entrer dans la légende. Un jour, il a estimé que je n'étais pas assez fort pour l'aider dans cette quête. Il a donc trouvé un moyen d'invoquer les ombres. Et il a tenté de me faire absorber leurs pouvoirs.

Callie pose une main devant sa bouche et je suis presque amusé par sa réaction. Elle qui pensait avoir le pire père au monde !

— Ça n'a pas fonctionné. Tout le monde n'est pas fait pour recevoir la magie. Tout le monde ne peut pas le supporter. Mon père a dû se contenter de l'héritier que j'étais.

Je hausse les épaules, comme si tout cela n'avait plus d'importance aujourd'hui. Ce que je ne dis pas, c'est la tristesse et la honte qui m'ont envahi quand mon père m'a annoncé que j'étais si pitoyable qu'il devrait avoir recours à la magie pour me rendre digne de faire perdurer son nom. Ce que je ne dis pas, c'est que je me souviens parfaitement de la douleur, la plus atroce que j'aie jamais ressentie. Je me souviens des cris, des bruits, des odeurs, je me rappelle tout et je sais que je m'en souviendrai toute ma vie. J'en fais encore des cauchemars. Comment oublier ce jour où j'ai frôlé l'annihilation ? Comment oublier l'événement qui a causé la mort de mon père ? C'est à cause de cette idée que je me retrouve obsédé par une carte impossible à trouver, lié par une promesse faite sur un lit de mort. C'est pour lui prouver qu'il avait tort et que je suis digne de trouver la Carte, digne d'explorer les Confins, digne de porter son nom. Digne d'être son fils.

Callie s'approche de moi. À ma grande surprise, elle me prend la main et la serre doucement.

— Je pense que ton père aurait été fier de ce que tu es devenu. Après tout, tu es le plus grand pirate de notre temps. Tout le monde connaît ton nom. Et tu diriges *L'Avalon*... Le plus beau navire du monde ! Tu devrais être fier. Et j'espère que tu as bien entendu ça, car je ne le répéterai plus jamais.

Ses paroles sont des flèches qui esquivent habilement toutes les défenses que j'ai érigées autour de moi pour se ficher droit dans mon cœur. À croire qu'elle lit dans mes pensées. Pour ne pas montrer mon trouble, je choisis de répondre par le sarcasme :

— Je savoure le compliment.

Avant que les choses ne deviennent gênantes, elle me lâche la main et fait demi-tour. Je réalise alors qu'une part de moi avait en réalité envie que Callie connaisse cet événement. Juste pour voir si elle me regardait différemment après ça, pour savoir si elle me jugeait ou si elle m'acceptait.

Je suis en effet très énervé de constater que l'avis de Callie compte à mes yeux. Ça va à l'encontre de tous mes principes, de tout ce qu'on m'a appris et inculqué depuis ma naissance. Je regarde la jeune femme sur le pont et une brusque bouffée de rage m'atteint. Je la déteste de me faire ressentir ce genre d'émotions.

— C'est une bonne chose que tu t'ouvres à elle, dit une voix calme.

Bold s'est approché sans que je l'entende.

— Je t'en supplie, fais-moi grâce de tes discours moralisateurs. Je n'ai pas besoin de Callie dans ma vie. Je n'ai besoin de personne, d'ailleurs. Tu le sais très bien.

— Tu le penses vraiment ou tu ne fais que répéter ce que ton père disait ?

— La ferme, Bold ! La ferme.

Il s'éloigne à son tour après un haussement d'épaules. Je me retrouve seul, les poings serrés contre le bastingage auquel je me suis appuyé, avec mes questions sans réponse comme seules compagnes.

CHAPITRE 30
BOLD

Par les abysses de l'Océan, Doug s'est surpassé : le repas est délicieux ! Ce gamin ne cessera jamais de m'épater. Nous avons perdu notre maître coq, il y a environ un an, lors d'un affrontement sanglant contre un équipage ennemi. Lorsque Blake m'a annoncé que Doug, jusque-là apprenti, s'occuperait presque seul de nourrir une trentaine de pirates affamés, j'ai eu peur du résultat. Il lui a fallu un peu de temps mais, à la surprise de tous – sauf de Blake qui n'a apparemment jamais douté de lui –, Doug a vite pris ses repères. Il cuisine toute la journée, souvent aidé par Al, et personne ne s'est jamais plaint des plats qu'il nous prépare. Un vrai miracle.

Ce soir plus que jamais, j'apprécie son talent. Les hommes sont toujours tendus après les menaces de Thull : le ton ne monte pas autant que les autres soirs et les regards restent sérieux. Quant à Blake, il fait bonne figure mais je sais qu'il s'inquiète.

Un éclat de rire me sort de mes pensées. Cela fait des semaines que Callie est à bord, mais je ne m'habitue pas à entendre un timbre féminin parmi le brouhaha de ces voix d'hommes. L'arrivée de la jeune femme a fait changer bien des choses. Le plus remarquable étant bien sûr l'impact qu'elle a eu sur Blake. Elle ne s'en rend pas compte et il s'obstine à le nier, mais il est plus posé et, surtout, il est totalement sous le charme de la jeune fille. Je les observe discuter, un petit sourire aux lèvres. Ils se sont lancés dans une des joutes verbales dont ils ont le secret. Mon sourire s'agrandit alors que Callie foudroie Blake du regard.

Ces deux-là vont nous offrir un beau spectacle, je n'en doute pas. Des paris circulent même sur le temps qu'il leur faudra pour craquer. Si je n'étais pas au-dessus de tout ça, je pourrais devenir riche.

— Bold ?

Je me tourne vers Doug qui s'est assis à côté de moi.

— Tu peux nous raconter une légende ? me demande le jeune garçon, avec un air impatient.

Nom d'une tempête, cela faisait des mois que le petit ne m'avait pas demandé ça. Je lui tapote la tête avec affection.

— Bien sûr, moussaillon, je réponds d'une voix bourrue. Dis donc à ces rustres de baisser d'un ton.

Doug se met à gesticuler dans tous les sens, attirant l'attention de l'équipage. Nous sommes presque au complet, ce soir : seuls cinq des hommes sont sur le pont, en train de diriger et surveiller le navire.

— Que se passe-t-il ? demande Callie alors que tous les hommes se tournent vers moi.

— Aaaah, tu vas assister à un moment inoubliable, lui répond Blake, ironique. Le grand Bold va nous faire l'honneur de nous raconter une histoire !

C'est un genre de tradition à bord de *L'Avalon*. Tout a commencé avec Blake lorsqu'il était petit et que je lui narrais des histoires de piraterie. Sans que je sache bien comment, je me suis vite retrouvé chargé de distraire occasionnellement l'équipage. Ces pirates deviennent de vrais gamins quand je me mets à leur parler de récits légendaires, et je mentirais si je disais que je n'aime pas ce rôle. J'attends donc que Blake finisse sa chope, passe ses longues jambes par-dessus le banc puis pose ses coudes sur la table derrière lui.

— Quand tu veux, Bold, lance-t-il alors.

Par l'Océan, si je ne l'aimais pas autant, je détesterais cet homme. Je me redresse un peu sur ma chaise et commence.

— La plupart d'entre vous ont passé leur vie sur ce navire et n'ont jamais posé pied sur terre plus longtemps que pour avaler une pinte et trousser une fille.

Je ne la regarde pas particulièrement mais je vois quand même Callie soupirer tandis que tous les hommes, Blake compris, poussent des cris enthousiastes en levant leurs verres.

— Il n'y a pas de quoi être fiers, bandes de pirates stupides ! je reprends, instaurant aussitôt un silence contrit. Nous sommes faits pour naviguer sur l'Océan, mais l'Océan fait partie d'un tout. Pour le côtoyer, l'apprécier et le respecter, il faut comprendre le monde qui l'entoure.

Le silence est total et je sais qu'ils m'écouteront sans broncher, même si beaucoup connaissent déjà cette histoire. Peut-être que les explications de Blake sur Thull m'influencent. Quoi qu'il en soit, ce soir, j'ai quand même envie de la raconter.

— Je vais donc vous relater l'histoire de notre monde. Sa création, son évolution. On parlera des dieux, des hommes… et des sorciers.

J'entends Al marmonner que mon histoire a intérêt à lui donner un beau rôle, ce qui fait rire ses camarades. Je me refuse à regarder le sorcier moqueur et, à la place, mon regard croise celui de Blake qui arbore son fameux petit rictus narquois. Il connaît cette histoire mieux que quiconque. C'était l'une de ses préférées quand il était petit. Après avoir été insulté ou battu par son père, il venait souvent se réfugier dans ma cabine et j'enchaînais les récits de légendes et d'histoires pleines d'aventures.

Je commence mon récit, sans forcer ma voix, qui est naturellement grave et basse. Alors que les premiers mots s'échappent de mes lèvres, les yeux de Doug se mettent à briller.

***

« Au début, il n'y avait que les ténèbres.

Et puis… le monde fut créé. Qui s'en chargea ? Pourquoi ? Comment ? Nul ne le sait vraiment. Tout ce que nous savons, c'est qu'une fois que le monde fut créé, les dieux furent les premiers à le fouler.

À l'origine, ils étaient au nombre de cinq. L'Eau, la Terre, le Feu, l'Air et l'Esprit. Ensemble, ils travaillèrent et façonnèrent le monde dont ils avaient hérité. Les montagnes prirent racine, les océans se remplirent, les nuages se pressèrent dans le ciel, des îles et des continents apparurent. Le monde, notre monde, fut créé pour être le terrain de jeux des dieux. Il était beau et attirant, mais plein de mystères et de dangers. Les cinq dieux originels s'y amusèrent un moment.

Puis ils se sentirent seuls.

Ils créèrent d'autres divinités comme eux, des êtres puissants et doués de magie qui leur ressemblaient. Mais cela ne suffisait pas. Le monde était trop vaste et trop vide. Ils créèrent donc des humains. Des créatures faibles et mortelles, certes, mais extrêmement divertissantes. Ils les regardèrent faire leurs premiers pas, construire leurs premières huttes, élever leurs premiers enfants. Et comme le temps passait, les dieux se rendirent compte que les humains pouvaient être intéressants. Ils se lièrent à eux. Le résultat de ces unions fut la diffusion de la magie. Elle existait partout, mais certains humains y devinrent plus sensibles. Ils percevaient la magie et pouvaient l'utiliser. Pendant un temps, tout alla bien.

Imaginez. Un monde empli de magie, de beauté et de créatures vivant en paix. Les sirènes nageaient librement dans nos océans. Les humains les plus téméraires pouvaient tenter de caresser un dragon. En s'adressant à la bonne personne, la magie pouvait guérir vos proches et nul ne manquait de rien dans ce qui ressemblait à s'y méprendre à un monde idéal. Ce fut une période particulièrement heureuse pour les aventuriers et elle nous a donné de belles histoires à raconter. Des quêtes spectaculaires, des héros aux noms immortels auréolés de gloire… Oui, pendant un temps, le monde connut la paix, la stabilité et la prospérité.

Puis la nature humaine reprit le dessus.

Au bout de quelques générations, certains humains eurent plus de mal à trouver la magie en eux, à l'utiliser et, donc, à la vénérer. Ils devinrent jaloux de leurs congénères qui réussissaient où eux échouaient et montèrent le reste du monde contre eux. Ils les accusèrent d'être différents, de leur vouloir du mal, de se croire supérieurs. Très vite, les personnes douées de magie furent rejetées, haïes et poursuivies. En voyant leurs enfants, leurs amis, leurs amants persécutés, les dieux furent abattus par la bêtise et la méchanceté humaines. Les plus jeunes et moins puissants des dieux disparurent purement et simplement, sans qu'on sache comment ni pourquoi. Les autres, les plus anciens, les plus sages, décidèrent de se retirer. Ils s'aveuglèrent aux tourments du monde et des humains, firent la sourde oreille aux plaintes et prières, et se retirèrent dans un espace éloigné de tout. Ils se créèrent un nouveau monde, un endroit qui leur serait réservé et auquel seuls les plus courageux pourraient accéder. Et puis plus personne n'entendit parler d'eux.

Mais, pour les êtres doués de magie, le combat était loin d'être fini. Il ne faisait que commencer. L'histoire parle de combat, mais il s'agit plutôt d'un massacre. Les êtres doués de magie étaient puissants, mais ils n'étaient pas assez nombreux pour mener une guerre contre les humains. Ceux-ci se reproduisaient à toute allure et chaque génération était plus coupée de la magie que celle d'avant et semblait plus mauvaise et méchante que la précédente. Les êtres doués de magie – qu'on commençait à appeler "sorciers" ou "sorcières" –, eux, ne transmettaient pas toujours leurs pouvoirs à leurs descendants. La magie se méritait, elle choisissait l'hôte qui allait l'accueillir et tous n'étaient pas dignes de la recevoir. C'est ainsi que les sorciers perdirent peu à peu la bataille. C'est ainsi qu'ils disparurent peu à peu. C'est ainsi que la magie se fit de plus en plus rare, jusqu'à presque disparaître.

Il en reste des traces. Certains sorciers, plus puissants que d'autres, plus motivés ou plus sages, trouvèrent un moyen de la faire perdurer. Ils s'enfuirent, se cachèrent. D'autres, au sacrifice de leur propre vie, lièrent la magie à des lieux ou à des objets. D'autres encore perdirent totalement la tête et évacuèrent leurs pouvoirs de leur corps, devenant des esprits, le plus souvent maléfiques. Ils devinrent des ombres destinées à errer sur ou sous terre jusqu'à ce qu'un humain ne cède à la tentation, ne les invoque et ne leur donne un but.

Progressivement, comme la magie se faisait plus rare, les hommes oublièrent leurs griefs et leurs peurs. Ils recommencèrent à vénérer les dieux et, si la magie restait proscrite, elle redevint aussi un sujet de fascination pour beaucoup. Les objets magiques furent recherchés, prisés, adorés mais, par une crainte ancestrale, tout de même interdits tout comme les formules qui servaient à invoquer les ombres. Mais cela… c'est une autre histoire. »

***

Ma voix s'éteint et le silence s'installe. On m'a déjà dit que j'étais un bon conteur et je l'ai encore prouvé ce soir. Les hommes restent pensifs, leur esprit continuant à voyager dans un passé si lointain qu'il s'apparente au mythe. Doug me fixe, les yeux écarquillés et le sourire rêveur. Glenn finit son verre, totalement ailleurs, et Peter est si immobile qu'il semblerait changé en statue. Quant à Blake, il n'a pas bougé, son rictus est toujours là, mais il coule un regard en coin à Callie, assise à côté de lui. La jeune fille a les yeux braqués sur sa chope, qu'elle tient de ses deux mains. Elle la serre avec tellement de force que j'ai peur qu'elle ne la brise, comme si mon récit avait réveillé quelque chose en elle.

— Mais alors pourquoi certains pensent que la magie est mauvaise ? demande Doug en plissant les paupières. Si elle vient des dieux, elle est aussi naturelle que nous, non ?

— Évidemment. Seulement, les gens ne comprennent pas toujours que la magie n'est qu'un outil. Ce sont les personnes qui l'utilisent qui la rendent bonne ou mauvaise.

Doug fronce maintenant les sourcils.

— Alors certains sont des méchants sorciers alors que d'autres utilisent la magie… pour faire le bien ?

Je dois me retenir de ne pas rire devant la candeur de ce gamin.

— Je ne suis pas spécialiste, Doug, mais tu sais qui pourrait répondre à tes questions ?

Toutes les têtes se dirigent vers Al qui sursaute et hausse les épaules. Blake détourne enfin le regard de Callie et adresse un sourire lumineux au sorcier, qui semble déstabilisé un court instant.

— Ne fais pas ton timide, rétorque le capitaine avant que son ton ne devienne flatteur. C'est en partie à toi que *L'Avalon* doit sa renommée…

Al se redresse, les joues un peu rouges à cause du compliment inhabituel de Blake, puis prend la parole d'une voix hésitante, comme s'il ne savait pas bien ce qu'on attendait de lui.

— Vous savez tous que je viens de l'Archipel des Lacs qu'on appelle aussi l'Île aux Lacs, tout au nord-ouest de nos cartes. L'Archipel est totalement perdu et isolé. Et c'est ce qui en fait l'endroit idéal pour pratiquer la magie.

Les hommes retiennent leur souffle et le regard de Callie se fait plus dur. Un jour, peut-être, je découvrirai son secret et je saurai pourquoi toute mention de la magie la met dans cet état.

— Comme l'a très bien dit Bold, quand la magie s'est faite de plus en plus rare, certains sorciers ont compris l'importance de la préserver. C'était leur devoir, leur héritage qu'ils devaient protéger de la folie des hommes. Et contrairement à ce qu'on pense souvent, la magie n'est pas seulement dans les ombres : elle est partout autour de nous. Dans l'eau, dans l'air, dans la terre, dans tous les êtres humains. Bien sûr, il y a différents niveaux de concentration. C'est pour cela que tout le monde ne peut pas recevoir une ombre. C'est pour cela que certains perdent l'esprit en essayant.

Al et moi jetons un coup d'œil à Blake, dans un ensemble si parfait qu'on pourrait croire qu'on s'est concertés. Nous savons tous deux ce que ces mots peuvent réveiller en Blake. Celui-ci se contente pourtant de lever un sourcil à l'intention d'Al, qui reprend sans insister :

— Bref. Certains sorciers parmi les plus sages et les plus puissants d'entre nous ont décidé de se mettre à l'abri. Pour échapper à la gigantesque chasse aux sorciers qui se déroulait sur tout le continent, ils ont pensé que la meilleure solution était la fuite. Ils ont suivi l'exemple des dieux et se sont exilés sur les îles les plus reculées qu'ils purent trouver.

— Pourquoi fuir ? intervient Callie. Tu as dit qu'ils étaient parmi les plus puissants. Pourquoi fuir au lieu de rester et se battre pour leur peuple ?

— Ils ont compris que ce combat était vain et qu'il ne servait à rien de lutter. Le monde change, les gens changent. Parfois, il faut changer avec lui.

Callie n'ajoute rien et Al reprend, comme si de rien n'était. Les hommes sont suspendus à ses lèvres comme ils l'étaient aux miennes. La plupart ont déjà entendu Al parler de son île natale, plusieurs fois, même. Mais ces hommes sont des pirates : ils adorent les bonnes histoires, surtout quand elles parlent de magie. Blake est sans doute le pire d'entre eux : chaque utilisation de la magie, chaque artefact qu'il rencontre, chaque grimoire qu'il peut lire le fascine. Je trouve ça à la fois drôle et attendrissant. C'est surtout une attitude assez dangereuse que j'aimerais pouvoir lui reprocher. Mais, au fond, je suis comme lui.

Al continue, plus sûr de lui, bien conscient qu'il tient son auditoire.

— L'Archipel est vite devenu un repaire pour les gens qui pratiquaient la magie ou ceux qui l'approuvaient. Je ne sais pas comment le Conseil des Anciens décide qui peut rester sur l'île ou qui doit partir, mais la communauté magique est plus importante là-bas que dans tous les autres pays réunis. Ma mère avait des affinités pour la magie de l'esprit, alors elle s'est réfugiée sur l'Archipel quand mon père l'a abandonnée enceinte et sans un sou. J'ai grandi là-bas et, entouré de magie et de personnes qui la pratiquent, il est difficile de résister à l'envie d'essayer à son tour. J'ai suivi quelque temps la formation pour maîtriser la magie de l'air, mais…

— Mais ? le relance Doug.

— Mais j'avais du mal avec l'autorité et, surtout, avec le mode de vie des habitants de l'Archipel.

— C'est-à-dire ? demande de nouveau Callie.

Al hausse les épaules, comme pour dire que ça n'a pas d'importance, mais tout le monde attend la réponse. Le sorcier soupire.

— L'Archipel est un sanctuaire. Ceux qui font une mauvaise utilisation de la magie n'y sont pas tolérés. Là-bas, la magie est une chose pure et merveilleuse, qu'il faut protéger, chérir, tenter de comprendre et admirer. Il ne faut surtout pas l'utiliser dans un but qui serait égoïste. La magie est dans la nature, la nature et la magie ont été créées par les dieux, notre usage se doit de rendre hommage à ça.

— Autrement dit, la magie ne devrait pas servir à faire avancer un navire pirate plus rapidement pour qu'il puisse attaquer un navire marchand, ironise Callie.

— Tu as raison, soupire Al. La magie doit servir à faire pousser des plantes, à soigner des êtres humains, à vivre en harmonie avec les animaux. J'aimais l'ambiance de fraternité pacifique, mais il y a tant de choses à voir dans le monde, tant de coins de terre ou d'océans que la magie peut nous aider à découvrir, tant de…

— Navires à piller ? le coupe Blake avec un sourire.

— Tu sais très bien que ce n'était pas la carrière que j'avais choisie en quittant mon peuple ! s'exclame Al en pointant Blake du doigt. C'est toi qui m'as corrompu ! Toi et tes idées de grandeur…

Puis il s'adresse à Callie, comme pour se justifier :

— J'ai rencontré Blake un soir, à la taverne. On a parlé longtemps, il m'a…

— … fait boire, termine Callie.

Tout le monde éclate de rire.

— Et une chose en entraînant une autre, j'ai fini par lui révéler ce que je pouvais faire et il m'a proposé d'intégrer son équipage. Il m'a dit qu'il avait du travail pour moi. Je crois que ses mots exacts étaient : « Toi et moi, on va faire pas mal de vagues. »

— Et c'est ce qu'on fait depuis, dit-il avec un clin d'œil.

— Comment tu apprends la magie ? questionne Doug.

Le gamin nous tire des sourires à tous. Il doit déjà s'imaginer en puissant sorcier, bravant les vents et les ennemis sur le pont de *L'Avalon*.

— La première étape, c'est d'apprendre à repérer la magie. Elle est partout autour de nous, mais ça prend des années rien que pour arriver à la percevoir. J'étais à deux doigts de renoncer quand j'y suis enfin parvenu. Après ça, je n'ai pas eu la patience d'attendre plus pour finir mon apprentissage.

Doug semble déçu, comme s'il voyait son rêve s'effondrer. Blake lui donne une tape sur l'épaule, pour le réconforter.

— Ce n'est pas aussi facile qu'on le pense, continue Al qui semble être lancé. Il est aussi impossible de maîtriser toutes les formes de magie : il faut donc se spécialiser. La plupart des gens qui veulent fanfaronner choisissent le feu ou la terre. Lancer des boules de feu ou provoquer des tremblements de terre n'est pas facile, mais il faut avouer que ça en jette. Moi, je suis plus modeste, j'ai choisi le vent.

Certains membres de l'équipage ricanent bêtement et Al prend un air vexé en levant les yeux au ciel.

— Rigolez autant que vous voulez, bande d'ingrats. La prochaine fois qu'il faudra faire avancer *L'Avalon* plus rapidement, vous n'aurez qu'à ramer.

Les rires s'éteignent aussitôt. *L'Avalon* possède effectivement un système de longues rames qui permettent d'augmenter la vitesse… pour peu que les hommes soient assez forts pour les manier sur une grande distance. Al toise son auditoire avec un sourire satisfait et se rassoit pour prendre une gorgée de sa boisson. Doug a néanmoins une dernière question pour lui.

— Du coup, je ne comprends vraiment pas. Si les gens de ton archipel utilisent la magie uniquement dans des buts naturels, les gens du continent doivent bien le savoir, non ? Alors pourquoi continuent-ils à avoir peur de la magie ?

Les hommes se sont lassés des questions de Doug et des explications d'Al : ils ont repris leurs conversations, si bien que je suis l'un des seuls que la réponse de notre sorcier intéresse. Je suis aussi l'un des seuls, avec Blake, à remarquer que, lorsque Al répond, il le fait en regardant Callie et non le petit mousse.

— Je ne sais pas, Doug. Peut-être que les gens ont peur de ce qu'ils ne comprennent pas. Peut-être qu'ils ont trop l'habitude de se méfier pour accepter l'idée que toute magie n'est pas mauvaise.

Al et Callie s'épient sans rien dire. Blake fixe Callie d'un regard intense sans qu'elle s'en rende compte. J'observe la scène en tentant de comprendre les mécaniques à l'œuvre derrière cette situation. Puis Glenn se lève en titubant et bouscule Blake.

— Désolé, capitaine, je dois aller pi… euh, prendre l'air.

— Charmant, raille Callie, alors que Glenn s'éloigne en riant.

CHAPITRE 31
BLAKE

Cela fait quatre heures que nous sommes à South-Port et je commence vraiment à m'inquiéter.

Nous n'avons pas choisi ce port au hasard : il est réputé pour être une place forte pour les trafics en tout genre. Pourtant, malgré tous les pots-de-vin, malgré les contacts que j'ai fait sortir de l'ombre, nous n'avons toujours aucune idée de ce que Thull mijote ni sur la façon dont il obtient ses informations sur nous. À vrai dire, cela fait quelque temps que plus personne n'entend parler de lui. Il est affreusement silencieux et calme : c'est forcément mauvais signe.

— Je continue à penser qu'il a un plan, je dis à Bold en reprenant une gorgée de ma boisson.

Comme d'habitude, nous sommes dans la taverne du village. Mes hommes s'amusent : c'est assez rare que nous fassions autant d'escales en si peu de temps. J'en vois déjà trois s'esquiver avec des filles, tandis que les autres ont choisi de se soûler avec application. Si je n'étais pas aussi préoccupé par cet imbécile de Thull, je leur remonterais les bretelles. Ou je me joindrais à eux.

— Il a un plan, c'est évident, répond Bold de sa voix grave et basse. Le problème, c'est que son plan implique d'être tellement discret que personne n'a d'infos sur lui.

— Tu es en train de me dire qu'on ne peut rien faire d'autre que de continuer à avancer en espérant qu'il ne nous ait pas pondu un plan retors qui va tout faire capoter ?

— Oui.

— Super. Merci, Bold. Rappelle-moi de ne jamais compter sur toi pour me remonter le moral ou trouver une solution à un problème.

Mon second hausse les épaules et fait un signe à une serveuse. Celle-ci a des cheveux qui tirent sur le roux, comme ceux de Callie. Je la regarde nous servir avant de lui adresser un de ces sourires dont j'ai le secret et qui font toujours leur effet. La serveuse se met à rougir et se retourne plusieurs fois vers moi sur le chemin du comptoir.

— Et Callie ?

La question de Bold me fait sursauter.

— Quoi, Callie ? je demande, un brin agressif.

Bold sourit d'un air entendu, ce qui m'énerve encore plus.

— J'aimerais que tu m'expliques ce que tu sais sur elle.

Ah. Ce n'est pas ce que je croyais. Tant mieux. Par réflexe, je jette un coup d'œil autour de moi pour vérifier que la jeune fille ne peut pas m'entendre. Bold et moi sommes installés dans un recoin où nous avons reçu nos informateurs. Callie, quant à elle, est toujours à l'autre bout de la salle et joue aux cartes avec certains de mes hommes, dont Glenn et Colton. Je ne sais pas qui gagne mais, personnellement, je suis prêt à parier que ça va mal se finir.

— Que veux-tu savoir ?

— Tout ce que tu sais. Ce qu'elle t'a dit, ce que tu as deviné.

— Tu en sais probablement autant que moi. Tu es très proche d'elle.

Ma voix me paraît un peu geignarde sur la fin, comme un enfant qui se plaint, mais j'espère que ce n'est que mon imagination.

— Alors mettons nos informations en commun. L'Océan sait que j'adore cette gamine, mais je ne parviens pas à la cerner totalement. Son passé est flou, sa peur de la magie semble bien ancrée... Est-ce que tu te rends compte qu'elle fait partie de l'équipage et que nous ne savons rien d'elle ?

Oui, je le sais. Ça occupe d'ailleurs une partie de mon esprit en permanence et c'est très désagréable. Il est vrai que Bold et moi n'avons pas eu l'occasion de parler d'elle tranquillement. Je m'appuie sur le dossier de ma chaise.

— J'ai une théorie.

— Je m'en doutais.

— Je pense que son père est le Sorcier Noir.

Bold recrache la gorgée de rhum qu'il vient d'ingurgiter.

À vrai dire, je suis étonné qu'il ne soit pas parvenu à la même conclusion que moi. Il passe beaucoup de temps avec elle durant ses fameux entraînements, et elle est plus ouverte avec lui qu'elle ne le sera jamais avec moi.

— Tout me le confirme. Elle ne parle jamais de son enfance, elle a fui son village et sa famille quand elle avait douze ans, soit il y a environ six ans. Au même moment, le Sorcier Noir devenait incontrôlable. Elle a un tatouage magique qui l'empêche d'être localisée, elle a une peur bleue de la magie, le genre de peur qui ne peut être inspiré que par un traumatisme. Elle a su repérer les traces de magie chez Thull.

— Et tout le monde disait que le compas était aux mains du Sorcier, murmure Bold, presque pour lui-même.

— Bien sûr, elle n'a rien avoué. Et elle ne le fera jamais. Mais il y a des signes qui ne trompent pas. Je suis surpris que tu ne les aies pas perçus.

— Peut-être que je ne la regarde pas comme toi.

Je plisse les yeux ; mon second soutient mon regard quelques instants avant de reprendre la parole et changer de sujet :

— Que comptes-tu faire de cette information ?

— Rien pour le moment. Je vais suivre le compas jusqu'à cet indice censé me mener à la Carte. Si ça n'aboutit pas, je verrai. Peut-être que Callie se révélera utile.

Il me fixe sans rien dire : c'est sa spécialité et j'y suis habitué. Je reprends donc, l'air de rien :

— Je me disais aussi que, le cas échéant, elle pourrait nous être utile contre Thull. S'il s'avère que ce crétin a vraiment un plan et qu'il essaie de jouer au plus malin avec nous… on pourrait sortir l'atout « Sorcier Noir ».

— Et tu penses qu'il sera de notre côté ?

— Sa fille est avec nous.

— Sa fille qui le fuit depuis des années.

— Sa fille qu'il recherche activement depuis des années.

Nous nous fixons un moment puis Bold soupire. Je lis une sorte de déception dans ses yeux. Par les dieux, Bold et Callie ne me laissent aucun répit ! Les deux éveillent ma conscience et me font douter de la moindre décision. Tout était bien plus simple quand je pouvais vendre une fille pour une information, un trésor, ou pour sceller un pacte.

La serveuse rousse passe de nouveau près de moi en me frôlant et je sais que ce n'est pas un accident. Je suis sur le point de me lever pour lui parler quand Bold me fait un signe de tête en direction de l'entrée de la taverne : Doug est là.

Il regarde autour de lui comme s'il allait se noyer. Qu'est-ce qu'il fait là, ma parole ? Il n'a qu'une dizaine d'années. Pas vraiment l'âge pour se balader seul dans un village inconnu au milieu de la nuit et encore moins à visiter une taverne. Habituellement, pendant nos escales, il reste à bord avec les quelques hommes qui gardent le navire. S'est-il passé quelque chose ? Je me redresse, inquiet, lorsque je vois Callie s'approcher du garçon. Celui-ci lui dit quelques mots à l'oreille et lui prend la main avant de se tourner vers Bold et moi. Les voilà qui avancent vers nous, fendant la foule. J'ai donc tout le loisir d'observer Callie. Ses cheveux sont lâchés sur ses épaules et brillent d'un reflet cuivré sous la lumière des torches et des bougies. Ce soir, elle porte un pantalon en cuir noir, un chemisier rouge sang et un corset noir qui lui fait une taille tellement fine que je pourrais en faire le tour avec mes mains. Malheureusement, c'est une hypothèse que je ne pourrai pas vérifier.

L'étonnant duo arrive finalement devant nous et Doug lâche précipitamment la main de Callie en nous voyant.

— Doug a quelque chose à te dire, capitaine, dit Callie avant de presser doucement l'épaule du jeune garçon.

— Capitaine, se lance celui-ci, j'ai une information pour vous !

Je retiens un sourire. Que peut-il bien avoir à me dire que je ne sache déjà ? Ce garçon n'a pas quitté *L'Avalon* depuis des mois.

— Je t'écoute, Doug.

— Je sais vers quoi pointe la boussole magique dans votre cabine.

Mon sourire disparaît aussitôt. Brusquement, je tire le bras du garçon et le fais s'asseoir en face de moi. Callie, tendue, l'imite tandis que Bold et moi jetons des coups d'œil alentour pour nous assurer que personne ne s'intéresse à nous. D'un coup, Doug a toute mon attention.

— Comment peux-tu savoir ça ? lui dis-je d'un ton dur.

Il semble surpris par ma réaction et je réalise qu'il ne comprend ni mon attitude ni ma méfiance. Callie m'adresse un regard noir et force le garçon à se tourner vers elle en posant une main sur sa joue. Ce simple geste semble le calmer, et il se lance :

— C'est moi qui nettoie votre cabine, capitaine. Comme vous l'avez ordonné, je ne touche jamais ce qu'il y a sur votre bureau. Jamais. Au début, je ne regardais même pas. Mais il y a quelque temps… j'ai vu un objet brillant alors j'ai regardé. Pa… Pardon, capitaine.

Comment lui en vouloir ? Attiré par ce qui brille ? Ce garçon n'a peut-être aucun talent pour ce qui est du maniement des armes, mais c'est un pirate dans l'âme. Comme je ne réagis pas, il poursuit :

— Je me suis approché et j'ai vu le compas. J'ai vu la direction dans laquelle il pointait. Je ne l'ai pas touché, c'est promis, capitaine, mais les fois suivantes, je venais le regarder. J'ai entendu les hommes dire qu'il était magique. Je voulais juste voir un objet magique.

— Doug, je dis d'une voix douce et en faisant preuve de ce qui me semble être une patience infinie. Pour le moment, tu n'as rien fait de mal. Continue.

— Ce soir, quand vous êtes partis pour le port, je suis allé nettoyer votre cabine. Et j'ai vu que la boussole n'indiquait pas la même direction.

— Quoi ?

— Oh, elle n'a pas beaucoup bougé ! Elle pointe un peu plus vers l'ouest, maintenant. Et c'est là que j'ai compris.

Dieu que ce garçon est doué pour susciter le suspense. Je ne pense pas qu'il réalise l'importance de ce qui se passe ici. Heureusement, il reprend la parole, mettant fin à mon intenable attente.

— Je ne sais pas si vous vous souvenez, mais je suis né dans un village pas loin d'ici, capitaine, et tous les habitants de la région le savent. Sur une île, un peu plus au sud-ouest, il y a une sorcière. On dit qu'elle sait tout et qu'elle peut révéler n'importe quel secret si on lui offre ce qu'elle veut.

Je me fige. Une sorcière ? Qui sait tout ? J'échange un regard avec Bold et lis le même espoir sur son visage. C'est effectivement ce que je recherche. Quelqu'un capable de me donner des informations sur l'emplacement de la Carte.

Après la tentative de mon père pour me rendre plus puissant, je dois avouer que je ne suis pas pressé de me retrouver face à un être magique. Accueillir Al, c'était une chose, mais ça... J'avais d'ailleurs dit que je n'aurais recours aux sorciers des ombres qu'en dernier ressort... Ce qui me semble être le cas. Personne ne sait où se trouve cette carte, personne ne sait comment m'orienter. La magie *est* mon dernier ressort. Et je fais confiance au compas : il a ses limites, il nous l'a prouvé en refusant d'indiquer directement l'emplacement de la Carte. Néanmoins, il est obligé de me mener vers ce que je lui ai demandé. Un moyen de parvenir à la Carte. S'il pointe vers une sorcière, c'est que celle-ci peut m'aider.

Je pense qu'il est temps de lui rendre une petite visite.

Je regarde Doug qui attend anxieusement ma réaction. Je lui souris et passe une main dans les cheveux du gamin qui a l'air soulagé par mon geste.

— Bien joué, Doug. Tu as bien fait de fouiner et de venir m'en parler. Maintenant, Bold va te raccompagner sur *L'Avalon*.

Mon second hoche la tête et se lève, accompagné par le garçon qui semble tout fier de lui. Il effectue un salut quasi militaire avec beaucoup d'entrain et tourne les talons, me laissant avec un sourire sur les lèvres. Sourire qui s'efface quand je me rends compte que, si Bold et Doug sont partis, Callie, elle, est toujours là et me regarde avec un air buté.

— Tu vas enfin me dire ce que c'est que cette carte et cette chasse au trésor dans laquelle vous vous êtes lancés ?

— Et pourquoi je ferais ça ?

— Parce que je suis concernée ! De toute évidence, tu comptes nous emmener rendre visite à une sorcière pour obtenir cette fameuse Carte ! Si nous devons risquer nos vies en provoquant un être magique, je veux savoir pourquoi !

— Callie, je suis le capitaine de *L'Avalon* et je n'ai pas à te dire quoi que ce soit. Tu fais partie de l'équipage. Si je te dis de sauter du navire, tu le fais. C'est ce que j'attends de mes hommes.

— Faire preuve d'autant de docilité et de stupidité n'est pas mon style.

Toute l'allégresse que j'ai pu ressentir en apprenant que je me rapprochais de la Carte s'évanouit au fur et à mesure que le ton monte entre nous. Les joues de Callie sont déjà rouges et elle serre les poings.

— Je n'ai pas de temps à perdre à tout t'expliquer ou à répondre à chacune des questions que tu me poses quotidiennement ! J'ai des décisions à prendre, et le fait que tu remettes tout en question ou que tu discutes mes ordres me déconcentre.

— Et tu ne penses pas que je serais plus utile à l'équipage si je comprenais de quoi il retourne ? me lance-t-elle sèchement.

Si, sans doute. Cette fille a une intelligence redoutable, un instinct très sûr, et elle a beaucoup voyagé. Mais tout lui dire, ce serait lui faire une trop grande place. Cela m'effraie. Pour toute réponse, je la toise donc d'un air aussi buté qu'elle. Elle fait de même en croisant les bras. Ce petit jeu peut durer longtemps. À ma grande surprise, elle craque la première et soupire.

— Écoute, Blake, je ne te demande pas de me révéler tous tes secrets. Je veux juste savoir ce que c'est que cette histoire de Carte. Si ça a un rapport avec la magie, je veux savoir. S'il te plaît.

Ces derniers mots lui ont coûté et je réprime une grimace. Je n'avais pas pensé à ça. L'évocation de cette sorcière a dû réveiller de vieux cauchemars en elle. Je suis aussi étonné qu'elle se soit calmée soudainement et qu'elle demande poliment. Ça doit vraiment lui tenir à cœur. Je réalise, presque malgré moi, que je n'ai aucune raison de continuer à lui cacher la quête dans laquelle je suis embarqué. Mais j'ai l'impression que je mets le doigt dans un engrenage infernal. D'abord je lui accorde de rester sur *L'Avalon*. Ensuite je lui parle de la Carte. Quelle est la prochaine étape ? Je lui laisse la barre ? Je lui confie ma vie ? Cette fille prend de plus en plus d'importance et je n'aime pas ça. Je crois que je préfère encore me disputer avec elle que de la laisser m'envahir le cerveau.

— Ce n'est pas à toi de décider ce que je dois ou non te révéler, dis-je brusquement. Je te rappelle que tu fais partie de l'équipage parce que j'ai été assez généreux pour te donner l'asile. Ne me fais pas changer d'avis. Si tu as peur des sorciers, tu restes à bord. Ou, mieux encore, reste ici.

Avec grand bruit, elle repousse sa chaise pour se lever. Juste avant de tourner les talons, elle me toise.

— Tu es vraiment sans cœur.

Elle me laisse seul avec ma colère, contre elle bien sûr, mais aussi contre moi. J'ai l'impression que je ne prends jamais les bonnes décisions, avec elle. Une fois de plus, je la maudis de me faire ressentir ce genre d'émotions. Tout était tellement plus simple avant de la connaître.

Elle est accoudée au comptoir et un homme engage la discussion avec elle. Je détourne les yeux. Au même moment, la serveuse rousse revient vers moi et nous nous sourions. Parfait : une distraction. De quoi me changer les idées après cette dispute, de quoi oublier Callie quelques heures. Je me lève et prends la main de la serveuse. Elle se laisse faire, ravie. En passant près du comptoir, elle ôte son tablier qu'elle pose sur un tabouret. Le patron de la taverne semble prêt à lui faire une remarque, mais il croise mon regard et s'interrompt, visiblement peu pressé de se frotter à moi.

Sortant de la grande pièce, nous arrivons dans un couloir de pierre froide. Je n'attends pas une seconde, plaque la serveuse contre le mur et commence à l'embrasser. Elle répond à mes baisers et à mes caresses et j'enroule ses cheveux autour de mon poignet. Sans les reflets des torches, ils ressemblent moins à ceux de Callie.

C'est parce que ce n'est pas Callie, me susurre une petite voix dans mon esprit. *Tu auras beau fermer les yeux et faire semblant, ça n'est pas Callie.*

Tais-toi, je lui réponds en continuant d'embrasser la serveuse.

CHAPITRE 32
CALLIE

Tout avait bien commencé. Pendant que Blake et Bold jouaient les mystérieux en discutant à droite à gauche pour obtenir des informations, j'avais un peu bu, beaucoup ri et, surtout, je m'étais fait pas mal d'argent en plumant Colton aux cartes. Glenn manquait de s'étouffer de rire chaque fois que j'abattais mon jeu, plutôt fier de son élève. Puis Doug était arrivé, et je m'étais finalement disputée avec Blake.

À présent, j'ai l'intention de noyer ma rage et ma déception dans l'alcool, mais une autre distraction s'offre à moi, sous la forme d'un forgeron charmant, quoiqu'un peu lourd. Il m'aborde alors que je commande un verre au comptoir et, quand il insiste pour payer, je n'ai pas le courage de lui dire que je fais partie de l'équipage de *L'Avalon* et qu'il est extrêmement rare que les aubergistes nous demandent des comptes. Je crois que Bold s'occupe de leur laisser une bourse bien remplie après notre départ. Quoi qu'il en soit, c'est tellement agréable d'être traitée avec prévenance et gentillesse que j'accepte son verre et sa compagnie.

Il n'a qu'une dizaine d'années de plus que moi et n'a jamais quitté South-Port, son village natal. Il travaille avec son père, le forgeron de la ville, et il a l'intention de reprendre son atelier quand celui-ci sera trop vieux pour faire tourner la boutique. Lorsqu'il me pose des questions sur moi, je dévie habilement. Je me rends très vite compte que ce garçon, bien que très gentil, est ennuyeux à mourir. Son seul objectif est de forger des outils et de vivre tranquillement dans ce village portuaire. Cela dit, le dernier homme à qui j'ai parlé fait preuve d'une ambition démesurée en se lançant à la poursuite d'une sorcière pour obtenir une mystérieuse carte.

Évidemment, mes pensées dévient vers Blake et son attitude. Alors que mon interlocuteur babille à propos de je ne sais quoi, j'arrive à une conclusion. Blake Jackson est un imbécile sans cœur et ce serait stupide de m'enticher de lui.

C'est ça, Callie, me dis-je avec amertume. *Tu n'as qu'à te répéter ça trois fois par jour pendant une semaine et ça deviendra peut-être vrai, comme par magie.* J'ai vraiment besoin de me le sortir de la tête.

Énervée, j'interromps mon forgeron :

— Excuse-moi, je peux te demander un service ?

— Bien sûr ! s'exclame-t-il, ravi de me voir enfin participer à la discussion.

— Est-ce que ça te dérangerait de m'embrasser ?

Il me regarde avec de grands yeux, ébahi par ma requête. Puis, avec précipitation – et sans aucun charme –, il s'approche de moi et appose ses lèvres sur les miennes. Bon, il embrasse bien. Ses mains chaudes se posent sur mes hanches alors que notre baiser se prolonge. Il est un peu plus grand que moi et je dois me mettre sur la pointe des pieds. J'imagine à peine ce que cela serait d'embrasser Blake qui fait deux têtes de plus que moi.

Nom de nom… je pense à Blake.

Je me dégage de l'étreinte du forgeron qui semble encore plus surpris que quelques instants auparavant. Je bafouille des mots d'excuse avant de m'enfoncer dans la foule. J'ai besoin de réfléchir. À tout sauf à Blake. Du coup, à la place, je me mets à penser à cette histoire de sorcière. Pas forcément mieux.

Blake ne peut pas savoir pourquoi je suis terrorisée à l'idée de m'approcher d'une sorcière. Comme il l'a dit, je pourrais tout à fait rester ici. Ça m'éviterait de me retrouver embourbée dans leurs histoires louches et sans doute de mourir dans l'affaire. Je pourrais partir. Rien qu'en imaginant la tête qu'ils feraient tous en ne me voyant pas sur *L'Avalon* au matin, j'envisage l'idée. Mais le fait est que je tiens bien trop à ces idiots et que j'ai bien trop pris goût à leur mode de vie. L'océan, la camaraderie, la liberté, le rhum.

Après ces pensées totalement incohérentes, je fais quelques pas pour sortir de la taverne. Puis je me fige, mon regard est brusquement attiré par une silhouette sombre au fond de la salle. Mon cœur tambourine, mes jambes se mettent à trembler et ma respiration se coupe. Pendant une interminable seconde, la panique me paralyse. En un battement de cils, la silhouette disparaît et je me retrouve seule au milieu d'une foule compacte et bruyante. Ce n'est rien. Ce n'est pas *lui*. Évoquer la magie, savoir qu'une sorcière est si proche m'a bouleversée, tout simplement.

À la lumière des torches, je prends grand soin de vérifier chaque trait de mon tatouage, me remémorant la sécurité relative qu'il m'apporte. *Je ne risque rien*, je me répète plusieurs fois. *Mon père est loin d'ici. La sorcière que Blake veut employer ne va pas me faire repérer. Et toute cette histoire avec Blake n'est qu'une mauvaise passe.*

J'inspire à fond et estime que j'ai assez donné pour aujourd'hui. Je rentre sur *L'Avalon*, décidée à dormir et pressée de passer à une autre journée. Mais une fois dans ma cabine, impossible de trouver le sommeil. Lorsque le soleil se lève, je me rends sur le pont en compagnie du reste de l'équipage rentré durant la nuit et me mets au travail.

Je suis épuisée et mes doigts tremblent alors que je m'efforce de défaire un nœud marin particulièrement serré. C'est le moment que choisit Blake pour faire son apparition. Il a l'air reposé, mais son visage trahit sa mauvaise humeur. Comme il franchit la passerelle qui mène au port, j'en déduis qu'il rentre tout juste de la taverne. J'espère que sa nuit a été affreuse. Ou que la fille avec qui il était lui a transmis une horrible maladie.

Il fait quelques pas sur le pont et ses hommes le saluent, certains se permettent même de faire des remarques sur son absence cette nuit. Pour ma part, je l'ignore royalement. Est-il déçu de me trouver sur son navire après ses sous-entendus d'hier ? Il prend sa place habituelle, au gouvernail. Alors que *L'Avalon* reprend sa route, je repense à la sorcière. Comme hier soir, comme toujours, j'ai le réflexe de regarder mon poignet.

J'ai eu beaucoup de mal à obtenir ce tatouage, mais il m'a sauvé la vie. C'est un miracle que j'aie réussi à échapper à mon père avant de l'avoir. Les premiers temps, il devait être persuadé que je reviendrais de moi-même. Quand il a compris que je n'en ferais rien, il était déjà trop tard pour qu'il utilise ses pouvoirs. Les motifs magiques gravés dans ma peau m'empêchaient d'être localisée.

Je me souviens encore de ce long voyage à la recherche de la sorcière dont j'avais vaguement entendu parler. C'est la seule fois où j'ai utilisé le compas. Je lui ai demandé de me donner un moyen d'échapper à mon père et il m'a conduit à elle. Je n'avais, bien évidemment, pas pu lui cacher qui j'étais. Elle sentait sa magie partout sur moi, mais aussi sur les objets que je lui proposais en échange de ses services.

Avec le recul, c'est extraordinaire qu'elle ne m'ait pas tuée pour tout me prendre. Peut-être qu'elle était contente d'aider la fille du Sorcier Noir à lui échapper, juste pour l'embêter. Je ne suis pas sûre qu'elle ait ri longtemps… On raconte que mon père l'a retrouvée et qu'il lui a arraché la tête pour se balader avec pendant des semaines.

Fort heureusement pour moi, la sorcière m'avait tout expliqué. Le tracé des runes, la fréquence à laquelle il fallait les refaire, les herbes et ingrédients nécessaires à la concoction de l'encre magique… Depuis toutes ces années, je connais la liste par cœur et je sais parfaitement quand retracer les lignes sur mon poignet. À la lumière du soleil, je peux voir que l'encre tient bien. J'ai encore quelques jours de répit, mais, à la prochaine escale, il me faudra me réapprovisionner. J'imagine la stupeur de Blake quand je lui dirai avoir besoin d'herbes entrant dans la composition d'un genre de potion magique. Mais, après tout, il a déjà vu mon tatouage : le faire sur le poignet est plus pratique pour les tracés, mais ce n'est pas facile à cacher. Blake sait probablement de quoi il s'agit. C'est étonnant qu'il ne m'en ait jamais parlé.

Je suis tellement perdue dans mes pensées que je ne sens pas Blake s'installer à côté de moi. Quand je le remarque enfin, je refuse de lui adresser la parole en premier : je regarde donc ses longs doigts fins vérifier l'un des nœuds que je viens de terminer et sursaute lorsqu'il prend la parole.

— Je t'ai parlé de mon père et de son obsession…

CHAPITRE 33
BLAKE

Ce matin, je me suis réveillé aux côtés de la serveuse rousse. Je l'ai regardée dormir un instant, contemplant surtout ses cheveux qui recouvraient son visage. Non, ce n'était pas Callie. Par les dieux, mais que devais-je faire pour avoir l'esprit tranquille ?

Je n'ai pas attendu que la fille se réveille. Je me suis habillé en silence et je suis parti.

J'ai regagné *L'Avalon* en essayant de positiver. J'ai passé une bonne nuit. Je suis sur le point d'obtenir des informations sur la Carte. Nous avançons. C'est bien. Certes, Callie m'obsède de plus en plus. Et alors ? Il me suffit de faire comme si de rien n'était.

C'est vrai que ça a bien marché, jusque-là, me murmure la petite voix traîtresse en moi.

Silence, je lui ai intimé, et elle m'a écouté.

Lorsque je pose le pied sur le pont, évidemment, la première personne que je vois, c'est Callie. Elle refait des nœuds tandis que mes hommes vérifient que tout est en ordre pour partir. Aucun n'a l'air très frais après les excès de la veille, mais ils travaillent et c'est le principal. La plupart me saluent alors que j'avance vers la passerelle.

Quelques heures plus tard, *L'Avalon* a quitté le port et se dirige un peu plus vers l'ouest. Doug avait raison :

après vérification, le compas nous donne bien de nouvelles indications. Tandis que le navire prend de la vitesse, je donne des ordres puis regarde Callie qui continue à faire ses nœuds. Je repense à ce qu'elle m'a dit, que j'étais sans cœur. Je repense à ce que j'ai deviné la concernant. J'ai comme un petit pincement dans la poitrine et, brusquement, je descends sur le pont. Je m'arrête à côté d'elle et fais mine de vérifier ses nœuds. Ignorant son regard surpris, je commence à parler :

— Je t'ai parlé de mon père et de son obsession... Pour lui, être le plus grand capitaine pirate au monde ne suffisait pas. Il était persuadé qu'on finirait par oublier son nom, comme ceux des capitaines qui l'ont précédé. La gloire et la richesse, c'était bien. Mais lui, il voulait obtenir une forme d'immortalité. Très jeune, il a cherché un moyen d'y parvenir. D'abord en redoublant d'exploits, ensuite en plaçant tous ses espoirs en moi. Son héritier. Je n'ai jamais été que ça pour lui. J'étais sa chance de faire perdurer son nom et j'avais intérêt à le faire bien.

Il faut que je me recentre, ce n'est pas la direction que je voulais faire prendre à cette discussion.

— Quoi qu'il en soit, lorsque sa petite tentative pour me rendre plus fort grâce à la magie a échoué, il a cherché une autre solution. Et il s'est pris de passion pour la Carte des Confins.

Callie relève enfin la tête et plonge ses yeux dans les miens.

— Tu en as déjà entendu parler ?

J'essaie de sonder sa réaction. Elle secoue la tête, mais je n'arrive pas à savoir si elle est sincère ou si elle me ménage.

— Tout le monde dit que c'est une chimère. Une légende. Mais elle fait parler d'elle depuis toujours. Tu vois, les adorateurs de la Terre pensent qu'elle est plate et que si on s'aventure trop au-delà des limites cartographiées des océans, on tombe dans le vide. Chez les marins et les pirates, on a une autre théorie. On raconte que, au-delà de ce que l'on connaît, s'ouvre un autre monde. Un autre océan, bien plus vaste et rempli de merveilles et de trésors à emporter.

Callie a abandonné son masque d'indifférence et boit mes paroles.

— Les Confins du monde ont fasciné des milliers d'hommes avant mon père. Beaucoup ont tenté l'aventure. Ils ont chargé leurs navires, franchi les barrières de corail et se sont enfoncés dans l'océan inconnu. Aucun n'est revenu. Et puis les gens ont commencé à parler d'une carte. Une carte magique, créée par les premiers sorciers. Une carte capable de te guider à travers les dangers que recèle ce nouveau monde. Selon les légendes, la personne qui possède cette carte peut naviguer jusqu'aux Confins pour découvrir un monde vierge et neuf.

Je dois l'avouer : même si mon père était fou, cette idée d'être le premier à naviguer sur des eaux inconnues me donne des frissons d'excitation. Enfin, être le premier à naviguer *et* à survivre sur des eaux inconnues.

— Comme tu peux t'en douter, cette carte est très recherchée. Mon père m'a entraîné dans sa quête et, sur son lit de mort, je lui ai promis de continuer à chercher. Et grâce au compas, je touche au but.

J'ai l'impression de parler tout seul : Callie n'a plus ouvert la bouche depuis tout à l'heure.

— Voilà. Tu sais tout. Je recherche la Carte des Confins.

Sans prononcer un mot, elle me regarde avec un air concentré. Quand elle finit par prendre la parole, sa question n'est pas celle que j'attendais.

— De quoi est mort ton père ?

— Des suites d'une blessure magique, causée par le sorcier qu'il avait engagé pour me rendre plus fort.

Nos histoires familiales ont plus en commun qu'il n'y paraît. Nous avons tous les deux perdu un père à cause de la magie. Callie ouvre de nouveau la bouche mais je la prends de vitesse :

— Tu réalises que je viens de tout t'expliquer, en te faisant confiance comme tu le souhaitais ? C'est ta seule réaction ?

— Tu voulais peut-être que je me jette à tes pieds et que j'embrasse tes bottes pour te remercier de ta généreuse honnêteté ?

— Puisque tu le proposes…

Elle me donne une petite bourrade dans le bras et nous voilà réconciliés.

— Bon, que penses-tu de cette histoire ? lui dis-je.

Callie prend le temps de réfléchir.

— Il n'y a aucune preuve que la Carte existe vraiment. Tu cours peut-être après un mythe depuis des années.

— Peut-être. Mais il faut bien avoir des buts, sinon à quoi bon vivre ?

— Vu comme ça… Une quête désespérée te ressemble bien, je dois dire.

— Je ne vais pas te mentir, j'ai souvent pensé que c'était une folie. J'ai failli baisser les bras à plusieurs reprises. Mais le compas a tout changé.

D'un geste rapide, elle rejette ses cheveux derrière ses épaules, puis hésite avant de reprendre la parole.

— Blake, je… je comprends ta quête. Vraiment. Et, après tout, tu as raison. Si personne ne se donne la peine de la chercher, cette carte restera une légende. Je ne suis peut-être pas aussi attirée que toi par un nouveau monde et les aventures qu'il cache, mais je comprends. En revanche, pour ce qui est de faire appel à une sorcière… je ne sais pas.

J'avais anticipé cette réticence. Je joue le rôle qu'elle attend de moi, celui d'une personne ignorant son histoire, tout en espérant que cela la pousse à une confession.

— Pourquoi est-ce que ça te met aussi mal à l'aise ? Je sais que les sorciers ont mauvaise réputation et, crois-moi, celui que j'ai rencontré n'était pas un chic type, mais ils ne sont pas tous comme ça. Regarde Al ! Tu as entendu comme moi son histoire. L'Archipel des Lacs tout entier abrite des sorciers pacifiques. Et s'ils ne le sont pas, on peut les affronter. Si on s'y prend bien, on peut même négocier avec eux.

— Je… La magie… Bon. Tu as été honnête avec moi et… je te dois bien ça.

Elle a du mal à trouver ses mots et baisse les yeux pour fuir mon regard. Pendant un instant, je pense qu'elle va tout me dire. Mais non…

— J'ai eu une expérience désagréable avec la magie. Si tu dois absolument voir cette sorcière, soit, mais je préférerais rester à distance.

Je ne sais pas à quoi je m'attendais : à ce qu'elle fonde en larmes et me laisse la réconforter ? Qu'elle pleure dans mes bras à propos de son horrible papa ? Non, bien sûr que non. Callie est têtue comme une mule. En revanche, elle vient de m'avouer une faiblesse. Elle semble le réaliser en même temps que moi.

— Je ne suis pas une lâche, dit-elle d'une voix basse.

— Je ne l'ai jamais pensé. Cette quête n'est pas la tienne, je ne te forcerai pas à t'y impliquer.

— Pourquoi est-ce que tu as finalement décidé de tout me dire, alors ?

— J'ai confiance en toi, je réponds en la regardant dans les yeux. Et j'espère que tu m'aideras.

CHAPITRE 34
BLAKE

L'île est en vue depuis quelques minutes et elle grossit à l'horizon. Cela faisait longtemps que *L'Avalon* n'avait pas été aussi loin au large et je dois avouer que, malgré la dangereuse mission qu'on s'apprête à remplir, j'apprécie les sensations que la haute mer fait naître en moi. J'esquisse un sourire en contemplant les vagues autour de mon navire.

— Ça te fait sourire ? Eh bien, je suis soulagé, je pensais que tu le prendrais bien plus mal que ça.

Je me tourne vers Al et le regarde sans comprendre. Ces derniers temps, j'ai tendance à oublier la présence de ceux qui m'entourent tellement je suis perdu dans mes pensées.

— Je te disais, ô capitaine très distrait, que j'ai fait des recherches et je me suis creusé les méninges, mais je n'ai trouvé aucune information sur cette sorcière.

— D'accord. Donc on y va à l'aveugle. Tu ne veux toujours pas te joindre à l'expédition ?

— Moi ? Affronter une sorcière mystérieuse terrée sur une île reculée ? Tu es fou ? Je fais déjà avancer ton navire quand il le faut, ne m'en demande pas plus. Et puis, on sait très bien toi et moi que je ne te serai d'aucune aide. Magiquement parlant, je pourrai te rafraîchir avec une petite bise, tout au plus. Et pour ce qui est du combat à proprement parler…

Il ne finit pas sa phrase mais ce n'est pas nécessaire. Al est nul au combat, encore moins doué que Doug. Alors que je suis sur le point de me détourner, il reprend la parole :

— Et Callie ?

— Quoi, Callie ?

Je commence à être agacé que tout le monde me parle d'elle.

— Elle vient avec toi ?

— Non, je réponds, méfiant, avant de m'emporter. Et, par l'Océan, qu'est-ce que ça peut te faire ? Elle ne vient pas, parce qu'elle n'a pas envie de se trouver face à une sorcière surpuissante aux intentions potentiellement hostiles. Comme toi, en gros.

— Sauf que moi, tu as exigé de connaître mes raisons.

Cette conversation a le don de m'échauffer.

— Quel est le problème, Al ?

— Le problème, c'est Callie et ses secrets ! Je ne suis pas idiot, je sais qu'elle cache quelque chose. Quelque chose qui explique pourquoi elle déteste autant la magie…

Je ne bronche pas. Ce n'est pas à moi de révéler ce secret.

— Si n'importe lequel de tes hommes agissait comme elle le fait, tu l'aurais déjà confronté. Tu l'aurais forcé à te dire la vérité ou tu l'aurais passé par-dessus bord. Mais là, tu laisses couler, même si ça peut tous nous mettre en danger, même si ça fausse l'équilibre à bord. C'est parce qu'elle te plaît ?

Sa dernière phrase me prend par surprise, à tel point que je ne parviens qu'à marmonner :

— Pardon ?

— Comme je l'ai dit, je ne suis pas idiot, dit Al d'un ton amer. Je vois comment tu la dévores des yeux.

Je ne sais vraiment pas quoi répondre. Al ne m'aide pas en prenant cet air misérable qui réveille toujours la culpabilité en moi.

Je n'ai déjà pas envie de parler de Callie en temps normal – bien trop effrayé par ce que je pourrais m'avouer –, mais j'en ai encore moins envie maintenant, surtout avec Al. Il n'a jamais caché ses préférences : au début, les hommes lui faisaient des petites moqueries mais ils se sont très vite lassés, avant même que je ne puisse intervenir pour le protéger.

J'ai toujours su que je lui plaisais (c'est peut-être même la raison pour laquelle il a accepté mon offre de rejoindre *L'Avalon*), mais j'ai toujours été clair : il ne se passerait jamais rien entre nous. Je ne voulais pas qu'il se fasse d'illusions.

Un bref instant, je me mets à sa place. Depuis ses premiers regards, ses premiers sous-entendus et ses premiers airs dépités quand je rentrais du port après une nuit avec une femme. Je n'ai rien à me reprocher, tout comme Al, d'ailleurs. Jusqu'à présent, le tabou fonctionnait et nos relations restaient amicales. Mais si Al veut relancer le sujet… Je le fixe un moment et il finit par baisser les yeux.

— Laisse tomber, murmure-t-il. Après tout, ça ne me concerne pas.

Il s'éloigne sans que j'aie envie de le rattraper : je n'ai rien à dire qui puisse le soulager. Je vérifie que mon épée et mon pistolet sont bien accrochés à ma ceinture et j'entreprends de finir de me préparer pour cette petite visite à la sorcière. Je chasse Al et Callie de mes pensées : ce n'est pas le moment d'être déconcentré.

CHAPITRE 35
BLAKE

Le compas indique bel et bien la tanière de la sorcière : un bout de maison décrépite au fin fond d'une jungle. Cela fait plus d'une heure que Bold, Glenn et moi marchons à travers une végétation abondante, suivant la flèche de l'instrument. J'ai presque mal à l'épaule à force de brandir mon épée pour dégager le passage de toutes ces lianes et autres branches. Bold, d'habitude si calme et stoïque, ronchonne dans son coin, tandis que Glenn souffle comme un bœuf en fermant la marche.

Bold et moi sommes convenus qu'il n'était pas prudent de débarquer à trente dans le repaire d'une sorcière dont nous ne savons rien. Une expédition rapide et discrète semblait plus adaptée. J'ai donc choisi Glenn pour nous accompagner, Bold et moi, car, sous ses airs de plaisantin, c'est un combattant hors pair et j'ai toute confiance en lui.

L'île n'est pas très grande, mais il est presque impossible de suivre le chemin de terre qui permet de s'y enfoncer. Lorsque nous arrivons enfin en vue de la cabane de la sorcière, je fais deux gestes de la main que mes hommes interprètent à la perfection. Bold vient se placer à mes côtés tandis que Glenn s'éloigne. Il restera à l'extérieur pour monter la garde et intervenir si quoi que ce soit ne se passe pas comme prévu. Sur un dernier regard, Bold et moi arrivons devant la porte. Après un moment d'hésitation, je donne deux brefs coups sur le bois vermoulu. Je ne tiens pas à me mettre la sorcière à dos avant même d'être entré, et faire preuve de politesse me paraît approprié.

Il me semble entendre une voix à l'intérieur et je prends ça pour une invitation. Lentement, je repousse la porte et fais un pas à l'intérieur. C'est sombre, encombré de meubles disparates et il y règne une chaleur étouffante. Un grand feu brûle dans la cheminée alors que la chaude humidité de la jungle suffit largement à réguler la température de cette île maudite.

Il ne faut pas longtemps à ma vision pour s'adapter à l'obscurité et je distingue une femme assise à une table en face de la porte.

— Capitaine Jackson, je vous attendais.

Eh bien, moi, je ne m'attendais pas à ça. La sorcière a la trentaine et une apparence parfaitement normale si on met de côté ses yeux entièrement blancs. Elle a une peau ébène, des cheveux bruns ramassés en un chignon élaboré et un sourire un peu trop large pour être amical. D'un geste de la main, elle m'invite à prendre place à la table, ce que je fais avec prudence. Bold reste debout derrière moi et je me concentre sur la femme, méfiant.

— Comment saviez-vous que je viendrais ?

— Ce n'est pas parce que je suis aveugle que je ne vois pas.

Cette phrase me semble totalement dénuée de sens mais la sorcière enchaîne déjà :

— Ton passage ici est prévu de longue date, jeune capitaine. C'est le destin qui t'amène et je sais ce que tu cherches.

— Parfait, cela nous évitera à tous les deux de perdre du temps. Alors ? Où puis-je trouver la Carte des Confins ?

La sorcière éclate d'un rire bruyant et, pris d'un réflexe, je pose la main sur mon épée. Un regard vers Bold me montre qu'il est tout aussi sur ses gardes que moi.

— Aaah, capitaine, finit par reprendre la sorcière, une fois calmée. Je peux voir beaucoup de choses, mais rien n'est gratuit. Par ailleurs, je ne sais pas où se trouve la Carte.

— Quoi ? Vous devez le savoir, dis-je d'un ton dur. Je suis en possession d'un compas magique qui m'indique…

— Ce que tu désires le plus au monde, je sais, je sais, m'interrompt la sorcière avec un geste agacé de la main. Laisse-moi finir. Je ne sais pas où se trouve la Carte… pour l'instant. Mais je peux aisément le découvrir pour toi. Si tu m'offres quelque chose en échange.

Je recommence à respirer, mais je reste méfiant. Nous nous attendions à devoir payer : j'ai pris une quantité d'or assez importante pour parer à toute éventualité.

— Que voulez-vous dire par « pour l'instant » ? Comment allez-vous faire pour savoir où est la Carte ?

— J'ai mes méthodes. Ma magie nécessite un peu de temps et beaucoup de concentration, mais je saurai trouver ce que tu recherches, n'aie crainte.

— Si c'est aussi facile, pourquoi n'avez-vous pas déjà cette information ?

— As-tu idée du nombre de personnes qui ont cherché cette carte à travers les âges ?

De nouveau, elle s'interrompt et éclate de rire.

— Suis-je bête ! Évidemment, que tu le sais. Et tous n'étaient pas aussi charmants et polis que toi. Bien peu sont parvenus jusqu'à moi et ce n'était pas leur destin d'obtenir la Carte. Aucun n'a été digne de repartir avec une réponse.

Cette précision réveille mon inquiétude, qui se cristallise quand la sorcière fait un signe de la main vers un coin de sa cabane. Malgré l'obscurité, je distingue des piles de crânes et d'ossements humains. Bon. Je vais tâcher de me montrer digne d'une réponse, alors. La femme reprend, l'air de rien :

— J'ai jugé plus sage de ne pas regarder où se trouve la Carte. C'est une sorte d'assurance, vois-tu. Ainsi, tu ne peux pas me tuer… pas tout de suite, du moins.

— Effectivement, c'est malin, je conviens, plus pour lui faire plaisir que par réelle admiration. Mais cela veut aussi dire que vous n'avez jamais essayé de la trouver. Donc que vous ne pouvez pas me promettre d'y arriver.

Elle renifle d'un air dédaigneux et désigne ses yeux complètement blancs.

— Ne m'insulte pas, capitaine. Je suis aveugle, c'est une compensation infligée par les dieux pour contrebalancer mon pouvoir. Mais je sais tout. Je vois tout. Je suis la plus grande voyante et devineresse qui ait jamais existé.

Et sans doute la plus modeste, ai-je envie d'ajouter, mais ce n'est pas le moment de faire de l'esprit.

— Très bien. Que demandez-vous en échange de la localisation de la Carte ?

— Oh, pas grand-chose, susurre la sorcière en s'appuyant sur la table.

— J'ai de l'or. Beaucoup.

— Je n'en doute pas. Malheureusement, cela ne m'intéresse guère.

Je tombe des nues. Comment ça, l'or ne l'intéresse guère ? Quelle personne saine d'esprit refuserait de l'or ?

— Que voulez-vous, dans ce cas ?

— Un peu de distraction. Des réponses, dit-elle d'un ton pressant.

— Je croyais que vous saviez tout, j'objecte, suspicieux.

— En effet. Et c'est très distrayant. Mais mon petit doigt me dit que ton histoire le sera bien plus encore. Si tu veux mon aide, j'exige que tu répondes honnêtement à une question.

— Marché conclu, je dis sans hésiter, et je sens Bold se tendre derrière moi.

Aurais-je été impulsif ? Possible. Mais la vérité est un prix qui me paraît bien léger pour obtenir la Carte des Confins.

— Que voulez-vous savoir ? dis-je pour en finir.

— Tu es bien pressé, jeune capitaine. Et tu semblais prêt à payer beaucoup pour obtenir ta Carte.

— Pour parvenir à la Carte, je serais prêt à payer n'importe quel prix.

— Vraiment… ? Alors voilà ma question, capitaine. Dirais-tu que cette carte est ce que tu veux le plus au monde ?

J'ai peur que ça ne cache quelque chose, mais je réponds quand même.

— Sans hésiter.

— Eh bien… voilà qui est facile à vérifier.

Elle sourit d'un air rusé et, d'un coup, fait un grand geste du bras. J'entends Bold pousser un cri et Glenn faire irruption dans la pièce, mais tout devient noir autour de moi. En un éclair de lucidité, je devine que la sorcière m'a jeté un sort. Sans doute espère-t-elle tester mon honnêteté… De fait, les voix autour de moi finissent par s'estomper, remplacées par celle, chantante, de la sorcière.

— N'aie pas peur, beau pirate. Je vérifie juste la véracité de ta réponse… Qu'est-ce qui se cache au plus profond de ton cœur ?

Ces questions me mettent mal à l'aise : je ne suis pas sûr de vouloir ouvrir cette porte. Par les dieux, je sais que je ne veux pas ouvrir cette porte ! Je risque de tout gâcher !

Mais je ne parviens pas à me défaire du sortilège et, impuissant, je regarde les images qui défilent devant mes yeux.

Je vois d'abord ce qui ressemble à un morceau de parchemin élimé et couvert d'inscriptions en pattes de mouche. Bien que je ne l'aie jamais vue, je devine que c'est la Carte. Un immense soulagement s'empare de moi : mon plus grand désir, c'est la Carte ! Je crois entendre un ricanement, avant que l'image ne disparaisse. Mais au lieu de me retrouver dans la cabane, les images continuent de défiler. *L'Avalon*, mon navire, et le plus beau de mes trésors. Mon équipage, ma famille. Les visages se fondent les uns dans les autres : Bold, Glenn, Al, Doug, Colton, Doc, Peter… ils sont tous là. Et, d'un coup…

Callie.

Je ne me contente pas de voir son visage une fois, comme c'est le cas pour les membres de mon équipage. Non, mon cerveau me sort des centaines d'images de Callie, des souvenirs que je ne pensais pas avoir emmagasinés.

Je la revois lors de notre première rencontre, alors qu'elle baisse sa capuche et révèle son visage. Je vois ses yeux verts me toiser lors de nos négociations, ses taches de rousseur qui me fascinent sans que je sache pourquoi. Je vois la haine qu'elle me voue alors qu'elle passe devant moi, encadrée par deux gardes après son arrestation. Je la vois dans la cale, après son réveil. Couverte de poussière et de crasse et pourtant tellement jolie. Après qu'elle m'a sauvé la vie dans cette ruelle. Contre le mur après que je lui ai sauvé la vie à mon tour. Me demandant si elle peut rester sur *L'Avalon*. Son air de défi lors de notre combat. Son visage alors qu'elle me parle après avoir assisté à sa première bataille. Les courbes de son corps quand elle arrive accompagnée de Jossy dans cette tenue si séduisante. Ses discussions avec

Bold, ses gestes d'affection envers Doug, les rires qu'elle partage avec Doc, les parties de cartes avec Colton. Elle sur le pont, le vent dans les cheveux. J'entends son rire, je sens son odeur. Je la vois me sourire. Je la vois me regarder. Je la vois remettre en place une mèche de ses cheveux.

Je la vois et réalise, peut-être pour la première fois, à quel point j'ai été aveugle.

Brusquement, le sortilège s'arrête et je reprends pied dans la réalité. Bold me pose une main sur l'épaule et je fais un geste de la tête pour le rassurer. Glenn est aussi à mes côtés, mais il ne semble pas inquiéter la sorcière qui m'adresse un immense sourire. Celui-ci se veut complice mais il me donne plutôt envie de la frapper sans m'arrêter.

— Intéressant, dit-elle d'un ton calme. Et tellement distrayant, comme je l'avais prévu ! Désires-tu changer ta réponse, capitaine ?

Je me retiens de toutes mes forces pour ne pas lui envoyer cette foutue table dans la figure. Je ne comprends pas à quoi elle joue. J'ai répondu à sa question et j'ai dit la vérité. Je veux la Carte, plus que tout au monde. C'est elle est qui apparue en premier dans mes pensées.

— Oh, capitaine, je t'en prie. C'est seulement parce que tu t'efforces de refouler tout ça depuis trop longtemps. Tu te mens à toi-même. Et tu le fais avec brio, je dois l'admettre.

Je suis glacé par sa réponse. Elle lit dans mes pensées. Il ne manquait plus que ça.

— Pourquoi faites-vous ça ? je crache d'un ton haineux.

— Je te l'ai dit : j'ai besoin de distraction. Et j'ai su, bien avant que tu n'arrives, que tu m'offrirais un très beau spectacle. Des aventures, de la gloire, du courage, un amour refoulé… C'est palpitant !

— Content de voir que vous vous amusez, fais-je entre mes dents.

Cette vieille folle est sadique. Elle prend plaisir à déstabiliser les autres et à les regarder perdre pied devant elle. Voilà ce qu'elle entendait par distraction. Je n'ai plus envie de traîner ici. Je n'ai même plus envie d'entendre ce qu'elle pourra me dire. Je veux juste retourner sur *L'Avalon*, essayer de retrouver l'équilibre et reconstruire les murs que j'avais progressivement mis en place entre Callie et mon cœur. Je me lève et esquisse un geste pour quitter la pièce quand la voix de la sorcière s'élève de nouveau. Je fais volte-face, prêt à dégainer mon épée si elle tente encore une fois de m'embrouiller avec ses sortilèges.

— Pas si vite, capitaine. Tu as rempli ta part du marché. Tu as dit la vérité. Ou au moins une vérité. Je pensais que tu étais prêt à entendre les autres, mais apparemment, ce n'est pas le cas. Quoi qu'il en soit, je trouverai ta Carte. Reviens dans deux jours et je te jure sur l'Océan et la Terre que tu auras ta réponse.

Je suis surpris qu'elle tienne parole mais tâche de le cacher. Je prends sur moi pour m'incliner puis je lui tourne le dos et pars le plus vite possible de cette maudite cabane.

— Que s'est-il passé ? me demande Bold alors que nous nous éloignons.

— Tu l'as entendue. Elle va nous trouver la Carte.

À mon grand soulagement, Bold n'insiste pas et nous nous remettons en route. Il me semble continuer d'entendre la voix de la sorcière dans ma tête. *Oh, capitaine, je t'en prie. C'est seulement parce que tu t'efforces de refouler tout ça depuis trop longtemps. Tu te mens à toi-même…*

CHAPITRE 36
BLAKE

Cela fait des heures que je me tourne et me retourne, sans parvenir à trouver le sommeil. Maudite sorcière.

À notre arrivée sur le bateau, tout l'équipage était réuni pour entendre ce que nous avions appris. J'ai été bref et leur ai ordonné de lever l'ancre. Le plus simple aurait été d'attendre ici pendant deux jours, mais je ne supportais pas de rester un instant de plus en vue de cette île. Nous avons donc fait demi-tour en tournant le dos au morceau de terre, et c'est seulement à ce moment que j'ai réussi à respirer plus calmement. Le reste de la journée est très flou dans mon esprit. Je me suis efforcé d'être toujours occupé pour éviter soigneusement Callie. Lorsque enfin le soleil s'est couché, j'ai pu me réfugier dans ma cabine avec soulagement. Je n'ai pas pris le temps de me changer et me suis affalé sur mon lit, pressé de m'endormir et de voir cette journée infernale prendre fin.

Pourtant le sommeil me fuit. Je pousse un long soupir lorsqu'un bruit de pas dans le couloir devant ma cabine attire mon attention. Je me redresse sur un coude et, le cœur battant, regarde la porte s'ouvrir doucement.

Callie se tient dans l'encadrement et je n'ai pas le temps de dire quoi que ce soit qu'elle a déjà refermé la porte et avancé vers moi. En un clin d'œil, elle est assise sur le bord de mon lit et je la regarde, complètement perdu. Que fait-elle ? Pour la première fois de ma vie, je ne sais pas quoi dire ni comment agir.

— Est-ce que tout va bien ? me dit-elle de sa voix chaude. Tu es bizarre depuis que tu es revenu de l'île…

Aucune bougie n'est allumée dans ma cabine et seuls les rayons de la lune se reflétant sur l'océan éclairent son visage. Par les dieux, qu'elle est belle… Je parviens à hocher la tête.

— Tout va bien, je confirme. Je suis juste… Je pense à la Carte, c'est tout.

— Menteur.

Son ton est à la fois moqueur et tendre. Cela me fait sursauter. Elle sourit et se penche vers moi.

— Je sais ce que t'a dit la sorcière, Blake. Je sais à quoi tu penses.

Je ne comprends pas. Et je n'ai pas le temps d'y réfléchir car elle se penche un peu plus et, soudainement, ses lèvres sont sur les miennes.

Pendant un bref instant, mon cerveau tourne à toute allure pour essayer de comprendre la situation, puis il lâche prise. J'attire Callie à moi et nous nous retrouvons allongés, elle à califourchon sur moi, et nous nous embrassons passionnément. Sa peau est douce et ses cheveux viennent me chatouiller. J'en attrape certaines mèches et les enroule autour de mon poignet, comme j'ai rêvé de le faire des centaines de fois.

Oui, inutile de le nier : j'ai rêvé de ce moment. D'un coup, j'interromps notre baiser, pris d'un affreux doute. Légèrement essoufflée, elle me regarde de ses grands yeux verts et je dois mobiliser toute ma volonté pour ne pas me laisser aller.

— Que se passe-t-il ? chuchote-t-elle, réveillant des frissons dans tout mon corps.

— Tu n'es pas réelle.

Elle esquisse un sourire charmeur, ce qui fait bouger ses taches de rousseur ensorcelantes. Sa bouche se colle à mon oreille et, tout en déposant de légers baisers le long de ma mâchoire, elle reprend la parole :

— Tu crois ?

— Ce n'est qu'un rêve…

— Dans ce cas, pourquoi ne pas en profiter ?

Sa bouche trouve de nouveau la mienne et ses mains se rejoignent dans mes cheveux. Je ne peux pas résister et l'embrasse en retour. Cet instant dure une seconde, une éternité pendant laquelle je ressens la chaleur de sa peau puis…

Je me réveille.

Totalement déstabilisé, je m'assois dans mon lit et me prends la tête entre les mains.

Et merde.

Merde.

Merde.

Je ne peux plus me mentir. J'aurai beau essayer, cette sorcière de malheur a fait tomber tous les murs que j'avais érigés. Elle a effacé tous les mensonges que je m'étais répétés en boucle. Elle a réveillé les sentiments que j'avais enfouis.

Tu es vraiment sans cœur. Oh, Callie. Si tu savais. J'ai un cœur. Seulement, jusqu'à présent, il était bien protégé derrière des murs épais, des barrières de fer et des années de concentration. C'était devenu un automatisme. Je ressens quelque chose qui peut me détourner de mon but ? Je l'enferme à double tour derrière la porte et on n'y pense plus. Mais là, malgré les protections, malgré mes efforts, je dois l'admettre.

Je ressens quelque chose pour Callie.

Ce n'était pas prévu et ce n'est sans doute pas une bonne idée, mais je n'arrive pas à m'en m'empêcher. La force de mes sentiments me fait tourner la tête, à tel point que je me demande comment j'ai fait pour me convaincre que ce n'était qu'une passade.

Je repense à mon rêve, à cette Callie douce et charmeuse qui m'a rendu visite. Je ne sais si c'est la sorcière qui continue de m'ensorceler ou si c'est simplement mon subconscient qui enfonce le clou et m'ordonne de me remuer. Mais que puis-je faire ? Si je me glisse dans sa cabine, il y a fort à parier que Callie me poignardera avant que j'aie pu poser un doigt sur elle. Et, est-ce vraiment ce dont j'ai envie ? Oui, j'ai envie d'être avec Callie. Mais je n'ai pas envie de soulever des questions, de réfléchir à ce que ça implique, de construire une vraie relation. Ce que je ressens, c'est juste une envie viscérale d'être auprès d'elle. Tout le temps.

Par l'Océan, où cela va-t-il me mener ?

***

Le lendemain matin, je m'applique encore plus à éviter Callie. Je n'ai pas réussi à trouver le sommeil et j'étais de toute façon bien trop effrayé par les rêves qui pouvaient m'assaillir pour vraiment essayer. J'ai donc lu, étudié mes cartes et sursauté chaque fois que le bois de *L'Avalon* craquait, me laissant croire que quelqu'un approchait de ma cabine.

Au matin, j'ai estimé que nous étions assez éloignés de l'île pour décrocher l'ancre. *L'Avalon* mouille donc au large, assez loin pour que je ne puisse pas distinguer sa jungle étouffante, et c'est très bien comme ça. Demain, nous ferons demi-tour pour obtenir des informations, mais en attendant, nous profitons de ce moment de calme pour effectuer les réparations nécessaires au bon fonctionnement du bateau. Mes hommes s'y attellent avec nonchalance, et il règne une certaine tension à bord. Ils savent tous que nous sommes allés voir une sorcière en quête d'informations. Il est temps que je leur explique à tous ce que nous cherchons vraiment. Je me promets de le faire une fois que cette aventure avec la sorcière sera terminée.

Une fois que je saurai comment trouver cette fichue Carte.

Une fois que toute cette histoire sera oubliée, tout comme les secrets qu'elle a révélés.

Une fois que j'aurai retrouvé un peu de stabilité mentale.

Je suis tellement plongé dans mes pensées que je n'ai pas vu que Callie approchait. Je reconnaîtrais son pas entre mille. Il est trop tard pour prétendre être occupé, et partir serait trop flagrant. La dernière chose que je veux, c'est qu'elle se pose des questions.

Je fixe donc un point sur ma carte et attends qu'elle arrive, conscient de sa présence comme si elle était un soleil et moi une planète gravitant autour : je ne la vois pas forcément, mais je sais qu'elle est là.

Lorsqu'elle se plante devant moi, je relève la tête une seconde pour lui adresser un regard interrogateur.

— Blake, est-ce que tout va bien ?

Ses paroles font écho à celles de mon rêve et je dois me faire violence pour ne pas montrer ma stupeur. Elle surprend néanmoins mon trouble et enchaîne :

— Tu agis bizarrement depuis que tu es revenu de l'île... Que t'a dit la sorcière ?

Je respire profondément.

— Elle va trouver la Carte.

— Oui, ça, j'avais compris. Mais j'ai l'impression qu'il y a quelque chose d'autre. Et... j'ai l'impression que tu m'évites aussi.

— Pourquoi ferais-je ça ?

Je suis pris au piège. Un air peiné se dessine sur le visage de Callie.

— À toi de me le dire. Peut-être que tu m'en veux de ne pas t'avoir accompagné. Peut-être que tu es déçu de t'apercevoir que je ne suis pas aussi courageuse que tu aurais pu le penser... Ou peut-être... que la sorcière t'a parlé de moi...

Je me tourne brusquement vers elle, oubliant mes bonnes résolutions de ne plus me plonger dans ses yeux verts ensorceleurs. Elle est anxieuse, je le vois à ses mains qui ne cessent de bouger dans tous les sens. Je réalise alors qu'elle et moi ne pensons pas à la même chose. Callie ne peut pas deviner ce que m'a révélé la sorcière. Elle pense à ce qu'elle aurait pu m'apprendre sur son père. Elle a peur qu'elle n'ait trahi son secret. Je soupire. Je ne peux pas la laisser s'inquiéter inutilement.

— Elle ne m'a rien dit, je dis pour la rassurer. J'ai juste beaucoup de questions sans réponse concernant la Carte et j'ai besoin d'un peu de temps pour digérer tout ça.

C'est au tour de Callie de pousser un soupir.

— Comment était-elle ?

— La sorcière ? Plutôt jolie, je dis après un court instant de réflexion.

— Du Blake tout craché, ça ! Tu es sur le point de découvrir ce que tu cherches depuis des années et tu restes bloqué sur une femme !

Tu n'as pas idée à quel point c'est vrai, marmonne une petite voix dans ma tête.

— Et combien as-tu payé pour savoir où se trouvait la Carte ? reprend Callie. Je suis bien placée pour savoir que tu es dur en négociations…

J'opte pour une demi-vérité.

— Elle ne voulait pas d'or, je dis prudemment. Elle avait besoin de certaines informations, elle aussi. Sur… des choses et d'autres.

— Mesdames, messieurs, Blake Jackson, le roi du mystère !

J'esquisse un sourire malgré moi. J'espère qu'elle va lâcher l'affaire ou au moins changer de sujet. J'ai envie qu'elle reste autant que j'aimerais qu'elle parte. Je me demande si je peux lui faire remarquer que le pont n'est pas propre ou si elle me frapperait. Le silence qui s'est installé entre nous est interrompu par un de mes hommes qui vient me faire un rapport de l'état de la coque. Je hoche la tête et, lorsqu'il s'en va, je me retourne vers Callie.

Elle me regarde avec ses grands yeux verts et semble hésiter avant de se lancer.

— Blake, si je te pose toutes ces questions sur la sorcière, c'est parce que j'ai beaucoup réfléchi à ce que tu m'as dit, sur le fait d'avoir un but et sur le fait que tu étais prêt à tout pour y parvenir. Moi, je n'ai pas de but. Jusqu'à présent, je me contentais d'essayer de survivre et je fuyais.

Mais peut-être que j'en ai assez, de fuir. Peut-être qu'il est temps que j'affronte mes peurs. Ça pourrait être ça, mon but.

Je devine qu'elle parle de son père. Elle aimerait se débarrasser de ce poids mais n'y parvient pas.

— Je suis prête à faire un premier pas. Si tu l'autorises, j'aimerais t'accompagner demain. J'aimerais voir la sorcière.

Génial ! Callie et la sorcière dans la même pièce ! J'ai envie de refuser mais je sais que c'est important pour Callie. C'est un gros premier pas et je n'ai pas le cœur de la repousser. Elle a d'ailleurs l'air un peu effrayée par sa décision. J'enfonce les mains dans les poches de mon manteau et serre les poings pour m'empêcher de faire un geste d'affection vers elle.

— Si c'est ce que tu souhaites, tu peux venir. Mais, je te préviens, elle est à moitié folle. Elle nous a sorti des choses absolument absurdes.

Bien joué, Blake. Prépare le terrain, tout en subtilité, au cas où la sorcière déciderait de pimenter encore un peu l'affaire. Callie hoche la tête pendant un petit moment, réalisant apparemment les conséquences de sa décision. Puis elle reprend :

— Tu ne m'en veux pas pour quelque chose ? Tu ne m'évites pas ? J'ai bien nettoyé le pont ?

Malgré ses plaisanteries, je sens une réelle angoisse dans sa voix et je soupire.

— Mais non, Callie, je n'ai aucune raison de t'en vouloir. Mais, puisque tu abordes le sujet…

— Oui, oui, j'y retourne…

Elle me regarde un moment droit dans les yeux avant de tourner les talons, et j'ai le temps de lire le soulagement dans son regard. Et ça m'agace. Pourquoi est-elle soulagée que je ne lui en veuille pas ? Pourquoi ne pourrait-elle pas être indifférente, froide, distante, et laide, tant qu'on y est ? Pourquoi doit-elle être touchante, adorable, drôle, courageuse, réfléchie et belle à se damner ?

Bon. De toute évidence, je ne peux pas continuer à l'ignorer : ça me rend grognon et ça la fait souffrir. En revanche, je ne peux pas laisser libre cours à mes sentiments. C'est trop effrayant. Il ne reste plus qu'une option : faire semblant. Comme avant, continuer à discuter avec elle, à nous disputer, flirter un peu parfois. En bref, œuvrer pour un retour à la normale de nos relations. Oui, c'est le mieux.

Je peux le faire. Je l'ai fait pendant des semaines. Je peux continuer à ignorer Callie et mes sentiments.

Le soir même, quand je me réveille une nouvelle fois hors d'haleine après un rêve mettant en scène une Callie ensorceleuse, je comprends que ça va être plus difficile que prévu.

CHAPITRE 37
CALLIE

Il a beau me dire que tout va bien, je sens que Blake n'est pas comme d'habitude. J'aimerais insister, lui demander pourquoi il est aussi tendu, pourquoi il ne me regarde plus dans les yeux les rares fois où il me parle, pourquoi il sursaute quand je prends la parole ou pourquoi il serre les dents sans raison parfois. Tout à l'heure, alors que je descendais dans la barque qui allait nous emmener sur l'île, j'ai failli perdre l'équilibre et il n'a pas esquissé un geste pour m'aider. En revanche, il a serré les poings avec tant de force que ses jointures ont craqué. Mais comme il refuse de parler et que je ne suis ni une sangsue ni une petite chose fragile qui a besoin d'attention, je laisse couler. J'espère juste que son comportement étrange lui passera. Ou qu'il n'a rien à voir avec ce qui nous attend sur l'île.

Je dois l'avouer, j'ai peur. Peur que la sorcière ne lui ait révélé des choses sur moi et sur mon passé. C'est aussi pour ça que j'ai décidé de venir. Je dois en avoir le cœur net. Bien sûr, ce que j'ai dit à Blake est vrai : je ne peux pas continuer à faire l'autruche et à fuir comme la peste toute forme de magie. Il y en a plus qu'on ne le pense dans notre monde et je suis lasse de fuir ou d'être terrifiée. Néanmoins, ma vraie motivation, c'est de voir cette sorcière et tenter de savoir ce qu'elle sait de moi. Et de mon père. La partie rationnelle de mon cerveau s'obstine à me convaincre qu'elle n'avait aucun moyen de me connaître ni aucune raison de parler de moi à Blake. Mais je ne peux m'empêcher de me questionner.

Lui a-t-il parlé de moi ? A-t-elle prévu de me vendre à mon père ? Par les dieux, est-ce que Blake m'a vendue à cette sorcière pour obtenir sa précieuse Carte ? Cela expliquerait pourquoi il n'a pas protesté quand j'ai demandé à venir ! Cela expliquerait son attitude ! Il a découvert que mon père était le Sorcier Noir, ce qui l'arrange bien puisqu'il peut m'échanger contre la Carte !

Respire à fond, Callie. Respire.

Malgré tous ses défauts, ce n'est pas le genre de Blake. Si ?

Je lui jette un regard en coin, alors que Glenn et lui rament en direction de l'île. Il faut que je me calme. Tout cela est irrationnel et ne s'appuie sur aucune preuve. De plus, Blake a l'esprit bien trop pratique pour faire un tel marché. Il ne me vendrait pas à une sorcière quelconque : il me traînerait directement chez mon père pour obtenir de lui ce qu'il souhaite.

Je respire un peu mieux. Pour être tout à fait honnête, je ne sais pas vraiment ce que j'attends de cette rencontre. Je veux surtout me prouver que j'en suis capable.

Une vague un peu plus grosse que les autres vient heurter la coque de notre barque et je regarde devant moi. L'île se rapproche. Glenn et Blake continuent de ramer, imperturbables. Ils sont sérieux mais n'ont pas l'air aussi tendus que moi. Apparemment, tout le monde a confiance en cette sorcière sortie de nulle part. Enfin… pas assez confiance pour venir non armés : je n'ai jamais vu Blake et Glenn autant chargés en munitions.

Nous atteignons la plage en moins de vingt minutes. Je saute dans l'eau pour les aider à tirer notre embarcation sur le sable, puis je me redresse et les interroge du regard. Je suis surprise de ne pas voir le compas dans la main de Blake.

— Je l'ai laissé sur *L'Avalon*, dit-il quand je lui pose la question. Je n'en ai pas besoin pour retrouver la sorcière et je préfère ne pas lui donner une occasion de l'accaparer.

Nous nous mettons en route, nous enfonçant dans une jungle dense et humide. C'est un calvaire de marcher sur le mince sentier, évitant sans cesse les lianes, écrasant des insectes aussi gros que mes doigts et sursautant au moindre bruit. Blake ouvre la marche et fait de grands gestes avec son épée – j'ai l'impression que ça lui fait du bien de se défouler un peu.

Au bout de dix minutes, je suis en nage, mais nous sommes apparemment loin d'être arrivés. J'ai réussi à remonter mes cheveux en un chignon sur le haut de mon crâne mais j'ai tellement chaud que je serais prête à me raser la tête si ça pouvait aider à faire baisser la température de mon corps. Blake et Glenn m'avaient prévenue : ils ont d'ailleurs laissé leurs manteaux sur *L'Avalon*, et le seul petit plaisir que représente cette randonnée c'est de pouvoir distinguer avec précision les muscles de Blake sous sa chemise blanche.

Je me focalise sur cette vision pour oublier tout le reste et ça fonctionne plutôt bien. Trop bien même puisque, lorsque Blake s'arrête et se tourne brusquement, je lui rentre dedans, manquant de tomber en arrière. Il m'attrape par le poignet avec un air agacé et me fait signe de garder le silence. Je jette un coup d'œil sur ce qu'il me désigne.

Nous sommes désormais dans une petite clairière, un trou parfaitement circulaire bien dégagé au cœur de la jungle. C'est de la magie, ou je n'y connais rien. Au centre de cette clairière, une petite cabane. Elle ne paie pas de mine, mais j'ai vécu des années avec un sorcier. Je reconnaîtrais le frétillement de l'air n'importe où. J'ai même l'impression de sentir son goût sur mes lèvres. Avant que je ne puisse paniquer, l'épaisse fumée qui s'échappe des fenêtres de la masure attire mon attention. Elle est en feu.

Le visage de Blake se ferme et il se précipite dans la clairière. Une silhouette est allongée près de l'entrée de la cabane. Blake se jette à genoux devant elle et je m'approche, plus doucement. Entre les flammes qui se propagent à toute vitesse et la sorcière à moitié morte au sol, je ne sais pas ce qui me fait le plus peur. Je finis par prendre mon courage à deux mains et mon regard croise celui de la femme.

Ses yeux sont blancs comme la neige des sommets mais j'ai l'impression qu'elle me voit. Qu'elle lit en moi. Qu'elle sait. Un sourire ensanglanté se dessine sur sa bouche. Son corps est lardé de coups qui auraient dû la tuer net. Un seul regard sur cet être moribond me permet de deviner que c'est la magie qui la tient en vie, encore quelques instants.

— Que s'est-il passé ? crie Blake, furieux.

Il ne semble ni inquiet ni triste : il semble simplement horrifié qu'elle succombe avant de lui avoir révélé où se trouve la Carte.

— J'ai reçu de la visite, comme tu peux le voir, capitaine, dit la sorcière dans un filet de voix. Un autre pirate, mais bien moins charmant que toi…

— Thull, marmonne Blake, et je n'ai pas besoin de voir ses yeux pour imaginer la haine qui y flambe.

— Tout juste. Il…

La sorcière tousse et crache un peu de sang. Oubliant ma peur et mon aversion, je m'agenouille à mon tour et lui soulève délicatement la tête pour la poser sur mes genoux. Elle cligne des yeux pour me remercier.

— Il voulait la même information que toi, capitaine. Mais je suis tenace. Je ne lui ai rien dit.

Elle ricane difficilement et Blake et moi échangeons un regard. Il a conscience qu'elle ne tiendra pas longtemps.

— Oui, je sais ce que vous pensez, tous les deux. Je vais mourir, reprend la sorcière. Mais je ne pouvais pas mourir avant d'avoir honoré ma promesse. Capitaine. N'oublie pas. Ton histoire te fera souffrir, mais elle sera distrayante. Elle entrera dans la légende. On ne l'oubliera jamais. Mais pour cela, il faudrait que tu arrêtes d'essayer de te mentir.

Blake a l'air perturbé par ces paroles mais il n'a pas le temps de dire quoi que ce soit que la main de la sorcière se pose sur ma joue.

— Quant à toi, Callie… il faut cesser de fuir, mon enfant. Tu découvriras bien vite que c'est souvent en prenant le chemin censé nous en éloigner qu'on tombe sur ce qu'on voulait éviter. Mais tu en es capable. Je le vois dans ton destin. Tu feras de grandes choses, toi aussi. N'aie plus peur. Et surtout, ne baisse pas les bras.

Bien sûr. Voilà qui est cryptique et effrayant au possible. Je me souviens brusquement de la mise en garde de Blake, sur *L'Avalon*. Cette sorcière est bel et bien folle. Ou alors… a-t-elle vraiment vu quelque chose dans mon futur ? Elle tousse de nouveau, plus longuement cette fois, et je décide que j'aurai le temps d'analyser ses paroles plus tard. Le feu se rapproche et Glenn, debout derrière Blake, me fait un signe de tête pour me signifier qu'il ne faut pas rester là. Je me redresse, prête à partir, lorsque la sorcière agrippe la main de Blake avec une vigueur surprenante pour une mourante. Elle lève la tête juste assez pour lui murmurer quelques mots à l'oreille. Le visage de Blake devient livide et la sorcière retombe lourdement au sol.

— Partez, maintenant. Vous n'êtes pas au bout de vos peines. Capitaine, tu devrais retourner sur ton navire. Je crains que, ne pouvant compter sur ma coopération, ton ennemi n'ait trouvé un autre moyen de parvenir jusqu'à la Carte…

Un petit silence accompagne les dernières paroles de la sorcière. Seul le crépitement du feu le rompt puis, tout à coup, Blake se redresse et s'enfonce dans la jungle sans un regard en arrière. J'observe une dernière fois le visage lisse de la sorcière. Un sourire rêveur y est dessiné, mais elle ne bouge plus et je devine qu'elle est morte. Je suis soudain hypnotisée par cette femme qui, un instant plus tôt, était une sorcière puissante. Désormais, ce n'est qu'une carcasse vide, sur le point de se faire dévorer par les flammes.

Glenn m'attrape le bras et me force à le suivre dans la jungle. Nous faisons le même trajet qu'à l'aller mais, cette fois, nous courons pour rattraper Blake. Malgré tous nos efforts, nous le retrouvons sur la plage, le regard tourné vers la mer. Je suis sur le point de lui reprocher d'être parti comme ça lorsque je réalise ce qu'il regarde.

L'Avalon.

Et le *Black Gold.*

L'Avalon, attaqué par le *Black Gold.*

CHAPITRE 38
BLAKE

— Bordel de merde !

L'Avalon, mes hommes, l'attaque de Thull sans moi à bord.

J'aurais dû le prévoir. J'aurais dû savoir que Thull nous suivrait. Qu'il tenterait de me doubler en passant par la sorcière. J'aurais dû prévoir que, s'il n'obtenait pas de résultat de ce côté-là, il tenterait de me prendre le compas. Et, comme un idiot, je le lui ai laissé. J'étais tellement occupé à penser à la Carte, si proche. J'étais tellement obnubilé par cette histoire avec Callie que j'ai baissé la garde. Je me suis fait avoir comme un moussaillon et cette idée m'emplit de rage.

J'ai confiance en Bold. Il défendra *L'Avalon*. Seulement, Thull est réputé pour sa sauvagerie et sa cruauté : le corps mutilé de la sorcière me revient en mémoire et je serre les poings un peu plus fort.

Sans rien dire, Callie et Glenn m'aident à pousser la barque à la mer. Puis nous prenons les rames pour rejoindre le navire au plus vite. Je relève la tête et vois le *Black Gold* s'éloigner. Je baisse de nouveau la tête.

Thull a obtenu ce qu'il voulait. Je serre tellement les dents depuis tout à l'heure que j'ai peur qu'elles ne se cassent.

***

Lorsque je pose un pied sur le pont, j'ai de nouveau envie de hurler. Il y a du sang partout. Et des corps. Avec un coup au cœur, je reconnais deux de mes hommes. Les autres cadavres me sont inconnus, mais cela n'apaise pas ma rage ni mon désespoir. Je voudrais insulter le monde entier, mais une main douce se pose sur mon épaule et les mots restent coincés dans ma gorge. Je ne me tourne pas vers elle, mais je place un moment ma main sur la sienne. Une seconde de calme. Deux. Puis la rage revient. Je fais un pas en avant, et le bras de Callie retombe. Je me retrouve vite face à Bold qui, avant de dire quoi que ce soit, me prend contre lui. Une étreinte rare qui, loin de m'apaiser, me met encore plus en colère. Je les ai laissés tomber. Au moins, Bold va bien. Il semble blessé au flanc mais rien d'inquiétant.

— Blake…

J'ouvre les yeux. Mon second me regarde d'un air grave.

— Quoi ?

— Doug.

Mon cœur tombe en chute libre dans ma poitrine. Doug ? Doug, le gamin qui cuisine comme un chef et à qui on a appris le maniement des armes en lui précisant bien que c'était en dernier recours ?

— Il a voulu nous aider. Thull l'a blessé à la jambe. Il est vivant mais… Doc dit qu'il faut amputer.

J'ai la nausée. Je vais retrouver cette ordure de capitaine et je vais le faire souffrir. Je vais prendre tout mon temps et il regrettera le jour où son misérable sorcier l'a épargné. Du coin de l'œil, je vois Callie se précipiter vers le pont inférieur pour aller voir Doug. J'ai envie de la rejoindre, j'ai envie d'aller soutenir le gamin dans cette épreuve, mais j'ai des responsabilités. À défaut d'avoir su protéger mes hommes plus tôt, je me dois d'arranger la situation maintenant. De plus, Doug est probablement inconscient. Du moins je l'espère pour lui.

Je fais quelques pas sur le navire, distribuant des tapes dans le dos aux hommes que je croise. La plupart sont légèrement blessés, mais mes pensées ne cessent de revenir vers Tip et Jon. C'étaient de bons pirates. Loyaux. Et à cause de mon aveuglement, ils sont morts. Si je n'avais pas sous-estimé Thull, j'aurais deviné ce qu'il allait faire et l'équipage aurait été sur ses gardes. Peut-être qu'ils seraient toujours vivants. Peut-être que Doug aurait encore sa jambe. Alors que cette pensée me traverse l'esprit, un cri perçant retentit sur *L'Avalon.* Doug n'est plus inconscient.

Je serre les poings, les dents, tout ce que je peux, et je continue à avancer pour faire l'état des lieux, Bold sur mes talons.

— Blake.

Mon regard s'arrête sur le gouvernail : celui-ci est cassé en deux et Colton s'affaire déjà à le réparer.

— Il a saboté le gouvernail pour nous empêcher de nous lancer à sa poursuite ?

— Il s'imagine que ça doit suffire à le mettre à l'abri de ta colère. C'est mal te connaître, dit simplement Bold.

Colton m'adresse un bref regard avant de continuer son travail.

— Il n'a pas eu le temps de tout saborder, capitaine. Je peux le réparer. Le navire sera opérationnel d'ici une heure ou deux.

— Bien, dis-je en posant une main sur l'épaule de l'homme.

Je m'éloigne de quelques pas et me tourne finalement vers mon second.

— Dis-le-moi. Dis-moi que ce n'est pas ma faute, que personne ne m'en veut, que ce sont les risques du métier. Sors-moi ton petit laïus plein de sagesse.

— Pas maintenant. Tu es bien trop en colère, tu risquerais de me frapper.

Je soupire, soudain très las.

— Tu sais bien que je ne ferais jamais ça, Bold.

Mon second garde le silence.

— Il a pris le compas, n'est-ce pas ? je dis dans un murmure de rage contrôlée.

Bold hoche la tête.

— C'est en tentant de protéger l'entrée de ta cabine que Doug a été blessé.

La culpabilité monte en moi. Bold sent tout de suite dans quel état d'esprit je suis, et c'est à son tour de poser une main sur mon épaule.

— Blake, tu ne peux pas toujours gagner. Comme tu ne peux pas protéger tout le monde. Et, parfois, il faut reculer pour mieux avancer. Oui, tu as perdu une bataille, oui, tu as perdu des hommes. Mais ils savaient dans quoi ils s'embarquaient. Ils se sont battus pour toi. Et si tu es assez touché pour les pleurer, c'est qu'ils ont bien choisi leur capitaine.

Je n'ai rien à dire, pas de remarque sarcastique à lui opposer, alors je me contente de rester là, en silence. Je ne sais pas quoi faire. Une partie de moi a envie de courir, de frapper quelqu'un, d'évacuer toute cette colère et cette frustration qui m'embrouillent l'esprit et voilent mon regard. Une autre partie a envie de s'allonger et de ruminer. Au final, je choisis un compromis. J'évacue ma frustration en aidant les hommes à remettre le bateau en état, tout en ressassant.

La plupart des membres de l'équipage s'en tirent sans grosse blessure. Doc et Callie s'occupent des plus touchés, et lorsque le bateau est à peu près propre, j'envoie tout le monde se coucher. Colton a fini de réparer le gouvernail et je me place donc sur le gaillard d'arrière, un compas ordinaire à la main. Je calcule à peu près la trajectoire prise par le *Black Gold* et fais prendre cette direction à *L'Avalon*. Puis, pendant que tout le monde s'octroie un repos bien mérité, je monte la garde. Seul, face à l'océan et sous les étoiles qui, comme pour me narguer, brillent d'un éclat tout particulier ce soir.

Doug a arrêté de crier. Je n'ai pas encore eu le courage d'aller le voir. Tout comme je n'ai pas eu le courage d'aller vérifier l'état de ma cabine. Pour le moment, c'est au-dessus de mes forces. Je veux juste ressasser mes rêves de vengeance. Même les quelques mots murmurés par la sorcière avant de mourir passent au second plan dans mon esprit. Même l'image de Callie ne parvient pas à me calmer.

Je vais rattraper Thull. Et je vais le faire payer.

Ensuite, je reprendrai les choses là où je les aurai laissées.

CHAPITRE 39
CALLIE

Après une nuit comme celle-ci, je tiens à peine debout. Même si j'avais eu une seconde à moi pour me reposer, je doute que j'aurais trouvé le sommeil. J'aurais sans doute été hantée par la vision du pont de *L'Avalon* couvert de sang, des corps de ces hommes que je connaissais bien et, surtout, hantée par les cris de douleur de Doug. Doug qui vient de perdre sa jambe. Par les dieux, il n'a que dix ans !

Toute la nuit, j'assiste Doc auprès des blessés. Après que Doug a hurlé à s'en casser la voix, Doc lui fait boire un verre de rhum mélangé avec un alcool encore plus fort : ça l'assomme et il peut finir de lui amputer la jambe. La blessure est trop profonde, le médecin craint une infection. Il me parle aussi de muscles sectionnés, de ligaments déchirés, et je le supplie presque d'arrêter. Doc ne se formalise pas de mon manque d'enthousiasme pour ses termes techniques : concentré, il continue son travail. Je crois que je manque de vomir une bonne dizaine de fois mais, paradoxalement, je ne tire aucune fierté de ma résistance. Ce n'est rien comparé à ce que ce gamin subit. Une fois que le cas de Doug est plus ou moins réglé, je m'occupe des autres. Des blessures à recoudre, des plaies à désinfecter, des blagues lourdes à supporter car les hommes tiennent à montrer que ce n'est pas si grave. Après tout, ce sont des pirates ! Une petite bataille ne les effraie pas. Même quand ils l'ont perdue.

Ce n'est que vers 5 heures du matin que Doc vient me tapoter l'épaule pour me dire d'aller me coucher. Je tente de lui faire comprendre que je ne trouverai jamais le sommeil, mais il me renvoie quand même dans ma cabine. En passant devant celle de Blake, je me demande s'il est là. Probablement pas. Il doit être sur le pont, s'autoflagellant pour ce qui s'est passé. Après un bref moment d'hésitation, je pousse la porte de sa cabine.

Comme prévu, elle est vide. En revanche, je ne m'attendais pas au désordre qui y règne. Je réalise que Thull a dû venir y chercher le compas. Les précieuses cartes de Blake sont au sol, piétinées. Les malles de vêtements ont été renversées, le lit retourné et les étagères saccagées. Les livres jonchent le sol un peu partout. La seule chose que Thull n'a pas touchée, c'est la baignoire qui brille d'un drôle d'éclat dans la pénombre de la chambre. Sans doute était-elle trop lourde pour être renversée.

Sans même réaliser ce que je fais, je commence à remettre de l'ordre dans la pièce. Je lisse les cartes de la main et les pose en pile sur le bureau. Je replie les vêtements avant de les remettre dans les coffres. Je repose soigneusement les livres sur leur étagère en bois richement sculpté. Pour finir, je refais le lit, prenant soin de tirer les draps comme me l'a appris mon travail chez Lady Brigid. Puis je me dirige vers la baignoire. Je n'hésite pas longtemps avant de me déshabiller, et tant pis si Blake entre. Après avoir marché puis couru dans la jungle, après avoir approché un incendie et pansé des blessures toute la nuit, j'ai le besoin vital d'un bain. J'ouvre le robinet en cuivre et l'eau remplit la baignoire. Je me souviens encore de mon émerveillement quand Bold m'a dit que certaines pièces à bord avaient l'eau courante. Ça me paraît si dérisoire, désormais.

Le bain me fait un bien fou. Je m'immerge entièrement, restant sous l'eau au maximum, jusqu'à ce que mes poumons soient sur le point d'exploser et que mon corps crie grâce. Alors seulement je remonte à la surface. Je me lave consciencieusement avant de sortir de l'eau, devenue trouble et rougeâtre. Je m'essuie, prends une nouvelle fois une chemise à Blake et l'enfile d'un geste. Puis, sans vraiment savoir pourquoi, je m'assieds sur le lit.

Avant de comprendre comment j'en suis arrivée là, je suis allongée et je pleure toutes les larmes de mon corps.

***

— Callie.

Une voix douce me tire du sommeil. J'ai l'impression de sentir une caresse sur ma joue, mais je dois rêver car en ouvrant les yeux, je fais face à Blake qui me regarde, impénétrable. Je me souviens brusquement où je suis et je me redresse d'un coup.

— Pardon ! J'ai voulu ranger, puis je me suis lavée et j'ai… Je ne sais pas pourquoi…

— Eh, calme-toi. Ce n'est rien. Je suis juste vexé que tu aies choisi la seule nuit où je ne suis pas dans mon lit pour y dormir. Mais on ne va pas en faire tout un plat.

L'espace d'un instant, je retrouve le Blake d'avant, celui des blagues et des sous-entendus. Puis la réalité me frappe de plein fouet et mon sourire disparaît. Celui qui s'était esquissé sur les lèvres de Blake aussi. Malgré tout, il semble aller un peu mieux qu'hier soir. Le choc est retombé et, même s'il n'a apparemment pas dormi de la nuit, il paraît plus calme.

— Quelle heure est-il ? je demande, totalement désorientée.

— Un peu plus de 10 heures.

Je n'ai dormi que cinq heures, et pourtant je me sens bien. Finalement, peut-être que Blake a raison et que son lit a des propriétés magiques. Je me lève et récupère mes vêtements sales, en prenant bien soin de ne pas trop me pencher. La chemise de Blake a beau être trop grande pour moi, je doute qu'elle cache beaucoup de choses. Le regard du capitaine est d'ailleurs fixé sur mes jambes nues et je me racle la gorge pour attirer son attention. Il se détourne tout en reprenant la parole :

— Je vais me laver un peu puis aller voir Doc pour prendre des nouvelles des gars. Et de Doug. Va t'habiller. Rendez-vous dans le réfectoire dans dix minutes.

J'acquiesce et file sans demander mon reste. Je m'habille comme un automate et je suis la première à arriver dans la grande salle. Mon cœur se serre quand je réalise que Doug ne préparera pas les repas du jour. Je passe donc dans la cuisine attenante et me mets à préparer une collation frugale. Je ne suis pas cuisinière mais ça devrait suffire. Les hommes seront probablement tellement affamés qu'ils mangeront n'importe quoi, de toute façon. J'ai presque fini quand j'entends des pas dans le réfectoire. Je prends quelques assiettes remplies et repasse dans la grande pièce.

Blake est assis à une table, seul. Il s'est effectivement lavé et porte des vêtements propres. Ses cheveux sont encore humides. En revanche, il n'a pas rasé la barbe de quelques jours qui lui mange le visage. Ça lui va bien : ça fait ressortir le bleu de ses yeux. Il me regarde avec curiosité alors que je dépose l'assiette devant lui.

— Juste pour aujourd'hui, je précise.

— Évidemment.

Il commence à manger sans attendre les autres.

— Comment va Doug ?

— Il va s'en sortir. Bien sûr, désormais, il n'aura plus qu'une jambe mais, eh, c'est mieux que rien, il paraît ! ajoute-t-il d'un ton rageur.

Blake se passe une main dans les cheveux, sans se rendre compte qu'il les ébouriffe encore plus. Je dois me retenir pour ne pas me pencher et tenter de les lisser à mon tour, ce qu'il n'apprécierait sans doute pas. Il a l'air tellement perdu. La plupart du temps, il est si arrogant et sûr de lui qu'il est facile d'oublier qu'il n'est guère plus âgé que moi. Cédant à mon impulsion, j'esquisse un geste pour le réconforter quand Bold entre dans la pièce d'un pas lourd. Il grimace en s'asseyant et il est très vite rejoint par Glenn, Al, Peter et d'autres hommes qui entament leur repas sans poser de question. Je ne compte qu'une dizaine d'hommes, probablement ceux en qui Blake a le plus confiance ou qui occupent des positions importantes sur *L'Avalon*.

— Doc reste avec Doug, annonce quelqu'un.

Blake hoche la tête et se redresse pour prendre la parole devant ses hommes.

— On va faire payer ça à ce salopard, promet-il d'une voix forte. Ils n'ont pas beaucoup d'avance sur nous : d'après mes calculs et si le vent de ne tourne pas, nous les rattraperons dans la soirée. Je sais que vous êtes fatigués et qu'il y a beaucoup à faire, mais j'ai besoin que tout le monde soit concentré. C'est clair ?

Tous approuvent. Vu la lueur dans les yeux des membres de l'équipage, ils sont prêts à faire payer Thull. Je repense à Doug, livide sur un lit dans la pièce d'à côté, et je serre les dents. Je surprends un regard étrange entre Glenn et Peter, mais déjà Blake enchaîne, attirant mon attention.

— Même si ce n'est pas la priorité et si ce n'est guère le moment, je dois vous dire que je sais où se trouve la Carte.

Je sursaute. Est-ce cela que la sorcière lui a murmuré à l'oreille avant de rendre son dernier soupir ? Plusieurs hommes ouvrent également la bouche, mais Blake les coupe en levant une main.

— Je vous expliquerai tout en temps et en heure, c'est promis. Mais pour l'instant, la priorité, c'est de rattraper Thull et de récupérer le compas. Même si nous n'en avons plus besoin pour obtenir la Carte, il ne peut pas le garder. Grâce à lui, il pourrait nous suivre trop facilement ou trouver un autre chemin menant à la Carte. C'est un risque que nous ne pouvons pas prendre. Nous allons donc les rattraper et les attaquer.

Un silence suit sa déclaration. J'observe la dizaine d'hommes autour de moi, me rappelant ce que Blake m'a dit il y a déjà des semaines. Qu'il ne cherchait pas à provoquer l'affrontement avec Thull car il n'était pas sûr de pouvoir gagner. Le moment de vérité est venu. Néanmoins, ce plan me semble un peu rudimentaire. Je ne peux m'empêcher d'intervenir.

— C'est tout ? On les rattrape, on les attaque et on reprend le compas ? Aussi simple que ça ?

— Callie, s'il te plaît, marmonne Blake entre ses dents, sans croiser mon regard.

— Non, Blake, elle a raison, dit à son tour Bold. Il te connaît : il nous attendra. Il nous faut un plan.

— Vous voulez un plan, très bien, en voilà un : on attaque, je récupère le compas et on fiche le camp. Ça vous convient ?

— Il nous faut une porte de sortie, insiste Bold sans relever la pique ni la mauvaise humeur de son capitaine. Sinon, il nous faudra nous battre jusqu'à tous les tuer et, honnêtement, nous ne sommes pas au meilleur de notre forme. On pourrait bien y rester.

Ses paroles planent dans l'air un moment avant que Blake, à contrecœur semble-t-il, ne hoche la tête. Puis, à ma grande surprise, il affiche un sourire. Un sourire dur qui me fait frissonner.

— J'ai une idée, dit-il d'un ton qui n'annonce rien de bon.

Effectivement, la suite de sa phrase me donne raison.

— On va faire sauter le *Black Gold.*

CHAPITRE 40
BLAKE

Mon plan est simple. Faire diversion, piéger le bateau, prendre ce qui est à moi et repartir. Le tout en causant un maximum de dégâts et de morts sur mon passage.

— Simple mais risqué, fait remarquer Callie quand je leur expose mon idée.

Elle fronce les sourcils, tout en faisant machinalement tourner la dague qu'elle a sortie pour couper sa collation. J'ai envie de la lui prendre des mains, j'ai envie de lui prendre les mains, de les étreindre, de lui dire que tout va s'arranger, de caresser le petit pli entre ses deux yeux. Je serre les poings très fort, une technique qui a fait ses preuves jusque-là. Je m'efforce surtout de ne pas repenser à la vision que j'ai eue ce matin en entrant dans ma cabine. Callie, à moitié dévêtue, allongée sur mon lit. J'ai cru que j'étais de nouveau dans un rêve. J'ai aussi cru que j'allais devenir fou tellement j'ai dû me retenir pour ne pas m'allonger avec elle et reprendre justement mon rêve où il s'était arrêté.

Ce n'est pas le genre de choses auxquelles je peux me permettre de penser lorsque je dois me concentrer sur mon projet de vengeance, aussi je fais de gros efforts pour revenir à la conversation.

— Qui se chargera de la poudre ? demande Bold.

— Moi, dit Callie.

Tous les regards se braquent sur elle.

— Tu ne peux pas le faire.

— Et pourquoi pas ? Je suis bien plus discrète que toi.

— Et si tu tombes face à Thull ?

— Alors je le tuerai, dit-elle en faisant tourner un peu plus vite son arme.

— Je n'en doute pas, je réponds, même si l'idée d'un duel entre Callie et Thull me donne des sueurs froides. Et je ne remets pas tes capacités en question, mais Thull, c'est autre chose que les ivrognes de la taverne. Et encore, même avec eux, tu as parfois du mal…

Elle me foudroie du regard mais parvient à se contenir.

— Blake, réfléchis. Si tu attaques avec tes hommes, Thull n'aura aucune raison de penser qu'on a un plan. Pendant que vous les occupez, je me glisserai discrètement à bord et poserai la poudre. Pendant ce temps, tu récupères le compas, puis je mets le feu et on se sauve.

Je laisse passer un moment de silence, mais je ne parviens pas à trouver de contre-argument valable. Mince. Je vais devoir laisser Callie arpenter et piéger un navire ennemi. Seule. Alors qu'elle risque de tomber sur des pirates sanguinaires et cruels. J'ai beau savoir qu'elle sait se défendre, l'idée me donne envie de me frapper la tête contre les murs. Ou de l'enfermer dans ma cabine. Là où elle était ce matin…

Concentre-toi, Blake. Après des jours à tenter de refouler mes sentiments, ceux-ci jaillissent de manière incontrôlable… Je dois garder la tête froide. Callie et les autres attendent toujours ma réponse et, à contrecœur, je fais un signe d'approbation.

— Bien, dit Callie. On a donc notre plan.

Présenté ainsi, ça a l'air tellement simple. Mais, comme ne manquent pas de me le faire remarquer mes hommes, ce plan comporte énormément de risques. Thull pourrait nous attendre et nous canonner de loin. Callie pourrait manquer de poudre ou de temps pour la verser dans le bateau. Thull pourrait avoir un autre plan diabolique pour nous surprendre une nouvelle fois. On pourrait de nouveau perdre la bataille, ce qui signerait définitivement la fin de *L'Avalon* et de son équipage.

Les risques d'échec sont en réalité plus nombreux que nos chances de succès, mais nous n'avons pas le choix. Il nous faut récupérer le compas avant de continuer à chercher la Carte. Et nous devons bloquer Thull suffisamment longtemps pour qu'il ne puisse pas s'engager dans une course-poursuite. C'est donc plein d'appréhension que nous nous mettons d'accord. Je répartis les tâches entre chacun, puis rejoins mon gouvernail et lance *L'Avalon* aux trousses du *Black Gold.*

***

Quelques heures plus tard, le *Black Gold* est en vue et nous sommes prêts.

Al a œuvré sans relâche, debout sur le pont et en plein soleil. Il a déchaîné les vents, puis les a canalisés, de sorte que nous avons rattrapé nos ennemis presque trop facilement. Je n'avais pas de doutes quant à cette partie de mon plan. *L'Avalon* est un navire taillé pour la vitesse et, avec l'aide d'Al, il est impossible de le distancer.

À travers la longue-vue, j'observe le pont du *Black Gold.* Les hommes vaquent à leurs occupations et je remarque qu'ils sont tous armés jusqu'aux dents. Thull doit savoir que je ne lâcherai pas l'affaire aussi facilement. Je remonte le pont, à la recherche du capitaine. Je le vois enfin, debout sur le gaillard d'arrière, un objet brillant dans les mains. Le compas.

— Espèce de fils de…

Je baisse ma longue-vue, grince des dents et inspire à fond pour contrôler ma rage. Même s'il s'agissait d'un compas tout ce qu'il y a de plus banal, j'aurais tout fait pour le récupérer coûte que coûte. Question d'honneur et de fierté. Cela fait trop longtemps que je laisse Thull s'en sortir.

Au même moment, des cris résonnent sur le *Black Gold*. Même sans la longue-vue, je distingue le mouvement sur le pont. *L'Avalon* a été aperçu et les hommes abandonnent ce qu'ils sont en train de faire pour se précipiter à leur poste de combat. Je dirige mon attention vers Thull qui, d'un geste brusque, place le compas dans une poche de son long manteau avant de descendre rejoindre ses hommes.

Je range ma longue-vue, satisfait. Je fais un signe de tête à Callie qui, machinalement, tapote la sacoche pleine de poudre que je lui ai donnée. Puis les premiers tirs nous parviennent, mais nous y sommes préparés : tout le monde s'abrite, attendant qu'ils usent leurs munitions avant de répliquer.

Au milieu de toute cette agitation, *L'Avalon* continue d'avancer et vient finalement heurter le *Black Gold* dans un craquement sinistre. Les hommes abandonnent les armes à feu pour se jeter les uns sur les autres, sautant comme des sauvages d'un bateau à l'autre. Comme prévu, mes gars reculent pour que le combat ait lieu sur *L'Avalon*. J'ai bien insisté là-dessus. Il faut laisser le champ libre à Callie.

Elle se tient derrière moi, étonnamment calme, dissimulée derrière une des sculptures de notre navire. Elle entortille ses mains dans les cordages comme si elle savait ce qu'elle faisait mais je vois bien que ce n'est pas le cas. Je soupire et, avant qu'elle ait pu dire ou faire quoi que ce soit, je la prends par la taille, m'interdisant de penser à la proximité entre nos deux corps. D'une main, je m'assure que je la tiens bien, tandis que, de l'autre, j'attrape une corde que j'ai repérée plus tôt. Je tire brusquement dessus, défaisant le nœud qui la maintenait à la rambarde. Immédiatement, je sens mes pieds quitter le pont. Callie et moi volons au-dessus de l'eau qui sépare les deux navires et, très vite, reprenons pied sur la passerelle du *Black Gold*. Callie se détache de moi et je la force à s'accroupir pour ne pas attirer l'attention sur nous. La jeune fille me regarde avec des grands yeux.

— J'ai toujours rêvé de faire ça, me dit-elle avec enthousiasme.

Je ne peux m'empêcher de sourire.

— En revanche, j'ai bien vu que tu n'avais pas la moindre idée de la manière dont tu allais t'y prendre.

— Merci pour le coup de main.

Je hoche la tête pour mettre fin à cette discussion irrationnelle au milieu d'une bataille. Partout où mon regard se porte, les combats font rage. La main toujours serrée autour de la corde, je vois Thull poser le pied sur mon navire et brandir son épée en poussant un rire dément. Je vois aussi Bold, toujours aussi impressionnant au combat. C'est difficile d'en juger, surtout si tôt, mais j'ai l'impression que mes hommes ne sont pas en très bonne posture. Ils sont vraiment fatigués après ce qui s'est passé hier, mais je les connais : leur rage compensera vite ce manque de fraîcheur. Quoi qu'il en soit, ils ont besoin de moi. Et maintenant que je me suis assuré que Callie était arrivée à bord, il est temps que je les rejoigne. Il est temps de passer à la deuxième étape de notre plan. Callie pose une main sur mon bras et je la regarde.

— Sois prudent. Je n'ai pas envie de te recoudre à la fin.

— C'est à moi de te dire d'être prudente : il y a peut-être encore des hommes, en bas. Si tu les croises, n'hésite pas et attaque la première. Tous les coups sont permis. Fais aussi attention à ne pas mettre trop de poudre sur toi. Et surtout, ne traîne pas une fois que c'est fait !

Elle acquiesce et tapote la petite sacoche en cuir noir à sa ceinture.

— Ne t'en fais pas, tu me l'as assez répété. Je pose, j'allume, je cours.

Nous nous regardons un moment, puis, conscient qu'attendre plus serait inutile, je me redresse et elle m'imite. Personne ne nous a encore remarqués, mais ce n'est qu'une question de temps. Callie doit être partie avant. Sans quoi notre plan sera un peu contrarié. Elle opine de nouveau du chef, esquisse un geste de la main comme pour repousser une mèche de cheveux avant de se rendre compte qu'elle les a tressés. Elle est inquiète, je le devine à la pâleur de son teint sous ses taches de rousseur. Je me rappelle brusquement que c'est sa première vraie bataille. Je me rappelle aussi qu'il y a mille choses qui peuvent mal tourner dans notre plan. Qu'on pourrait tous mourir. Ça a été plus ou moins le cas à chacune des batailles que j'ai menées, mais, auparavant, il ne s'agissait que de ma vie et de celles de mes hommes. Désormais il y a celle de Callie en jeu et ça me touche plus que je ne l'aurais pensé. Et s'il lui arrivait quelque chose ? Alors qu'elle se détourne et commence à s'éloigner, je l'appelle et fais un pas vers elle.

— Callie.

Elle se retourne et semble surprise de me voir aussi près.

J'ai bien conscience que ce n'est pas du tout le moment, j'ai bien conscience que je ne devrais pas m'aventurer sur cette pente glissante, mais je n'arrive pas à penser à autre chose.

On va peut-être mourir.

Alors je ne réfléchis plus et l'attrape par la nuque pour l'embrasser.

Pendant un court instant, je pense qu'elle va me repousser mais, très vite, elle me rend mon baiser. D'un coup, le temps n'a plus d'importance. La bataille ne fait plus rage autour de nous. Les cris se sont arrêtés. C'est presque ridicule et je m'en veux, mais je n'entends plus rien d'autre que les battements de mon cœur. Je ne sens plus rien d'autre que Callie, sa peau sous mes mains, la douceur de ses lèvres sous les miennes. Ses lèvres qui ont un goût de sel, d'interdit, de liberté. C'est encore mieux que dans mon rêve. Elle se dresse sur la pointe des pieds pour mieux me rendre mon baiser, tandis que ma deuxième main se pose sur sa hanche avec précaution – je tiens toujours mon épée – pour la rapprocher de moi. Elle pousse un petit gémissement et sa main se pose sur ma joue avant de remonter dans mes cheveux. Elle aussi m'attire plus près.

Dieux, je veux me perdre dans ce moment.

Ce baiser est une erreur incroyable.

Ce baiser est la meilleure idée que j'aie jamais eue.

Malheureusement, il faut que je reprenne ma respiration et je suis obligé de m'éloigner. Callie garde les yeux fermés un instant et, en la regardant, j'ai de nouveau envie de sentir son souffle sur mon visage. Puis elle ouvre les yeux et j'y vois de la perplexité. Je l'ai eue par surprise la première fois mais je doute qu'elle soit aussi docile si je retente l'expérience. Tant pis.

De toute façon, on a une bataille à mener.

— Tu sais ce que tu as à faire, lui dis-je avant de reculer de quelques pas.

Elle hoche la tête et, toujours un peu surprise, fait demi-tour. Je la regarde s'éloigner sans rien dire.

Il faut que je cesse de penser à ses lèvres et que je me recentre. Je lève mon épée et saute sur le pont supérieur pour me précipiter vers *L'Avalon*, vers les combats.

CHAPITRE 41
CALLIE

Ne pas penser à ce qui s'est passé, ne pas penser à ce qui s'est passé, ne pas penser à ce qui s'est passé... C'est en me répétant ce mantra que je fonce vers le pont inférieur du *Black Gold.* Blake m'a bien expliqué comment atteindre les cales et j'ai de la chance que le navire de Thull soit construit à peu près sur le même modèle que *L'Avalon* : cela me permet de m'y repérer sans trop de difficulté.

Blake.

Qui m'a embrassée.

Ses lèvres sur les miennes, sa peau sous ma main, ses cheveux entre mes doigts.

Par l'Océan, mais qu'est-ce qui vient de se passer ?

Je manque de me prendre les pieds dans une corde qui traîne au sol. Je ne dois pas me laisser distraire. J'aurai le temps, par la suite, de me repasser ce moment en boucle dans mon esprit. Avant, il faut que je sorte vivante d'ici. Je m'arrête un instant, respire à fond plusieurs fois puis recommence à courir.

Je me concentre tellement sur ce que je fais que le reste de l'action est flou. Je parviens sans encombre jusqu'aux cales qui, comme prévu, regorgent de barils de poudre et de provisions en tout genre. Utilisant mon poignard, j'éventre quelques barils puis fais le chemin en sens inverse en prenant soin de laisser une fine ligne de poudre derrière moi. Cela me prend un peu de temps, mais je parviens à remonter jusqu'au milieu du deuxième pont avant de manquer de munitions. Tant pis, cela devrait suffire à causer de gros dégâts au *Black Gold*. Plutôt satisfaite, je me retourne pour tomber nez à nez avec un homme au visage grêlé qui me regarde avec un air ahuri. Je ne l'ai pas entendu arriver. Il semble tout aussi surpris de tomber sur moi et je n'attends pas qu'il se ressaisisse. Avant qu'il ait l'idée de lever le sabre qu'il tient à la main, j'ai dégainé mon poignard et, d'un geste fluide, je lui ai tranché la gorge. Je me détourne pour ne pas voir son agonie ni les litres de sang qui jaillissent de sa plaie puis je sors le petit briquet à silex que Blake m'a confié.

J'hésite. Combien de temps s'est-il écoulé depuis que je suis à bord ? Blake a-t-il réussi à récupérer le compas ? Sont-ils déjà tous morts, en haut ? Puis-je faire sauter le *Black Gold* ou est-ce trop risqué ? Si les combats font toujours rage, *L'Avalon* ne pourra pas s'éloigner et pourrait être endommagé pendant l'explosion.

Incertaine, je regarde le bois au-dessus de ma tête, essayant de deviner ce qu'il se passe à partir des sons qui me parviennent. Mais c'est une bataille. J'entends des cris, des armes qui s'entrechoquent et, occasionnellement, un coup de feu. Ça ne m'est pas très utile. J'attends encore un quart de seconde avant de prendre ma décision. Je me penche en avant et commence à actionner le briquet.

Pendant un bref moment de panique, je crois que je ne vais pas parvenir à le faire fonctionner. Je frotte les pierres l'une contre l'autre à plusieurs reprises avant d'enfin voir des étincelles. J'oriente celles-ci vers la ligne de poudre au sol et entends avec satisfaction le grésillement qui m'indique que j'ai réussi ma mission. Il n'y a plus qu'à espérer que cela se propagera jusqu'aux cales. Je ne peux malheureusement pas attendre pour vérifier : ça serait bête que je saute en même temps que le *Black Gold.* Je me précipite sur le pont supérieur.

Comme je le pensais, les combats font toujours rage, mais certains pirates sont de retour sur le *Black Gold.* L'équipage de *L'Avalon* semble désormais prendre l'avantage. Je m'apprête à les rejoindre quand un pirate immense et velu se place en travers de mon chemin.

— D'où tu viens, toi ? me grogne-t-il.

Je ne prends pas la peine de répondre et tente une feinte. Il est hélas moins stupide qu'il n'en a l'air puisqu'il esquive et que je suis obligée de reculer pour ne pas finir coupée en deux. Nous nous jaugeons un instant avant d'attaquer de nouveau.

Nos lames s'entrechoquent et la secousse remonte dans mon bras avec force : face à l'énorme épée de mon adversaire, mon poignard semble bien dérisoire. Nous nous battons pendant ce qui me semble durer une éternité. Il est plus fort et plus entraîné que moi, mais je suis plus rapide et j'évite avec souplesse tous ses assauts. Je m'en sors plutôt bien, mais il continue à me bloquer le passage et je commence à m'affoler. Je dois retourner sur *L'Avalon*, sans quoi ils partiront sans moi et je sauterai avec le *Black Gold.* Ma peur me distrait et je commets une erreur qui me vaut une longue estafilade sur le bras. Je grimace et recule de quelques pas. Profitant d'une pause dans les attaques, je regarde autour de moi. Je ne distingue pas les amis des ennemis, mais je reconnais bien Blake, au bord de *L'Avalon.* Il se bat contre Thull et, au moment même où je le regarde, il passe sous la garde de son adversaire et son épée lui transperce l'épaule. Thull crie alors que Blake l'agrippe par le bras pour le rapprocher de lui. Je le vois plonger la main dans son manteau et récupérer ainsi le compas. Il me semble qu'il prononce quelques mots, puis, d'un coup de pied dans le ventre, il projette Thull par-dessus bord, retirant par la même occasion son épée couverte de sang.

— Je l'ai ! crie-t-il. Bold, on met les voiles !

Je n'ai pas le temps de voir si le second obéit, car mon adversaire revient à la charge. Je suis tentée de lui dire que son capitaine blessé vient de tomber à l'eau en espérant que ça le pousserait à me lâcher les bottes, mais il m'attaque avec tellement de vigueur que je n'ai pas de force à gaspiller en bavardages. Avec horreur, je vois *L'Avalon* qui s'éloigne, doucement mais sûrement. Et mon instinct me hurle qu'il ne me reste plus que quelques instants avant que le *Black Gold* ne parte en fumée.

Alors que je suis projetée au sol par un coup particulièrement vicieux, un cri retentit sur *L'Avalon*.

— Où est Callie ? !

Mon adversaire tourne la tête vers *L'Avalon* qui s'éloigne et regarde ses compagnons sauter à l'eau, préférant ça plutôt que de rester sur un navire ennemi où ils sont sûrs d'être tués. Je vois un sourire mauvais se dessiner sur ses lèvres.

— Tiens, tiens. On dirait qu'ils partent sans toi. Callie, c'est ça ? Ne t'en fais pas, ajoute-t-il en commençant à se tourner vers moi, on va bien s'amuser, ensemble…

Un flot de sang jaillit de sa bouche alors que je lui enfonce ma dague dans la gorge. Comme il se tient au-dessus de moi, toujours dos au sol, je sens le liquide rouge couler sur mon visage et j'ai soudain envie de vomir. Le dernier coup qu'il m'a asséné m'a aussi étourdie et je dois lutter pour ne pas fermer les yeux et perdre connaissance ici. Je roule sur moi-même juste à temps alors qu'il s'effondre par terre.

Prenant appui sur le sol glissant et poisseux de sang, je me redresse. J'ai l'impression de voir double et que mon corps entier est douloureux, mais l'instinct de survie qui fait battre mon cœur plus vite parvient à me maintenir alerte. *L'Avalon* s'éloigne toujours et je réalise qu'une bonne dizaine d'hommes de Thull sont de retour à bord de leur navire. Ils me regardent avec surprise, mais aussi avec un air torve qui me fait froid dans le dos. Sans hésiter, je m'empare d'un cordage à côté de moi et grimpe sur le mât le plus proche. En bas, certains crient et m'insultent tandis que d'autres chargent les canons pour tirer sur *L'Avalon*. Je prends une grande inspiration et, tentant d'imiter Blake, je m'empare d'une corde, enroule mon poignet autour et, de l'autre main, la coupe d'un geste net. Aussitôt, je m'envole vers les gréements du *Black Gold* et, lorsque je les dépasse largement, je lâche la corde. Je réalise, un peu tard, que *L'Avalon* est trop loin pour que je puisse m'y réceptionner.

Au même moment, un grondement sourd s'élève des entrailles du *Black Gold*, suivi d'un éclair de lumière. L'explosion est telle que le navire semble s'ouvrir en deux. Les hommes hurlent alors qu'ils sont aspirés par le fond. Des éclats de bois volent dans tous les sens. Le souffle de l'explosion me brûle le dos et, alors que je grimace sous le coup de la douleur, sa force me pousse en avant. Je suis projetée à travers les airs et atterris lourdement sur le pont de *L'Avalon*.

On se précipite vers moi mais je n'ai pas l'énergie pour me redresser. Je ne peux que regarder le ciel au-dessus de moi, bleu à l'exception de quelques volutes de fumée noire, résultat de l'explosion. J'entends qu'on m'appelle, qu'on me touche le bras, mais tout est assourdi et flou... Mes yeux se ferment un bref instant et...

CHAPITRE 42
BLAKE

Thull pousse un cri de rage lorsque mon épée s'enfonce dans sa chair et je l'attire près de moi. Je glisse ma main libre dans l'ouverture de son manteau et en retire le compas.

— Ceci m'appartient, lui dis-je entre mes dents serrées. J'ai dû sortir huit mille pièces d'or pour l'obtenir, espèce d'ordure.

D'un coup de pied, je repousse durement Thull qui trébuche avant de passer par-dessus bord. Ce n'était pas prévu mais je ne vais pas perdre de temps à aller le chercher. Que ses hommes aillent le repêcher s'ils sont motivés. En ce qui me concerne, ce fumier peut pourrir au fond de l'océan, je n'en perdrai pas le sommeil. Je me tourne et aperçois Bold dans la mêlée.

— Je l'ai ! Bold, on met les voiles !

Mon second hoche la tête et se fraie un chemin vers la passerelle. Je ne sais pas si les hommes ont entendu mon cri ou s'ils ont vu leur capitaine tomber à l'eau, mais ils essaient tous de retourner sur le *Black Gold.* S'ils savaient qu'il ne va pas tarder à exploser, ils seraient peut-être moins pressés…

L'Avalon commence à s'éloigner, d'abord lentement car il doit s'arracher du *Black Gold* dans lequel il est rentré sans douceur il y a quelques instants. Mais c'est *L'Avalon*, le plus merveilleux des bateaux pirates au monde, et un coup d'œil derrière moi me permet de voir qu'Al s'est aussi mis au travail. Les vents se lèvent et gonflent les voiles du navire qui finit par prendre de la vitesse.

Alors que mes hommes s'affairent à le faire encore accélérer, je regarde autour de moi. Je compte les membres de mon équipage, reconnais les visages... Puis mon sang se fige. Pas d'éclat cuivré.

— Où est Callie ?

Personne ne prend la peine de répondre, mais plusieurs de mes hommes jurent. Je vois Bold se tourner vers le *Black Gold* avec un air d'effroi.

— Il faut faire demi-tour, me dit Glenn en m'agrippant le bras. Al, arrête !

Notre sorcier nous lance un regard perdu.

— Si je fais retomber les vents, *L'Avalon* ne sera pas assez loin de l'explosion. Il pourra être endommagé ! crie-t-il par-dessus les bourrasques qu'il a déclenchées.

— J'y retourne, je dis en m'approchant du bastingage. Al, ne t'arrête pas. Je trouverai un moyen de revenir à bord.

Je nagerai en portant Callie s'il le faut.

— C'est du suicide, rétorque Peter, un air fou sur le visage.

— On ne peut pas laisser Callie là-bas, s'insurge Glenn en fusillant son ami du regard.

Je suis d'accord avec lui, bien sûr. Peu importe le plan, Callie ne peut pas rester sur le *Black Gold*. Mais je n'ai pas le temps de faire quoi que ce soit. Alors que je me tourne pour donner des ordres, une explosion retentit. Le navire de Thull semble s'ouvrir en deux et des hurlements y retentissent avec tellement de force que nous les entendons alors que nous sommes de plus en plus loin. Mon cœur rate un battement puis recommence à battre. Si vite qu'il me fait mal. Où est Callie ?

Elle ne peut pas être toujours à bord.

Elle n'aurait pas pu survivre à cette explosion.

C'est la première fois de ma vie que je suis aussi démuni. L'espace de quelques minutes, je crois devenir fou. Puis Bold pousse un cri et me désigne quelque chose dans le ciel.

Callie.

Elle a de toute évidence tenté d'utiliser la même technique de transport qu'à l'aller pour s'enfuir du *Black Gold*. Avec horreur, je la vois perdre de l'altitude, puis être projetée en avant, le visage déformé par une grimace. Elle vole vers nous, poussée désormais par le souffle de l'explosion. Je la suis du regard, aussi ébahi que mes hommes qui suspendent leur activité pour suivre sa progression. Seul Al tend brusquement les bras et tente de contrôler la vitesse de la chute de la jeune femme en utilisant ses pouvoirs. Je vois presque les vents s'entortiller autour d'elle et tout semble ralentir un instant… Le charme est rompu lorsqu'elle atterrit brutalement sur le pont, poussant un long gémissement de douleur.

J'entends que Bold ordonne aux hommes de se remettre au travail tandis que je me précipite vers Callie. Avec le plus de douceur possible, je lui redresse la tête et la regarde tenter d'ouvrir les yeux.

— Callie ! Callie, tu m'entends ?

Elle me fixe d'un air absent. Le choc doit la faire divaguer. Elle est couverte de sang. Est-ce le sien ? Je lui essuie le visage comme je peux, puis pose mes mains sur ses joues, ses bras, ses jambes, son ventre, tentant de discerner où elle est blessée. Je ne trouve rien d'autre que des estafilades et commence à respirer un peu plus sereinement. Ce sang n'est probablement pas le sien. Au moment où mes mains palpent son dos, elle pousse un nouveau gémissement, et moi un juron sonore. L'explosion lui a sans doute permis de rejoindre *L'Avalon*, mais elle ne l'a pas épargnée : son dos est boursouflé et brûlant. Le regard de la jeune fille papillonne un instant puis ses yeux se ferment. Je pose un doigt sur son cou et suis soulagé de sentir son pouls.

— Elle a perdu connaissance, je dis à Bold et Glenn qui se sont postés près de moi.

Ils semblent rassurés. Je me penche pour prendre la jeune fille dans mes bras, lui tirant un autre long gémissement à demi conscient. J'adresse un regard à Bold qui me comprend et va prévenir Doc. Avec toute la douceur dont je suis capable, je me redresse et la transporte dans sa cabine. Je l'installe sur le ventre alors qu'elle est toujours sans connaissance. D'un geste tendre qui ne me ressemble pas, j'écarte certaines mèches de cheveux de son visage. Étonnamment, elle respire avec calme.

Doc arrive à ce moment-là et je m'éloigne précipitamment. Notre médecin m'ignore royalement et se penche vers elle pour déchirer sa chemise, défaire son corset et commencer à soigner les blessures qu'elle a dans le dos. Je me lève, grimace en voyant les traces de brûlures et le laisse travailler, sans pour autant m'éloigner. Il finit par se tourner vers moi, agacé.

— Je peux faire quelque chose pour toi, capitaine ?

Je sais qu'il déteste être observé ou dérangé quand il soigne quelqu'un.

— Oui, remets-la sur pied.

— C'est ce que j'essaie de faire.

Il me regarde encore un moment, mais je ne bouge toujours pas et il finit par pousser un soupir.

— Par l'Océan, Blake, je te promets qu'elle n'a rien.

— Son dos a l'air salement amoché, pourtant.

— Ce sont des brûlures superficielles. Un peu d'onguent, de repos, et elle ira mieux. Elle est surtout exténuée.

— Est-ce qu'elle va garder des séquelles ? Des cicatrices ? Je m'en voudrais que mon plan fou ait mené à sa scarification.

— Sa peau sera comme neuve. Toujours aussi douce. Même en caressant son dos toute la nuit, tu ne sentiras pas la différence, rassure-toi.

— Je ne vois pas ce que tu veux dire, je marmonne, surpris par sa remarque.

Moi qui croyais faire illusion.

— C'est ça. Maintenant, laisse-moi travailler.

Doc est l'un des seuls à bord qui puisse se permettre de me parler comme ça. J'ai trop de respect et trop besoin de lui sur *L'Avalon* pour lui faire payer son audace. De plus, il a toujours été un peu à part. Je pense que c'est un génie dans le domaine médical, et cela le rend différent de nous. Qu'importe sa différence ? Il m'a sauvé la vie des centaines de fois. Et aujourd'hui, il aide Callie.

J'accepte donc de sortir de la cabine et, m'accordant enfin un temps de répit, je m'adosse contre la cloison en bois. Je tente de mettre de côté le fait que Callie est inconsciente à quelques mètres de moi et analyse les choses froidement.

J'ai récupéré le compas et le *Black Gold* est au fond de l'océan, tout comme la moitié de son équipage. Ils ne se mettront plus en travers de mon chemin. Finalement, ce plan était un coup de génie. Encore quelques détails à régler, et je pourrai partir à la recherche de ma Carte.

CHAPITRE 43
CALLIE

Lorsque j'ouvre les yeux, il me faut un moment pour comprendre où je me trouve. Un long moment. Pourtant, je suis dans mon lit, dans ma cabine, sur *L'Avalon.* Ce constat n'a rien de surprenant mais mon cerveau semble déstabilisé. Comme s'il s'était passé quelque chose que je n'aurais pas dû oublier… C'est en essayant de me redresser que je reprends mes esprits.

L'attaque de *L'Avalon* par Thull. La course-poursuite, l'assaut sur le *Black Gold,* la poudre, l'explosion, mon vol plané.

Le baiser de Blake. J'achève de me redresser et pousse un grognement avant de passer une main sur mon dos. À quelques endroits, là où le souffle m'a frappée le plus fort, ma peau est encore à vif, mais, dans l'ensemble, je m'en sors bien. Doc a fait du bon travail, comme toujours. Je n'arrive pas à savoir combien de temps je suis restée dans les vapes. En tout cas, je suis seule dans ma cabine et je parviens à me lever, sans provoquer autre chose que des élancements dans mon dos. Je m'habille rapidement, étonnée de ne pas entendre de bruits autour de moi. Peu importe l'heure du jour ou de la nuit, *L'Avalon* est toujours bruyant. Entre les vagues, les hommes qui rient, discutent, s'insultent, bougent des cordages et des barils… Il y a toujours quelque chose qui parvient à nos oreilles. Or, en ce moment, je n'entends que le bruit de l'océan. Et cela m'inquiète.

Je sors de ma cabine et colle ma tête à la porte de Blake. Rien non plus. Je fais quelques pas et débouche sur le pont. Vide aussi. Mon inquiétude fait place à la panique. Que s'est-il passé pendant que je dormais ? Est-ce que Thull nous a retrouvés ? Comment aurait-il fait, blessé et sans navire ? Pourquoi m'aurait-il épargné ? L'autre option, c'est que j'ai dormi cent ans et que tout le monde est mort depuis longtemps. Comme c'est aussi invraisemblable que l'option de la revanche de Thull, je respire à fond et m'enfonce dans les entrailles de *L'Avalon*. Mon cœur bat plus vite quand j'entends enfin des bruits en provenance du réfectoire. J'esquisse un sourire. J'aurais dû m'en douter.

Lorsque je pousse la porte, je ne trouve néanmoins qu'une dizaine de personnes : Blake, Bold, Al, Doc, Glenn et quelques autres. Le petit cercle privé de Blake. Ils discutent avec animation et le capitaine secoue la tête en fronçant les sourcils. Puis il m'aperçoit et se redresse soudainement.

— Callie !

Tous les regards se tournent vers moi et des cris de joie emplissent la pièce.

— On a fini de faire la sieste, mademoiselle ? me demande Bold en passant affectueusement un bras autour de mes épaules.

— Sacré vol plané ! ajoute Al avec un grand sourire.

— Je savais bien qu'une petite explosion n'allait pas te tuer. Achever un navire pirate de plus de trente tonnes, peut-être, mais venir à bout de Callie, la voleuse, receleuse, pirate… jamais !

J'adresse une grimace à Glenn qui ponctue sa tirade d'un coup de poing amical sur mon bras. Tous y vont de leur bon mot. Sauf Blake qui se contente de me regarder d'un air qu'il veut neutre. J'arrive toutefois à repérer une petite lueur dans son regard.

— Ça va, ça va, je vais bien, dis-je en repoussant les mains qui se tendent vers moi.

Je me laisse tomber sur un banc avec un soupir. Malgré mes affirmations, je suis toujours fatiguée.

— Combien de temps ai-je dormi ?

— Trop longtemps, me répond Blake en me proposant un verre d'eau. Le pont est dans un état lamentable.

— Vous m'en voyez navrée, capitaine. J'étais occupée à me remettre de la dernière mission que vous m'avez confiée.

— C'est pourquoi vous êtes pardonnée, moussaillon. Mais que cela ne se reproduise plus.

Je lui souris et suis contente de le voir me répondre de la même façon. Je n'arrive pas à savoir si j'aimerais que notre baiser ait changé quelque chose à notre relation, ou si j'aimerais que tout redevienne comme avant. Je n'ai de toute façon pas le temps d'analyser tout ça. Ce n'est ni l'endroit ni le moment.

— Tu as dormi un peu plus de vingt-quatre heures, me répond Doc, toujours sérieux quand il s'agit de ses patients.

Il se rapproche de moi et prend mon pouls, puis observe mes yeux. À mon grand soulagement, il ne soulève pas ma chemise pour observer l'état de mon dos. Au lieu de quoi, il hoche la tête d'un air satisfait et me désigne le verre d'eau du menton.

— Bois. Il faut t'hydrater. Et continue de te reposer, tu en as besoin. Si tu as mal au dos, viens me voir, il me reste de la pommade.

— Elle a déjà fait des miracles. Je ne sens presque plus rien. Merci, Doc.

Celui-ci opine du chef et se détourne de moi.

— Bon, qu'est-ce que c'est que ce conciliabule, je demande en buvant mon verre. Et pourquoi n'y a-t-il personne là-haut ? Je me suis presque inquiétée pour vous.

— Toi, tu t'es inquiétée pour nous ? Madame fait un vol plané et frôle la mort, mais elle s'inquiète pour nous, ironise Glenn.

— J'ai décrété que tout le monde devait se reposer, me répond Blake, en ignorant Glenn. Thull ne risque pas de nous poursuivre et nous avons besoin de reprendre des forces. Une fois que *L'Avalon* a été lancé, tout le monde a eu le droit de regagner ses quartiers. Pas de tour de garde, pas de corvées pendant vingt-quatre heures. C'est le moins que je puisse faire.

— Quelle bonté.

Blake se recule un peu et croise ses mains derrière sa nuque.

— Ne pense pas que ça va durer éternellement. Dès que nous aurons repris des forces, réunion spéciale pour évoquer notre nouveau plan d'action.

Je devine qu'il a décidé de révéler à tout son équipage que son but est de trouver la Carte des Confins. Ce n'est que justice, après tout ce qu'ils ont traversé pour obtenir quelques informations. Je sais qu'ils sont tous loyaux et fidèles à Blake, mais il ne peut pas leur demander de se battre pour une cause qu'ils ignorent. Je me prends à réfléchir aux éventuelles réactions de l'équipage, tandis que les conversations reprennent autour de moi. À les entendre parler, je comprends que les quelques hommes présents sont déjà au courant. Ça ne m'étonne pas. Ce sont les plus proches partisans de Blake.

J'écoute leurs discussions sans y prendre part, évitant le regard du capitaine. Je crois que ses yeux cherchent les miens, mais je ne suis pas prête à découvrir ce que je pourrais y lire. Je ne sais pas ce que je veux. Le mieux serait peut-être d'oublier ce qui s'est passé. Mais, bien sûr, malgré toutes mes précautions, je croise son regard et, en un éclair, me rappelle ses lèvres sur les miennes. Leur douceur. Leur goût de sel. Leur empressement.

Eh bien, Callie, tu es fichue !

***

Je me rends compte que Doc me parle alors qu'il me tape sur l'épaule. Je cligne des yeux, surprise de voir que j'étais sur le point de m'endormir, la tête entre les mains, dans le réfectoire. Les autres parlent toujours autour de moi mais cela fait longtemps que mon esprit a dérivé.

— Doc, comment j'ai pu dormir une journée entière et être toujours aussi fatiguée ?

— C'est le contrecoup, m'explique le médecin, toujours laconique. Le mieux, c'est d'écouter ton corps. Il sait ce dont tu as besoin. Va te reposer. Tu peux encore profiter d'une nuit complète avant que la généreuse trêve de notre capitaine ne prenne fin.

Je soupire, me lève et, sentant le regard de Blake sur moi, m'éloigne pour regagner ma cabine. Je suis fatiguée, certes, mais je ne pense pas parvenir à trouver le sommeil. Je me jette à plat ventre sur mon lit, grimaçant à cause de mon dos toujours sensible. Je repense à ce que Doc m'a dit.

Ton corps sait ce dont tu as besoin. Je ne sais pas pour mon corps, mais mon cerveau m'envoie sans arrêt des images de Blake, de ses bras, de ses regards, de ses sourires, de ses lèvres… Ça ne m'aide pas forcément à trouver le repos. Au contraire, cela m'énerve. Je ne veux pas être de ces filles qui tombent en pâmoison pour un homme. Encore moins pour le séduisant et mystérieux capitaine pirate ! Quel cliché ! Je suis presque en colère. Contre moi, contre Blake, contre ma vie si compliquée…

Tout en ruminant, j'entends des bruits dans la cabine à côté. Blake a dû rentrer pour se coucher. Le savoir aussi proche n'arrange rien. Je suis partagée entre l'envie d'aller le gifler et celle de l'embrasser.

Je sens ma colère et ma frustration grimper en flèche, effaçant toute trace de la fatigue que j'ai pu ressentir quelques instants plus tôt. Et puis, n'y tenant plus, je décide de mettre les choses au clair.

CHAPITRE 44
BLAKE

Depuis que Callie est apparue dans le réfectoire, je ne sais plus quoi penser. Une fois passé le soulagement de la voir indemne et relativement en forme, j'ai repensé à notre baiser. J'ai cherché à croiser son regard, à lire dans ses pensées, mais elle n'a rien laissé filtrer. Elle semblait encore ailleurs et, même si Doc dit qu'elle est fatiguée, j'ai l'impression qu'elle m'évite. Lorsqu'elle est retournée dans sa cabine, je n'ai pas tenu longtemps et ai faussé compagnie à mes hommes. J'avais l'intention d'aller la rejoindre pour parler, mais, étrangement, je n'en ai pas eu le courage. Du coup, je suis dans ma cabine depuis de longues minutes et, pour la dixième fois, je me passe les mains dans les cheveux en faisant les cent pas.

Je ne sais pas quoi faire. Est-ce que je dois aller la voir ? Est-ce que je dois lui laisser du temps ? Est-ce que je peux la déranger alors qu'elle a besoin de repos ? Mes mains se rejoignent au sommet de mon crâne et j'attrape mes cheveux avec la folle envie de tirer très fort pour me les arracher, tellement je suis perdu.

C'est ridicule de me mettre dans un tel état. Pour elle, ce n'était qu'un baiser. Et c'est peut-être très bien comme ça. Elle n'a pas besoin de savoir qu'elle hante mes pensées. Ou peut-être que si ? Finalement, je décide d'aller la trouver.

Je ne suis pas lâche au point de faire comme s'il ne s'était rien passé. Et je n'ai pas envie de provoquer un silence gêné chaque fois que je la croise : *L'Avalon* n'est pas si grand que ça et la situation pourrait vite devenir insupportable. Au moment où je fais un premier pas vers la porte de ma cabine, celle-ci s'ouvre à la volée et Callie entre comme une furie dans ma chambre. Elle claque le battant tellement fort derrière elle que je pense que l'équipage l'a entendu, deux ponts plus bas.

Elle ne semble pas avoir besoin de repos. Au contraire, elle bouillonne d'énergie et se plante devant moi, les yeux brillants d'un sentiment que j'ai pour une fois du mal à identifier. La colère ? La peur ? Elle agite un doigt vers moi, tandis que son autre main est serrée en poing sur sa hanche.

— Il est temps qu'on s'explique.

D'accord, alors c'est de la colère.

— Je peux faire abstraction de ce qui s'est passé, après tout c'est sans doute ce que tu souhaites, mais je n'y arrive pas. Je n'arrête pas d'y penser et j'aimerais vraiment comprendre ce qui t'a pris ! continue-t-elle sur un ton menaçant.

Avant que j'aie le temps de répondre quoi que ce soit, elle enchaîne :

— Je me débrouillais plutôt bien avant que tu ne franchisses la limite, tu sais ! J'arrivais à me convaincre que tu n'étais qu'un pirate comme les autres, un rustre, un goujat, un sauvage imbibé d'alcool la moitié du temps, incapable de ressentir quoi que ce soit et…

— Callie, je la coupe, pas certain de vouloir entendre la suite. Qu'est-ce que tu essaies de me dire ?

Elle s'interrompt et baisse finalement les deux bras. Elle reste un instant immobile, me regardant droit dans les yeux. Je parviens enfin à déchiffrer ses sentiments : elle a peur. Elle doute. Elle cherche à camoufler tout cela sous la colère qui la saisit à l'idée que je puisse me moquer d'elle ou la faire souffrir, mais, au fond, elle est aussi démunie que moi face à ce qu'on ressent.

Elle prend une inspiration en même temps que je prends une décision.

Je n'ai pas envie de la faire souffrir. Mais je n'ai pas envie de souffrir non plus. Et je ne veux plus mentir.

— Pourquoi tu m'as embrassée ? demande-t-elle d'une voix plus basse.

— J'ai cru que j'allais mourir, dis-je honnêtement. Qu'on allait tous mourir. Je n'ai pas réfléchi.

Un éclair traverse le regard de Callie. Instinctivement, je me rapproche d'elle.

— Contente de voir que ça n'a pas d'importance à tes yeux.

— Je n'ai pas dit ça, je rétorque.

Je me rapproche encore. Elle ne recule pas, et nous sommes désormais tout proches. Assez pour que je pose les mains sur son menton et la force à me regarder en face. Doucement, pour lui laisser le temps de se dégager, je me penche vers elle. Nos lèvres se touchent un instant, se séparent pour mieux se retrouver. C'est un baiser différent du premier. On sent moins l'urgence mais, par les dieux, c'est encore mieux. Malgré moi, je ferme les paupières et ma main glisse sur sa joue, ses cheveux, sa nuque… J'aimerais que ce moment ne se termine jamais.

Callie finit toutefois par se reculer, juste assez pour que nos lèvres se séparent. Nos nez se touchent toujours et je sens son souffle erratique sur mon visage.

— Et là, c'est pour quoi ?

— Tu sais pourquoi.

Elle soupire et, pendant un instant, je crois qu'elle va m'envoyer promener. Je me redresse, augmentant la distance entre nos visages, mais elle noue ses mains autour de mon cou et se met sur la pointe des pieds pour se rapprocher un peu plus de moi.

— J'espère que tout ceci n'est pas une blague ou un moyen de te divertir.

Elle secoue la tête avant de fixer de nouveau son regard vert dans le mien.

— Blake, ça fait des années que je suis seule et je m'y suis faite. Mais si tu… Je veux juste être sûre que tu es sincère. Parce que là, c'est presque trop beau pour être vrai.

Je comprends son hésitation. J'ai eu la même avant de décider que tout ce que je voulais, c'était Callie. Le reste, les conséquences et les questions, on verra plus tard. Tout ce que j'ai envie de faire, maintenant, c'est de l'embrasser de nouveau.

Dans ce baiser, j'essaie de faire passer tout ce que je ressens pour elle. Ça me paraît pathétique et pitoyable, mais j'aimerais qu'elle comprenne que je ne me moque pas d'elle. Vu la force qu'elle met à répondre à mon baiser, soit je l'ai convaincue, soit elle aussi a décidé que les certitudes, c'était superflu.

On s'embrasse un moment et, de nouveau, c'est Callie qui s'éloigne. Cette fois, elle pose sa tête contre mon torse, ce qui lui permet sans doute d'entendre mon cœur battre à tout rompre. Je passe mes mains sur ses joues puis attire son visage à moi pour l'embrasser encore. Je pourrais faire ça pendant des heures. D'ailleurs, je n'ai plus aucune notion du temps qui passe. Plus rien d'autre ne compte que Callie.

Avant que je réalise comment j'en suis arrivé là, j'ai une main sur la nuque de Callie, l'autre au creux de son dos et je la pousse à reculer vers le lit. Lorsque ses jambes touchent le matelas, je la sens se figer et elle cesse de m'embrasser. Je devine tout de suite que j'ai fait le geste de trop. J'émets un soupir en posant la tête sur son épaule, je la tiens toujours dans mes bras.

— Callie, je suis désolé, dis-je d'une voix rendue rauque par le désir. Ce n'est pas... On n'est pas obligés de... C'est un réflexe.

Pour le coup, elle se dégage totalement de mon étreinte et fait quelques pas pour s'éloigner du lit où je m'assois, me prenant la tête entre les mains.

Bien joué, Blake. Le plus rapide serait de te tirer une balle entre les deux yeux tout de suite, ça t'éviterait d'envenimer encore la situation. Je me fais violence pour relever la tête même si je sais que c'est une très mauvaise idée de la regarder. Il me semble qu'elle est encore plus belle qu'avant, les joues rouges, les cheveux un peu ébouriffés à cause de mes caresses, les lèvres encore entrouvertes et les yeux flamboyants...

— Deux ou trois baisers ne vont pas me faire perdre la tête au point d'en oublier ma dignité. Je ne suis pas une de ces filles faciles que tu ramasses dans les tavernes.

— Je sais. Et ce n'était pas mon but.

— Alors quoi ?

— Quoi « Alors quoi ? » ? je dis d'un ton plus dur que je ne le voulais. Je suis incapable de réfléchir quand on s'embrasse. Tu n'as pas idée de l'effet que tu me fais.

Elle me regarde un moment sans rien dire. Elle m'a déjà tellement fait confiance aujourd'hui.

Je me lève doucement et fais un pas vers elle. Puis un autre. J'ai l'impression de tenter d'amadouer un cheval sauvage. Je prends sa main et elle se laisse faire.

— Je ne veux pas qu'on pense que je ne reste à bord que parce que je couche avec le capitaine, dit-elle finalement.

Je suis tellement surpris que ma réponse est d'une intelligence admirable.

— Hein ?

— Je ne veux pas que les autres pensent que si j'ai ma place sur *L'Avalon*, c'est parce que je suis avec toi, répète-t-elle.

— Personne ne pensera ça. Ils ont bien trop conscience de ta valeur.

Je soupire. J'avais espéré avoir cette discussion un peu plus tard.

— Je ne te demande pas en mariage, Callie. Je veux juste passer du temps avec toi. Je sais que toutes les blagues et tous les sous-entendus que j'ai faits jusque-là ne jouent pas en ma faveur, mais je jure de me comporter correctement. J'en ai assez de faire semblant de ne rien ressentir. J'en ai marre de faire comme si tu n'étais pas dans mon esprit en permanence.

Elle me lance de nouveau un regard intense et je dois respirer à fond pour reprendre où j'en étais.

— Je te promets de te respecter et de ne rien faire que tu ne veuilles pas.

— La parole d'un pirate et d'un coureur de jupons ! Me voilà rassurée.

Ça fait mal, mais elle a raison.

— Je ne te mentirai jamais.

Je suis assez étonné de réaliser que je le pense vraiment. Je lâche sa main pour, de nouveau, la prendre par le menton et plonger mes yeux dans les siens. Je veux être sûr d'avoir toute son attention, sûr qu'elle comprenne bien que je ne plaisante pas.

— Callie, je ne te mentirai jamais. Je le jure sur l'Océan.

Elle frissonne et, après un petit instant, hoche doucement la tête. Je la relâche mais ne m'éloigne pas.

— J'ai été maladroit, mais j'aimerais vraiment que tu restes ici cette nuit. Tu n'as qu'à penser que c'est parce que je ne peux plus me passer de toi, si ça t'arrange.

J'essaie de reprendre un peu le contrôle en revenant à notre mode de communication habituel, le sarcasme, mais, encore une fois, je m'aperçois que c'est vrai. J'ai passé des jours à me persuader que je ne ressentais rien pour elle, que ça finirait par me passer. Mais il a fallu que cette sorcière s'en mêle. En me révélant au grand jour ce que je m'efforçais de cacher, elle a fissuré le mur.

J'ai besoin de Callie. C'est le sentiment le plus effrayant que j'aie jamais ressenti, mais c'est aussi le plus exaltant.

CHAPITRE 45
CALLIE

Lorsque je me réveille, je suis dans le lit de Blake. Dans ses bras. Plus précisément, il a un bras posé sur mon ventre et sa tête est lovée dans le creux de mon épaule. J'étais venue pour mettre les points sur les « i », pour clarifier les choses, pour cesser de me torturer l'esprit en pensant à ce baiser et à sa signification. J'étais déterminée à mentir et à dire à Blake que je ne ressentais rien pour lui, ce qui m'aurait évité de souffrir le jour où il se lassera de moi ou qu'il découvrira mon secret. J'étais déterminée à être forte. Mais Blake m'a prise de court, déjà en m'embrassant de nouveau, ensuite en me disant des choses aussi adorables que sincères. En tout cas j'espère qu'elles l'étaient. J'espère que « Tu sais pourquoi » signifie vraiment : « J'ai des sentiments pour toi » et pas : « Je n'ai pas envie de me creuser la tête pour me trouver une excuse, fais-le, toi. »

Mais, j'en ai assez de toujours me fermer, de toujours faire attention. Alors j'ai cédé. Je me suis allongée à côté de Blake et on s'est contentés de rester immobiles, l'un à côté de l'autre, à se regarder et à discuter de tout et de rien. C'est ridiculement niais mais c'était l'un des moments les plus parfaits de ma courte et pitoyable existence. Ce qui n'est pas peu dire.

À présent, allongée dans ce lit, Blake endormi à mes côtés, j'ai toujours du mal à réaliser. Qu'est-ce que ça implique pour ma vie à bord de *L'Avalon* ? Est-ce que les autres vont deviner quelque chose ? Est-ce que ça m'importe ? Est-ce que l'attitude de Blake va changer ? Devrais-je lui révéler mon secret ?

Cette dernière question n'a rien à voir avec les autres, mais elle m'obsède. J'y pense depuis quelque temps, mais à la lumière des récents événements, elle prend une tout autre ampleur. Blake m'a fait confiance pour tant de choses. Il m'a révélé ses secrets et ses rêves. Il m'a accueillie, il m'a embrassée comme si j'étais la seule chose qui comptait… et moi, je lui mens. Ou du moins je lui cache une partie de la vérité. Je culpabilise à cette idée.

Blake remue un peu et pousse un petit grognement endormi. Je souris. J'ai envie de lui dire. J'ai envie d'avoir assez confiance en lui pour tout lui révéler. J'ai envie qu'il sache tout de moi. J'ai envie qu'il me rassure en me disant que ce n'est pas ma faute, que j'ai bien fait de fuir, que je ne dois pas avoir peur et que, évidemment, on va trouver une solution. J'ai envie qu'il m'embrasse encore sans retenue, comme il l'a fait hier.

J'observe son visage avec tellement d'intensité qu'il me faut un moment pour m'apercevoir qu'il a les yeux ouverts. Il me fixe aussi, mais son regard est méfiant.

— Pourquoi tu me regardes comme ça ? dit-il d'une voix rauque. Tu vas me frapper parce que mon bras est sur ton ventre ?

Je ne peux m'empêcher de rire et il sourit à son tour.

— Je réfléchissais, je réponds alors qu'il se redresse sur un coude pour m'embrasser. Tu penses vraiment que les autres ne vont rien dire ?

— On s'en moque de ce que pensent les autres, marmonne Blake, le visage enfoui dans mon cou.

— Moi je ne m'en moque pas. Et je préférerais qu'ils n'en sachent rien.

Je sens Blake pousser un soupir qui me chatouille.

— Très bien. Si c'est vraiment ce que tu souhaites, on ne dit rien à personne. On garde le secret !

Je mentirais en disant que je ne suis pas soulagée : annoncer à tout le monde ce qui s'est passé rendrait la chose beaucoup trop réelle et je ne me sens pas prête. Je suis aussi touchée que Blake fasse preuve d'autant de compréhension et de tact. Puis il se penche de nouveau vers moi et, d'un geste doux, trace le chemin de mes taches de rousseur sur mes joues. J'en perds immédiatement le fil de mes pensées.

— J'en rêve depuis des semaines, dit-il dans un souffle avant de m'embrasser avec tellement de fougue que j'ai l'impression de flotter.

Un coup frappé à la porte nous interrompt. Blake me fait signe de me taire.

— Oui ?

— Pourquoi ta porte est-elle fermée à clé ? demande Bold.

Je vois Blake m'adresser un regard surpris et je hausse les épaules. J'ai dû claquer la porte tellement fort hier que le verrou s'est enclenché. C'est une heureuse coïncidence car je ne doute pas que Bold serait entré dans la cabine comme si c'était chez lui, sinon. Il nous aurait trouvés en train de nous bécoter, ce qui aurait été très gênant, et pas très pratique pour garder le secret.

— J'arrive, répond simplement Blake.

— Comment ça « tu arrives » ? je chuchote. Si tu le fais entrer, il va me voir.

— Alors cache-toi, si tu veux. Personnellement, je me fiche royalement que tout l'équipage te voie dans ma cabine. Et je ne tiens pas particulièrement à cacher quelque chose à Bold. Il le devinera tôt ou tard, tu sais…

Je soupire.

— Je préférerais « tard ». J'ai déjà du mal à savoir où j'en suis, je n'ai pas envie que tout le monde parle de nous.

— Alors cache-toi, répète Blake.

— Où ? Sous le lit ?

— Pourquoi pas ?

— Je te déteste.

— Tu sais que c'est faux, me rétorque Blake avec un petit sourire arrogant.

Je marmonne quelques insultes avant de m'agenouiller pour me glisser sous le lit. Je maudis ce pirate : cela ne fait même pas vingt-quatre heures que je lui ai cédé et voilà déjà à quoi j'en suis réduite.

Je vois les pieds de Blake se diriger vers la porte et l'ouvrir. Bold entre dans la cabine et s'arrête près de l'entrée.

— Pourquoi tu as mis autant de temps ? demande-t-il, suspicieux.

— J'étais tout nu, répond Blake.

Le silence qui lui répond m'apprend que Bold n'est pas convaincu.

— Où est Callie ?

— Comment veux-tu que je le sache ? On n'est pas mariés !

Je lève les yeux au ciel – ou plutôt au sommier. Il devrait être encore plus provocateur.

— Elle n'est pas dans sa cabine et Doc a besoin d'elle. Je me demandais si tu l'avais vue.

— Eh bien non. Elle doit être en train de rôder sur les ponts. Va savoir ce qui passe dans la tête des femmes…

Bold se tait un instant.

— Et pourquoi es-tu encore dans ta cabine ? Il est presque 8 heures.

— J'étais fatigué. Dis donc, je te trouve bien curieux, aujourd'hui.

— Et moi je te trouve bien mystérieux.

— Je suis toujours mystérieux, Bold. C'est ce qui fait mon charme.

— Si tu le dis. Rendez-vous sur la passerelle dans dix minutes. Il faut qu'on parle. Et si tu vois Callie, dis-lui que Doc la cherche.

— Bold, tu sais que c'est moi, le capitaine ? C'est moi qui suis censé donner les ordres…

Je ne vois pas la réaction de Bold, mais j'entends Blake rire, puis la porte se referme. Blake fait quelques pas vers le lit et se penche.

— C'est bon, tu peux sortir.

— Tu sais que tu mens très mal ? je lui dis en m'extirpant non sans mal de sous le lit. « J'étais tout nu » ? Vraiment…

Blake hausse les épaules mais ne répond pas. Il s'est emparé d'une mèche de mes cheveux et s'amuse avec.

— Tu vas devoir t'améliorer si tu veux réussir à garder le secret.

— Qui te dit que j'ai envie de garder le secret ? répond-il. Franchement, Callie, je t'assure qu'il ne faudra pas plus de trois jours à Bold pour tout deviner.

— Peut-être, mais si tu veux continuer à faire ça…

Je me hisse sur la pointe des pieds, pose les mains sur ses joues et dépose un baiser sur ses lèvres.

— … il va falloir te plier à mes règles. On garde le secret.

— Pour tout te dire, je n'ai pas vraiment envie de mentir à Bold.

L'espace d'un instant, je m'en veux de lui demander ça. Je sais que Bold est comme un père pour lui.

— Juste le temps que j'arrive à y voir plus clair, d'accord ? je chuchote, les mains toujours sur ses joues.

Il soupire.

— Je commence juste à comprendre que je n'arriverai plus jamais à te dire non, marmonne-t-il.

— C'est bon à savoir ! je dis avec un grand sourire.

— Ouais. N'en profite pas trop quand même.

***

Vingt minutes plus tard, je suis avec Doc et je l'aide à nettoyer la plaie de Doug.

Il nous a fallu un peu plus que les dix minutes accordées par Bold pour nous préparer. Blake n'arrêtait pas de m'attirer à lui pour m'embrasser et je dois avouer que je n'ai pas mis beaucoup de volonté à quitter sa cabine. Une fois que j'y suis parvenue, j'ai dû me rendre dans la mienne pour me changer, sans quoi ç'aurait été trop évident. Encore que je ne suis pas sûre que les hommes remarquent comment je suis habillée. Quoi qu'il en soit, j'arrive à l'infirmerie essoufflée comme jamais. Doug a repris connaissance et Doc s'efforce de le calmer.

Une chose que j'ai apprise sur Doc : c'est un excellent médecin, mais il n'a aucune compassion ou empathie. Je pense justement que c'est ce qui le fait exceller dans son domaine. Rien d'autre ne compte que sa tâche. Il ne se laisse distraire ni par les hurlements ni par les insultes ou les supplications. Mais Doug n'est qu'un enfant et ce n'est pas ce dont il a besoin. Je me suis prise d'affection pour le mousse alors j'essaie de le rassurer.

— Je ne pourrai jamais rester sur *L'Avalon*, me murmure le gamin d'une voix faible. Le capitaine ne voudra pas d'un poids mort comme moi.

— Ne dis pas de bêtises, Doug, je lui réponds. L'équipage ne peut pas se passer de toi.

— On te mettra une jambe de bois, ajoute Doc. Comme ça, tu auras l'air d'un vrai pirate.

Ce genre de remarque – qui ne réconforte pas du tout – est typique de Doc. Et la lueur d'enthousiasme qui illumine le regard enfiévré du jeune garçon est typique de Doug.

— Mais avant ça, il faut que tu te reposes, je lui dis d'un ton calme. Il faut que tu prennes des forces. Tu as encore beaucoup de fièvre.

Il ferme les yeux, puis les rouvre immédiatement.

— Est-ce que… Est-ce que le capitaine a récupéré son compas ? demande-t-il d'une voix hésitante.

Je hoche la tête et il soupire.

— Tant mieux. Je m'en voulais de ne pas avoir réussi à empêcher Thull de s'en emparer…

— Doug, je dis d'un ton sévère. Deux choses : d'abord, personne, tu m'entends, personne ne t'en veut pour quoi que ce soit. Surtout pas Blake. Alors tu ne dois pas t'en vouloir non plus. Et, deuxième chose, si tu ne fermes pas immédiatement les yeux, je t'assomme pour que tu prennes du repos.

— Callie… dit Doug en fermant les paupières.

— Dors, Doug.

— Tu restes avec moi ?

Je souris même s'il ne peut pas le voir.

— Bien sûr. Je ne bouge pas.

***

De fait, je reste au chevet de Doug toute la journée. Je rêvasse, je lis un livre emprunté dans la cabine de Blake, je discute avec Doc… je m'ennuie beaucoup aussi, mais comme le blessé ouvre régulièrement les yeux avec une lueur de panique enfiévrée, je n'ai pas le cœur à m'échapper. Ce n'est que lorsque je vois le soleil se coucher à travers le petit hublot que je dégage ma main de l'étreinte de celle de Doug. Je n'ai pas mangé depuis plus de vingt-quatre heures et je meurs de faim. En sortant de l'infirmerie, je tombe sur Doc.

— Je prends le relais. Va manger. Blake a besoin de tout le monde dans le réfectoire, de toute façon, m'informe-t-il.

Je m'empresse de rejoindre la grande pièce en me souvenant de la réunion d'information prévue par Blake. Le repos forcé des pirates est terminé, il est temps de se remettre au travail.

Lorsque j'arrive, tout le monde est en train de manger. Je prends place aux côtés de Glenn et commence à piocher tout ce qui me tombe sous la main. J'ai beau être affamée, je ne peux que remarquer que la nourriture est beaucoup moins bonne que lorsque c'était Doug qui la préparait. Glenn surprend mon regard et il hausse les sourcils.

— Oui, je sais, dit-il. Mais je suis un pirate, moi, pas un cuisinier.

— C'est toi qui as préparé le repas ?

— Bold a mis au point un roulement. On doit tous aider Al en cuisine, en attendant que Doug se sente mieux. Enfin… s'il peut reprendre la cuisine un jour.

Je repense à la jambe de bois que Doc lui a promise et je me dis que cela n'arrivera pas de sitôt. Je hoche toutefois la tête et Glenn soupire.

— Si j'avais su qu'un jour je ferais la popote pour une trentaine d'hommes affamés…

Je ne peux m'empêcher de sourire et lui donner un léger coup sur l'épaule.

— Je suis sûre que d'ici quelques jours, tu seras devenu un vrai chef !

— Moque-toi. Tu devras bien y passer, toi aussi !

Je suis coupée dans ma réplique par l'arrivée de Peter qui s'assoit à côté de nous. Je ne l'ai pas vu de près depuis un moment, mais il semble agité. Il est également plus pâle que d'habitude, avec d'immenses cernes qui cerclent ses yeux. Glenn parvient à la même conclusion que moi.

— Ça ne va pas ? demande-t-il à son ami.

— J'ai passé une très mauvaise nuit, marmonne Peter.

— Et si tu ne veux pas que ta journée commence tout aussi mal, je te conseille d'éviter les œufs brouillés de Glenn, je dis en repoussant mon assiette et en esquissant une grimace.

Au même instant, Blake entre dans la pièce. Je suis agacée de sentir mon cœur faire un bond dans ma poitrine en le voyant. *Par l'Océan, contrôle-toi, Callie.* Blake me lance un petit regard moqueur et fait quelques pas pour se placer au milieu de la salle. Tous les hommes se tournent vers leur capitaine. Je remarque que la pièce est bondée : pour la première fois depuis que je suis à bord, tous les hommes sont réunis au même endroit. Malgré la foule, c'est dans un silence complet que Blake reprend la parole, et il ne s'embarrasse pas de préambule.

— Je sais que je n'ai aucune obligation, mais je vous dois la vérité, dit-il simplement. Vous m'avez suivi, toutes ces années, sans poser de question, sans jamais remettre en cause mes décisions. Mais aujourd'hui, vous avez le droit de savoir pourquoi vous risquez vos vies. Certains d'entre vous sont déjà au courant, mais je voulais qu'on clarifie les choses ensemble.

Je crois que je n'ai jamais vu les hommes aussi concentrés. Je les regarde tour à tour, repérant ceux qui sont déjà au courant. Bold, bien sûr, mais aussi Glenn, Al, Peter qui a toujours l'air maussade, ainsi que quelques autres proches de Blake partageant probablement sa folle obsession. Le silence est total et je lève les yeux au ciel, me demandant combien de temps Blake va faire durer le suspense.

— Je suis à la recherche de la Carte des Confins, lâche enfin le capitaine.

Pour le coup, des exclamations s'élèvent de part et d'autre de la pièce, des murmures, des regards étonnés, voire carrément sceptiques. Blake n'attend pas que ses hommes digèrent la nouvelle.

— Je sais que beaucoup d'entre vous pensent qu'il ne s'agit que d'une légende. Mais j'ai fait une promesse à mon père et je compte la tenir. Et, récemment, j'ai découvert des informations sur cette carte. Elle existe. Et je sais où la trouver.

Le silence s'épaissit de nouveau. Je crois que personne n'ose prendre la parole et que Blake n'est pas mécontent de son effet dramatique.

— Cette quête est dangereuse. Je ne peux pas vous garantir qu'on s'en sortira tous. Mais je peux vous garantir que, si nous réussissons, nous entrerons dans la légende. Personne n'oubliera nos noms.

Ahhh ! Les hommes et leur quête de gloire ! À voir les regards brillants des pirates autour de moi, je devine que cet argument a fait mouche. Qu'ont donc les hommes à vouloir être connus, adulés, entrer dans l'histoire ? Qu'ont-ils donc à courir après le pouvoir et la magie ? C'est exactement ce qui a détruit mon père et c'est un besoin que je ne comprendrai jamais. Les hommes de Blake n'émettent aucune objection. Colton demande des précisions sur la Carte et tout le monde se retrouve à parler en même temps, à échanger des hypothèses et à rire d'excitation.

— Tu sais où se trouve la Carte ? demande finalement Peter.

Blake se tourne vers nous, mais au lieu de regarder Peter, son regard se fiche dans le mien. Des frissons parcourent ma peau, pas seulement parce que Blake me regarde avec intensité, mais parce que j'ai le pressentiment qu'il est sur le point de dire quelque chose d'horrible.

— Oui, je le sais, dit-il sans me lâcher des yeux. Juste avant de mourir, la sorcière a honoré son accord et m'a révélé l'emplacement de la Carte.

— Parfait ! Alors qu'est-ce qu'on attend ? s'exclament plusieurs hommes.

— Ce n'est pas aussi simple que ça.

Ma vision se rétrécit et les battements de mon cœur s'accélèrent tellement l'angoisse me tient. Blake me regarde toujours lorsqu'il reprend la parole.

— La Carte se trouve dans le château du Sorcier Noir. Et on va la lui voler.

CHAPITRE 46
CALLIE

J'ai l'impression de tomber.

Mon cœur sombre dans ma poitrine, mon sang se glace dans mes veines, jusque dans mon cœur, mes membres deviennent trop lourds pour que je puisse les soulever. Et pourtant, j'aurais envie de prendre mes jambes à mon cou, de hurler qu'ils sont fous, de pleurer toutes les larmes de mon corps, de frapper Blake qui me regarde toujours, une lueur dans les yeux.

Ça ne peut pas être vrai.

Je n'ai pas passé tout ce temps à fuir mon père pour me jeter dans la gueule du loup.

— Le Sorcier Noir ? répète quelqu'un. Nous n'y arriverons jamais.

— Personne n'a jamais réussi à s'introduire dans son château.

— Je suis sûr que nous trouverons un moyen, dit simplement Blake, et ses yeux se détournent enfin des miens.

Il sait. Je ne sais pas comment, mais il sait. Depuis quand ?

Passé le choc, je ressens une vive douleur dans la poitrine. Je reprends toutes nos conversations depuis le début, toutes ses blagues, tous ses sous-entendus et ses promesses. Je repense aux décisions qu'il a prises me concernant, à ses réactions, aux lueurs dans ses yeux parfois. Depuis tout ce temps, il savait. Cela remet tout en question. Je me sens tellement bête.

Autour de moi, les hommes recommencent à parler et je ne peux pas supporter une minute de plus de me tenir au cœur de cette conversation sur… mon père. Je me lève, passe à côté de Blake qui ne fait pas un geste pour m'arrêter et monte sur le pont. J'aimerais dire que l'air frais me fait du bien, mais ce n'est pas le cas. Je suis seule, sur un bateau, au milieu de l'océan, et je suis plus perdue que jamais.

Je regarde mon poignet, les fines lignes d'encre qui s'y entrelacent. Je remarque que certaines s'estompent. Il faut que je le refasse. Ou peut-être pas, d'ailleurs : après tout, il semblerait que je fonce droit vers lui. À quoi bon m'embêter avec ce rituel de protection ?

Le choc fait place à la colère. Envers mon père qui a fait de mauvais choix et qui m'a forcée à le fuir. Envers la magie qui a provoqué ça. Envers l'Océan, pour m'avoir laissée croire que je pouvais être en sécurité ici. Envers *L'Avalon*, pour m'avoir accueillie et donné une maison, ce que je n'avais pas eu depuis longtemps. Envers ces hommes, parce que je me suis attachée à eux. Envers Blake, qui m'a menti et probablement manipulée, qui m'a aussi séduite et fait tomber dans un piège. Le plus beau des pièges, certes, mais un piège quand même. Parce que je réalise que, quelle que soit ma peur de me retrouver face à mon père, je ne peux pas abandonner *L'Avalon* et son équipage. Je me suis attachée à eux, bien plus que je ne le pensais, et l'idée qu'ils risquent leur vie sans moi me donne des sueurs froides. D'autant plus que, si je ne les aide pas, ils ne franchiront jamais la porte d'entrée du château. C'est pour cela que, plus que tout, je suis en colère contre moi-même.

J'ai baissé la garde et je risque d'en payer le prix fort. Que je le veuille ou non, il semblerait que je n'aie plus d'autre choix que de rester avec l'équipage et de courir à la mort.

***

Sur ce maudit navire, on n'a pas le droit à un moment de tranquillité. J'aurais aimé rester seule sur le pont pendant des heures, à ressasser et à me morfondre mais, évidemment, les hommes ressortent très vite. Ils sont toujours autant excités et le mot « Carte » est sur toutes les lèvres. Je vois Bold monter sur la passerelle et regarder le compas. Il s'aperçoit que je l'observe et m'adresse un hochement de tête auquel je ne réponds pas. Il doit aussi connaître mon secret. Soit il a deviné, soit Blake le lui a dit. Évidemment.

Comme hier soir, je suis prise d'une impulsion subite. Délaissant les tâches que je devrais accomplir, je traverse le pont pour entrer dans le couloir qui mène à ma cabine et à celle de Blake. J'entre dans la sienne et fais les cent pas en attendant qu'il arrive. Je ne sais pas si Bold l'a informé ou s'il a deviné que je serais ici mais il arrive moins de dix minutes plus tard.

Lorsqu'il passe la porte, je me fige et il fait de même après avoir soigneusement refermé derrière lui. Nous nous regardons en silence. J'ai du mal à croire que moins de vingt-quatre heures plus tôt, nous nous embrassions dans cette même pièce. Comme il ne semble pas prêt à prendre la parole, je romps le silence :

— Tu sais depuis longtemps ?

Il me fixe sans bouger, adossé à la porte, les mains derrière le dos.

— Blake. Est-ce que tu le sais depuis longtemps ? je répète, sentant l'énervement monter en moi.

— Depuis quelques semaines.

Je suis déjà immobile mais j'ai l'impression de me transformer en statue de glace.

— Après notre discussion à la taverne, le soir où tu devais partir. Tu m'as parlé de ton enfance. Et de ta fuite, des objets magiques. J'ai eu des soupçons.

— C'est pour ça que tu m'as autorisée à rester à bord ?

Ma voix n'est qu'un murmure. J'aurais aimé lui donner plus de force, feindre l'indifférence, mais je vois bien que Blake comprend ma douleur. Il se redresse et fait quelques pas vers moi, avant de s'arrêter net.

— Callie...

— Réponds-moi. Est-ce que c'est parce que tu as compris que mon père était le Sorcier Noir que tu me gardes à bord ? Est-ce que c'est parce que tu as besoin de moi pour le voler que tu as cette attitude ?

Est-ce que c'est pour m'amadouer, pour être sûr que je serais de son côté qu'il m'a embrassée, cajolée, m'a fait de belles promesses ? Cette pensée, ce soupçon est comme un poignard qui s'enfonce encore et encore dans mon cœur. Il soupire.

— Tu sais très bien pourquoi.

— Il va falloir développer un peu, je crache avec colère.

— Je t'ai promis de ne pas te mentir. Sur l'Océan, tu te souviens ? Oui, au début, je pensais t'utiliser pour entrer dans les bonnes grâces de ton père. Je ne savais pas que c'était lui qui détenait la Carte, mais je pensais que, si la piste du compas ne donnait rien, je pourrais te mettre à profit. T'échanger contre des informations, par exemple. Alors, oui, une partie de moi t'a peut-être autorisée à rester parce que je pensais que tu pourrais m'être utile.

Nouveaux coups de poignard dans ma poitrine. « T'utiliser », « te mettre à profit », « t'échanger ». Je me force à le regarder dans les yeux. J'espère qu'il voit ma tristesse et ma douleur. J'espère que cela traverse la carapace qui enserre son cœur. Lorsqu'il me rend mon regard, je suis surprise d'y voir se refléter ma peine. Il reprend la parole :

— Mais cela fait bien longtemps que j'ai perdu de vue cette raison. Callie, je ne te mentirai jamais, mais je me mentais à moi-même. Je me persuadais que tu restais parce que ton père était le Sorcier Noir, mais la vérité, c'est que je ne pouvais plus me passer de toi.

Il fait de nouveau un pas vers moi et s'arrête, un peu plus près qu'avant. Je me sens faible d'avoir envie d'être dans ses bras.

— Je te hais, tu sais ?

— Par les dieux, j'espère que ce n'est pas vrai.

Il esquisse un petit sourire, conscient que le pire est passé. Je ne parviens pas à lui en vouloir. Je suis ridicule et stupide. Mais je le comprends. Blake et moi, on est pareils. On a eu une enfance brisée, on a très vite appris à ne compter que sur nous-mêmes et à faire tout ce qu'il faut pour survivre. Si les rôles avaient été inversés, je n'aurais peut-être pas agi différemment. Le fait est que je suis toujours à bord alors qu'il aurait d'ores et déjà pu contacter le Sorcier Noir pour m'échanger contre la Carte. Mon père la lui aurait donnée, je pense. Il me cherche depuis tant d'années. Blake semble lire dans mes pensées.

— Je n'ai jamais vraiment envisagé de t'échanger contre la Carte. Même à moi, ça semblait mal. Et puis… tu as pris une place trop importante à bord de ce navire et je n'ai même plus pensé à cette possibilité. Même lorsque la sorcière m'a révélé l'emplacement de la Carte. Mais je comprends que tu m'en veuilles. Et je comprendrais aussi que tu décides de nous quitter. J'espère vraiment que tu ne le feras pas, et pas pour les besoins de la mission, mais je comprendrais.

Je soupire.

— Je veux partir, je dis, et je vois Blake se raidir. Je le veux et je ne le veux pas en même temps. Mais, surtout, je ne peux pas. Parce que ces idiots que tu appelles tes hommes et ce maudit rafiot sont devenus ma famille et ma maison. Et même si ma raison me hurle de m'enfuir, je ne peux pas vous abandonner. Je suis sans doute idiote, mais je te crois. Encore une fois.

Blake ferme les yeux un instant, apparemment soulagé.

— Mais, Blake, même avec moi à vos côtés, ça ne sera pas facile. Mon père nous repérera. Et il te tuera. Il vous tuera tous.

— C'est ce qu'on verra.

— Tu es vraiment prêt à prendre ce risque ? Pour une carte ?

— Pour une carte qui mène vers un nouveau monde, des aventures, la liberté et la gloire ? Oui.

Une lueur que j'ai appris à reconnaître brille dans ses yeux. Une lueur de pirate. Elle est différente de celle qu'il arbore quand il me regarde ou m'embrasse, mais elle est là. Celle qui recherche le danger pour la gloire, la richesse pour la postérité. Je pousse un nouveau soupir et fais un pas vers lui. J'accepte qu'il me prenne dans ses bras, j'accepte son baiser mais je me dégage rapidement.

— Très bien. Je t'aiderai, alors. Mais je continue à penser que c'est une mauvaise idée, capitaine.

Je tourne les talons, frôle Blake et sors de sa cabine, bien consciente que je viens de m'engager dans une sale histoire.

CHAPITRE 47
BLAKE

Je pensais motiver mes hommes en leur révélant ce que nous cherchions, mais j'étais loin du compte. Ils sont aussi excités qu'une bande de chiens fous et j'ai beaucoup de mal à les canaliser.

Après leur avoir expliqué que le Sorcier Noir était en possession de la Carte, il a fallu faire le point avec eux. Non, le Sorcier n'était pas une légende. Non, il n'allait sûrement pas accepter de nous céder la Carte et, oui, nous allions devoir la lui voler. Oui, c'était dangereux, non, je n'avais pas de plan, mais j'y travaillais. J'avais même un gros atout dans ma manche, bien que je garde cette information pour moi.

J'avais sa fille.

Je ne sais pas par quel miracle Callie a accepté de m'aider et me pardonner de lui avoir fait ce coup. J'avais l'intention de lui en parler avant de tout révéler à l'équipage, mais je n'en ai pas eu l'occasion. Quand je repense à sa réaction... Dire qu'elle a imaginé que je ne l'avais autorisée à rester à bord que parce qu'elle était la fille du Sorcier ! Elle n'a pas la moindre idée de ce qui se passe dans ma tête quand on s'embrasse.

C'est l'apocalypse dans mon esprit. Et, contrairement à ce que je croyais, j'adore ce sentiment. J'ai eu la chance de l'expérimenter plusieurs fois ces derniers jours. Car si la journée je tiens ma parole et agis le plus normalement du monde en sa présence, tous les soirs Callie se glisse dans ma cabine et me rend totalement dingue. J'attends le moment où je vais finir par m'habituer à sa présence, à sa douceur, à son goût sur mes lèvres, mais ce moment ne vient pas. Et j'en profite le plus possible.

Après notre discussion sur son père, j'ai cru qu'elle me ferait la tête pendant quelques jours. Mais, le soir même, elle me rejoignait dans ma cabine.

— Chut, m'a-t-elle dit en avisant mon regard. Je n'arrive pas à dormir.

— Dis tout de suite que tu ne peux plus te passer de moi, ai-je rétorqué avec un sourire.

— Si ça te fait plaisir de le penser.

Elle s'était placée au-dessus de moi et avait commencé à m'embrasser.

— Si tu dois m'entraîner dans une mission suicide, autant que je profite de la vie au maximum, m'avait-elle dit tandis que nous reprenions notre souffle.

Une philosophie qui m'allait totalement, j'avais donc continué à l'embrasser. Et alors même que nous faisions désormais voile vers le nord, alors même que je me creusais la tête pour trouver un plan et que je lui faisais prendre la route vers ce père qu'elle avait fui pendant des années, nous n'avions plus jamais reparlé du vol de la Carte.

En revanche, nous avions parlé de plein d'autres choses. Elle m'avait raconté son histoire. Toute son histoire. Son enfance, la perte de sa mère, la descente aux Enfers de son père. Aidé de Callie, j'avais cherché des informations dans mes livres. Cela nous avait permis de rendre les choses un peu plus claires.

D'après l'histoire, tout commençait avec les persécutions. Certains sorciers se réfugièrent loin des massacres, comme le peuple d'Al. D'autres transférèrent leurs pouvoirs à des objets, comme ce fut le cas pour le compas. D'autres encore perdirent la tête : leur corps se consuma et leur esprit ainsi que leur magie devinrent, faute d'attaches terrestres, des ombres noires, maléfiques et très puissantes. Les légendes disent que les ombres trouvèrent refuge dans le seul endroit qui leur convenait, c'est-à-dire l'enfer situé au plus profond de la Terre. Avec la bonne formule, il est possible de les appeler, d'intégrer leur pouvoir. La plupart du temps, invoquer une ombre finit mal, surtout si celle-ci se révèle plus puissante que prévu ou si la personne qui fait l'invocation ne se montre pas digne de la magie. C'est ce qui s'est passé lorsqu'un sorcier a tenté de me faire absorber le pouvoir des ombres, c'est ce qui s'est passé pour Thull et, de toute évidence, c'est ce qui s'est passé avec le père de Callie. En théorie, une fois que les ombres ont réalisé leur basse besogne, elles retournent d'où elles viennent. Ça n'a pas été le cas pour le père de Callie. D'après ce qu'elle m'a dit, les ombres ont assez vite dominé son père et ne sont finalement jamais parties. Elles l'ont consumé jusqu'à faire disparaître toute trace d'humanité en lui.

Évoquer ces sujets était difficile pour Callie. Je savais qu'elle était divisée. D'un côté, elle haïssait ce que son père était devenu, la violence et la cruauté dont il faisait preuve. D'un autre côté… c'était toujours son père. Comment pouvait-elle le haïr ? En écoutant ce qu'elle avait vécu, je comprenais un peu mieux sa peur tenace et virulente de la magie.

J'avais pourtant l'impression que le simple fait de partager enfin son secret avec quelqu'un lui faisait du bien. Je découvris aussi que le temps qu'elle avait passé seule l'avait poussée à se poser des questions qui n'avaient pas lieu d'être. À demi-mot, elle avoua qu'elle se sentait responsable de la situation de son père et s'interrogeait sans cesse sur ce qu'elle aurait pu faire pour l'aider, pour le sauver. Elle avait aussi développé un manque de confiance en elle assez incroyable puisqu'elle semblait persuadée qu'elle n'avait pas été assez bien pour suffire à son père, obnubilé par l'idée de ramener sa mère décédée. Cette insécurité la rendait totalement inconsciente de son charme et de ses qualités et, au contraire, intraitable avec ses faiblesses. J'aurais aimé l'aider, lui faire prendre conscience de la fascination qu'elle exerçait sur moi. J'aurais aussi aimé me trouver face à son père pour lui faire payer les séquelles qu'il avait laissées à Callie en prononçant cette formule. La voir souffrir quand on en parlait me rendait fou.

— Tu n'es pas dégoûté ? m'avait-elle demandé le deuxième soir après la révélation.

— Dégoûté de quoi ? lui avais-je demandé.

Elle était allongée en travers de mon lit et feuilletait un livre aussi épais qu'un lingot d'or et tout aussi lourd.

— Dégoûté par moi.

L'idée m'avait fait rire et je m'étais laissé tomber sur le lit à côté d'elle.

— Pourquoi devrais-je être dégoûté ?

Elle avait refermé le livre et avait plongé son regard vert dans le mien.

— Parce que mon père est un démon, que malgré cela je n'ai pas pu me résoudre à l'éliminer. Que je suis sa fille et que je l'ai couvert. Que je porte son sang dans mes veines. Que…

— Callie, l'avais-je interrompue.

J'avais pris son poignet tatoué entre mes doigts et avais déposé une série de petits baisers dans le creux de son bras, ravi de voir les frissons que j'y faisais naître.

— Tu n'es pas ton père. Tu n'étais qu'une gamine et tu n'aurais rien pu faire. Tu l'aimes et c'est normal. Et, finalement, il me paraît assez évident que tu ne me dégoûtes pas. Pas du tout, même.

Nous nous étions embrassés, mettant de côté les recherches pour une soirée.

Même si c'est difficile, j'ai respecté ma promesse. Mes promesses. D'abord et malgré mon envie de mettre les choses au clair, je ne fais rien de déplacé devant l'équipage. Je détourne les yeux quand Glenn fait du rentre-dedans maladroit à Callie au réfectoire, ou quand certains des hommes pensent pouvoir la reluquer sans vergogne sur le pont. Je ne suis pas sûr de duper Al qui, apparemment, a toujours vu clair dans mon jeu, et je ne pense pas non plus que Bold se laisse abuser. Son silence m'étonne. Il n'est pas du genre à m'épargner ses moqueries ou ses petites phrases pleines de sagesse : il n'y a aucun secret, aucun tabou entre nous. Mais, là, il ne m'a rien dit. Béni soit-il.

Ma deuxième promesse est presque aussi difficile à tenir. Depuis le premier soir et ma lamentable erreur – entièrement due à l'effet que Callie a sur moi –, je n'ai pas tenté quoi que ce soit. Nous nous embrassons beaucoup. Nous parlons encore plus. Mais jamais je n'ai essayé d'aller plus loin. Je ne sais pas si elle réalise l'exploit que représente pour moi le fait de dormir tous les soirs auprès d'elle sans perdre la tête.

C'est la première fois que je reste aussi longtemps avec la même fille. C'est aussi la première fois que je la veux autant. Et la première fois que je la respecte assez pour ne rien tenter malgré tout. Regardez-moi ça ! Blake Jackson serait-il devenu un homme honorable ?

À présent, je la regarde dormir à côté de moi et je me dis qu'il faudrait bien plus qu'un père surpuissant et complètement fou pour me dégoûter d'elle.

***

J'éclate de rire et passe une main affectueuse dans les cheveux de Doug.

— Si tu y tiens vraiment, Bold pourra te graver la figure de proue de *L'Avalon* sur la jambe, je lui dis avec un sourire.

— Super ! Merci, capitaine !

Le gamin va beaucoup mieux, grâce aux soins permanents de Doc et de Callie. Sa fièvre est retombée et sa plaie ne va pas s'infecter. D'ici quelque temps, il pourra même se faire poser la jambe de bois qui l'obsède depuis des jours. Cet enfant est étrange, mais je suis tellement content de le voir en bonne santé que je lui passerais tous ses caprices. Il pourrait me demander de découper le bois pour sa jambe dans le mât principal de *L'Avalon* que je pense que je le lui accorderais.

Je passe encore quelques instants avec lui avant de sortir sur le pont. Le soleil se couche et nous faisons toujours voile vers le nord. Chaque jour nous rapproche de notre objectif, bien que je n'aie pas la moindre idée de la façon dont nous allons nous introduire chez le Sorcier Noir, dans ce château à la sinistre réputation où Callie a grandi. Il faudrait vraiment que je lui en parle, mais je préfère profiter encore un peu de l'agréable entente qu'il y a entre nous. Même si je sais qu'il faudra le faire un jour…

Le soupir qui s'apprête à franchir mes lèvres meurt immédiatement alors que j'entre dans ma cabine. Callie est là, comme souvent. Sauf que, en cet instant, elle est dans la baignoire. Totalement nue, évidemment. Je suis tellement surpris par cette vision que je reste immobile un moment.

— Ça va, je ne te dérange pas ? me demande Callie, faussement agacée.

Elle est immergée dans l'eau et a croisé ses bras autour de sa poitrine, autant dire que je ne vois rien, mais j'ai quand même du mal à décrocher mon regard d'elle.

— Fais comme si je n'étais pas là, je lui rétorque avant de m'adosser à la porte.

Elle soupire et me fait un signe de la main.

— Tourne-toi, je sors.

Je m'exécute tout en marmonnant.

— Franchement, Callie, je sais que je suis sage, mais tu ne devrais pas trop me tenter.

— Tu m'avais dit que tu allais voir Doug.

— Et tu as donc décidé de te balader nue dans ma cabine. C'est un peu exagéré comme réaction, non ?

— Je prends un bain. Ce n'est pas comme si je t'attendais allongée sur ton lit.

— Tais-toi. Tu sais que j'ai une imagination débordante.

Je l'entends rire, proche de moi, et me tourne lorsque sa main se pose sur mon épaule. Elle s'est essuyée en vitesse et a mis des vêtements propres qui collent suffisamment à son corps mouillé pour que je distingue ses formes. Pas assez à mon goût, mais c'est déjà ça.

J'imagine que le mot le plus approprié pour décrire le corps de Callie est « menu ». Elle est fine, de ses longues jambes jusqu'à ses doigts en passant par ses hanches et sa poitrine. Celle-ci n'est pas particulièrement généreuse, mais ce que j'en vois à travers le tissu blanc suffit presque à me faire perdre la raison. Heureusement qu'elle porte des corsets habituellement. Ils moulent plus ses formes, mais m'empêchent aussi de distinguer quoi que ce soit à travers sa chemise, et c'est sans doute mieux pour ma concentration. Mais là, il n'y a presque aucune barrière entre moi et sa peau que je devine si douce, si fraîche, sa peau sur laquelle j'aimerais déposer des milliers de petits baisers avant de…

Callie interrompt mes fantasmes en me donnant une claque sur le bras avant de croiser les siens sur sa poitrine.

— Arrête de me reluquer comme ça, tu me fais peur.

Je me penche pour l'embrasser et elle se laisse faire un moment avant de s'éloigner pour aller vider la baignoire. Je la suis et esquisse une grimace en voyant la couleur de l'eau.

— Eh bien, ce n'était pas du luxe, cette petite trempette, je dis en avisant les traînées noires qui flottent à la surface.

— C'est mon tatouage qui dégorge, idiot, rétorque Callie en plantant les poings sur ses hanches.

C'est la première fois depuis trois jours qu'elle évoque quelque chose en rapport avec son père. Je m'empare de sa main et, du bout des doigts, trace le chemin des runes sur son poignet.

— Et ce tatouage, tu peux le faire seule ?

— Oui, mais j'ai besoin de certains ingrédients pour la mixture magique. Ça me prend un peu de temps, mais j'ai l'habitude.

— Comment as-tu découvert cette rune ?

— C'est une sorcière qui me l'a apprise. Quelques mois après avoir fui mon père, j'ai réalisé qu'il me retrouverait, peu importe où j'allais. La magie ne se laisse pas abuser par la distance. J'avais besoin d'une protection un peu plus forte. J'ai utilisé le compas pour trouver la personne qui me permettrait de semer mon père.

Elle regarde nos doigts désormais entrelacés.

Je vois passer cette ombre dans son regard. Celle qui s'installe toujours quand elle pense à son père, à ce qui l'attend. Je ne veux pas voir cette ombre ce soir, alors je la fais reculer jusqu'à ce qu'elle tombe sur le lit. Elle rit un peu et nous nous allongeons côte à côte. Son regard se pose sur mon bras et elle fait un geste du menton.

— J'ai entendu dire que les capitaines pirates étaient couverts de tatouages mais je ne vois que ceux-là. Je dois avouer que je suis un peu déçue.

C'est à mon tour de rire et, sans la quitter des yeux, j'enlève ma chemise pour lui montrer mes traces d'encre. Callie a forcément déjà vu ceux que j'ai sur les bras mais mon geste lui révèle ceux de mon torse. Des formes variées, que j'ai faites au fil des années. Certains sont très nets dans ma mémoire, d'autres se sont presque estompés. Certains ont une signification particulière, d'autres sont là pour remplir. Je n'en ai pas des centaines, mais j'ai quand même une jolie petite collection, ce que me confirme Callie, qui pousse un sifflement.

— Je ne les avais jamais remarqués avant...

Je prends un air charmeur.

— Je sais que mon visage attire l'attention, mais pas au point d'éclipser mon corps de rêve...

Je voudrais continuer à raconter des légèretés, mais elle pose un doigt sur un de mes tatouages, juste au-dessus du cœur. Elle laisse traîner ses mains de dessin en dessin, tout à fait consciente de l'accélération de mon souffle et des frissons qu'elle fait naître sur ma peau. Ça semble la réjouir et je serre les dents.

— Callie... je la préviens.

— De quand date le premier ? me demande-t-elle sans prendre en compte mon avertissement.

— Je ne sais plus. J'avais dix ans je crois.

— Que représente celui-là ?

— Honnêtement, quand tu me touches comme ça, j'ai du mal à me souvenir de mon nom, alors un tatouage...

Un petit rire lui échappe et elle se redresse pour poser sa tête au creux de mon épaule, tout près de mon oreille. Je devine qu'elle est ravie de l'effet qu'elle me fait.

— Tu exagères… Tu sais très bien que tu t'appelles… Blake…

Elle susurre mon nom et je ne tiens plus. Je me redresse d'un coup et la fais rouler sur le dos. Allongé sur elle, je l'embrasse à perdre le souffle, à perdre la tête. Mes mains se glissent sous sa chemise et caressent sa peau douce comme l'écume de l'océan alors qu'elle continue à murmurer mon nom dès qu'elle le peut. Je sens qu'elle tire sur l'encolure de ma chemise puis sur la chaîne qui tient ma chevalière pour me garder au plus près d'elle. Je sens surtout que je suis en train de perdre pied.

Soudain, on frappe à la porte. Je jure, sans pouvoir m'en empêcher.

Callie éclate de rire avant de coller sa main contre sa bouche pour étouffer le son. Je la regarde, pas aussi amusé qu'elle, avant de me dérider. Ses cheveux sont tout ébouriffés, sa chemise est remontée sur son ventre à la peau pâle et ses joues, elles, sont toutes rouges. Ses taches de rousseur m'appellent, comme si elles traçaient un chemin vers tous les endroits de son visage que je pourrais embrasser. Ses cheveux cuivrés étalés en auréole autour de son visage m'invitent à glisser mes doigts dedans, à les enrouler autour de mon poignet comme j'adore le faire…

Cette fille est la tentation incarnée.

Elle passe la main sur ma joue.

— On a le temps, me dit-elle doucement.

Je tente de remettre de l'ordre dans ma tenue avant de penser à ouvrir la porte. Je hoche la tête mais je sais bien que c'est faux. L'ombre du Sorcier Noir et de ma mission plane au-dessus de nous. Qui sait combien de temps nous avons réellement ?

CHAPITRE 48
CALLIE

Ce n'est pas plus mal que nous ayons été interrompus.

Blake et moi nous assurons que nous sommes présentables et je m'assois à son bureau, feignant de consulter des livres de cartes. Blake va ouvrir et Bold entre d'un pas pressé dans la pièce. Il me regarde un instant avant de lever les yeux au ciel.

— Oh, par les dieux, arrêtez cette comédie avec moi.

Je feins la surprise.

— Que vous arriviez à tromper les idiots du pont inférieur, d'accord, mais ne m'insultez pas, reprend le second. Et cessez de batifoler dès que l'occasion se présente. Je vous rappelle qu'on a une mission périlleuse à mener.

Toujours bouche bée, je jette un regard à Blake qui rit franchement. Il devine mes soupçons et lève les deux mains, comme pour dire qu'il est innocent.

— Hé, je n'ai rien dit !

— Il n'a pas eu besoin. Je ne suis pas né de la dernière pluie, rétorque Bold en prenant place en face de moi.

— Je t'avais dit qu'il ne lui faudrait pas plus de trois jours pour tout découvrir.

Cette fois Blake lève trois doigts dans le dos de Bold et articule encore « trois jours », comme pour bien enfoncer le clou.

— Faut dire que vous n'êtes pas très discrets, reprend Bold. Vos petits regards en coin… Vos petits sourires niais… Et, d'ailleurs, pourquoi le cacher aux autres ?

— Callie n'est pas prête à avouer au monde entier qu'elle a succombé à mon charme, soupire Blake en s'asseyant à son tour.

— Tu voulais quelque chose, Bold, ou c'est une consultation conjugale ? je rétorque d'un air mauvais.

Le géant m'observe un instant, esquisse un sourire, presque malgré lui, puis prend la parole :

— Toujours pas de nouvelles de Thull, dit-il, retrouvant immédiatement son sérieux.

Par la même occasion, il capte aussi toute mon attention et celle de Blake.

— Après ce que son précieux navire a subi…

— En revanche, des pigeons continuent à nous tourner autour régulièrement. J'en ai compté deux depuis l'attaque.

Le visage de Blake se referme. Je devine ce que cela veut dire.

— Un espion ?

— Probablement.

Cela ne m'étonne pas : Thull savait où nous trouver, il savait que nous avions le compas, il est parvenu à nous suivre sans qu'on le repère et il savait exactement quand nous attaquer…

— Il y a donc un traître parmi nous, je conclus.

— Quelqu'un qui continue à le renseigner. Cela veut dire que l'ordure s'en est tirée. Et qu'il continue à poursuivre le même but que nous.

— Ça t'inquiète ? je demande.

— Pas vraiment. Sans son bateau, blessé et avec la moitié de son équipage mort, il n'est plus vraiment une menace. En revanche, je n'aime pas l'idée qu'il y ait un traître sur mon navire.

Je me passe une main sur le visage. Les bienfaits de mon bain se sont depuis longtemps évanouis. Entre la brusque bouffée de chaleur que j'ai eue en me roulant sur le lit avec Blake et les dernières révélations... je me sens très lasse. Toute cette méfiance, toutes ces inquiétudes pour une carte... ça me dépasse vraiment. Mais ça a de l'importance pour Blake, alors ça en a pour moi.

Un espion à bord de *L'Avalon*. Un traître. Je suis avec eux depuis peu mais je considère déjà ces hommes comme ma famille – sans quoi j'aurais mis les voiles la première fois que Blake a prononcé les mots « Sorcier Noir » –, mais je réalise que je ne les connais pas tous très bien. Et... je m'en veux de penser ça mais, si on me demandait mon avis, je sais vers qui mes soupçons se porteraient. Je préfère toutefois garder le silence car je sais que ma méfiance est irrationnelle et qu'Al est très proche de Blake. Il ne le trahirait jamais. J'en suis sûre. Disons que j'en suis presque sûre.

— De toute façon, on ne peut rien y faire. Je vais continuer à surveiller les oiseaux qui nous tournent autour et à mener l'enquête, reprend Bold. Nous trouverons l'identité de ce rat. Je te le promets, Blake.

— J'ai confiance en toi, Bold, tu le sais. Ça vaut aussi... pour notre petit secret, n'est-ce pas ?

— Tu parles du fait que Callie passe toutes les nuits dans ta cabine ? Je serais muet comme une carpe.

— Merci Bold, je marmonne, consciente d'avoir les joues en feu. Je croyais qu'on devait se concentrer et ne pas oublier la mission suicide.

Blake me regarde, surpris.

— Tu veux en parler ? Je pensais que tu n'approuvais pas.

— Peut-être, mais je suis embarquée dans l'histoire malgré tout. On ne peut pas continuer à faire comme si de rien n'était.

Blake acquiesce et je devine que ça le chagrine autant que moi. Ces derniers jours, nous avons soigneusement évité le sujet de la Carte. C'était trop difficile, trop ancré dans la réalité. C'était crever le petit nuage de bonheur sur lequel nous flottions. Mais il est temps d'en redescendre.

***

Nous passons une bonne partie de la nuit à faire le point. Je leur parle de tout ce que je sais sur le château de mon père, les chemins qui y mènent, les entrées, les sorties, les passages secrets, les culs-de-sac. Je leur précise bien que je suis partie depuis presque dix ans et que les choses ont dû changer là-bas. Nous tombons d'accord sur le fait que mes informations sont à prendre avec des pincettes mais c'est le mieux dont nous disposons.

Je leur parle aussi de l'emplacement précis du château. Là où je suis née, dans mon village natal. En général, les gens savent situer la zone, ne serait-ce que pour l'éviter. Mais moi, je peux la pointer sur une carte, citer ses coordonnées géographiques et trouver dix itinéraires pour s'y rendre. Ou s'en éloigner, au choix.

Je leur parle du chemin que j'ai fait il y a de cela des années. Je leur parle du bateau, puis de la route, de mes escales et, peu à peu, notre itinéraire prend forme. Pour le moment, c'est assez simple : plein nord. En revanche, plus nous nous approcherons, plus ça sera difficile. Il nous faudra être prudents, brouiller les pistes et, surtout, ne pas nous faire repérer. S'il sait que nous arrivons, nous n'aurons aucune chance.

Je sais que Blake et Bold meurent d'envie de me poser des questions sur mon père, sur sa magie, sur le château et ses protections. Sur les salles remplies de trésors, sur les moyens d'y accéder. Je sais qu'ils attendent de moi que je mette au point un plan infaillible pour voler la Carte, mais, pour le moment, je n'ai pas de solution miracle. Ils semblent persuadés que je pourrai entrer sans difficulté mais je me doute que ça sera plus compliqué que cela.

— Nous sommes encore loin d'arriver au château, je coupe Blake alors qu'il s'apprête à insister. On a le temps de nous préparer. Concentrons-nous sur le trajet.

Il hésite puis hoche la tête. Ça doit être dur pour lui. D'être si près de son but, après toutes ces années, et de devoir encore patienter des semaines avant d'être en vue du château. De devoir encore ruminer ses plans, échafauder des hypothèses et des théories. D'être dans l'incertitude.

— D'ici quelques jours, on devrait passer près de l'endroit où j'ai travaillé pour Lady Brigid.

— On devrait peut-être y planifier une escale, intervient Bold. Les hommes ont besoin d'une pause à terre et il faut refaire nos stocks. Nous avons aussi besoin de matériel pour finir quelques réparations. Notre affrontement contre le *Black Gold* a laissé quelques séquelles.

— J'ai aussi des choses à acheter, je dis en jetant un coup d'œil à mon poignet.

À force de repousser le moment de me procurer les ingrédients pour ma mixture magique, je vais finir par louper le coche. Ce serait vraiment trop stupide de me faire repérer par mon père alors que je fonce vers lui et que notre plan repose en grande partie sur la discrétion et l'effet de surprise.

— C'est calme, vers chez ta lady ? demande Blake.

— Plutôt, oui. Je n'allais pas souvent en ville car son domaine est dans les terres, mais le port le plus proche est immense. Luthe, je crois, j'ajoute en vérifiant sur une carte. Oui, c'est ça. Je me souviens d'avoir vu défiler des navires. Je doute que *L'Avalon* se fasse remarquer.

— *L'Avalon* se fait toujours remarquer, dit Blake en se rengorgeant.

— Je commence à penser que tu ne pourras jamais aimer quelque chose plus que ton navire, je dis, pensive.

C'était une boutade, mais je suis surprise par la force du regard de Blake. Il ne cherche d'ailleurs pas à répliquer, ce qui n'est pas dans ses habitudes. Il se contente de me dévisager, les sourcils légèrement froncés. Bold, amusé par la scène, pointe le doigt sur une carte.

— On part sur Luthe, alors.

— Parfait, je dis, feignant l'enthousiasme. J'ai hâte d'y retourner et de raviver tous ces bons souvenirs de fuite et de travail forcé pour une femme odieuse !

J'observe la carte. Les collines dessinées autour du port semblent presque enfantines ainsi, mais je sais qu'elles s'étendent sur des kilomètres et des kilomètres. Et qu'au milieu se dresse le manoir où Lady Brigid hurle sur ses employés et les force à travailler jusqu'à point d'heure. Peut-être que Miles et Sharon s'y trouvent toujours. Je ne l'espère pas pour eux. Blake interrompt mes pensées.

— On est nostalgique ?

— Pas vraiment. Mis à part quelques détails, je n'ai pas de très bons souvenirs de mon séjour chez Lady Brigid.

— On sait tous que la période la plus heureuse de ta vie a commencé quand tu as posé les yeux sur moi, dit Blake avec son fameux petit sourire en coin.

— Ah, oui, ce moment béni où un pirate m'a trompée, vendue, assommée et kidnappée, je rétorque.

— Par l'Océan, tu ne me donnes pas vraiment le beau rôle, marmonne Blake en passant une main sur sa nuque, apparemment gênée par la tournure de notre conversation.

— Il va falloir t'y faire, je ne suis pas près de laisser passer une occasion de ressortir cette histoire ! Ça sera un argument de plus pour que tu ne puisses plus jamais avoir le dernier mot avec moi, j'ajoute, mimant une moue aguicheuse.

— Je ne peux pas travailler dans ces conditions, bougonne Bold en se levant.

Sans ajouter un mot, il quitte la pièce et j'éclate de rire, bientôt suivie par Blake. Juste avant que la porte ne se referme derrière le second, j'entends aussi son rire grave et bas.

Malgré cette mission suicide, tout n'est pas si mal.

CHAPITRE 49
CALLIE

— Tu sais ce que tu vas leur dire ?

— C'est-à-dire ?

Je regarde Blake vérifier un point sur le compas, avant de passer le gouvernail à un de ses hommes. Il continue de se servir du compas magique au lieu d'utiliser une boussole classique. Il dit que ça le rassure, mais je le soupçonne d'espérer que le compas lui indique brusquement une autre solution. Je le souhaite aussi, mais je ne me fais pas d'illusions.

— Concernant la Carte, le vol, tout ça. Tu vas leur dire que tu as un plan ?

— Je mentirais si je le disais.

— Tu devrais peut-être leur mentir. Juste pour cette fois. Pour les rassurer. Cette mission ne va pas être facile et s'ils comprennent qu'on se jette tête baissée dans la gueule du loup…

Blake me lance un regard perçant.

— Mais je compte bien trouver un plan. D'ailleurs…

Il fait mine de réfléchir puis claque des doigts en prenant un air inspiré.

— J'en ai un !

— Quelle efficacité ! je dis avec sarcasme, amusée malgré moi.

— Voilà mon plan de génie, chérie. Il tient en deux étapes et tu es un élément central de sa mise en œuvre.

— Je suis tout ouïe.

— Étape une : tu me fournis plein d'informations pour le trajet. Étape deux : on improvise.

J'éclate de rire.

— Quoi ? Tous mes plans sont construits de la même façon. L'improvisation, c'est la clé de tous mes succès. Ça, et une bonne dose de talent, ajoute-t-il après un instant de réflexion.

Je ne peux pas m'empêcher de secouer la tête, faussement navrée, en réalité saisie par une bouffée d'affection. Si le fait qu'il arrive à me faire rire en parlant de quelque chose d'aussi sérieux que le cambriolage du château de mon père prouve quelque chose, c'est bien qu'il compte pour moi… Blake reprend la parole, effaçant aussitôt le sourire de mes lèvres.

— Tiens, je viens de penser à une étape trois : on se retrouve dans ma cabine et tu satisfais tous mes désirs.

Je hausse un sourcil et il lève les mains, mimant un air innocent.

— Je crois que tu confonds improvisation et fantasme, capitaine, je dis simplement.

— Dommage.

***

Les hommes sont déjà là quand nous entrons dans le réfectoire. Comme d'habitude, seuls les membres de l'équipage en qui Blake a le plus confiance sont présents : Bold, bien sûr, Al, Glenn, Doc, Peter et quelques autres. Cela ne semble surprendre personne que je me joigne à eux.

J'imagine qu'ils s'y attendaient, vu mon rôle dans les derniers événements liés à la quête de la Carte. Il est évident pour tout le monde que Blake m'a impliquée.

— Tu fais partie de l'équipage, tu sais, m'avait répondu Blake lorsque je lui avais demandé si ma présence n'allait pas soulever des questions.

— Comme tous les hommes à bord mais tu ne les convies pas pour autant.

— Je n'ai pas autant confiance en eux qu'en toi. Tous les hommes à bord savent à quoi s'en tenir avec toi.

— C'est-à-dire ?

— C'est-à-dire que ce sont des pirates. Des hommes violents et bornés, mais pas aussi idiots qu'on pourrait le penser. Certes, ils ont des préjugés sur les femmes et encore plus sur les femmes qui tentent de se faire passer pour des pirates. Mais ils fréquentent l'équipage de Jossy depuis des années, assez pour savoir qu'une femme peut être aussi dangereuse qu'un homme. Ils te connaissent depuis des mois : à partir du moment où tu as fichu une raclée à Colton et José, ils ont cessé de se poser des questions sur toi et t'ont acceptée, même si tu ne sembles pas l'avoir remarqué.

Cette discussion me fait réfléchir. En mettant deux des leurs au tapis, en affirmant mon caractère et ma détermination, j'ai montré que je méritais ma place à bord. À partir de là, apparemment, peu importais que je sois un homme, une femme, une sirène ou une chèvre. J'imagine que si je ne les trahis pas, ils seront à jamais ma famille.

Un rot retentissant me sort de mes pensées. Je pousse un soupir à fendre l'âme et jette un regard en coin à Glenn, le responsable de ce bruit dégoûtant.

— Ooops, Callie, je ne t'avais pas vue, s'excuse-t-il en prenant un air gêné.

— En même temps, mieux vaut que ça soit dehors que dedans, dit Doc de son ton toujours sérieux.

Mesdames, messieurs : ma famille !

Je lève les yeux au ciel mais m'abstiens de faire tout commentaire. À la place, je m'assois entre Bold et Peter qui me lance un bref regard avant de se tourner de nouveau vers Blake. Depuis l'attaque de *L'Avalon*, il semble sur les nerfs. Je me demande brièvement s'il est malade, avant de réaliser que Glenn a les yeux braqués sur moi. Plus précisément, il m'observe en train d'observer Peter. L'intensité de son regard me met mal à l'aise et je remarque que lui aussi n'est pas en très bonne forme. Ses traits sont tirés et il est anormalement silencieux et sérieux. D'habitude, c'est le plaisantin de service. Mais, maintenant que j'y pense, ces derniers temps ses blagues semblent moins nombreuses et surtout moins naturelles. Comme s'il se forçait à continuer à agir normalement. Je fronce les sourcils alors qu'il se détourne précipitamment.

J'aimerais vraiment savoir ce qui le fait agir ainsi. Je suis sur le point d'engager la conversation avec lui pour en savoir plus lorsque j'avise sa main qui tapote avec impatience sur la table. Il attend que Blake prenne la parole et, de toute façon, le moment est mal choisi pour les confidences, en admettant que Glenn veuille se confier à moi. Je retiens donc les questions qui me brûlent la langue et, à la place, je l'imite et fixe Blake qui ne tarde pas à ramener le calme dans la pièce.

— Bon, assez bavardé, les gars. Euh, les gars et Callie.

De nouveau, je lève les yeux au ciel, plus amusée qu'agacée, cette fois-ci.

— Maintenant que vous êtes au courant de notre objectif, il est temps de parler du plan. Celui-ci est très simple. Nous faisons actuellement voile vers le repaire du Sorcier Noir. Selon nos informations, si nous conservons cette vitesse et si nous nous tenons à une seule escale à Luthe, il nous ne nous faudra pas plus d'une semaine pour y arriver. Pour le moment, c'est très simple. On s'avance vers la cible tout en étant le plus discrets possible. C'est une fois là-bas que ça se corse.

— Comment allons-nous entrer dans le château ? demande Peter d'un ton sec et inquiet.

— J'y travaille. Mais Callie va nous aider. Elle connaît bien le château.

Tous les regards se tournent vers moi, surpris. Je hausse les épaules, feignant la nonchalance.

— Je me suis déjà introduite dans son domaine.

— Toi ? dit Al d'un air incrédule.

Je me sens insultée et il doit le deviner car il précise aussitôt sa pensée :

— Je croyais que tu n'aimais pas tout ce qui était en lien avec la magie.

— C'est le cas. Mais le Sorcier Noir est très riche. Je suis une voleuse. Je devais bien faire ce qu'il fallait pour manger.

J'essaie de rester vague et n'énonce que des phrases qui sont des vérités… prises séparément. Je n'ai pas envie de m'enfoncer dans des mensonges. J'espère juste qu'aucun d'entre eux n'aura réellement entendu parler de moi. Si c'est le cas, ils auront peut-être gardé en mémoire que j'étais justement l'une des seules voleuses et receleuses du pays, qui refusait tout contrat pouvant me mettre au contact de la magie. Heureusement, personne ne bronche.

— C'est pour ça que tu fuis ? Tu as peur qu'il te retrouve ?

Je lance un regard perçant à Glenn qui me dévisage. Je ne pensais pas que quelqu'un, mis à part Blake et Bold, avait remarqué que j'étais en fuite. Je finis par hausser de nouveau les épaules.

— Voilà, on va dire ça.

Je vois Blake retenir un soupir. Il doit penser que j'y mets vraiment de la mauvaise volonté. L'idée de planifier un cambriolage chez mon père me donne toujours envie de hurler en me cachant sous une table, mais, pour Blake, je fais un effort. J'écoute les conversations qui démarrent, les plans qui se dressent et s'effondrent aussitôt. Ma petite intervention a au moins eu le mérite de leur faire croire que c'était possible de s'introduire dans le château et d'en ressortir vivant. Alors que les hommes posent des questions et émettent des hypothèses, une petite voix hurle en moi. *C'est du suicide, c'est du suicide, c'est du suicide.*

— Callie connaît un passage pour entrer, dit Blake en répondant à la question d'un de ses hommes. Bien sûr, il faudra s'assurer que le Sorcier n'est pas là. Je peaufine encore cette partie du plan, poursuit-il lentement, mais nous trouverons un moyen de l'attirer loin de son repaire pour quelques heures. Il nous faudra être rapides, discrets et précis. Tout repose là-dessus. Si nous nous faisons repérer sur le chemin ou en arrivant, c'est fini. Nous ne sommes pas là pour attaquer le Sorcier Noir de front.

— Encore heureux, je marmonne, incapable de me retenir.

Heureusement, personne ne semble m'avoir entendue.

— Notre but, c'est la Carte. Alors, on entre, on la prend, et on part. Ça sera déjà assez difficile comme ça, pas la peine de faire du zèle.

Ce dernier point laisse les hommes songeurs un moment. J'imagine que c'est difficile pour eux : le Sorcier Noir est réputé pour être un grand collectionneur et posséder des trésors extrêmement précieux. Je sais pour l'avoir vu de mes yeux que cette réputation est méritée. Pour des pirates, cela risque d'être difficile de résister à l'appel de l'or pour s'emparer d'une seule carte, aussi rare et mystique soit-elle. De nouveau, je suis prise par l'envie de les secouer, tous autant qu'ils sont. Pourquoi l'or et la gloire les aveuglent-ils au point qu'ils ne réalisent pas qu'ils foncent droit sur un danger qu'il serait aisé d'éviter ? La panique que j'ai réussi à dominer ces derniers temps monte brutalement en moi. Le reste de la conversation ne m'aide pas à me calmer.

— Pour attirer le Sorcier hors de chez lui, il faut lui donner quelque chose qu'il désire.

Personne ne moufte, attendant la fin du raisonnement de Bold qui vient de prendre la parole d'une voix aussi calme que d'habitude. Personnellement, je sens que ça ne va pas me plaire.

— Et nous savons que ce qu'il cherche, c'est sa fille.

Je ne m'attendais pas à une idée de génie, mais je n'avais pas prévu la violence avec laquelle mon corps réagirait. Les battements de mon cœur s'accélèrent de manière inquiétante et je crois que je fais une crise de panique. Ma vision se trouble, mes oreilles bourdonnent, j'ai soudain très chaud et je n'ai aucun mal à croire que, si je n'étais pas assise, mes jambes auraient cessé de me porter. Blake me jette un rapide coup d'œil avant de fixer Bold d'un air insistant, comme pour lui demander à quoi il joue. J'entends vaguement Bold continuer à parler.

— Pas pour de vrai, bien sûr ! s'exclame-t-il en me lançant un regard affolé. Nous ne savons même pas où se trouve cette gamine ! Mais si on fait courir la rumeur qu'elle se trouve, disons, à quelques jours de route du château du Sorcier…

— Cela pourrait l'attirer loin du château ! finit Glenn en tapant dans ses mains, enthousiaste.

Respire à fond, Callie, respire. Bold ne voulait pas te vendre. Il vient plutôt de mettre au point une excellente stratégie pour que tu ne croises pas ton père en te baladant dans son repaire. C'est risqué, bien sûr, mais c'est sans doute la meilleure solution. Et, de toute façon, il n'y a pas un point dans ce plan de fou qui ne soit pas risqué.

— Ça pourrait marcher, dit prudemment Blake en me regardant. Callie, ton avis ?

Je me retiens de me racler la gorge avant de parler. À mon grand soulagement, ma voix est normale et ne trahit pas les battements encore erratiques de mon cœur. Je tente de cacher ma panique derrière une boutade.

— Je ne suis pas sûre que mon avis te plaira.

— Si ce n'est pas trop te demander, nous aimerions quand même l'entendre, *princesse.*

Rien qu'au ton de Blake, je devine qu'il mobilise toutes ses forces pour faire preuve d'une grande patience à mon égard. Il est obligé de me ménager car je suis la seule à pouvoir lui indiquer cette fameuse entrée discrète puis à le guider à l'intérieur du château. En réalité, je sais bien que la mauvaise volonté dont je fais preuve l'énerve et qu'il m'en fera sans doute le reproche ce soir, quand nous serons seuls.

— Je continue à penser que c'est du suicide, je commence. Mais… je pense que l'idée de l'appât est bonne. Si on arrive à trouver le bon moment pour lancer la rumeur, il y a des chances pour que ça fonctionne. Ça nous donnera une fenêtre très courte mais c'est mieux que rien, j'imagine.

Je n'en reviens pas d'avoir donné mon accord pour ça. C'est l'exact opposé de ce que je fais depuis des années. J'ai l'impression de tendre l'arme qui viendra me mettre une balle dans la tête. J'espère que Blake et Bold ont conscience de ce qu'ils me demandent.

Il me suffit de croiser le regard des deux hommes en question pour comprendre que c'est le cas. Bold est immobile, les yeux rivés sur moi. Je commence à bien le connaître et je sais qu'il pense à l'après. Quand nous nous serons introduits dans le château, quand nous nous serons emparés de la Carte. Il n'y a plus qu'à espérer que les Confins fassent peur au Sorcier et qu'il n'osera pas nous y suivre, car il n'est pas idiot. Il comprendra vite que ceux qui ont initié la fausse rumeur sur sa fille disparue et ceux qui ont volé la Carte sont les mêmes. Et à ce moment-là, il se lancera à notre poursuite. Nous aurons intérêt à être déjà loin. Bold pense aux risques qu'il me fait prendre, mais aussi à ceux que prend l'équipage.

Blake, lui, a le regard intense qu'il prend quand il éprouve des remords à l'idée de me demander ce sacrifice. Néanmoins, je sais d'expérience que cette lueur et ces états d'âme ne font jamais long feu face à son obsession d'obtenir la Carte. C'est dans ces moments-là que je réalise que, malgré la peur dévorante que le Sorcier Noir fait naître en moi, je n'ai pas d'autre choix que d'aider Blake. C'est bien assez que l'ombre m'ait volé mon père. Je ne la laisserai pas me prendre Blake.

Une fois de plus, je maudis ce petit organe battant dans ma poitrine qui m'empêche de me désintéresser du sort de Blake et de ces maudits pirates. Tout serait tellement plus simple si je pouvais juste m'en aller…

Je me concentre sur ce que je crois lire dans les yeux de Blake pour continuer en proposant une sécurité supplémentaire.

— Pour éviter d'être repérés, il nous faudra tracer des runes magiques comme celles que j'ai sur le poignet. Si le Sorcier est dans le château, elles ne serviront à rien. Mais si le plan fonctionne et que nous réussissons à l'éloigner, ça l'empêchera de sentir à distance que nous pénétrons dans son repaire. Ça nous donnera un peu d'avance avant qu'il ne se lance à notre poursuite.

Les hommes approuvent sans hésiter et Blake m'adresse un hochement de tête reconnaissant. J'aimerais lui sourire en retour mais je ne peux que l'ignorer, déchirée entre mon envie de fuir mon père et celle de protéger Blake par tous les moyens. Une situation impossible à concilier qui met mes nerfs à rude épreuve…

CHAPITRE 50
CALLIE

Le soir même, j'attends longtemps avant de rejoindre Blake dans sa cabine. J'ai besoin de me calmer. J'ai besoin d'être un peu seule pour faire le tri dans mes pensées. D'un côté, il y a mon père, possédé par un démon, le sorcier le plus puissant qui ait jamais foulé cette terre. Personne ne sait comment l'arrêter et je suis terrifiée à l'idée de croiser cette créature que je fuis depuis des années. J'aimerais croire que mon père est toujours vivant, toujours conscient quelque part derrière toutes les ombres du Sorcier, mais j'ai appris que les rêves et les vœux ne se réalisent que rarement. De l'autre côté, il y a ce capitaine pirate dont je suis stupidement et follement amoureuse, qui navigue droit vers lui et a l'intention de lui voler une carte précieuse. Lui est encore là, mais pour combien de temps ? Que devrai-je faire, que devrai-je sacrifier pour le maintenir en vie ?

Finalement, rester seule empire les choses. Je ressasse beaucoup trop, et ce n'est pas bon. Je franchis donc les quelques mètres qui me séparent de la cabine de Blake et me glisse à l'intérieur. Il fait nuit et toutes les bougies sont éteintes : seule la clarté de la lune qui se reflète sur l'océan me permet de me repérer. Ce n'est pas grave, je connais le chemin par cœur. En quelques pas, je suis devant le lit de Blake. Celui-ci est allongé sur les couvertures et reste immobile alors que je me couche à ses côtés. Il a les yeux grands ouverts et c'est seulement lorsque je pose la main sur son bras qu'il se tourne vers moi.

— J'ai cru que tu ne viendrais pas, dit-il d'une voix basse.

Je passe ma main sur sa joue mais la retire très vite.

— J'avais besoin d'un peu de temps seule. Et je pensais que tu m'en voulais.

Je scrute son visage, malgré l'obscurité. Je le vois et l'entends soupirer : il n'a pas l'air en colère, seulement las.

— Je ne m'attendais pas à ce que tu sautes de joie à l'idée de monter un plan, répond-il, mais tu aurais pu faire preuve d'un peu plus de bonne volonté.

— Blake, ne m'en demande pas trop. J'essaie de nous garder en vie tout en réalisant ton projet suicidaire pour te couvrir de gloire, alors…

— Tu ne saisis pas l'importance de cette carte pour moi.

— Étant donné que je suis prête à risquer ma vie pour que tu l'aies, je pense que si, je rétorque avec humeur. C'est juste que… tu es déjà couvert de gloire, d'or, et tu es libre. Pourquoi vouloir plus ?

Blake hausse les épaules, comme si ma question était stupide. Ce qui est loin d'être le cas. Je repense à mon père qui ne pouvait pas se contenter de ce qu'il lui restait et qui se concentrait sur ce qui lui manquait. Il a préféré se focaliser sur le passé et ma mère décédée plutôt que sur son avenir et sa fille. C'est une décision pour laquelle je lui en ai toujours voulu. Et j'ai l'impression que le schéma se répète avec Blake. Pourquoi suis-je toujours liée à des hommes qui ne peuvent se contenter de ce qu'ils ont ? Pourquoi est-ce que je ne leur suffis pas ? Pourquoi ont-ils tous la folie des grandeurs ? De celles qui nous mènent à la mort ?

Au lieu de répondre à ma question, Blake contre-attaque :

— Et toi ? Pourquoi est-ce que tu crains autant ton père ?

— Pardon ? Tu as loupé la partie où il fait office de réceptacle pour une ombre maléfique appelée le Sorcier Noir ?

— Non, ça, j'ai bien compris, merci. Et j'ai entendu les histoires, je sais à quel point il peut être dangereux, violent et sanguinaire. Mais... tu es sa fille. Il te recherche. Tu penses vraiment qu'il te ferait du mal ? Pourquoi as-tu si peur de lui ?

Je reste un moment figée, incapable de répondre, presque blessée qu'il ait posé la question. Avec horreur, je sens les larmes me monter aux yeux. Hors de question que je pleure devant Blake. Alors, dans une attitude tout à fait puérile qui me dégoûte presque autant que les larmes qui commencement à rouler sur mes joues, je lui tourne le dos. J'essaie de me concentrer sur ce que je distingue de l'océan à travers la grande baie, mais il fait décidément trop sombre pour que je voie bien les vagues, et rien ne vient me distraire de mes horribles pensées.

J'en veux à Blake de m'avoir posé cette question, pourtant je sais qu'elle est légitime. Je n'ai pas vraiment envie d'en parler, mais je n'ai plus envie de garder ça pour moi. Je déglutis avec difficulté tant ma gorge est serrée par la peur et l'angoisse. Je finis par murmurer quelques mots :

— La peur ne se commande pas. Et c'est toujours difficile à contrôler.

— C'est vrai, c'est difficile. Mais pas impossible. Et tu es la personne la plus courageuse que je connaisse. Je sais que tu y arriveras.

Loin de me réconforter, sa confiance et sa gentillesse me tirent un long soupir. Je reprends la parole, la voix encore plus basse qu'avant :

— Tu ne sais pas comment c'était, toutes ces années avec lui.

— Avant que tu ne t'enfuies ?

La main de Blake vient se poser sur mon épaule, aussi douce que sa voix. Comme je ne le repousse pas, son bras vient s'enrouler autour de ma taille, tandis que l'autre vient caresser mes cheveux. Je sais qu'il voit que je pleure mais je n'ai plus honte. Je continue à parler et il ne m'interrompt plus.

Je lui raconte tout.

Les moments où mon père semblait être là et où il me faisait rire aux larmes en me chatouillant. Ces moments de bien-être qui étaient devenus de plus en plus rares au fur et à mesure que les ombres prenaient le dessus. Le cauchemar qui a commencé. Les regards emplis de ténèbres. La violence de certaines de ses réactions. Les paroles étranges et dures qui s'échappaient de sa bouche. Les ombres qui se déchaînaient parfois sans raison. Les hurlements que j'entendais dans les différentes pièces du château. Ceux de mon père, mais aussi ceux des malheureux sur qui les ombres en lui avaient jeté leur dévolu. Des hommes, des femmes, parfois des enfants. Il arrivait que je les voie alors qu'ils étaient traînés dans les couloirs. Ils me suppliaient de les aider, de faire quelque chose pour eux. Une fois, j'ai apporté de l'eau et un quignon de pain à une prisonnière, une jeune fille d'une quinzaine d'années. Mon père m'a surprise et m'a enfermée dans une pièce sombre pendant presque une semaine. J'ai cru que j'allais mourir. Au cinquième jour, il est venu m'ouvrir et m'a prise dans ses bras. Il s'est excusé de sa réaction disproportionnée et m'a promis qu'il se rattraperait en m'achetant un cadeau. Plus tard ce jour-là, quand je suis sortie, j'ai vu le corps de la fille que j'avais voulu aider pendu à un arbre du parc du château. Mon père m'a offert une poupée en porcelaine d'une finesse incroyable. Elle avait les cheveux de la même couleur que la jeune fille morte. J'avais douze ans.

Je reprends mon souffle.

— Au fond de moi, je sais qu'il ne me fera rien. Mais c'est juste… au-dessus de mes forces. Comme je le disais, c'est une peur aussi irrationnelle qu'une autre. Certains ont peur des serpents ou des araignées sans jamais en croiser. Moi j'ai peur de ce que le Sorcier Noir et sa magie représentent. Même s'il n'a jamais vraiment levé la main sur moi, il m'a brisée, bien plus que s'il avait décidé de me torturer comme les autres. Mais le pire… c'est la culpabilité. J'aurais pu mettre fin à tout cela. J'aurais pu trouver la formule que mon père a utilisée pour invoquer le Sorcier Noir. J'aurais pu le renvoyer d'où il venait et sauver la vie de centaines de personnes. J'aurais pu sauver mon père.

— Tu n'étais qu'une enfant.

— Et maintenant que je suis une adulte, je n'en suis toujours pas capable. Parce qu'il a bloqué quelque chose en moi. Il m'a pris mon courage et, encore aujourd'hui, alors que je suis loin de lui, j'ai peur rien qu'à l'idée de le revoir…

Je sens l'haleine de Blake caresser ma joue alors qu'il se penche pour y déposer une myriade de baisers.

— Mais regarde-nous : on s'en sort plutôt pas mal, pour des enfants traumatisés. Non ?

Je renifle encore un peu et me tourne pour lui faire face. Je plonge mes yeux dans les siens alors que, du pouce, il essuie mes dernières larmes. Son geste de réconfort se mue en caresse alors qu'il trace le dessin que forment mes taches de rousseur sur le haut de mes joues et mon nez. Cela lui prend un moment mais il les effleure toutes, une par une, lentement, avec une fascination qui apaise les battements affolés de mon cœur. Lorsqu'il a fini, le regard de Blake revient se poser sur moi, avec une intensité incroyable.

— Callie. Je sais que mes paroles semblent dérisoires parce que je continue à faire voile vers son château, mais je suis désolé de te forcer à retourner vers le Sorcier Noir.

— Tu ne me forces à rien. Je suis là et je t'aide de mon plein gré. Mon attitude tout à l'heure, c'était juste… juste la panique qui refaisait surface. Je t'ai dit que je t'aiderais et je le ferais. Je…

Je respire un grand coup avant de poursuivre :

— Je préfère risquer ma peau avec toi plutôt que de savoir que tu la risques seul et sans mon aide.

Blake me fixe un instant avant de m'attirer à lui. Je pose la tête contre son torse et je sais qu'il a compris l'importance de ma déclaration. Qu'il a décelé les sentiments qu'elle cachait.

Il m'enlace plus étroitement encore et, pendant un instant, je savoure ce moment en silence. Juste Blake et moi, ma tête collée contre sa poitrine, ses bras autour de moi. J'ai envie de lui demander pourquoi il éprouve le besoin d'aller chercher une carte hautement gardée pour se lancer dans une quête dangereuse. Pourquoi ne peut-il pas se contenter de ça ? De nous ?

J'ai envie de lui demander mais je sais que cela nous pousserait à nous disputer et je suis trop lasse pour ça. Alors, égoïstement et lâchement, je profite de ce moment et m'endors dans ses bras.

CHAPITRE 51
BLAKE

Pourquoi suis-je incapable d'expliquer à Callie en quoi cette maudite Carte est si importante ?

J'aimerais tout lui expliquer, lui dire que moi aussi j'ai été traumatisé par mon père pour qui je n'étais jamais assez bon, assez fort, assez rapide, assez intelligent. J'aimerais lui dire que la Carte était son obsession à lui et que, en la trouvant, j'espère me libérer de son emprise. Lui prouver qu'il avait tort quand il me disait que je n'arriverais à rien. J'aimerais lui expliquer que ma quête de gloire est une façon de m'échapper, que les Confins ne sont qu'un espace vierge sur lequel je pourrais réécrire ma vie comme je le souhaite, sans l'ombre de mon père. J'aimerais qu'elle comprenne tout cela. Mais ça n'arrivera pas. Parce que nos rêves sont différents.

Elle baigne dans la magie et l'inconnu. Elle rêve de normalité et de stabilité. Moi, je rêve d'aventure, de dangers et d'assez d'action pour faire disparaître l'ombre de mon père.

Une partie de mon cerveau me pousse à réfléchir à cela : combien de temps notre relation peut-elle durer avec des rêves aussi différents ? Je refoule cette pensée et l'enferme à double tour. Avec les préparatifs de la mission sur le château, je n'ai pas de temps à perdre à me torturer l'esprit. Je veux juste profiter de chaque instant avant que tout ne s'écroule, comme il y a de grandes chances que ça arrive.

Callie a fini par s'endormir, tout contre moi. Avec douceur et très lentement pour ne pas la réveiller, je m'éloigne un peu pour pouvoir la regarder. J'adore la regarder dormir : elle a l'air tellement calme, tellement sereine.

Deux coups à la porte me sortent de mes pensées. Callie n'a pas bougé et je me dépêche d'aller ouvrir pour éviter de la réveiller. Le visage de Bold apparaît dans l'embrasure de la porte. Son sérieux est renforcé par la lueur que projette la bougie qu'il tient.

— Blake. Je peux entrer ?

Je jette un coup d'œil à Callie. Elle est habillée, certes, mais quelque chose me dit que ce n'est pas une bonne idée de tenir une réunion alors qu'elle dort à côté.

— Euh… non.

— Franchement, si Callie passe toutes ses nuits avec toi, soupire Bold, peut-être que je pourrais récupérer ma cabine…

— Tu voulais quelque chose en particulier ? je dis, pressé de retourner auprès de Callie.

— Je viens de repérer un oiseau.

Pendant un bref instant, j'ai envie de lui demander s'il se moque de moi. Puis mon cerveau accepte de se détacher de Callie et je me fige. Un oiseau ? En plein océan ? Encore ? Nos craintes se confirment donc. Il y a un espion à bord. Quelqu'un qui fait passer des informations à mes ennemis, probablement la même personne qui a indiqué la direction que nous suivions à Thull, qui l'a informé de nos plans et de mon absence à bord quand il nous a attaqués.

Un traître.

Je respire à fond et observe dans le couloir derrière Bold. Il n'y a personne, évidemment. Les hommes dorment dans les ponts inférieurs et n'ont aucune raison de se balader ici en pleine nuit. De plus, j'ai toute confiance en Bold : il ne serait pas venu s'il y avait le moindre risque que quelqu'un surprenne notre conversation. Mais cette situation est nouvelle pour moi et elle me rend paranoïaque. Bien sûr, j'ai déjà subi des mutineries, j'ai déjà été trahi. Mais c'était il y a longtemps, lorsque j'ai repris le commandement après la mort de mon père. Les hommes n'ont pas apprécié de devoir obéir aux ordres d'un gamin et, pendant des mois, ils ont manigancé et comploté pour me faire perdre mon autorité, pour me renverser. Bold est resté près de moi, bien sûr, ainsi que d'autres comme Doc, Glenn ou Colton. Mais la plupart… ont fini par aller trop loin en tentant de s'emparer de *L'Avalon*. Je les ai tous tués, jusqu'au dernier. Je connais donc l'odeur de la trahison, mais cette fois, c'est différent. Ces hommes étaient ceux de mon père. Je les ai remplacés par ceux qui me suivent aujourd'hui, presque des frères. Ils ont été choisis, ils ont fait leurs preuves, ils sont à bord depuis des années. Ensemble nous avons affronté de nombreux dangers, empoché des trésors, ri et pleuré. Ils sont *mes* hommes. Et malgré ça, l'un d'entre eux m'a trahi.

Bold reprend la parole :

— Tu soupçonnes quelqu'un ?

— Oui.

Nous échangeons un regard entendu. Nous pensons à la même personne. Nous avons repéré son comportement. Nous avons vu les signes. Nous ne voulions simplement pas y croire.

— J'espère me tromper, dis-je d'une voix tendue.

— Moi aussi. L'escale sera le bon moment pour le démasquer.

Cette idée ne me réjouit pas du tout. L'escale à Luthe devait être le dernier moment de légèreté avant une mission dangereuse et non l'occasion de régler nos comptes. Toutefois, je me connais suffisamment pour savoir que, si pour l'instant je suis déjà lassé de cette histoire, il ne me faudra pas longtemps pour éprouver de nouveau de la haine et des envies de meurtre à l'encontre du traître. Rien que de penser à Doug, à Tip et Jon, à tous ceux qui ont été blessés pendant l'attaque du *Black Gold*... ça y est, je commence à m'échauffer et mon souffle s'accélère.

Les membres de *L'Avalon* me sont fidèles mais ils sont aussi fidèles entre eux. Avant de s'embarquer à bord d'un navire pirate, chaque homme fait vœu d'obéissance et de respect. Il se donne corps et âme à son navire, à son capitaine, à son équipage. Nous ne jurons pas sur l'Océan, mais c'est tout comme. Cette ordure d'espion a trahi sa famille. Il va le regretter.

Si mes soupçons sont avérés, je le démasquerai à Luthe. Ensuite je lui réglerai son compte. Après ça, nous pourrons poursuivre notre quête. Et, sans son espion, Thull ne pourra jamais nous suivre.

***

— Est-ce que c'est comme dans tes souvenirs ?

Callie hausse les épaules. Le soleil vient de se lever mais nous sommes déjà sur le pont, prêts à entamer cette dernière journée de navigation avant l'escale. Avant de rejoindre le gouvernail, je regarde le paysage autour de moi. Nous nous sommes rapprochés des terres et nous longeons de grandes falaises escarpées. Je sais sans les avoir jamais vus que derrière ces falaises s'étendent des champs aussi vastes que l'océan. C'est une région prospère, qui fournit la majeure partie de la nourriture que tout le pays consomme.

— Pas vraiment, finit par répondre Callie. Le domaine de Lady Brigid est plus dans les terres. Je ne voyais que rarement l'océan.

— Triste vie, je dis, plus pour moi-même que pour lui répondre.

— Une fois, j'ai convaincu Miles de se faire porter pâle pour passer la journée loin du domaine. Nous sommes allés jusqu'à une plage et nous avons passé des heures à nous prélasser sur le sable. En rentrant, il avait attrapé un coup de soleil.

J'esquisse un sourire en la voyant évoquer cette anecdote.

— Tu te souviens de Miles ? Je t'avais parlé de lui. Il était amoureux de moi et voulait m'épouser.

Mon sourire s'efface aussitôt.

— Et cette information est importante parce que… ? je marmonne.

— Oh, juste comme ça. Je voulais voir ton visage quand tu te rappellerais qu'il existe des hommes prêts à tout pour moi. Des hommes qui m'auraient fait passer avant un navire. Ou une carte. Qui ne m'auraient sans doute pas demandé de me jeter dans la gueule du loup en retournant auprès de mon père.

Malgré tous mes efforts, je sens mon visage se décomposer. Callie a dit cela avec un sourire en coin, comme s'il s'agissait d'une boutade plus que d'un vrai reproche, mais… je la connais mieux que ça. Je sais que je viens de mettre le doigt sur un sujet important. Ai-je vraiment envie de parler de ça maintenant ? Que pourrais-je dire, d'ailleurs ? Je n'ai aucun argument pour ma défense. Aucun qui fasse le poids face à la tristesse que j'ai perçue sur le visage de Callie. Avant que j'aie le temps de me décider, elle se détourne et reprend, comme si de rien n'était :

— Sharon n'avait pas voulu venir avec nous : elle avait trop peur de se faire prendre. Autant te dire que, avec son coup de soleil, Miles s'est tout de suite fait repérer. Cette journée a été retenue de notre paie… mais Miles m'a dit que ça en valait quand même la peine.

— Évidemment. Il avait passé une journée avec toi. Le pauvre garçon devait en rêver, je dis d'un ton moqueur, tentant de revenir à notre mode de communication habituel.

Je sais que c'est aussi ce que souhaite Callie car elle se tourne vers moi, les mains sur les hanches, un air faussement méprisant sur le visage.

— Je te trouve bien dédaigneux, pour un homme qui n'est pas capable de se passer de moi une seule nuit !

— Pardon ?

— L'autre soir, dans ta cabine. « J'ai cru que tu ne viendrais pas », dit-elle avec une piètre imitation de ma voix. Tu étais allongé dans le noir, on aurait dit que tu étais abattu parce que j'avais une heure de retard.

— Je savourais ce moment de tranquillité, je réplique en croisant les bras. Je profitais de ton absence pour fantasmer sur d'autres femmes. Des femmes qui voient ma valeur et ont un peu plus de respect pour moi…

— Saleté de pirate.

Nous nous toisons un instant en silence, et toute la pression qui régnait depuis le début de cette conversation s'effondre d'un coup. Nous craquons au même moment : un sourire se dessine sur nos lèvres et rien ne me ferait plus plaisir que de l'embrasser, ici et maintenant. Sur le pont de *L'Avalon*, devant tout le monde. Au lieu de ça, Callie se détourne.

— Imagine que je tombe sur eux, dit-elle d'une voix absente. Imagine que je croise Miles et Sharon à Luthe. Que diraient-ils en me voyant descendre de *L'Avalon* ?

La vraie question, c'est : que ferait Callie ? Que se passerait-il si elle devait croiser ses anciens amis ? Ce Miles qui semblait fou d'elle ? Ne réaliserait-elle pas qu'une vie infiniment plus simple l'attend sur la terre ferme ? Une vie avec un homme qui peut lui dire ce qu'il ressent sans passer par des charades ? Une vie qui ne l'oblige pas à foncer droit sur son père qu'elle craint tant ? Pourrait-elle être tentée de quitter *L'Avalon* ?

— Capitaine ? On arrive aux gorges ! Tu prends le relais ?

Je suis tiré de mes pensées par Colton qui m'appelle depuis la passerelle. Je me détourne des falaises et de mes pensées dérangeantes. Inconsciente de mon trouble, Callie me suit. J'adresse un signe de tête à Colton qui me laisse sa place à la barre. Comme d'habitude, c'est avec un petit frisson d'excitation que je pose mes mains sur le bois usé du gouvernail.

Aucune des légendes et des rumeurs qui courent sur *L'Avalon* ne lui rend vraiment justice. C'est le plus rapide des navires qui aient jamais fendu les eaux de ce monde. Il est maniable et résistant, et bien qu'il soit vieux de plusieurs siècles, il n'a jamais été pris ou jamais été suffisamment endommagé pour être immobilisé plus de quelques jours. Je dispose de peu d'informations sur la construction et l'histoire de mon navire, mais je soupçonne la magie d'être responsable de sa perfection. J'ai grandi sur ses ponts, dans ses voiles : il est ma maison et mon refuge. Je sais qu'il me protégera toujours et je serais prêt à tuer pour lui.

Sa vitesse joue en notre faveur. Il ne nous a fallu que quelques jours pour arriver à proximité de Luthe. Mais avant de pouvoir faire escale et larguer les chaloupes, nous devons passer par les gorges du Diable. Ce nom très engageant indique clairement la difficulté qu'ont les marins à naviguer dans ces eaux. Des récifs affleurent à la surface et on ne compte plus le nombre de bateaux qui n'ont pas su les éviter et qui ont fini brisés sur les rochers. C'est pourquoi Colton, qui tient la barre habituellement, m'a laissé sa place aujourd'hui.

— Ah mais tu sais diriger le bateau, en fait ? fait mine de s'étonner Callie.

Elle se tient à côté de moi, une main au-dessus des yeux pour se protéger du soleil qui achève de percer l'horizon. Je lui adresse un regard surpris avant de me concentrer sur le passage devant moi. Callie a le chic pour faire dériver mes pensées, et ce serait trop bête que *L'Avalon* fasse naufrage maintenant.

— À force de ne jamais t'y voir, je pensais que tu ne savais pas te servir du gouvernail. Je pensais que tu ne faisais que donner des ordres, lire des cartes, inspecter l'état du pont... continue Callie.

J'entends des rires étouffés derrière moi et je n'ai pas besoin de me retourner pour savoir que Glenn et Colton apprécient l'humour irrespectueux de Callie.

— C'est un passage particulièrement délicat. Même les marins chevronnés se cassent les dents dans les gorges du Diable, précise Glenn en nous doublant, des cordages sur l'épaule. Mais Blake est le meilleur navigateur qui existe.

— Vraiment ? dit Callie d'un ton un peu moqueur.

Elle arbore ce petit sourire en coin qui plisse son nez, fait bouger ses taches de rousseur et illumine ses yeux.

— Eh oui, je suis le meilleur, dis-je en coupant Glenn qui allait sans doute continuer à vanter mes mérites. Allez, tout le monde au boulot, maintenant !

Mes hommes s'exécutent en souriant et, comme d'habitude, seule Callie désobéit ouvertement. Au lieu de s'éloigner, elle s'approche encore plus de moi.

— Meilleur navigateur, plus grand capitaine, excellent combattant, stratège hors pair et adulé par ses hommes...

Sa voix n'a rien perdu de son ton moqueur, mais je sens aussi une pointe de tendresse.

— On pourrait presque croire que tu n'as aucun défaut, capitaine Jackson.

— Il n'y a rien à croire, c'est la stricte vérité. Je suis parfait et tu le sais bien. En réalité, tu n'as cité qu'une infime partie de mes qualités.

— Dont la modestie.

— La modestie, c'est surfait.

Callie émet un petit rire et je suis de nouveau tenté de la regarder.

— Sérieusement, Callie, tu n'as pas quelque chose à faire ? C'est vraiment un passage délicat et, même avec tout mon talent, je peux envoyer *L'Avalon* par le fond si tu t'obstines à me déconcentrer.

— Je pose juste quelques questions.

— Ta simple présence à côté du gouvernail me déconcentre. Va-t'en.

Elle rit de nouveau et, à mon grand soulagement, tourne les talons. Je la vois échanger brièvement avec Glenn avant de s'emparer des cordages. En quelques gestes souples et rapides, la voilà dans les voiles.

Quand nous avons repris la route après l'attaque du *Black Gold*, nous avons dû trouver un remplaçant à Doug. Pour la cuisine, Al semble arriver à gérer seul en attendant le rétablissement total de notre petit commis. En revanche, pour les autres tâches dans lesquelles Doug m'assistait...

c'est plus compliqué. Il était évident que le garçon ne grimperait plus jamais aux gréements et ne s'occuperait plus de ramener les voiles quand c'était nécessaire. Si elle avait refusé tout net de faire la cuisine, Callie s'était proposée pour s'occuper des voiles et il ne m'avait pas fallu longtemps pour reconnaître qu'elle semblait faite pour ce poste. Elle était légère, souple, rapide et n'avait pas peur de se pencher ou de se suspendre par les jambes pour attraper une corde. Voilà qu'elle s'était donc trouvé une place parfaite sur *L'Avalon*. De toute façon, c'était du gâchis que de la cantonner à la vérification des nœuds ou au nettoyage du pont.

Pendant des heures, je me concentre sur le passage. J'adore ces moments-là : ceux où tout s'efface autour de moi. Mes problèmes, les questions sans réponse, les souvenirs de mon père, mon obsession pour la Carte, celle, toute nouvelle, pour Callie… Même cette histoire de traître cesse de me hanter l'espace de quelques heures. Je ne pense plus qu'au gouvernail sous mes doigts, à mon navire sous mes pieds et à l'océan devant moi. J'évite les écueils, les récifs, les épaves. Je fais ce pour quoi j'ai été formé, je fais ce que j'aime.

Lorsque la partie la plus difficile est passée, je relève enfin les yeux. La journée est bien entamée et tout le monde s'affaire. Callie est toujours dans les voiles, mais elle s'est calée contre le grand mât et semble observer l'horizon. Je vois d'autres silhouettes s'agiter non loin d'elle. Sur le pont, Bold donne des ordres. Je regarde mes hommes, les uns après les autres. La plupart s'occupent de faire les nœuds et de tirer les voiles afin que *L'Avalon* ne perde pas sa vitesse. D'autres rangent le pont : une tâche qui peut sembler stupide mais qui est en réalité indispensable. On ne peut pas se permettre de laisser traîner des cordages partout et risquer de trébucher dessus à la première attaque. D'autres encore, sous les ordres de Bold, font l'inventaire de nos provisions et munitions : je vois mon second noter quelque chose sur un parchemin. En les voyant tous s'agiter ainsi, entièrement concentrés sur le navire et son avancée, j'ai du mal à croire que l'un d'entre eux m'a trahi, qu'il a vendu ses frères pour… pour quoi ? Un peu d'argent ? Un peu de pouvoir à bord d'un autre navire ?

Ces idées me rendent malade. Et furieux. Je sais que Bold ressent la même chose que moi : nous avons longtemps parlé, échangeant nos hypothèses, montant un plan, nous disputant parfois sur le sujet. Je n'en ai même pas parlé à Callie : je n'ai pas voulu l'inquiéter avec la décision que j'ai prise et les conséquences qu'elle aura sur cette soirée d'escale.

CHAPITRE 52
CALLIE

J'adore grimper dans les cordages, m'élever plus haut que tout le monde et contempler l'immensité de l'océan. J'adore me sentir légère comme l'air alors que je me balance de voile en voile, tout en sachant très bien qu'une chute me serait fatale. J'aime le sentiment que cela me procure : je me sens vivante. Presque autant que quand Blake me serre dans ses bras. Bien sûr, je ne suis pas assignée à rester dans les gréements de *L'Avalon* pour m'amuser. Mon rôle est capital : si une voile lâche, notre navire sera ralenti, et Blake n'accepterait jamais ça.

Je le regarde alors qu'il dirige le navire. Il est concentré sur ce qu'il fait et il a l'air tellement serein que je me demande pourquoi il ne s'accorde pas le luxe de tenir la barre plus souvent. De toute évidence, il adore ça.

En milieu d'après-midi, Bold me fait signe de redescendre et me donne quartier libre. Je devrais en profiter pour me reposer, pour prendre des forces avant de faire une escale qui, si j'ai bien compris le *modus operandi* des pirates, signifie faire la fête à la taverne jusqu'au bout de la nuit. Mais je n'ai pas du tout envie de dormir, alors je vais voir Doc et Doug à l'infirmerie. La petite pièce est toujours encombrée mais, luxe absolu sur ce navire, elle dispose d'un hublot qu'on peut ouvrir. À la demande de Doug, Doc le laisse toujours entrouvert et la pièce est fraîche et sent bon l'air marin, ce qui la rend agréable. Il est même facile d'oublier que l'infirmerie a sans doute vu passer plus de blessures horribles et de sang que je ne pourrais le supporter. Outre l'aspect rassurant de l'endroit, j'aime passer du temps en compagnie de Doc. Il est pince-sans-rire, un peu dans son monde, mais on a des conversations passionnantes. Et depuis que Doug ne quitte plus l'infirmerie, j'ai une autre raison d'y rester de longs moments.

Le garçon va de mieux en mieux. Je n'ai aucune preuve, mais je soupçonne Doc d'avoir recours à des remèdes magiques. Je ne vois pas comment Doug pourrait avoir une telle mine si peu de temps après s'être fait amputer de la jambe. Toutefois, je ne pose pas les questions qui me brûlent les lèvres, à savoir : qu'est-ce que Doc utilise ? Comment s'est-il procuré les remèdes ? Comment sait-il les utiliser… ? Je sais qu'il ne me répondra pas. Il me fait confiance mais, malgré ça, je n'ai jamais vu l'intérieur de sa fameuse malle aux potions et remèdes en tout genre. Il ne me confie que les flacons pour désinfecter les plaies bénignes. Je ne m'en formalise pas. Nous avons tous nos jardins secrets. Et vu la taille et l'importance du mien, je suis mal placée pour faire un esclandre.

L'important, c'est que Doug aille mieux. Il devient d'ailleurs de plus en plus difficile de le convaincre de prendre du repos et de rester immobile. Pour le distraire, je passe l'après-midi à discuter avec lui, de tout et de rien. Il me raconte son enfance – tout aussi misérable et malheureuse que la mienne – puis son amour pour *L'Avalon*, l'océan… Et Blake Jackson qui l'a recueilli. Voilà une chose que nous avons en commun. Blake nous a offert un toit et une famille alors que nous n'avions rien. En échange, nous sommes prêts à tout sacrifier pour lui. Doug a donné sa jambe, j'ai donné ma sécurité loin de mon père. Et je suis prête à donner bien plus.

Lorsque la lumière décline à travers le hublot, je prends congé de Doug. En sortant sur le pont, je réalise que nous sommes arrivés : devant nous brillent les lumières de Luthe. Je me demande brièvement si Blake fait exprès d'arriver au moment où la nuit tombe. J'imagine que oui : son sens théâtral n'a pas de limites. Je prends le temps d'observer Luthe, profitant du calme inhabituel qui règne sur le pont. Je n'y suis venue qu'à de rares reprises, mais je me souviens de certains des bâtiments que je distingue. Le grand marché couvert dont les tuiles grises reflètent les derniers rayons de soleil. L'hôtel de ville dont les flèches se découpent dans le ciel crépusculaire. Et, bien sûr, le port. C'est d'ici que partent les navires remplis de grains et autres denrées qui vont être acheminés dans le reste du pays. Contrairement à d'autres villes où nous avons fait escale, Blake a décidé de ne pas mettre *L'Avalon* à quai. Il s'est ainsi économisé du temps de manœuvre et compte sans doute profiter de cela pour partir le plus vite possible au petit matin. Je constate alors que la plupart des chaloupes manquent déjà à l'appel et en déduis que tout le monde a filé. Je me disais bien que c'était trop calme.

Est-ce que je suis vexée que tous soient partis sans moi, surtout Blake ? Un peu. Mais je ne vais pas laisser ça gâcher ma soirée. Je me penche vers la dernière chaloupe, prête à me l'approprier, quand une voix retentit derrière moi, me faisant sursauter.

— Non, cette fois-ci, tu restes à bord.

Je fais volte-face pour tomber nez à nez avec Peter. Ce qui n'est pas une vision très agréable. L'homme n'est pas vieux, à peine une quarantaine d'années, mais il n'a pas l'air très porté sur l'hygiène. Alors que j'ai été surprise par la propreté des hommes de Blake, Peter semble vouloir donner raison au cliché qui veut que les pirates aient les dents pourries et les cheveux gras. Charmant. Je m'éloigne un peu de lui et remarque que, sous la saleté, il a toujours une tête à faire peur. Je repense à mon hypothèse de l'autre jour : Peter est-il malade ? Avec tout ce qui s'est passé ces derniers temps, j'ai totalement oublié de parler de lui à Blake ou à Bold et je n'ai pas non plus essayé de me rapprocher de Glenn pour comprendre pourquoi son comportement avait changé depuis peu.

Peter est toujours en face de moi et me fixe avec insistance tandis que je réalise brusquement ce qu'il vient de dire.

— Comment ça, je reste à bord ?

— On a été désignés pour garder *L'Avalon* ce soir. Toi, moi, Doc et Colton.

D'un geste du doigt, il me montre ledit Colton, assis contre le mât. Aux bruits qu'il fait, je comprends qu'il est endormi et qu'il ne se sent pas très investi par sa mission. À son air sombre, je comprends aussi que Peter est tout aussi frustré que moi de devoir rester à bord. C'est notre dernière escale avant d'arriver au château de mon père. Ma dernière chance de passer une soirée sympathique avec ces idiots de pirates.

Au lieu de ça, je suis coincée là. Pourquoi Blake ne m'a-t-il pas informée de mon rôle ce soir ? Et pourquoi est-il parti comme un lâche, sans même me prévenir ?

— On a été tirés au sort. Ça ne me plaît pas plus que toi, tu sais, continue Peter.

— Tirés au sort ? Comme c'est pratique, je grince entre mes dents.

Tout à coup je prends conscience que ce n'est pas le genre de Blake de fuir comme un lâche. Non, il est plutôt du genre à prendre une décision irrationnelle et un peu stupide, à savoir que celle-ci va m'énerver et, donc, à s'arranger pour ne pas être dans les parages quand je l'apprends. Je repense à notre conversation de ce matin sur Miles et Sharon. Est-ce pour cela que je suis consignée à bord ? Saleté de pirate.

Si j'avais été assignée à rester sur *L'Avalon* pour une tout autre raison, peut-être que j'aurais pu m'y tenir. Peut-être que j'aurais pu obéir aux ordres. Mais imaginer que je suis coincée ici parce que Blake a peur que je tombe sur un ancien ami amoureux de moi… ça me met dans une rage folle. C'est pourquoi je me plante devant Peter, les mains sur les hanches. Il a un mouvement de recul en apercevant mes yeux qui doivent lancer des éclairs, mais il ne bouge pas.

— Écoute, Peter, je vais descendre, quoi que tu dises. Alors si tu ne veux pas m'aider, je te conseille de détourner le regard parce que je suis sur le point de désobéir à un ordre direct de notre cher capitaine.

Sans attendre sa réponse, je me penche pour m'installer dans la chaloupe. Je tends la main pour saisir une corde et commencer à faire glisser l'embarcation jusqu'à l'eau quand Peter me rejoint. Je ne lui accorde pas un regard mais le laisse manœuvrer puis, quand nous sommes sur l'eau, je rame avec lui. Chaque mouvement que je fais attise ma colère. Si Blake pense qu'il peut me garder en cage comme un oiseau précieux ou un objet de collection, il se trompe sérieusement. Et je vais le lui prouver.

Il ne nous faut pas longtemps pour parvenir au port. Nous abandonnons la chaloupe auprès des autres et, avant que j'aie eu le temps de dire quoi que ce soit, Peter est déjà loin. Il tourne dans une ruelle sombre et je le regarde disparaître, un moment surprise par sa brusquerie. Je me reprends très vite et me dirige d'un pas ferme vers la taverne. Celle-ci se repère facilement : éclairée comme un phare, les portes ouvertes laissant passer de bruyants éclats de rire, des chansons paillardes et des jurons inventifs. Pas de doute, j'ai retrouvé mes pirates.

Je passe la porte et m'arrête quelques instants pour jauger la situation. Coïncidence ou signe du destin, Blake est le premier que je vois. Accoudé au bar, il rit et trinque avec un inconnu. À mon grand soulagement et même si de nombreuses filles rôdent autour d'eux, il n'est pas en train de courtiser une serveuse. Je ne sais pas ce que j'aurais fait si je l'avais trouvé avec une garce sur les genoux, sa langue dans sa bouche et ses mains sur son corps. Il y a fort à parier que j'aurais explosé de rage. Ou fondu en larmes, j'imagine que je ne le saurai jamais.

Au moment où cette pensée me traverse l'esprit, une femme s'adresse à Blake en lui lançant un regard langoureux. Il relève la tête vers elle mais ses yeux ne reflètent absolument rien, pas le moindre intérêt pour la grande blonde qui semble déçue. Puis ces yeux bleus que je connais bien se posent sur moi et, cette fois, une lueur s'y allume. On dirait qu'il ne m'a pas vue depuis des jours et qu'il vient d'avoir une excellente surprise. C'est le regard d'un petit garçon devant un cadeau inattendu. C'est le regard d'un homme devant la femme pour qui il éprouve des sentiments. L'espace d'un instant, ma colère retombe. Comment lui en vouloir alors qu'il me regarde comme ça ?

La lueur indescriptible est remplacée par une pointe de surprise et je me souviens pourquoi je suis là et pourquoi je lui en veux. Sans attendre qu'il se reprenne, je me fraie un chemin à travers la foule et, donnant mesquinement un coup de coude à la blonde toujours plantée là, je me dresse devant Blake.

— Tu te fiches de moi, Blake ?

Celui-ci repose doucement sa chope et semble prendre tout son temps pour se tourner de nouveau vers moi. J'entends le camarade de beuverie de Blake qui glousse à côté, mais je lui adresse un regard si meurtrier qu'il avale de travers et décide sagement de partir finir sa boisson plus loin. Je me concentre sur Blake qui me fixe, le visage neutre. Il sait qu'il est fautif, mais il semble décidé à faire comme si de rien n'était, alors j'attaque :

— Je peux savoir pourquoi je n'ai pas eu le droit de profiter de l'escale ce soir ?

— Il faut bien que quelqu'un surveille le navire, répond Blake en écartant les bras, comme pour dire qu'il n'y peut rien. Je constate d'ailleurs que tu n'es pas très douée pour respecter les ordres…

— Tu sais où tu peux te les mettre tes ordres, capitaine ?

— J'imagine très bien, merci. Est-ce que Peter est resté à bord ? Et Colton ? Colton devait garder un œil sur toi et…

— Garder un œil sur moi ? je le coupe. C'est une blague, j'espère ?

Je ne sais pas s'il a conscience que chacun de ses mots ne fait qu'empirer sa situation.

— C'est pour ta sécurité. Je t'expliquerai tout plus tard…

— Ne me mens pas, Blake. Tu veux dire que le fait que je sois « désignée » pour surveiller *L'Avalon* ce soir n'a rien à voir avec notre conversation concernant le fait que Miles est probablement dans le coin ?

— Je ne vois pas ce que tu sous-entends.

Si cette conversation continue, je vais faire ou dire des choses que je pourrais regretter. Je préfère donc tourner les talons et quitter la taverne. Retrouver l'air frais me fait du bien mais n'apaise pas la rage qui me ronge le ventre. J'entends des bruits de pas derrière moi et devine que Blake m'a suivie.

— Callie, allez… Ne le prends pas comme ça.

— Comment veux-tu que je le prenne ? je rétorque en faisant volte-face. Tu as essayé de me garder prisonnière de ton satané rafiot.

— Laisse-moi t'expliquer, s'il te plaît.

— Vas-y. Je suis curieuse de savoir ce que tu as à dire pour ta défense.

Je croise les bras et attends ses explications. Nous sommes au milieu de la rue et mes cris ont dû réveiller certains habitants mais tout est calme autour de nous. Je regarde Blake faire quelques pas vers moi, comme s'il avait peur que je ne m'enfuie de nouveau.

— Déjà, désolé de t'avoir caché des choses. C'était idiot de ma part et je comprends que ça t'ait blessée. En revanche, je peux te jurer que ça n'a rien à voir avec ce Matt…

— Miles.

— Oui, lui, dit Blake qui fait un geste de la main comme si ça n'avait pas d'importance.

— Tu es sûr ?

— Callie, soupire-t-il. Je suis jaloux et irrationnel sur bien des points et tout particulièrement quand ça te concerne mais là, ça irait un peu trop loin. Même pour moi.

Ma colère commence à retomber, tout doucement, et je réalise que je me suis un peu emportée.

— Bon. Alors pourquoi tu as voulu me laisser sur *L'Avalon* ? Car c'était bien ton but, n'est-ce pas ?

— Oui, avoue Blake en passant une main dans ses cheveux, l'air gêné. Je voulais t'épargner ce qu'il va se passer ce soir.

Je le regarde, méfiante.

— Que va-t-il se passer ?

— Je vais débusquer le traître.

— Ah.

J'ai un peu honte de ne pas avoir accordé plus d'importance à cette histoire de trahison. Je sais que c'est important pour Blake et que cet homme qui nous espionne pour le compte de Thull pourrait tous nous mettre en danger. Mais cela me semble tellement futile par rapport à la menace du Sorcier Noir… Blake me regarde toujours, comme s'il attendait de voir si j'étais calmée ou non.

— C'est tout ? Tu ne voulais pas que je sois là car tu vas débusquer le traître ?

— Non. Je ne voulais pas que tu sois là quand je vais lui faire regretter le jour où il m'a trahi.

Sa voix est devenue tendue et je reste un moment interdite face à la violence que je lis sur son visage.

— Je ne veux pas que ton regard sur moi change, Callie. Je ne veux pas que tu m'assimiles à un monstre. Pourtant, je dois le faire.

Il semble partagé entre la colère et la lassitude. Un bref instant, je me demande qui est le traître. Est-ce que Blake le sait déjà ou est-ce qu'il attend de voir son piège se refermer pour être fixé ?

J'inspire à fond et franchis les quelques mètres qui me séparaient encore de Blake.

— Je t'ai déjà vu te battre, tu sais. Je t'ai vu tuer. Je ne pense pas que mon regard sur toi puisse changer à cause de ce que tu feras ce soir, Blake.

Il baisse la tête et lance, presque comme un aveu :

— Je peux être… bien plus violent que ce tu as déjà vu. Parfois, j'ai l'impression de perdre le contrôle et je me sens comme assoiffé de sang et de violence.

Un frisson court le long de mon dos mais avant que mon inquiétude ne se cristallise, Blake secoue la tête et se redresse. Nos regards se croisent et il esquisse un sourire, comme si sa dernière confession n'avait pas d'importance.

— Tu as raison, je n'aurais pas dû te cacher ça. Je suis désolé.

— Et je suis désolée d'avoir réagi comme une vieille harpie hystérique.

Ma comparaison le fait rire et il s'approche encore pour me caresser la joue.

— Je ne t'en veux pas. Et tu sais très bien pourquoi.

Je ne sais pas si c'est Blake qui est très fort ou moi qui suis particulièrement faible, mais je me rends compte que je ne suis plus en colère depuis bien longtemps. Encore une fois, comment lui en vouloir alors qu'il me sort cet argument ? Ce « tu sais pourquoi » qui me paraît tellement plus concret de jour en jour. Ces petits mots qui sont rapidement devenus comme un rituel entre nous. Doucement, il m'attire vers lui et je serais bien incapable de lui résister. Je pousse un long soupir.

— Un jour, ça serait bien que tu dises réellement les choses qui se cachent derrière ce « tu sais pourquoi », je dis.

— Ça serait beaucoup moins drôle.

— C'est vrai que c'est hilarant.

Il me sourit, de ce sourire si spécial. Parfois, j'ai l'impression que Blake a différents sourires. Celui qu'il arbore quand il est dans son rôle de capitaine, un peu prétentieux, un peu dangereux. Celui qu'il laisse entrevoir quand il baisse la garde, avec Bold ou ses hommes, un sourire sincère et chaleureux. Et puis, il y a ce sourire qu'il m'adresse, à moi, et à moi seule. Un sourire moins grand, plus doux, presque secret. Un sourire qui semble me promettre mille et une merveilles. Et je ne suis peut-être qu'une rêveuse naïve, mais j'ai envie de croire en ce sourire. Avec tout ce qui se prépare, j'en ai bien besoin.

— Bon, malgré mes cachotteries et une fin de soirée qui s'annonce mouvementée, j'espère qu'on pourra profiter de quelques verres de rhum, reprend Blake d'un ton plus léger. Maintenant que tu es là, on s'y met ?

— Volontiers, mon capitaine !

— J'aime bien quand tu m'appelles comme ça, dit Blake avec un sourire arrogant.

Nous retournons vers la taverne et je m'apprête à lui demander s'il sait qui est l'espion, celui dont la soirée se terminera forcément mal. Mais avant que j'aie ouvert la bouche, Blake s'arrête de nouveau, à quelques mètres de la porte toujours ouverte de la bâtisse. Il prend la parole d'un ton bas et avec une certaine urgence dans la voix.

— Callie, je… je ne suis pas encore prêt à te dire ce que tu attends et je doute que ce soit le bon moment pour ça, étant donné qu'on se lance dans une mission que tu ne cesses de qualifier de suicidaire. Mais je ne veux pas que tu doutes du fait que je tiens à toi et que je te fais confiance. Je le jure, sur l'Océan.

Ses paroles provoquent un nouveau frisson sur tout mon corps et une secousse au plus profond de mon être, car je sais que ce ne sont pas des mots qu'on prononce à la légère. Je le fixe, incapable de répondre à ça. Incapable de lui résister quand il m'embrasse.

Les histoires d'amour contiennent toujours plein de métaphores pour expliquer l'importance des sentiments. Quand j'étais jeune et que je lisais des romans à l'eau de rose, cela me faisait rêver. Plus tard, ça m'a fait ricaner. Mais aujourd'hui, je sens distinctement mon cœur fondre dans ma poitrine, puis tripler de volume quand Blake m'adresse un de ses sourires. Je crois que je commence à comprendre. Comme quoi, il suffit de trouver la bonne personne. Celle qui peut te faire voler en éclats et te reconstruire en un sourire.

CHAPITRE 53
BLAKE

C'était utopique de penser que je pouvais imposer quoi que ce soit à Callie.

Nous sommes de retour à la taverne et la soirée bat son plein. Tous mes hommes sont là. Enfin, presque tous : bien sûr, Doug, Doc et Colton sont à bord de *L'Avalon*. Callie m'a informé que Peter avait lui aussi rejoint le port, Colton n'a donc pas été fichu de remplir la mission que je lui avais confiée, mais peu importe. Glenn aussi manque à l'appel, cependant je n'ai pas la tête à me soucier de cela pour l'instant. Tout sera réglé en temps et en heure. Bold est là et il me lance un regard entendu alors que je m'assois à une table non loin de lui. Il lève sa chope dans ma direction, mais celle-ci est pleine et il la repose sans même prendre une gorgée. Il est sur ses gardes. Il sait aussi bien que moi que, ce soir, tout ne se terminera pas dans les rires et la joie. Callie se glisse sur le banc à mes côtés.

— Bon, profitons de cette dernière escale avant... comment tu as dit ? cette mission que je ne cesse de qualifier de suicidaire ?

— Ce sont tes mots.

— Alors profitons-en ! Je prendrai un rhum.

— Directement ? Je croyais que tu avais décidé d'y aller doucement sur l'alcool, après ce qui s'est passé la dernière fois...

— Mais ce soir, je sais que tu seras là pour me sauver. Encore une fois…

— Présenté comme ça ! Quel gentleman refuserait de soûler une femme juste pour lui sauver la vie ensuite ?

Callie éclate de rire et je me lève pour aller chercher à boire. Lorsque je reviens, à peine deux minutes plus tard, un homme est penché vers elle et lui adresse des regards qu'il veut charmeurs. Callie a plaqué un demi-sourire sur ses lèvres et semble très ennuyée par la présence de cet imbécile.

— Allez, ma belle. Entre roux, on doit se serrer les coudes ! dit-il en désignant ses cheveux.

Comment peut-il penser qu'évoquer ses cheveux va lui permettre de se trouver une fille ? S'il n'était pas en train de draguer Callie, j'aurais pitié de lui. Je pose les verres sur la table avec un peu plus de force que nécessaire, ce qui fait lever les yeux de l'homme. Il croise mon regard et, sentant la menace, il se redresse pour me faire face.

— Dégage, je lui dis avant qu'il ait pu ouvrir la bouche.

J'ai envie d'ajouter que Callie est à moi, mais je me prendrais sans doute un coup de poing. De la part de Callie, s'entend.

L'homme semble hésiter. Il me jauge, me toise de haut en bas et semble enfin remarquer les armes que je porte à la ceinture, mon manteau de capitaine, et il fait rapidement le lien avec les dizaines de pirates qui ont envahi la taverne ce soir. Il hésite encore un moment, hausse les épaules puis adresse un dernier regard lubrique à Callie avant de tourner les talons. Il a apparemment décidé qu'elle ne valait pas la peine de se faire passer à tabac. Quel imbécile.

— Je dois dire que je suis étonnée, dit Callie alors que je reprends ma place à côté d'elle.

Elle s'est approchée de moi un peu plus qu'elle ne le fait habituellement quand nous parlons en société. Est-ce parce qu'il y a du bruit dans la taverne ? Ou est-ce autre chose ? Je ne saurais pas le dire mais je m'en fiche royalement. Tout ce qui m'importe c'est que, malgré les odeurs d'alcool, de nourriture grasse et de transpiration, je parviens à sentir celle de ses cheveux.

— Vous êtes des pirates, vous avez la réputation de piller et tuer sans merci et, pourtant, quand vous débarquez dans un port, tout le monde vous accueille comme si de rien n'était.

— Que veux-tu qu'ils fassent ? Qu'ils ferment le port ? Qu'ils nous refusent l'entrée à la taverne ? Ça serait encore pire. Ils sont terrifiés par nous, ils sont juste forts pour le cacher. Et puis, il ne faut pas oublier qu'on leur file un paquet d'or, que ce soit pour refaire nos stocks ou pour boire toute la soirée !

— Et qui paie les filles ?

— Je n'ai jamais payé une seule fille de ma vie.

— Je n'y crois pas une seconde.

— Je te jure que c'est vrai. Je ne sais pas comment font les autres, mais, pour moi, c'était toujours gratuit.

— C'est immonde, Blake, constate-t-elle, très calme.

— Tu as demandé !

— Eh bien j'aurais dû m'abstenir.

Je lui donne un coup de genou sous la table. Elle y répond un peu plus fort et la situation est à deux doigts de dégénérer quand quatre de mes hommes nous rejoignent. Nous nous arrêtons immédiatement, comme deux enfants pris en train de faire une bêtise, ce qui est ridicule. Mes hommes ne remarquent rien et entament une discussion à laquelle nous nous joignons avec plaisir.

Les heures passent et, malgré ce que je sais sur le traître et sur la façon dont cette soirée va finir pour lui, je passe du bon temps. L'alcool coule à flots, les blagues fusent :

tout le monde avait besoin de cette escale pour relâcher la pression. Lorsque nos chopes sont vides, pour la troisième ou la quatrième fois, c'est Callie qui se lève pour aller nous ravitailler. Je la regarde s'éloigner, ses courbes accentuées par la tenue qu'elle porte aujourd'hui : un pantalon de cuir, des bottes montantes et une chemise blanche serrée par un corset noir. Je m'aperçois que mes hommes la suivent aussi du regard et je me racle la gorge.

— Pardon, capitaine. Mais, par l'Océan, elle est plutôt agréable à l'œil ! ose l'un d'eux.

— Ne la laisse jamais entendre ça, je le préviens. Elle te castrerait sur-le-champ.

Mes gars rient mais ils gardent en mémoire le sort de Colton et José, alors c'est un rire un peu jaune. Je jette un dernier regard vers Callie mais, tout ce que je vois, c'est le dos d'un homme qui semble la coller d'un peu trop près. Avec humeur, je reconnais le lourdaud de tout à l'heure. Pris d'une impulsion subite, je me lève et fends la foule. Alors qu'il semble sur le point de prendre la parole, sans doute pour aborder Callie avec subtilité, je lui tapote l'épaule.

— Je croyais t'avoir dit de déguerpir.

Il se tourne vers moi et, sans hésiter, je lui assène une droite magistrale qui l'envoie valser contre une chaise vide non loin. Celle-ci s'écroule sous son poids et un silence de mort vient accentuer le bruit du bois cassé. Puis quelqu'un pousse un cri d'encouragement, et c'est reparti. La musique reprend, les rires aussi, et plus personne ne fait attention à moi. Ni au type allongé par terre. Secouant mon poing endolori par le choc, je me tourne vers Callie.

Elle me regarde avec de grands yeux et un léger sourire sur les lèvres.

— Je sais ce que tu vas dire, je lance en la prenant de vitesse. Tu n'avais pas besoin de mon aide. C'est dégradant que je puisse penser que toi, une femme indépendante et valeureuse, tu aies besoin d'un homme pour te défendre. En plus, j'ai été impulsif et violent, ce qui, apparemment et pour la plupart des gens, est très mal. Mais franchement, je n'ai pas résisté. Tu aurais dû voir comment il te regardait…

Callie me coupe la parole en agrippant ma chemise et en m'attirant à elle. À ma grande surprise, elle m'embrasse à pleine bouche. Ici. Dans la taverne. Devant tout le monde. Par l'Océan, l'équipage entier doit avoir les yeux fixés sur nous. L'espace d'un instant, je me demande si elle a trop bu mais très vite, et comme c'est souvent le cas, je me perds dans notre baiser. Lorsque nos bouches se séparent, je pose mon front contre le sien.

— Attention, mes hommes pourraient nous voir… je chuchote, lui tirant un petit rire.

— J'espère bien…

Elle m'embrasse de nouveau. Cette fois, notre baiser ne dure pas longtemps car des cris et des sifflets viennent nous déranger. En cherchant leur origine, je vois qu'il s'agit bien évidemment de mes gars. Bold est le premier à crier. Il lève les deux bras en l'air, comme pour remercier le Ciel, et si je lis correctement sur ses lèvres, il crie « enfin ! » encore et encore. Je vois certains de mes hommes échanger des regards entendus, d'autres lèvent leur pouce vers moi comme pour me féliciter. Je crois même voir des bourses changer de main et je me demande si mon équipage avait parié sur l'issue de ma relation avec Callie. Si c'est le cas, j'aimerais toucher ma part des gains : j'en ai bavé, pour avoir cette fille…

Elle n'a pas l'air gênée, même si je remarque un peu de couleur sur ses pommettes. Mais je préfère croire que c'est le résultat de mes talents pour embrasser plus qu'autre chose.

— Eh bien, je dis finalement, en posant mes mains sur ses hanches. Tu as changé d'avis. On ne se cache plus ?

— De toute évidence. Vous êtes un fin limier, capitaine, dit-elle en se collant contre moi.

— Et qu'est-ce qui t'a fait changer d'avis ?

Elle hausse les épaules et noue les bras derrière mon cou.

— Bon, j'avoue. Je ne pensais pas que j'étais ce genre de fille, mais ça m'a plu que tu sois jaloux de ce type au point de le mettre K.-O.

— Je le savais.

— Tais-toi et embrasse-moi.

Je ne me fais pas prier. Et cette fois, tous les cris du monde ne pourraient m'interrompre.

***

Bien sûr, Callie et moi ne passons pas le reste de la nuit à nous embrasser dans la taverne. Au bout de quelques minutes, nous rejoignons le reste de l'équipage et nous continuons à passer une excellente soirée. Comme je le pensais, notre baiser public ne change rien, si ce n'est que mes hommes font désormais très attention à regarder Callie dans les yeux. Quand ils osent la regarder. Parfait. Seul Bold ne change absolument pas d'attitude : lorsque Callie s'assoit à côté de lui, il hoche la tête et lui donne de petites tapes sur l'épaule. Comme si elle était sa petite fille et qu'elle avait été très sage. À ma grande surprise, Callie se contente de sourire et d'adresser un regard complice à Bold.

Oui, cette soirée est vraiment parfaite.

Mais ce n'est que le calme avant la tempête.

CHAPITRE 54
BLAKE

J'essaie de ne pas me laisser déconcentrer par le dénouement de la soirée que je sens imminent à chaque heure qui passe. Mes hommes ne se doutent de rien. Je sais que Callie meurt d'envie de me questionner mais elle se retient. Lorsqu'elle remarque son absence, elle me demande où est Glenn et je n'ai pas le courage d'aborder le sujet maintenant. Un éclat de panique passe dans son regard mais elle enchaîne très vite.

— Dommage, dit-elle. On avait prévu de plumer quelques locaux aux cartes.

De nouveau, je garde le silence et l'observe rire avec chacun de mes hommes. Elle a passé quelques mois à bord de *L'Avalon* et les considère déjà tous comme sa famille. Elle leur fait confiance. Elle est prête à tout pour les protéger de son père qu'elle craint tant. Je crois que c'est une des choses que j'apprécie le plus chez elle : son innocence et sa naïveté. Elle pense pouvoir sauver tout le monde. Elle est aussi persuadée que le plus grand danger que nous encourons en cet instant, c'est le Sorcier Noir. Je ne vais pas tarder à lui apprendre que le plus grand danger vient de l'intérieur. Parce que le goût de la trahison fera toujours plus mal que le reste. Elle devrait le savoir mieux que quiconque.

Lorsque la taverne se vide et que les premiers rayons de soleil passent à travers les vitres sales, je fais un signe de tête à Bold qui s'approche de moi.

— On a tout ce qu'il faut ?

— Tout a été chargé à bord de *L'Avalon*, me répond mon second qui s'est éclipsé quelques heures la veille au soir pour s'en occuper.

— Et pour tu sais qui ?

— Il nous attend sur le port.

— Bien. Alors, allons-y.

Je me lève et, prenant la main de Callie, je l'entraîne à ma suite. Je sais que mes hommes ne tarderont pas à me suivre. Il n'y a pas de règle et je n'ai donné aucun ordre, mais tout le monde sait que, quand le capitaine quitte la taverne, le navire ne reste plus longtemps au port. Je m'arrête avant d'arriver en vue du quai où nous avons amarré nos chaloupes. Je me tourne pour faire face à Callie qui avise enfin mon visage fermé et mon regard sombre.

— Blake, chuchote-t-elle, dis-moi qui c'est.

Au lieu de répondre, je passe une main derrière sa nuque et l'embrasse. Lorsque j'entends mes hommes arriver, je me recule, tourne le dos à une Callie totalement paniquée et mets un premier pied sur le port.

Glenn est là, assis sur un tonneau, en train d'affûter son épée. En nous entendant arriver, il se lève doucement pour nous faire face mais ne range pas son arme pour autant. En le voyant, mes hommes s'arrêtent derrière moi, et les conversations se taisent progressivement. Chacun sent que quelque chose ne va pas. J'entends Callie étouffer ce qui ressemble fort à un sanglot. Sans quitter Glenn des yeux, je prends la parole, d'une voix volontairement forte.

— Messieurs, avant de reprendre la mer, il nous faut régler un détail.

Je n'ai pas besoin de me retourner pour savoir qu'ils sont tout ouïe.

— Voyez-vous, même si nous avons réussi à obtenir les informations nécessaires à la poursuite de notre quête, je dois avouer que je me suis posé des questions. Comment Thull a-t-il su que j'étais en possession du compas ? Comment a-t-il su où trouver la sorcière ? Comment a-t-il su quand attaquer ?

J'ai bien conscience d'être affreusement dramatique, mais je laisse planer un silence, le temps que tous mes hommes comprennent où je veux en venir.

— Il y a un traître parmi nous.

Je ne sais pas à quel moment ma voix est devenue aussi froide, mais mon ton me surprend moi-même. Tout le bonheur que j'ai pu ressentir ce soir a disparu tellement vite que je pourrais penser l'avoir rêvé. Je ne ressens que la colère. Cette colère qui m'a déjà traversé lorsque j'ai deviné qui était le traître. Colère que j'ai patiemment entretenue, alimentée pendant des jours afin d'être prêt pour cet instant. Cette colère que même ma peur du jugement de Callie ne peut apaiser.

Derrière moi, les murmures ont repris et je sais que cette révélation les touche autant que moi. Les hommes toisent Glenn, qui avec un air mauvais, qui avec incompréhension.

— Je savais que ce soir était l'occasion rêvée de démasquer le traître, je dis simplement, et le silence retombe autour de moi. J'ai assez insisté sur le fait que ce serait notre dernière escale pour qu'il sache que, s'il devait tenter quelque chose, c'était maintenant ou jamais. Et effectivement, cette nuit, quelqu'un s'est fait démasquer.

Je sens la pression dans mon dos s'atténuer tandis que les regards se dirigent de nouveau vers Glenn.

— Glenn.

— Capitaine.

— Où est-il ?

Glenn s'éloigne un peu du baril sur lequel il était assis et, d'un brusque coup de pied, le renverse. Un grognement s'élève tandis qu'un corps en émerge avec difficulté. J'ai l'impression que tout le monde retient son souffle tandis que l'homme se redresse lentement, probablement bien amoché par une nuit passée dans un tonneau.

Lorsque Peter nous fait face, je lis la panique dans son regard.

— Capitaine…

— La ferme.

Mon ordre a claqué, plus sec qu'un coup de fouet, et il s'exécute. Derrière lui, Glenn a pointé son épée dans le dos de celui qu'il considérait comme un frère. Un frère qui nous a tous trahis.

Je savais que je pouvais faire confiance à Glenn. C'est un de mes meilleurs éléments et un vrai ami. Je lui confierais ma vie et peut-être même le sort de *L'Avalon*. De plus, il était très proche de Peter et, quand je lui ai fait part de mes soupçons, il s'est avéré qu'il était parvenu aux mêmes conclusions que moi. J'avais bien remarqué que Glenn semblait distant, ces derniers temps : la faute à la trahison de son ami qu'il avait pressentie. Lorsque nous avons corroboré les faits et compris la vérité, il s'est senti aussi trahi que moi, peut-être même plus. Il m'a confirmé ce que j'avais deviné, à savoir que Peter n'était plus le même depuis quelques semaines. Il était étrange, toujours sur ses gardes, et il semblait avoir des difficultés à trouver le repos. Sans doute devait-il ses insomnies à sa conscience qui le travaillait ou à la peur d'être découvert. Peut-être avait-il du mal à dormir tranquillement au milieu de ces hommes qu'il avait vendus. Peut-être était-il hanté par les cris de douleur de Doug lorsqu'on lui avait coupé la jambe, par sa faute. Du moins je l'espérais.

Quand nous avions planifié cette dernière escale, Bold et moi savions qu'il nous faudrait intervenir avant de nous lancer dans la dernière ligne droite vers le Sorcier Noir et la Carte. Nous avions donc mis au point un plan. Enfin, j'avais mis au point un plan, et Bold s'était entêté à me répéter qu'il était trop risqué et trop théâtral. Il était d'avis qu'il valait mieux aller chercher Peter dans son hamac un soir, lui trancher la gorge et le jeter par-dessus bord. Simple mais efficace. J'étais tenté par cette idée, mais je voulais que tout le monde sache que c'était Peter le traître. Je voulais le confronter. Je voulais qu'il voie la haine dans nos regards. Je voulais qu'il ait peur avant que je ne mette un terme à sa ridicule existence. Je voulais laisser la noirceur en moi se libérer un peu et lui faire payer sa félonie. Alors je lui avais ordonné de rester à bord, tout en sachant qu'il ne le ferait pas. Un dernier test qui viendrait me confirmer une bonne fois pour toutes que Peter m'avait trahi. Comme je m'y attendais, il était descendu malgré tout, profitant du fait que Colton semblait incapable d'obéir à un ordre simple : en l'occurrence, surveiller Peter et empêcher Callie de faire des bêtises. Heureusement, j'avais mis Glenn dans le coup.

Pendant que je me disputais puis me réconciliais avec Callie, Glenn, caché dans un recoin du port, avait suivi Peter.

— Je l'ai rattrapé devant le relais de poste. Il voulait emprunter un cheval, sans doute pour s'enfuir. Je l'ai ramené jusqu'ici. J'ai dû l'assommer plusieurs fois, alors j'ai fini par l'enfermer dans le tonneau en vous attendant.

Je n'ai pas besoin d'en dire plus, pas besoin d'exposer le raisonnement qui m'a permis de le démasquer ou le plan que j'ai mis en place pour l'attraper. Mes hommes s'en fichent. Tout ce qu'ils voient, c'est un des leurs qui les a trahis. Pourquoi, comment, ça n'a plus d'importance pour eux. Mais, malgré toute ma colère, je suis curieux.

— Alors, dis-nous, Peter. Que t'a promis Thull en échange de tes services ?

Au début, il ne dit rien. Il sait très bien qu'il est fini et que rien de ce qu'il pourra nous dire ne le tirera d'affaire. Malheureusement, sa loyauté envers Thull attise ma colère, déjà bouillonnante. Nous, il nous a trahis sans hésiter, mais il respectera son allégeance à Thull jusqu'à la fin. D'un seul geste rapide et fluide, je dégaine mon épée et lui lacère le visage, du milieu du front jusqu'au menton. Il gémit et lève les bras comme si cela pouvait suffire à le protéger de mon courroux. Un rictus mauvais déforme mes traits alors que je frappe de nouveau de ma lame. La main qu'il avait brandie devant son visage tombe au sol avec un bruit mat qui est couvert par le long hurlement que pousse Peter. Sa voix se brise alors qu'il tient son moignon d'où jaillit une fontaine de sang. Il se laisse glisser à terre d'une manière pathétique.

Cette vision, loin de m'apaiser, renforce ma détermination.

— Tu as raison. Garde le silence. Que pourrais-tu dire ? Que tu nous as trahis pour un de nos ennemis jurés ? Que tu pensais devenir membre de son équipage quand il aurait mis la main sur la Carte grâce à toi ? Que tu n'as pas hésité une seule seconde à vendre ta famille, ton navire et ton capitaine pour obtenir cette place ?

— Je serais devenu… son second ! crie Peter d'une voix pleine de sanglots.

— Le second de Thull ? Tu veux dire à bord du navire qu'on a fait exploser ? Bravo, tu as eu du flair, en effet !

Il n'y a pas de mot assez fort pour exprimer ma haine et mon mépris.

— Tu as donné des informations à Thull. Tu as parlé. À cause de toi, nous avons perdu Jon et Tip. Doug a perdu sa jambe. Tu n'as aucune excuse. Aucune.

Peter n'essaie même pas à se défendre et se contente de sangloter en tenant son moignon contre lui. Je sais que je devrais chercher à savoir ce qu'il a révélé à Thull, mais la vision de ce traître à genoux devant moi me donne envie de vomir. Je ne supporterai pas cela une seconde de plus. Je veux lui arracher la tête, lui passer mon épée au travers du corps, encore et encore, voir son sang se répandre partout. Toujours animé d'une rage froide, je m'approche de lui et serre ma main autour de son cou. Il commence à se débattre, mais je suis plus fort et surtout plus motivé que lui. Quand il ouvre la bouche pour chercher désespérément un peu d'air, je lâche mon épée et mes doigts se referment sur sa langue. Il me regarde avec des yeux fous tandis que, derrière moi, le silence semble solide tellement il est pesant.

— Tu sais ce qu'on dit : si tu ne peux pas tenir ta langue… je vais devoir te l'arracher.

Alors qu'il recommence à gémir et que des larmes s'échappent de ses yeux, je tire violemment. Il émet des bruits immondes et je continue à tirer. Je suis comme aveuglé par la rage. Ma vision se trouble. Je ne pense qu'à une chose, désormais : la Carte des Confins a failli m'échapper à cause de cette ordure. À cause de lui, à cause de sa trahison, j'aurais pu la perdre à jamais. Alors je continue à tirer. Soudain, un cri étouffé me sort du brouillard et me ramène sur terre.

— Blake, ça suffit !

Je m'immobilise, lâche Peter qui s'écroule et je me tourne.

Callie a les mains plaquées sur la bouche, comme si elle avait essayé de s'empêcher de crier, en vain. Dans la lumière du soleil levant, ses cheveux font comme un halo cuivré autour de sa tête et même son regard est celui d'un être surnaturel. Celui d'une sainte devant un démon sur le point de commettre un acte ignoble. Celui que je craignais de voir ce soir. Ses grands yeux verts me fixent et, si je ne parviens pas à décrypter les émotions qui l'habitent, je n'aime pas ce que je devine. Je n'aime pas l'image de moi qui s'y reflète. Je me détourne et pose de nouveau les yeux sur Peter. Il crache un peu de sang et des larmes coulent toujours le long de ses joues. Son poignet sectionné saigne encore et forme une flaque écarlate autour de lui. Il ne mérite ni ma pitié ni le temps que je lui accorde.

Je respire à fond, tout en m'essuyant les mains sur mon manteau. Alors qu'il tente tant bien que mal de se redresser, sûrement pour ne pas mourir allongé, je récupère mon épée et, d'un geste net, lui transperce le cœur.

Un instant, le temps semble se figer, puis son corps s'affaisse.

Finalement, il est mort à genoux, comme tous les traîtres.

J'essuie mon arme tachée de sang sur ma manche avant de la rengainer.

— Maintenant, au moins, il ne parlera plus.

Je donne quelques ordres puis, sans un regard en arrière, je monte dans une chaloupe et commence à ramer vers *L'Avalon*.

Ce n'est que lorsque je mets un pied sur mon navire que ma vision s'éclaircit et que ma respiration s'apaise. Je reprends le contrôle de mes émotions, je réalise ce que j'ai fait et comprends que c'est dans un état de transe que j'ai agi. Pourtant, je ne regrette rien. C'est sans doute mal, mais si c'était à refaire, je referais la même chose.

D'un geste de la main, je renvoie Colton qui vient certainement s'excuser d'avoir failli et je me dirige vers le gaillard d'arrière. Quand je pose les mains sur le gouvernail, les dernières chaloupes rejoignent *L'Avalon* et mes hommes montent à bord. Ils se remettent d'eux-mêmes au travail. Dans un silence toujours aussi pesant, les voiles sont tirées, l'ancre remontée, et Al se place devant moi, les bras levés. Sous l'effet de son pouvoir, le navire commence à s'éloigner. Alors, seulement, je me retourne.

Comme je l'ai demandé, la tête de Peter est plantée au bout d'une pique.

Un message pour Thull. Et même de loin, j'ai l'impression de la voir grimacer.

CHAPITRE 55
CALLIE

L'*Avalon* s'éloigne mais j'ai l'impression que la tête grimaçante de Peter me fixe encore et encore. C'est un cauchemar. Ça ne peut être qu'un cauchemar.

Je comprends la fureur de Blake, je comprends qu'il se soit senti trahi par Peter. Je comprends qu'il ait eu besoin de le punir, j'aurais même compris qu'il le tue. Mais quand il lui a tranché la main sans aucune hésitation, pire, quand il a commencé à tirer sur sa langue, quand j'ai entendu les gargouillements de Peter… j'ai cru que j'étais de retour dans le château du Sorcier Noir. J'étais de nouveau une enfant forcée d'entendre les cris et bruits de tortures vicieuses et sanglantes. Sauf que, cette fois, c'était Blake qui en était l'auteur. Le même Blake qui m'embrassait quelques instants plus tôt. J'ai cru que j'allais devenir folle. Je n'ai d'ailleurs pas pu retenir un cri qui semble avoir un peu ramené Blake sur terre.

Je repense à ce qu'il m'a dit avant la soirée à la taverne. Sa peur que mon regard sur lui ne change. Comment peut-il être si doux et charmeur un moment et si cruel et sanguinaire celui d'après ? Comment peut-il se soucier ainsi de ce que je pense et tout de même agir de la sorte ? Est-ce le même homme, celui qui m'embrasse en me faisant perdre la tête ? Celui qui me prend dans ses bras comme s'il voulait me protéger du monde entier ? Est-ce cet homme qui vient de mutiler et tuer un de ses frères sans état d'âme ?

Je sais que Blake est quelqu'un de dur. On ne devient pas l'un des plus grands capitaines pirates qui existent en faisant preuve de douceur et de clémence. Pour autant, je ne pensais pas qu'il pouvait être aussi… mauvais.

Et ce n'est pas le pire.

Le pire, c'est le regard qu'il avait lorsqu'il s'est tourné vers moi. Un regard plein de ténèbres et d'ombre. Un regard de tueur que je n'avais vu chez lui qu'à de très rares occasions, durant les mêmes batailles où il a fait preuve de cette sauvagerie déroutante et effrayante. Pour la première fois, je me suis demandé si toutes les ombres qui hantaient les hommes et les poussaient à la folie étaient liées à la magie. Car si Blake n'a jamais été possédé par une ombre, ce soir, c'était tout comme.

Lorsque le soleil se lève à l'horizon, *L'Avalon* est déjà loin de Luthe : Al y a veillé. Blake est toujours au gouvernail et dirige son navire d'une main de maître. Je suis perchée dans les voiles et je ne fais même pas semblant de travailler. Je me contente de rester les yeux fixés au loin, tâchant de faire le tri dans les idées qui bouillonnent en moi. Après ce que j'ai vu cette nuit, je ne sais plus quoi penser.

Le reste de l'équipage s'active comme à l'ordinaire. On pourrait presque penser que l'événement ne les a pas atteints, mais je sais qu'il n'en est rien. Je les connais, désormais. Peter était l'un des leurs et il les a trahis. Il leur faudra du temps pour s'en remettre.

Pour ma part, je me sens un peu bête de ne pas avoir vu clair dans le jeu de Peter et, pire encore, d'avoir soupçonné Al, simplement parce qu'il utilisait la magie. Avec le recul, le comportement de Peter était un signe évident. Mais nous étions tous à cran… Et j'étais bien trop obnubilée par Blake pour penser et faire le rapprochement entre Peter et Thull.

La journée passe alors que je rumine mes sombres idées. Lorsque certains des hommes se rendent au réfectoire pour le repas du soir, je descends enfin du mât. Blake n'est plus sur le pont, alors je me dirige vers sa cabine, où je le trouve, occupé à remettre ses bottes après la rapide toilette qu'il a faite, si j'en crois les vêtements jetés en tas par terre et ses cheveux encore humides.

— Je me demandais combien de temps tu allais m'éviter, me dit-il pour tout salut.

Il redresse la tête et me fixe. Personne n'a dormi cette nuit, mais ses yeux me paraissent particulièrement cernés. Je n'avais pas remarqué qu'il avait l'air si fatigué.

— Je ne t'évitais pas. J'avais besoin de réfléchir.

Blake reste là, immobile devant son lit, et je n'ose pas détourner le regard. Mon cœur bat à cent à l'heure. J'ai l'impression que quelque chose se prépare, quelque chose que je ne vais pas aimer. Comme il demeure silencieux, je reprends la parole :

— Sérieusement, Blake. C'était quoi, ça ? Je ne t'ai pas reconnu tellement tu étais effrayant.

Un éclat passe dans son regard et je pense que mes mots l'ont touché ou blessé.

— Tu n'as pas à avoir peur de moi. Ce matin, j'ai un peu dérapé, mais c'était moi. C'est moi.

— Non. Ce matin, c'était celui que tu deviens quand tu es obsédé par cette carte.

— Il va falloir t'y faire. Cette carte, c'est tout, pour moi.

J'ai l'impression de recevoir un coup dans le ventre. Oui, ça fait mal. Ça fait mal d'entendre cet homme qui a pris une si grande place dans mon cœur dire qu'un morceau de papier a plus d'importance que tout le reste pour lui. C'est l'histoire de ma vie qui se répète : je ne fais pas le poids, je ne suffis pas.

Je retiens un gémissement qui se transformerait immanquablement en sanglot et continue à affronter Blake. Je sais que cette discussion va mal se finir, mais je ne peux plus l'esquiver. J'ai besoin de savoir.

— Et jusqu'où iras-tu pour l'obtenir ? Qu'es-tu prêt à risquer ?

Il sait de quoi je parle. Je parle de ma vie, de la sienne, de notre histoire qui commence à peine. Blake est-il vraiment prêt à jeter tout ça dans les profondeurs de l'océan ? En s'entêtant à chercher la Carte, c'est ce qu'il fait. Je lui ai trouvé des excuses jusqu'à présent, j'ai pensé à autre chose, j'ai détourné les yeux, mais voilà la vérité. Sans même parler du Sorcier Noir, si Blake fait passer la Carte avant moi, c'est que notre histoire ne pourra pas durer. C'est qu'il a fait un choix.

— Je ne peux pas faire demi-tour, dit Blake en serrant les poings. J'ai besoin de cette carte, tu comprends ? ! J'en ai besoin pour entrer dans l'histoire ! Pour qu'on se souvienne de moi au même titre que les héros des légendes !

— Trouver cette carte ne fera pas de toi un dieu, comme tu sembles le penser.

— Peut-être pas. Mais elle fera de moi un être légendaire.

— Et c'est ce que tu veux ? Ce qui compte le plus pour toi ?

Je le vois tressaillir, mais il se reprend vite :

— Tout le monde rêve d'aventure, de magie, de légendes…

— Pas moi, je rétorque avec force. Je l'ai déjà vécu, tu te souviens ? J'ai déjà connu un homme qui voulait plus que ce qu'il n'avait. Un homme que j'ai perdu à cause de la magie. Ce n'est pas ce que je recherche. Ce n'est pas ce dont j'ai besoin. Pas de nouveau.

Les yeux de Blake brillent d'une étrange lueur. Au fond de moi, je sais qu'il comprend. Il me connaît, il connaît mon passé. Il sait, mais ça ne change rien. Et c'est pire encore.

— Alors de quoi as-tu besoin ? dit-il d'une voix soudain très calme.

Mon ton devient presque suppliant tandis que je m'approche de lui.

— J'ai besoin de quelqu'un qui sera toujours là. J'ai besoin de quelqu'un qui tienne suffisamment à moi pour ne pas me tourner le dos à la première occasion ! J'ai besoin de toi, Blake ! De ce qu'on a en ce moment ! Et tu ne peux pas tout gâcher en devenant fou à cause d'une carte et de ta recherche impossible de gloire. Ce rêve n'est pas le tien. C'est le rêve de ton père. Je te connais assez pour savoir que ce n'est pas ce que tu souhaites !

— Tu savais dans quoi tu t'engageais, me répond-il d'un ton presque distant. Tu savais que je cherchais la Carte et que ce serait ma priorité.

Il n'a toujours pas bougé. Je ne sais pas comment il peut rester de marbre ainsi. Il doit comprendre ce qui se passe. Moins de douze heures auparavant, il me promettait qu'il avait confiance en moi et que ses sentiments étaient réels ! Comment peut-il avoir oublié ses paroles aussi vite ? Peut-être n'avaient-elles de sens que tant que lui et moi regardions dans la même direction. Peut-être n'étaient-elles valables que tant que je suivais le chemin qu'il avait choisi pour nous.

Je sens une douleur lancinante se répandre dans mon corps. Elle part de mon cœur, parcourt mes veines et retentit avec force dans mon crâne. Je me sens soudain très lasse. Est-ce que toutes les relations sont comme ça ? Est-ce qu'elles nécessitent toutes de se battre, d'arracher des promesses voilées, des confessions et des moments de paix ? Peut-être que ça n'en vaut pas la peine. De toute façon, nous allons tous mourir en arrivant devant le Sorcier Noir. Je pousse un soupir.

— Oui, je dis finalement. Je le savais. Et c'est encore pire. Je suis vraiment stupide. Malgré tous les signes, je me suis permis d'espérer. Je suis tombée dans le panneau. J'ai cru toutes tes belles paroles, tes douces caresses.

— Callie…

Pour la première fois depuis le début de notre conversation, il me semble que je perçois de la souffrance dans le ton de Blake, mais je ne le laisse pas continuer.

— J'ai été bien bête. Si je te dis que je veux descendre au prochain port ? Est-ce que tu changerais d'avis ?

Il ne répond rien et j'ai envie de hurler. De le frapper. De pleurer.

— Est-ce que notre histoire a la moindre valeur à tes yeux ?

Ma voix n'est qu'un murmure suppliant. Je me hais de paraître aussi faible et je le hais encore plus de ne pas réagir.

— Ou bien est-ce que ce n'est qu'une distraction comme une autre ?

— Tu sais bien que ce n'est pas…

— Non, je le coupe. Je ne sais plus rien, Blake.

J'ai l'air tellement mélodramatique que, dans d'autres circonstances, j'éclaterais de rire et me moquerais de moi-même. Mais je n'ai pas le cœur à rire. Je sens une première larme couler sur ma joue et je me détourne précipitamment. Je ne veux pas que Blake voie à quel point tout cela m'atteint. Alors je quitte sa cabine, entre dans la mienne, ferme la porte et me laisse glisser au sol. Adossée au bois, je me prends la tête entre les mains et ne retiens plus mes pleurs, hantée par ce sentiment que quelque chose vient de se briser entre nous. Quelque chose que nous ne parviendrons peut-être jamais à réparer.

CHAPITRE 56
BLAKE

Je reste immobile un long moment après son départ. En fait, je reste immobile tellement longtemps que j'ai l'impression d'être une statue. Je ne sais pas ce que j'attends, mais j'ai la sensation que, si je bouge, ne serait-ce qu'un petit peu, la situation sera bien réelle, que quelque chose se cassera et qu'il n'y aura aucune chance de revenir en arrière.

Comment les choses ont-elles pu dégénérer aussi vite ?

Je respire à fond. Ce n'est pas si grave. Callie va se calmer. Elle est simplement choquée par ce qui s'est passé avec Peter. Certes. Je n'ai pas cherché à contrôler ma fureur. Je ne pensais pas l'avoir effrayée autant. Je pensais pouvoir être moi-même avec elle, mais visiblement c'est un peu tôt. Il lui faut peut-être un peu de temps pour digérer tout ça, mais elle reviendra à la raison. J'essaie de m'en persuader, pourtant, au fond, je sais que la mort de Peter n'est pas le problème.

Le problème, c'est moi. Ou plutôt mon obsession pour la Carte. J'ai besoin de cette carte. Au-delà du fait que penser à explorer les Confins fait battre mon cœur plus fort, je le dois à mon père. Mais, plus encore qu'à lui, si je veux trouver la Carte et explorer les Confins, c'est parce que je me le dois à moi, à ce petit garçon à qui on a répété encore et encore qu'il n'était pas assez doué, pas assez fort, pas assez intelligent. Pas assez bon. À ce petit garçon qui pleurait le soir en priant l'Océan de lui donner la force de rendre fier son père.

D'un geste lent, j'attrape la chaîne que je porte en permanence autour du cou. Au bout de cette chaîne pend la chevalière de ma famille, celle que mon père m'a donnée, celle qui passe de père en fils depuis des générations. Celle qui fait peser sur moi le poids de toutes les attentes des Jackson.

Pour mon père autant que pour moi, je dois trouver cette carte.

J'ai toujours su que Callie n'était pas emballée par cette idée. Explorer les Confins, peut-être, car c'est une aventurière dans l'âme. Mais se fier à une carte magique pour ça ? Jamais. Avant même de savoir qu'il lui faudrait affronter son père pour l'obtenir, Callie n'aimait pas cette idée.

Une pensée que je m'étais efforcé de repousser s'infiltre alors en moi. Peut-être que je ne pourrai pas avoir Callie *et* la Carte. Peut-être que je devrai choisir. Si c'est le cas, que choisirai-je ?

***

Ce n'est que lorsque le soleil se lève sur *L'Avalon* que je bouge enfin. Je m'assois sur le bord de mon lit, la tête entre les mains. Callie n'est pas revenue. Elle ne m'a pas rejoint. Peut-être que quelque chose s'est bel et bien cassé entre nous.

CHAPITRE 57
BLAKE

J'ai beau essayer de me concentrer sur le fait que la Carte se rapproche un peu plus à chaque instant, le reste du voyage est assez horrible. *L'Avalon* fait voile vers le nord et, selon mes cartes, nous devrions arriver dans quelques jours. L'équipage est prêt, j'ai assigné à chacun son rôle et sa mission. Demain, José partira avec quelques hommes à bord d'une chaloupe pour un village proche. Ils ont pour ordre de répandre la rumeur selon laquelle la fille du Sorcier Noir se trouve dans les environs. Une fois leur tâche accomplie, ils repartiront le plus vite possible pour éviter de se faire attraper par le Sorcier Noir qui ne reculerait devant rien pour les faire parler. Si tout se passe bien, pendant qu'il court à la recherche de sa fille chérie, nous serons arrivés à son château et nous aurons juste le temps de le fouiller, de prendre la Carte et de repartir. Ça a l'air tellement simple que je préfère ne pas songer à toutes les choses qui pourraient mal tourner.

Grâce aux herbes et autres mixtures que Bold a achetées lors de notre dernière mémorable escale, Callie a pu nous faire à tous des tatouages magiques. C'est étrange de nous voir marqués de la même façon. Je baisse les yeux vers mon propre avant-bras où Callie a dessiné ses motifs. J'essaie de ne pas penser à ses mains sur ma peau, à son corps tout près du mien, à son odeur, à ses cheveux dont certains glissaient devant son visage et venaient me chatouiller pendant qu'elle travaillait. J'essaie de ne pas penser à cette longue heure de silence comme étant la dernière fois que je me suis trouvé aussi proche d'elle. J'ai lutté contre l'envie de renverser la table sur laquelle elle était installée pour la prendre dans mes bras, l'embrasser, lui dire que je renonçais à tout, pourvu qu'elle reste avec moi.

Mais je n'ai pas pu. Je n'ai pas la force de faire un pas vers elle parce que ça voudrait dire m'éloigner de la Carte. J'ai retourné la situation dans tous les sens, ces derniers jours, et il n'y a pas un seul scénario où j'arrive à avoir à la fois la Carte et Callie.

Le lendemain de notre dispute, j'ai pris mon courage à deux mains et je l'ai arrêtée alors qu'elle passait devant moi sur le pont. Je n'ai pas eu besoin de dire quoi que ce soit : elle s'est dégagée et m'a lancé un regard à la fois triste et déterminé.

— Je ne peux pas, Blake. Je n'ai pas le courage de faire semblant, de faire comme si tout ça n'avait pas d'importance. Je t'ai dit que je t'aiderais à affronter le Sorcier Noir et je le ferai : sans moi, vous n'avez aucune chance. Mais je ne peux pas faire comme si tout allait bien entre nous, comme si on voulait les mêmes choses et comme si notre relation n'était pas vouée à l'échec.

Ces derniers mots m'avaient énervé. Il fallait être deux pour décider de renoncer à une relation, non ? Elle ne pouvait pas dire que tout était ma faute. J'avais des torts, certes, mais elle en avait aussi.

— Tu es bien prompte à baisser les bras ! Peut-être que ce n'est pas ce que tu voulais, au final.

— Quoi ?

— Toi et moi. Tu n'en as jamais vraiment voulu, au fond. Toi, tu veux une petite vie tranquille. Dans un village, avec un mari bête comme ses pieds et une foule de marmots.

Elle m'avait lancé un regard tellement féroce, empreint de tellement de mépris que j'avais regretté mes paroles, que je ne pensais de toute manière pas. C'était la colère et la tristesse qui parlaient.

— Tu es ridicule.

— Alors, qu'est-ce tu veux ?

— Je veux une vie avec toi, espèce d'idiot ! avait-elle crié, s'attirant les regards surpris des hommes les plus proches. À bord de *L'Avalon*, à piller et explorer ! Une vie pleine d'aventures, mais pas de magie !

Puis elle avait tourné les talons.

Ce sont les dernières paroles que nous avons échangées. Depuis ce moment, elle prend soin de m'éviter, d'éviter mon regard, d'éviter de parler quand je suis là. Elle ne dort plus avec moi et a cessé d'assister aux réunions. Elle nous a fourni toutes les informations nécessaires, certes, mais son absence me pèse. Même ses commentaires narquois me manquent.

Cela fait cinq jours, et j'ai l'impression d'être au milieu d'un pont sur le point de s'effondrer. D'un côté, il y a Callie qui me tend les bras – en admettant que je parvienne à réparer la situation, ce qui n'est pas gagné vu son attitude distante. De l'autre côté, il y a mon père, dont le souvenir me hante, et la promesse que je lui ai faite. Mon père. Je me demande ce qu'il aurait fait à ma place.

Je réprime un ricanement. Je sais très bien ce que mon père aurait fait et dit. Il m'aurait dit que j'étais stupide et pathétique à me lamenter ainsi. Il m'aurait dit qu'il avait raison de croire que je n'étais pas digne d'être son héritier ni de trouver la Carte. Il m'aurait dit que c'était ridicule de s'interroger autant pour une femme. Pour lui, elles n'étaient rien, que des objets dont on disposait à sa guise avant de les jeter. Les sentiments n'étaient qu'un signe de faiblesse. Mon père m'aurait probablement dit de coucher avec Callie pour me la sortir de la tête puis de la faire passer par-dessus bord.

En moment précis, j'ai désespérément besoin d'un avis extérieur. Alors je vais voir la seule personne qui me connaisse vraiment, la seule personne, en dehors de Callie, en qui j'aie toute confiance. Je vais chercher le conseil d'un vrai père, de celui qui m'a réellement élevé.

— Bold ? Je peux te parler un instant ?

Mon second lève les yeux vers moi et comprend instantanément que c'est sérieux. Il pose l'arme qu'il était en train d'examiner et me suit. Je ne sais pas où aller pour ne pas être entendu, pour être tranquille, alors, instinctivement, je me dirige vers ma cabine. Lorsque je referme la porte derrière nous, je suis surpris de trouver la pièce aussi banale. Ces derniers jours, je n'y entre que lorsque la nuit est déjà bien entamée, je prends quelques heures d'un sommeil tout sauf réparateur et je me lève bien avant le soleil. Je ne supporte plus de rester dans cette pièce où Callie semble partout présente, de dormir dans ces draps qui portent encore son odeur.

Je fais face à l'océan que j'observe à travers les vitres. Bold attend patiemment que je me lance et je lui en suis reconnaissant. Il me faut un petit moment pour rassembler mes esprits mais, une fois que je commence à parler, je ne parviens plus à m'arrêter. Je lui raconte tout. Nos discussions, nos disputes, ce qu'elle m'a confié sur son père, son aversion pour la magie, je lui parle de mes craintes et de mes espoirs. Il m'écoute sans jamais m'interrompre et lorsque je m'assois lourdement au bord de mon lit, à bout de souffle d'avoir tant parlé, il fait quelques pas vers moi.

— Te voilà dans de beaux draps, dit-il simplement.

Je relève la tête pour lui lancer un regard incrédule.

— C'est tout ce que tu trouves à dire ? Je me confie à toi comme je ne me suis jamais confié à personne et c'est tout ce que tu réponds ?

— Blake, je ne peux pas choisir à ta place... Tu es le capitaine de ce navire et cette décision t'appartient, poursuit-il comme si de rien n'était. Pour ce qui est de Callie...

Bold a le culot d'émettre un petit rire alors qu'il vient s'asseoir à côté de moi. Il me donne une tape sur l'épaule.

— J'ai compris à la minute où elle a baissé sa capuche dans cette taverne miteuse qu'elle était faite pour toi. Rien qu'à voir ses yeux verts et son visage d'ange, j'ai compris que tu tomberais sous son charme. Puis j'ai appris à la connaître. Elle était tout ce qu'il te fallait. Si jolie qu'elle ne pouvait qu'attirer ton attention, suffisamment intelligente et audacieuse pour te tenir tête, assez innocente pour te toucher malgré les barrières que tu avais dressées. Je sais que tu n'as pas envie d'entendre ça, mais elle a réveillé quelque chose en toi, Blake.

Je soupire. C'est à la fois réconfortant et énervant de savoir que Bold me connaît aussi bien. Qu'il lit en moi aussi facilement et simplement qu'en n'importe quel livre ouvert. C'est ce que je recherchais en me confiant à lui. Je savais que cette discussion ne serait pas facile mais que je pourrais compter sur Bold pour m'ouvrir les yeux.

— Mais être avec Callie, ça veut dire renoncer à la Carte.

— Et alors ?

Je suis surpris par sa réponse et il hausse les épaules.

— J'ai suivi ton père pendant toute sa vie. Je te suis depuis des années. Je sais bien que vous, les Jackson, n'avez pas besoin d'une carte, aussi légendaire soit-elle, pour être les plus grands pirates qui existent.

— Tu n'as jamais été intéressé par la Carte ?

— Ce n'est pas ce que je dis. Blake, je suis un pirate, moi aussi. Évidemment, que l'idée d'être parmi les premiers à explorer les Confins me tente. Par l'Océan, cette perspective fait bouillonner le sang dans mes veines ! Mais j'ai confiance en toi. Je sais que si ce ne sont pas les Confins, tu trouveras d'autres trésors, tu exploreras d'autres îles.

— L'équipage veut aller dans les Confins…

— L'équipage veut te suivre. Ils te respectent, ils t'aiment, Blake. Ils feraient n'importe quoi pour toi, surtout après ce qui s'est passé avec Peter. Ils sont prêts à tout pour te prouver leur valeur et leur loyauté. Ce n'est pas la destination qui compte, pour eux. C'est la personne qui les y conduit.

Je soupire.

— Je crois que je sais ce que je veux. Seulement, c'est dur de renoncer à ce rêve que j'ai depuis tant d'années. Même si c'est plus celui de mon père que le mien, il m'a guidé pendant si longtemps… Et les Confins… j'ai l'impression qu'ils m'appellent.

Bold ne dit plus rien.

— Je suis si proche du but. Je ne sais pas si je peux y renoncer, j'avoue à voix basse. Comment passer à côté ? Il n'y a qu'une seule Carte des Confins…

— Il n'y a aussi qu'une seule Callie.

— Tu ne m'aides absolument pas.

C'est au tour de Bold de soupirer.

— Blake, encore une fois, je ne peux pas prendre la décision pour toi. Tout ce que je peux te dire, c'est que tu n'as jamais paru aussi vivant que depuis que Callie a mis un pied sur *L'Avalon*. Et tu le sais aussi bien que moi. Tu le ressens. À toi de voir si tu préfères être vivant maintenant ou vivant dans les légendes de demain.

CHAPITRE 58
CALLIE

Je me réveille et me redresse en sursaut, réprimant à grand-peine un cri de terreur. Haletante, je regarde la semi-obscurité de ma cabine et tâche de me raisonner. Ce n'était qu'un cauchemar. Un mauvais rêve. Rien de plus. Ma respiration s'apaise et, malgré moi, je tâtonne pour trouver mon poignard. Lorsque ma main se referme sur sa garde froide, je me sens un peu mieux.

Je suis tout emmêlée dans mes draps, comme si je m'étais débattue pendant de longues minutes avant de m'éveiller. Ai-je crié ? Supplié ? Blake m'a-t-il entendue ? Un bref instant, je caresse l'espoir de le voir arriver, d'entendre ses pas dans le couloir, puis de le voir pousser la porte. Je rêve de me blottir contre lui, de lui dire que j'ai peur, du Sorcier, de cette mission, de le perdre, de me perdre. Je rêve de l'entendre me dire que tout ira bien, qu'il ne fera rien qui puisse nous séparer.

Je secoue la tête, chassant mes fantasmes.

Blake ne fera rien de tout cela. J'ai perdu espoir de le voir changer d'avis. Il ira jusqu'au bout, il prendra cette carte et partira vers les Confins, s'exposera à la magie et à ses dangers. Ses actions prouveront plus clairement que jamais ce que ses paroles laissaient entendre : je ne compte pas assez à ses yeux pour qu'il renonce à cette folle entreprise.

Depuis notre dispute, je fais des cauchemars toutes les nuits, des rêves sombres dans lesquels le Sorcier Noir, sous les traits de mon père, tue un par un les membres de *L'Avalon*. Parfois, je vois simplement des villages prendre feu, des océans se vider et des montages s'effondrer : je suis tellement épuisée que tout semble m'effrayer.

Mais je n'en montre rien. Je vaque à mes occupations, m'efforçant de ne pas regarder Blake. Je tiendrai parole et j'irai avec lui au château. Je l'aiderai à récupérer sa précieuse Carte, le seul amour de sa vie avec ce maudit rafiot, puis je partirai. J'ai été naïve de croire que j'avais ma place à bord. Naïve de penser que j'avais ma place quelque part.

Je me rallonge, sachant d'avance que je ne trouverai pas le sommeil. Je sais que j'ai besoin de repos mais mon corps et mon cerveau refusent de me l'accorder. L'angoisse me ronge et mon instinct me hurle que quelque chose se prépare, que quelque chose va mal tourner.

CHAPITRE 59
BLAKE

Le château du Sorcier Noir dresse ses tours devant nous.

Callie, Colton, Glenn et moi sommes arrêtés à la limite du domaine du Sorcier. Il n'y a pas de barrière ou de portail qui nous l'indique, mais c'est ici que Callie s'est arrêtée, alors nous l'avons imitée. À partir de là, le chemin de terre qui vient du village le plus proche disparaît et les quelques arbres qui montent à l'assaut de la colline sont plus grands, plus tordus, plus inquiétants. Il faut dire que, dressé sur un promontoire rocheux qui domine la mer, le château n'inspire pas confiance. Et le temps froid et humide des terres du Nord n'est rien à côté de la dangerosité de l'unique habitant de cette forteresse.

Après avoir gravi la côte rocheuse et emprunté un chemin escarpé, nous avons bifurqué pour arriver à l'arrière du domaine. Il fait nuit noire mais le château n'est pas illuminé. Aucune fenêtre n'est éclairée, aucune trace de vie ne vient réchauffer cette atmosphère lugubre. On se croirait devant une bâtisse abandonnée et hantée. Pas étonnant que Callie ait été traumatisée par cet endroit.

Je lui jette un regard en coin. Elle a les yeux fixés sur le château et le visage toujours aussi fermé. Je ne l'ai plus vue sourire depuis cette soirée à la taverne. Mais ce soir, pour la première fois depuis des jours, je la vois de près. Ses traits sont tirés et elle a l'air fatiguée. Est-ce qu'elle dort aussi mal sans moi que moi sans elle ? Il me semble l'avoir entendue parler et faire les cent pas, certaines nuits. Je mourais d'envie d'aller la rejoindre, de la prendre dans mes bras et la rassurer. Mais elle ne méritait pas ça. Elle ne méritait pas mes mensonges. Et la vérité, c'est que j'ai choisi la Carte. La preuve : nous sommes sur le point de passer à l'action.

L'angoisse de Callie est si forte que j'ai l'impression de la ressentir moi aussi. Elle a le même air concentré que lorsqu'elle a regardé partir José, dont la mission était d'attirer son père ailleurs. Nous n'avons plus qu'à espérer que ce plan fonctionne. Glenn doit penser à la même chose que moi car il prend la parole en chuchotant :

— Comment être sûr que le Sorcier a bel et bien mordu à l'hameçon ? Comment être sûr qu'il n'est pas à l'intérieur ?

Au stade où nous en sommes dans notre quête suicidaire, les certitudes, c'est totalement surfait. Je m'avance en premier. Je prends soin de me dissimuler grâce aux rares arbres qui parsèment le parc du château, comptant sur l'ombre qu'ils projettent pour me cacher. C'est ridicule de prendre tant de précautions puisque le château est censé être vide. Et s'il ne l'est pas, ce n'est pas en me plaquant contre un arbre que je m'en sortirai. Alors que les autres me rejoignent, je repense au moment où nous avons quitté *L'Avalon*. Al m'avait attrapé le bras.

— Laisse-moi venir avec vous, m'avait-il supplié d'une voix pressante.

— Al, on en a déjà parlé. Qu'est-ce que tu pourrais faire ? Tu m'as dit toi-même que, à part souffler sur la tête des adversaires, tu ne serais pas d'une grande aide.

— Je sais mais... si ça se passe mal, je pourrai essayer de te... de vous protéger. Blake, j'ai un mauvais pressentiment.

— Tout va bien se passer, je l'avais rassuré, en posant les mains sur ses épaules.

Après une brève accolade, je m'étais détourné et il n'avait plus tenté de me retenir. Je m'étais alors trouvé face à Bold. Celui-ci avait enlacé Callie sans un mot puis, alors qu'elle s'installait dans la barque, il m'avait fixé.

— Si je ne reviens pas... avais-je commencé en chuchotant pour que personne ne nous entende.

— Arrête de dire des bêtises, Blake.

— Laisse-moi parler ! Je suis le capitaine et je...

— Et moi, je suis celui qui a élevé ledit capitaine et qui lui dit clairement et très respectueusement de se taire immédiatement et de revenir sur ce navire en un seul morceau. Sinon je serai obligé de venir botter ton petit cul de capitaine, c'est compris ?

Je n'avais pas pu me retenir de sourire. La vulgarité inhabituelle de Bold était un signe d'inquiétude. L'idée de me laisser affronter cette épreuve seul ne l'enchantait guère, mais nous savions tous les deux que le plus important était que quelqu'un reste pour diriger *L'Avalon*. C'était une décision rationnelle mais cela ne l'empêchait pas d'être inquiet pour moi. Je m'étais donc contenté de hocher la tête et, après un instant d'hésitation, je l'avais pris dans mes bras. J'avais réalisé ces derniers temps que j'avais une chance inouïe d'avoir toujours pu compter sur Bold.

— Reviens, Blake.

Ça avait été ses dernières paroles avant qu'il ne se détourne. Nous savions tous que cette mission était la plus dangereuse que nous ayons jamais entreprise.

Je repense à ce moment alors que nous arrivons sous les hauts murs de pierre. La campagne alentour est tellement silencieuse que mes nerfs sont à vif. Ce silence est tout sauf naturel et j'imagine que cela a un lien avec l'aura du Sorcier qui imprègne les lieux. Même moi je le sens. Je sens la magie, la violence, les ténèbres. J'ai l'impression de pouvoir sentir le goût du pouvoir sur ma langue. Je déteste ça.

— Et maintenant ?

Par l'Océan, j'avais oublié que Glenn avait la manie de parler à tort et à travers dans les missions à risque. C'est une façon d'évacuer son anxiété : il sait très bien ce que nous devons faire. Nous en avons discuté encore et encore.

— Maintenant, Colton et toi faites rapidement le tour pour vous assurer que la voie est libre. Callie et moi, on vous attend avant d'entrer. Faites vite.

Ils hochent la tête et s'exécutent. Chacun part d'un côté. Selon Callie, il leur faudra du temps pour faire le tour du château tellement il est grand. Suivant ses informations, nous n'avons pas tenté d'entrer par la porte principale, d'où notre présence à l'arrière du bâtiment. Il y a une petite porte dissimulée qui mène aux caves et par laquelle nous pourrons passer. À partir de là, il nous faudra suivre Callie dans un dédale de couloirs jusqu'à la salle immense où le Sorcier garde sa précieuse collection. Je tiens toutes ces informations de Callie qui me les a transmises quand elle m'adressait encore la parole. Cela fait presque une semaine qu'elle m'ignore et je commence à avoir peur d'oublier le son de sa voix et celui de son rire.

Les minutes passent, et trop de pensées tourbillonnent dans ma tête. Je repousse mes angoisses et fais quelque chose que je me suis refusé ces derniers jours. Je regarde Callie.

Elle est vêtue de noir de la tête aux pieds. Bottes, pantalon en cuir, chemise, corset, jusqu'au capuchon sombre qu'elle a remonté sur son visage et qui cache ses cheveux flamboyants. J'aimerais voir ses yeux, j'aimerais pouvoir lire ses émotions sur ses traits mais, à cause de l'obscurité, je n'y parviens pas. Je n'en ai de toute façon pas besoin pour savoir à quoi elle pense.

Elle pense à cet endroit qu'elle a fui, à son père qu'elle craint, à son enfance entre ces murs. Elle pense sans doute à ce qui se passerait si le Sorcier Noir débarquait. Peut-être pense-t-elle à ce qu'il se passera si le Sorcier ne vient pas, si nous prenons la Carte et repartons. Acceptera-t-elle de me reparler, à ce moment-là ? Quand nous serons en sécurité sur *L'Avalon*, prêt à naviguer vers les Confins ? Je sais déjà que non. Le problème ne vient pas seulement de la Carte. Il vient de mon incapacité à faire passer Callie avant le reste.

Mais j'ai fait mon choix. Nous sommes là, nous allons prendre la Carte. Je sais ce que ça signifie, et Callie le sait aussi.

Je la regarde de nouveau qui commence à s'activer sur la porte pour la déverrouiller. Je la regarde et j'ai l'impression que le temps se fige.

Si tout se passe bien, dans quelques heures, je serai de retour sur *L'Avalon*, prêt à mettre les voiles vers les Confins. J'imagine ma vie avec la Carte, à naviguer vers mon destin. Je me représente les dangers que nous devrons affronter, les monstres que nous devrons tuer, les trésors que nous allons découvrir. Je m'imagine, mon équipage à mes côtés, le vent dans les voiles, l'océan autour de nous. Je m'y vois parfaitement. Je me vois même me tourner pour lancer une remarque à Callie... et j'imagine son absence. J'imagine toutes ces aventures qui m'attendent, toutes ces richesses que je pourrais amasser, toute la gloire que je pourrais en tirer. Mais au fond, quelle importance ? Quelle importance si Callie n'est pas là pour partager ça avec moi ? Pour rire de mon amour pour l'argent ? Pour se moquer de ma quête de gloire ? Pour partager mes victoires ?

Oui, j'ai fait mon choix. Mais était-ce le bon ?

Oui, la Carte m'offrirait un nouveau monde.

Mais n'ai-je pas déjà tout ce qu'il me faut, dans celui-ci ?

Je n'ai jamais cru aux grandes révélations, celles qui frappent d'un coup et transforment un homme. En revanche, je crois qu'on peut avoir quelque chose sous les yeux depuis longtemps et ne prendre conscience de sa valeur que lorsqu'on est sur le point de le perdre. Je l'ai déjà prouvé : je suis doué pour me mentir. Mais ce soir, c'est impossible.

Par l'Océan, qu'est-ce que je peux être stupide.

— Callie.

Elle sursaute et se tourne vers moi. Ses yeux me transpercent. Quand je pense que j'étais prêt à la laisser m'échapper.

— Callie, je répète, un peu plus fort que nécessaire dans le silence de la nuit.

— Tais-toi, siffle-t-elle. Pas la peine de s'efforcer d'être discrets si tu cries mon nom à tue-tête !

Elle se remet au travail tout en marmonnant d'un ton froid et dédaigneux qui ne lui ressemble pas.

— Ma parole, entre Glenn et toi, je suis entourée d'une belle bande de bras cassés pour ce qui est de la discrétion. Mais ce n'est pas grave, ce n'est jamais que le vol le plus dangereux qu'on ait jamais tenté, pas de quoi s'inquiéter.

Je sais qu'elle a raison et qu'il sera toujours temps de parler plus tard. Que je pourrai lui expliquer une fois que nous serons de retour sur *L'Avalon*. Que rien ne presse et qu'il vaut mieux attendre d'être en sécurité pour déballer mes états d'âme. Mais je n'ai pas envie d'attendre. Il faut qu'elle comprenne.

— Callie, je dis encore une fois.

Elle ne se tourne même plus vers moi, tout à sa tâche qui, désormais, n'a plus d'importance à mes yeux.

— On s'en va, je dis simplement.

Cette fois, elle ne feint pas de m'ignorer mais se fige. Puis, lentement, elle se redresse, se tourne vers moi et m'adresse un long regard incrédule.

— Comment ça, « On s'en va » ?

— On attend Glenn et Colton et on s'en va.

— Quoi ? La Carte est à quelques mètres d'ici.

— Je sais.

Callie me regarde toujours avec intensité et plisse les paupières.

— Qu'est-ce que ça veut dire, Blake ?

— Je renonce.

— Tu renonces ? répète-t-elle d'un ton un peu plus fort, et sa voix résonne dans la nuit. Maintenant ? Si près du but ? Alors que ça fait des mois et des mois que tu ne penses qu'à ça ?

Pour être exact, ces derniers mois, j'ai surtout pensé à elle. Mais je la vois s'échauffer et s'énerver, je garde donc cette remarque pour moi.

— Tu renonces alors que tu as jeté ton équipage tout entier dans cette quête suicidaire ? Tu renonces alors que tu m'as obligée à revenir ici, à prendre le risque d'affronter mon père ? Tu renonces alors que tu m'as clairement fait comprendre que cette carte était plus importante que tout le reste à tes yeux ? Pourquoi ?

Ses yeux lancent des éclairs et elle s'agite tellement en parlant que sa capuche a glissé, révélant son visage. J'ouvre la bouche pour lui répondre quand elle me prend de vitesse, agitant son poing d'un air menaçant.

— Et Blake, je te jure que si tu me réponds encore « tu sais pour… »

— Parce que je t'aime.

Elle est toujours figée, mais sa colère s'est envolée. Je m'approche d'elle et prends son visage dans mes mains.

— Je t'aime, je répète avec force, ébahi de voir à quel point ça fait du bien de le dire à voix haute. J'ai mis des semaines à m'en rendre compte et encore des semaines à l'accepter et à l'assumer. Je sais que j'ai agi n'importe comment, que j'ai fait de mauvais choix. Mais je t'aime et désormais je sais ce qui compte le plus pour moi. Et je n'ai pas besoin d'une carte vers un nouveau monde. J'ai tout ce qu'il me faut. Un navire. Un équipage. Des océans à explorer. Et toi.

Callie reste immobile encore un moment et je ne sais plus comment agir. Est-ce que j'ai dit quelque chose de mal ? Je ne suis pas expert en déclaration d'amour. Pire, ai-je tellement agi comme un idiot que même ça ne suffira pas à me la ramener ?

Tandis que je pense que je vais exploser, un immense sourire se dessine sur le visage de Callie. Ça me fait tant de bien que je prends une grande inspiration, sans doute la plus grande et la plus agréable que j'aie prise depuis une semaine. Callie se jette dans mes bras et je la serre de toutes mes forces. J'aimerais que cet instant dure à jamais, que rien ni personne ne vienne nous interrompre. Je n'en reviens pas.

J'ai dit à Callie que je l'aimais. Tout ira bien.

Elle s'écarte un peu de moi et plonge son regard dans le mien. Je m'y noie et ne réagis donc pas assez vite pour éviter le coup de poing qu'elle m'assène dans l'épaule.

— Tu sais ce que tu m'as fait vivre, ces derniers jours ? Non, ne réponds pas, j'ai une meilleure question. Tu n'es qu'un crétin, Blake Jackson, tu le sais, ça ?

— Oui. Mais j'ai bon espoir que ça s'arrange avec le temps et avec beaucoup, beaucoup de Callie à mes côtés.

— Je vais voir ce que je peux faire.

De nouveau, elle me sourit et mon cœur bat plus vite. Je caresse son visage avec douceur.

— Prête pour explorer notre monde ?

— Et comment, capitaine, répond-elle avec entrain.

— Alors allons-y. Laissons tout ça derrière nous.

— Oh, si c'était aussi simple…

Callie et moi sursautons, surpris par cette voix inconnue et narquoise. Je sens mon sang se glacer dans mes veines et, avant même de me trouver face à lui, je sais. Il est là.

Le Sorcier Noir.

CHAPITRE 60
CALLIE

La peur se réveille instantanément en moi et, si je n'étais pas aussi terrifiée, j'aurais presque envie de rire tellement la situation est à l'image de ma vie. Pile quand tout s'arrange, quand on m'accorde un peu de bonheur et de répit, il faut que le passé revienne me hanter. Et, aujourd'hui, il prend la pire forme qui soit.

Celle de mon père.

Ou plutôt celle du Sorcier Noir. Des ombres qui le composent.

Je le sais avant même de me détacher de Blake, avant même de me retourner et de leur faire face. Je reconnais la voix, les intonations, je reconnais même l'odeur et le goût de l'air autour de moi, imprégné de magie et de noirceur.

Alors que Blake fait volte-face à la vitesse de l'éclair, je prends tout mon temps pour me tourner. Lorsque je parviens à voir le visage de mon père, Blake est déjà devant moi et il a dégainé son épée qu'il pointe sur son adversaire. Le bras qui ne tient pas l'arme se tend derrière lui, comme pour m'inciter à me cacher dans son dos. Un geste totalement vain qui me touche toutefois. Alors que mon cerveau est assailli de douloureux souvenirs d'enfance, alors que je repense à toutes les raisons que j'ai d'avoir peur du Sorcier et ce qu'il pourrait faire, je choisis de me concentrer sur Blake. Ce n'est pas facile car la panique m'a engloutie comme la marée et brouille mes pensées, mais je dois garder la tête froide. Je vais devoir nous sortir de cette situation et, comme je me le suis promis, je dois renvoyer Blake sain et sauf sur *L'Avalon*.

Alors je me lance dans un combat mental éreintant. J'esquive chacune des visions d'horreur que la silhouette de mon père fait renaître en moi, je chasse mes pensées sombres et refoule ma peur. Je me concentre sur Blake. Quand je l'ai vu dans la taverne, quand il m'a souri pour la première fois, quand il m'a lancé ses premières remarques grivoises, quand ses lèvres ont touché les miennes et provoqué un séisme dans tout mon corps, quand il m'a prise dans ses bras, quand il m'a dit qu'il n'avait pas besoin de magie et de légende, seulement de moi.

Peu à peu, image par image, je reprends contact avec la réalité. Le combat mental que j'ai mené m'a semblé durer une éternité mais il ne s'est écoulé que quelques secondes depuis l'arrivée de mon père qui déclare d'un ton très calme :

— Il paraît que vous nous cherchez.

J'avais presque oublié cette manie qu'il a de parler au pluriel. Preuve, s'il en fallait une, que mon père est bel et bien perdu. Que ce n'est plus lui qui tient les commandes, mais les ombres. Ces ombres surpuissantes qu'on a pris l'habitude d'appeler le Sorcier Noir mais qui ne sont rien de plus que des résidus de magie prenant possession des corps qui se trouvent sur leur chemin.

Ce n'est plus mon père.

Sa voix est douce, presque séductrice. Il se tient devant nous, habillé de noir, tout à fait semblable au souvenir que j'ai gardé de lui. Sa peau pâle comme la mort ressort étrangement dans l'obscurité et je crois distinguer ce qui ressemble à des cloques sur ses joues. Il est immobile et n'est pas armé, mais nous savons tous qu'il n'a pas besoin de ça. À côté de lui, allongés par terre et respirant faiblement, se trouvent Glenn et Colton. Ses yeux, que je sais d'un noir d'encre, sont fixés sur moi. Je ne peux pas le voir à cause du voile de la nuit, mais je le sais. Je le sens dans toutes les fibres de mon âme. Je frissonne et invoque une autre pensée pour contrer la peur qui m'assaille. D'autres yeux, bleu clair, ceux-là. Des yeux qui me fixent avec amour et douceur.

Je respire mieux.

— Vous vous trompez. Nous voulons juste aller en paix, répond Blake.

Je ne sais pas comment il fait pour garder son sang-froid. Je me rends compte que j'ai pris la main qu'il me tendait et que je la serre de toutes mes forces. Il me répond de la même façon au point de me faire mal, mais dans la situation qui est la nôtre, j'accueille cette douleur avec plaisir. Elle me permet de rester sur terre, de m'ancrer dans la réalité.

Le Sorcier Noir hausse les épaules.

— Aller en paix ? Oh, eh bien dans ce cas, nous vous laissons tranquilles, alors…

Les ombres se tournent mais je sais aussi bien que Blake qu'elles n'ont pas l'intention de partir. En effet, elles s'arrêtent et nous font de nouveau face.

— Sauf que c'est notre fille que vous avez là. Et c'est dans notre domaine que vous vous êtes introduits.

Je fais un pas un avant, surprise du naturel avec lequel j'effectue ce geste.

— Je suis ici de mon plein gré, je réponds d'une voix que j'espère forte.

— Oui, c'est ce que nous avons cru comprendre durant votre petit échange. Très touchant.

Je me demande alors depuis combien de temps les ombres nous écoutent et nous observent.

— Nous avons fait une erreur, je reprends. Nous n'aurions pas dû venir : nous partons. Laissez-nous passer.

Les ombres soupirent, d'un air théâtral qui, je le sais, ne vient pas de mon père mais du personnage qu'elles se sont construit ces dernières années.

— Si c'était aussi simple…

— Que voulez-vous ?

Les mots m'ont écorché la bouche. Malgré tous mes efforts, la peur et la tristesse me submergent. Cette créature devant moi n'est plus mon père. Ce sont des ombres dans son corps, un monstre qui dirige ses gestes. Négocier avec elles me brise le cœur.

— Nous voulons que tu reviennes, me répondent les ombres, et je suis surprise de sentir une certaine urgence dans leur voix. Tout ce que nous avons fait, nous l'avons fait pour toi, pour que tu sois en sécurité. Et tu es partie. Nous voulons que tu rentres. Que tout redevienne comme avant.

— Vous savez aussi bien que moi que ce n'est pas possible. Vous n'êtes pas mon père.

— Nous avons son apparence, pourtant. Et sa petite voix dans notre tête qui nous supplie constamment de te retrouver, de te protéger… C'est très énervant, tu sais ? continue le Sorcier en faisant les cent pas devant nous. Nous avons l'habitude de dominer nos hôtes, ces pauvres fous qui nous appellent en pensant pouvoir nous contrôler. Et, en toute honnêteté, ce n'est pas la première fois qu'un humain nous donne du fil à retordre. Mais dans le cas de ton père…

Les ombres agitent un doigt vers moi, comme si j'étais une gamine fautive.

— Ça devient un peu énervant, reprennent-elles en agitant le doigt vers moi. Ton père est toujours là. Quelque part, sa conscience subsiste. Il a lâché prise sur bien des sujets – le bien, le mal, l'honneur, la moralité, la violence… Mais il y a un sujet sur lequel il refuse de baisser les bras. Toi.

Les ombres du Sorcier Noir s'arrêtent et me regardent de nouveau de haut en bas.

— Nous n'entendons que ton nom dans notre tête, à longueur de journée, comme un bruit de fond très agaçant. Au début, nous pensions que le vieil homme finirait par abandonner. Mais il ne l'a pas fait, alors nous avons décidé de te retrouver. Quand tu es là, même à contrecœur, il se calme. Nous avons enfin droit à un peu de silence.

Je suis horrifiée par ce que j'entends. C'est pire que tout ce que j'avais imaginé. Mon père n'est pas vraiment mort. Il est simplement prisonnier des ombres du Sorcier Noir, incapable de bouger ou de penser par lui-même. Sauf s'il s'agit de penser à moi. Après tout, le Sorcier a peut-être raison : tout ce que mon père a fait, il l'a fait pour moi. Essayer de ramener ma mère, invoquer la magie et tout ce qu'elle lui a permis de faire… Il l'a fait pour lui, mais aussi pour moi. Pour que j'aie une vie avec mes deux parents. Et voilà comment il est récompensé.

Ça me brise le cœur d'imaginer que mon père puisse être un tant soit peu conscient de toutes les horreurs que le Sorcier a commises avec son corps, avec ses mains et ses poings. Ça me brise le cœur de l'imaginer pensant à moi pendant toutes ces années, hanté par l'idée qu'il ait pu m'arriver quelque chose, par l'incertitude et l'inquiétude. Quand je ne cherchais qu'à fuir le Sorcier Noir, mon père ne cherchait qu'à me savoir en sécurité. Et si pour cela il devait collaborer avec le monstre qui le contrôle, alors soit.

Le Sorcier Noir continue de parler, comme si nous n'étions pas vraiment là. On dirait presque que les ombres qui le composent se fichent de savoir si nous écoutons ou comprenons. Elles parlent comme ces personnes qui sont restées seules et silencieuses depuis bien trop longtemps.

— Nous avons toujours eu l'espoir que tu rentres auprès de ton vieux père, même si tu avais bien compris qu'il n'était plus vraiment là, mais quand nous avons retrouvé cette sorcière et qu'elle nous a parlé du tatouage, il est apparu que ce n'était pas dans tes intentions.

Instinctivement, je passe la main sur mon poignet.

— Oui, ce petit tatouage était astucieux, en effet. Il t'a cachée pendant des années. Mais récemment, nous avons entendu des rumeurs. Sur un compas magique et un équipage de pirates…

Je sens Blake se tendre. Jusque-là, les ombres ne lui ont pas accordé la moindre attention, mais leurs yeux noirs sont désormais braqués sur lui. Je prends pleinement conscience du courage de Blake lorsqu'il ne détourne pas le regard. Je sais à quel point il est difficile de contempler les ténèbres qui dansent dans ces orbites.

— Un certain capitaine aux exploits déjà légendaires aurait mis la main sur un compas magique, capable de vous guider vers ce que vous voulez le plus au monde. Nous nous souvenons très bien de ce compas qui était un des joyaux de notre collection… avant que tu ne le voles.

Je reste immobile. Comment le Sorcier Noir a-t-il pu entendre parler du compas et de Blake ? Personne ne savait qu'il était en sa possession, à part ses hommes, la sorcière de l'île et… Thull. Serait-ce lui qui aurait trop parlé ? Je ne lui accorde pas assez de crédit pour penser qu'il ait livré directement des informations au Sorcier, mais les rumeurs vont vite, dans ce pays. Inconsciemment, Thull a très bien pu attirer l'attention de mon père sur lui. Sur nous.

— Nous nous sommes un peu renseignées, voyez-vous. Et imaginez notre surprise quand des membres de ce même équipage pirate ont prétendu savoir où se trouvait la personne que nous recherchons le plus au monde : notre fille !

— Je ne suis pas votre fille, marmonné-je entre mes dents serrées, incapable de me retenir.

— Nous avons compris vos intentions en un instant. Mais ne vous en voulez pas : c'était un bon plan. Nous sommes juste plus fortes que vous. Nous vous avons donc attendu. Et voilà ! Après des années de recherches infructueuses, nous te trouvons enfin, Callie. Et, n'est-ce pas ironique, tu es pile à l'endroit que tu as tenté de fuir ! Et qui plus est, en compagnie d'un pirate prêt à nous attaquer.

— Nous n'allions pas vous attaquer ! crie Blake.

— Non, juste nous voler. Que vouliez-vous, d'ailleurs ? Nous possédons beaucoup de trésors…

— Je ne veux rien de vous, répond Blake, les poings serrés. Nous voulons juste partir.

— Malheureusement, ça n'est pas possible. Si elle part, la voix reprendra ses lamentations. Elle reste.

Je vois Blake ouvrir la bouche mais je le prends de vitesse :

— Je me suis enfuie une première fois. Je le ferai de nouveau. Vous ne pouvez pas me garder ici contre ma volonté.

— Bien sûr que si, rétorquent les ombres en balayant ma phrase d'un geste de la main. Nous avons été trop faibles au début. Nous avons écouté ton père et t'avons accordé trop de liberté. Cette fois, nous t'enfermerons dans une pièce. Là, au moins, nous serons sûres que tu ne pourras pas mettre les voiles…

Ce petit jeu de mots semble les amuser et, au mouvement des épaules, je devine qu'elles rient silencieusement.

— Vous êtes un monstre, je murmure, plus pour moi que pour elles.

Les ombres m'entendent néanmoins et je crois voir leurs yeux briller dans la nuit alors qu'elles s'immobilisent.

— Oh, tais-toi, disent-elles simplement.

Les ombres font ensuite un geste dans ma direction, comme si elles me lançaient quelque chose. Je sens ma gorge se serrer, comme si on m'enroulait une corde autour du cou. Je plaque mes mains contre ma gorge mais ne sens rien. Pourtant, j'ai de plus en plus de mal à déglutir. La panique m'empêche de réfléchir et ma respiration devient erratique. Blake se tourne vers moi, dépassé par la situation.

— Qu'est-ce que vous lui faites ? hurle-t-il.

Ses mains sont sur mon visage et, malgré la situation, elles sont pleines de douceur. Mon souffle est de plus en plus irrégulier. Je ne comprends pas ce que le Sorcier fait. Ses ombres veulent me garder, pas me tuer, alors pourquoi jeter ce sort ? Puis je réalise qu'il est stupide et inutile de chercher une logique dans les actes de cette dangereuse créature.

Je me sens glisser au sol. Blake m'entoure de ses bras et me redresse, me lançant toujours des regards paniqués. Je m'appuie sur lui et tente de me ressaisir. Mais le lien invisible autour de ma gorge continue de se serrer.

— Vous allez la tuer ! Arrêtez !

— Toi, lâche-la. Ne la touche pas.

— Vous êtes complètement fou !

— Quelque part au fond de nous, son père est toujours là et il exige que nous fassions tout ce qu'il faut pour la protéger. Y compris l'arracher à cette bande de pirates qui lui ont retourné le cerveau.

— Nous n'avons rien fait de tel ! Elle est venue de son plein gré et elle fait partie de notre famille.

— Elle est NOTRE famille ! hurlent les ombres.

Si je pouvais émettre le moindre son, j'éclaterais sans doute de rire. Je ne suis pas leur famille. Je ne suis rien pour elles, et si mon père est bel et bien quelque part sous cette créature, il doit être horrifié de voir ce que son amour pousse les ombres à faire. J'ai envie de lui hurler cela, mais je parviens à peine à respirer.

— Elle reste avec nous. Mais nous ne sommes pas le monstre que vous dénoncez, reprennent les ombres, s'adressant toujours à Blake. Si tu es raisonnable et que tu jures sur ton précieux Océan de ne jamais remettre les pieds ici, tu peux t'en aller.

Une lueur d'espoir enflamme mon cœur, avant de devenir un brasier qui me donne la force de me redresser un peu. Il y a encore une chance pour que Blake s'en sorte.

Je me tourne vers lui et nos yeux se rencontrent. Ce que j'y lis ne me plaît pas du tout. Je secoue la tête avec vigueur alors que Blake me caresse la joue avant de me lâcher. Privée de son appui, je glisse de nouveau au sol et recommence à m'étouffer. Blake se place devant les ombres.

— Dommage que je ne sois pas un homme raisonnable, alors.

— J'en déduis que tu n'acceptes pas notre proposition ?

— Je ne vous laisserai pas Callie.

— Comme c'est touchant.

Ma gorge me fait souffrir le martyre. Les larmes roulent sur mes joues et j'ai toujours les mains serrées autour de mon cou, comme si cela pouvait m'aider. Mon regard commence à se voiler, signe que je manque d'air : je suis sur le point de perdre connaissance. Et je sais très bien que, quand je me réveillerai – si je me réveille –, Blake sera mort. Le Sorcier ne l'épargnera pas.

Le moment que je redoutais tant est arrivé.

Au fond de moi, j'ai toujours su que c'était une possibilité. Que ça se finirait probablement comme ça. Bien sûr, j'avais l'espoir fou que tout se passerait selon le plan et que je n'aurais pas besoin de me sacrifier. Mais dès que Blake a annoncé où se trouvait la Carte, j'ai su que je devrais peut-être m'y résoudre. Et maintenant que je suis au pied du mur, je réalise que ma décision a été prise il y a bien longtemps.

Évidemment, que je me sacrifie si cela signifie sauver Blake, *L'Avalon* et son équipage. C'est ce que je me suis promis : tout faire pour qu'ils s'en sortent. C'est pour cela que je suis ici ce soir.

Je rassemble mes dernières forces et hurle son nom dans ma tête, aussi fort que je le peux. Je concentre toute mon énergie là-dessus et, en retour, je sens l'attention des ombres du Sorcier se porter sur moi. Elles me fixent de leurs yeux sombres et glaciaux et je sais qu'elles lisent dans mes pensées. Je ne cherche pas à les en empêcher : j'en serais de toute façon incapable. Je me contente de papillonner des yeux, les laissant faire. Il ne leur faut que quelques secondes pour comprendre ce que je propose.

Un étrange sourire se dessine sur leurs lèvres et elles hochent la tête.

— Oh, petite chérie, disent-elles d'un ton étonnamment doux. Ne pleure pas, ajoutent-elles en désignant les larmes sur mes joues. Nous serons mieux ensemble.

— Arrêtez de croire qu'elle restera avec vous, grogne Blake.

— Oh, mais c'est décidé. Notre fille propose un marché : elle vient avec nous, jure de ne pas tenter de s'échapper et, en échange, nous vous laissons la vie sauve. À vous et votre misérable équipage.

Blake se tourne vers moi, le regard fou, l'épée brandie.

— Callie, qu'est-ce que tu…

Je ne peux que le fixer d'un air que j'espère tendre. Les larmes dans mes yeux gâchent sans doute l'effet mais j'espère qu'il voit tout l'amour que je lui porte. Le visage de Blake se décompose alors qu'il comprend que le Sorcier ne ment pas. Il tourne le dos aux ombres et s'agenouille pour se mettre à mon niveau.

— NON ! Callie, tu ne peux pas faire ça ! Regarde-moi, Callie…

Il prend mon visage dans ses mains, sans aucune douceur cette fois. Il colle son front au mien et me murmure quelques mots avec tellement de conviction que c'est comme s'il les avait hurlés.

— Je ne te laisserai pas faire. Je t'aime et il est hors de question que je reparte d'ici sans toi.

Mon cœur se froisse comme un vulgaire morceau de papier mais je ne peux pas faire demi-tour. C'est le seul moyen pour que Blake s'en sorte. L'autre solution est d'affronter le Sorcier mais, face aux ombres, il n'y a aucun doute : nous mourrons tous les deux. Je préfère me sacrifier pour que Blake vive, même si je devine qu'il m'en voudra à jamais d'avoir fait ce choix pour lui.

J'aimerais lui dire que je l'aime aussi, j'aimerais lui dire ces mots pour la première fois, mais, si la pression autour de ma gorge a cessé d'augmenter, je suis toujours incapable de parler. Tout ce que je parviens à faire, c'est émettre un vague grognement qui provoque un éclair de rage sur le visage de Blake.

— Par l'Océan, laissez-la parler ! crie-t-il.

À ma grande surprise, les ombres soupirent et font un geste vers moi. Je sens presque le sortilège disparaître alors que je prends une grande goulée d'air.

— Je vous laisse deux minutes, dit le Sorcier Noir avant de se figer d'une manière tout sauf naturelle.

Blake le toise un bref instant puis, brusquement, ses mains sont autour de ma taille et il m'a redressée. Sans le sort des ombres, je me sens reprendre des forces et une part de moi a envie de tenter de s'enfuir en courant. Blake semble avoir la même idée car il passe mon bras sur ses épaules et me jette un coup d'œil.

— On peut y arriver. *L'Avalon* n'est pas loin. Une fois à bord, on met les voiles et…

— Blake, nous ne ferons pas dix pas.

— On ne peut pas rester là sans rien tenter !

— Et Glenn et Colton ? Tu les laisses ici ?

Blake jure.

— Si tu peux marcher seule, je peux les porter.

— Tous les deux ?

— S'il le faut, oui !

Il semble exaspéré par mon manque de motivation. Je sais qu'il va m'en vouloir et j'ai peur de sa réaction, mais je me dégage doucement de son étreinte. Il reste immobile alors que je passe mes mains sur son visage.

— Callie, qu'est-ce que tu fais ? murmure-t-il, perdu. Ne me dis pas que tu acceptes de retourner avec lui ? Tu le hais.

— C'est mon père.

— Non, c'est le Sorcier Noir ! Ce sont des ombres ! Tu les entends parler ? !

— Oui, je les ai entendues, justement. Tout au fond, quelque part, mon père est toujours là. Il a réussi à… je ne sais pas bien comment ça s'est passé, en tout cas, il semble avoir fusionné avec les ombres. Assez pour qu'elles pensent que je suis leur famille, leur fille. C'est pour ça qu'elles veulent que je reste. Si mon père est encore un peu conscient, peut-être que je parviendrai à le ramener. Je… Je dois essayer, Blake. Je ne peux pas l'abandonner encore une fois.

Ce n'est pas la raison principale qui me pousse à accepter ce marché, mais je réalise à ma grande surprise que je pense ce que je dis. Maintenant que je sais que mon père est toujours vivant, j'ai l'espoir de pouvoir le sauver.

— Tu as accepté ce marché pour libérer ton père ?

Je suis tentée de lui dire oui. Tentée de lui faire croire que c'est l'unique raison pour laquelle je reste avec ce monstre qui a pris possession de mon père. Ça serait sans doute plus facile à accepter pour lui : que pourrait-il opposer à ça ? Si je choisis mon père plutôt que l'homme que j'aime, qui pourra me le reprocher ? Mais, justement, j'aime trop Blake pour lui mentir. Et même s'il doit vivre avec cette culpabilité, je lui dois la vérité.

— J'ai accepté ce marché pour que tu aies la vie sauve. Si on essaie de résister, il nous tuera tous les deux.

— Je prends le risque !

— Pas moi.

— Tu ne peux pas abandonner comme ça.

— Je suis désolée. Mais, Blake, je sais ce que je fais. Je vais rester ici et tu vivras.

— Je préfère mourir que de te savoir prisonnière ici, avec lui. Je préfère mourir que de vivre sans toi.

Je sens de nouveau les larmes me piquer les yeux.

— Blake, je n'ai pas le choix.

— Bien sûr que si. On peut se battre. Et partir tous les deux.

— Je t'aime.

— Je t'aime aussi mais ne dis pas ça comme si c'était un adieu.

— Je…

— Ça fait deux minutes !

Les ombres du Sorcier Noir se sont rapprochées et arborent un sourire presque joyeux qui sonne faux sur leur visage glacial. Elles commencent à lever la main, comme pour utiliser de nouveau la magie, et j'ai envie de fermer les yeux, de m'endormir et de partir loin, car de toute façon tout cela ressemble à un affreux cauchemar. Mais c'est la dernière fois que je vois Blake et je ne peux pas détourner mon regard du sien. J'essaie de mémoriser chaque détail de son visage, la lumière de ses yeux bleu clair, la courbure de ses lèvres, la douceur de sa peau juste au-dessus du nez, là où un petit pli se dessine maintenant, la chaleur de son souffle et la rugosité des poils de sa barbe naissante sous mes doigts…

Je veux graver son visage dans mon esprit et ne jamais rien en oublier.

Je le fixe de toutes mes forces et c'est pourquoi je devine ce qu'il va faire avant même qu'il n'esquisse le premier geste.

— Blake, non, je laisse échapper dans un soupir.

Il est déjà trop tard. Ses traits se sont refermés et sa main s'est resserrée sur son épée. Un cri venant du plus profond de mon être enfle en moi alors que je le regarde se tourner à la vitesse de l'éclair et attaquer le Sorcier Noir.

CHAPITRE 61
BLAKE

Pour la première fois de ma vie, je réalise qu'il y a une motivation plus grande que l'argent, la gloire ou la liberté. L'amour que je ressens pour Callie est plus fort que la peur que m'inspirent le Sorcier et ses ombres ou la possibilité de mourir.

Je n'ai pas subi tout ça et essayé tant bien que mal de refouler mes sentiments pendant des mois pour avouer que je l'aime puis devoir la quitter. Après tout ce que nous avons traversé, je ne peux même pas envisager cette idée. Je sens une rage infinie monter en moi. Contre ces ombres qui pensent qu'elles peuvent me séparer de Callie. Contre Callie qui baisse les bras et se sacrifie noblement pour moi. Mais surtout contre l'univers qui a un cruel sens de l'humour. J'ai renoncé à la Carte. Je renonce à tout : la gloire, la richesse, entrer dans la légende. Je ne veux que Callie. Et on veut me l'enlever.

Je ne cherche pas à contrôler cette rage familière qui perce dans tout mon corps. Je la laisse m'envahir, je la laisse monter et guider mes gestes. Je sais que je ne suis jamais aussi efficace que quand je suis dans cet état. Et pour affronter le Sorcier, j'en aurai besoin. J'ignore les cris de Callie et me retranche dans cette partie de mon esprit toute dévouée au combat. Je ne cherche plus à réfléchir et n'attends pas que ma vision se brouille comme elle fait habituellement quand ma rage prend le dessus.

Avec cette rapidité qui me caractérise et qu'on m'a toujours enviée, je fonds sur mon adversaire, feinte et enfonce mon épée jusqu'à la garde dans la poitrine du Sorcier Noir.

Les ombres semblent se troubler. Elles baissent les yeux vers mon arme, à peine surprises. Horrifié, je les regarde me repousser d'une main, s'emparer de l'épée de l'autre et commencer à tirer. Lentement et avec un détachement effrayant, elles retirent la lame de sa poitrine avant de la pointer sur moi. Elle est tachée de sang mais les ombres ne grimacent toujours pas.

— Pauvre fou. Tu pensais nous atteindre avec une vulgaire lame ?

Elles émettent un rire froid qui me glace, jettent mon épée au sol et, d'un geste de la main, utilisent leur magie pour me projeter contre le mur du château. Ma tête heurte la pierre et je cligne des yeux pour ne pas perdre connaissance. Je sais très bien que rester immobile, c'est signer mon arrêt de mort, alors je me redresse et m'avance de nouveau vers le Sorcier. Les ombres me regardent faire sans bouger, presque avec curiosité. Du coin de l'œil, je m'aperçois que Callie se déplace et qu'elle tente de s'approcher de notre adversaire par-derrière. Elle a sorti sa dague, celle que je lui ai donnée. En la voyant ainsi, la dague brandie devant elle, marchant avec prudence, une terreur incroyable s'empare de moi. Cette vision m'effraie bien plus que tout ce que pourrait faire le Sorcier avec sa magie maléfique. Pour le moment je le distrais, mais si les ombres se rappellent que Callie est là, si elle tente de les attaquer, elles n'auront qu'à faire un geste pour l'immobiliser et l'emmener. Et je ne pourrai rien faire.

Je hurle et cours plus vite vers le Sorcier.

D'un seul et même geste, je récupère mon épée et porte un coup à mon adversaire. Les ombres font apparaître une lame qui stoppe brusquement la mienne. Nous commençons à nous battre, et je me rends bien vite compte que les ombres sont très douées. C'est peut-être l'un des adversaires les plus forts que j'aie jamais affrontés. Nous croisons le fer pendant ce qui me semble une éternité. Mes muscles se raidissent, mes bras me font souffrir et, plusieurs fois, je dois me jeter au sol pour éviter d'être coupé en deux. Je parviens à tenir, mais pour combien de temps ? Callie tourne autour de nous et tente plusieurs fois d'intervenir, de m'aider, mais chaque fois le Sorcier Noir fait un geste de la main pour la repousser. Alors je me bats seul. Et je commence à deviner l'issue de notre affrontement.

Je suis un bon combattant, mais je suis humain. Je fatigue et ralentis alors que les ombres me semblent aussi alertes que si nous avions pris un verre au lieu d'essayer de nous entredéchirer. Je commets une première erreur qui me laisse une estafilade sanglante sur le bras. Ce n'est pas profond mais ça me déstabilise assez pour que je récolte une seconde blessure, à la jambe, et cette fois je suis déséquilibré. Callie tente encore d'intervenir et les ombres éclatent d'un rire moqueur.

— Tu t'es bien battu, misérable humain. Tu peux être distrayant, quand tu veux.

Je grimace. Les êtres magiques ont apparemment l'obsession de la distraction.

— Tu peux être fier de toi, continuent les ombres. Tu as tenu bien plus longtemps que la plupart de nos adversaires.

— Je n'ai pas encore perdu, je marmonne en feintant.

— Mais si.

D'un geste ample, les ombres me frappent de leur magie. Je glisse au sol et, brusquement, une série de coups pleuvent sur moi. Un goût métallique remplit ma bouche tandis qu'un liquide chaud coule dans mes yeux. Brusquement, les coups s'arrêtent.

Les ombres se dressent devant moi, mon épée que j'ai lâchée sous le choc dirigée droit vers ma poitrine. Comme je suis toujours au sol, elles me dominent de toute leur hauteur et leur regard froid me scrute. Si elles attendent que je les supplie, elles peuvent toujours courir. Je ne parviens pas à voir où est Callie et cela m'inquiète bien plus que ma mort imminente.

— Tu crois que nous allons te tuer ? Aussi vite ? Aussi facilement ?

Je ne suis même pas étonné que les ombres puissent lire dans mes pensées. Elles esquissent un nouveau geste, et un poids s'abat sur ma poitrine, comme si on y avait posé l'ancre de *L'Avalon*. J'ai du mal à respirer. Où est Callie, bon sang ?

— Ne t'en fais pas pour elle, susurrent les ombres à mon oreille.

Elles se décalent légèrement et, à travers la brume qui commence à obscurcir ma vision, je la distingue, figée, comme si elle avait été arrêtée en pleine charge, ce qui est probablement le cas. Son bras et tendu, la pointe de sa dague prête à transpercer le cœur d'un ennemi qu'elle n'atteindra jamais. Dans cette immobilité forcée, elle semble toutefois indemne.

— Nous avons un accord ! hurle-t-elle. Vous m'avez promis de le laisser partir !

Son ton trahit un tel désespoir que je suis atteint par un regain d'énergie. Je bouge un peu sous le poids invisible qui me maintient à terre mais ne parviens qu'à m'attirer un nouveau coup de la part du Sorcier. J'étouffe un grognement.

— S'il ne faisait pas d'histoires, répondent les ombres. Tu conviendras que tenter de nous transpercer le cœur, c'est faire des histoires.

— Laissez-le partir !

Elles se tournent vers la jeune fille alors qu'un nouveau poids semble se déposer sur moi. Je suffoque et, malgré moi, je ferme les yeux, comme si cela pouvait m'aider à supporter la douleur.

— Arrêtez, dit la voix de Callie, pleine de sanglots. Vous allez le tuer.

— Oui. Mais avant, nous allons le faire souffrir. Peut-être qu'ainsi tu comprendras que ce n'est pas la peine d'essayer de nous tenir tête.

Je rouvre les yeux et les rive à ceux de Callie. J'essaie de me préparer à ce qui m'attend. J'ai déjà été blessé. Je sais encaisser la douleur, bien plus que la plupart des hommes. Le visage de Callie est baigné de larmes qui rendent ses yeux brillants. Elle est tellement belle que je ne sais plus si j'ai le souffle coupé à cause de sa beauté ou du poids imposé par le Sorcier. J'ouvre la bouche pour lui dire que tout ira bien quand une nouvelle douleur se répand dans mon corps. Cette fois, ce ne sont pas des coups, ce ne sont pas des poids, c'est la sensation d'une lame sur ma peau. Dans ma chair. Les ombres n'ont pas bougé mais la morsure de l'acier est bien réelle. Je serre les dents de toutes mes forces, décidé à ne pas laisser échapper un son. Plus qu'une question de fierté, je ne veux pas que Callie m'entende souffrir. Je ne veux pas qu'elle soit hantée par mes cris d'agonie. Alors, malgré la douleur atroce qui me déchire, je n'émets que de vagues grognements. Mes yeux sont toujours ouverts et fixés sur Callie qui, elle, hurle à pleins poumons.

— ARRÊTEZ, ARRÊTEZ ÇA !

— Je dois t'accorder ça, capitaine : tu résistes bien à la douleur. Tentons autre chose…

Sans me laisser le moindre répit, sans attendre que je reprenne mon souffle, les ombres esquissent un nouveau geste et je sens une sensation étrange dans mes poumons. Je ne parviens plus à respirer et, avec horreur, je réalise que les ombres me noient.

— On dit qu'un capitaine doit couler avec son navire. Nous nous occuperons de ton rafiot plus tard. Commençons par voir si tu aimes toujours autant l'océan lorsqu'il remplit tes poumons.

Je commence à convulser et recrache des gerbes d'une eau noire comme la nuit. Je suis toujours immobilisé sur le dos, incapable de me tourner pour expulser correctement le liquide, alors je me noie. Je me noie dans l'eau invoquée par le Sorcier Noir, à des kilomètres de l'océan. Moi, Blake Jackson, capitaine pirate, je me noie sur la terre ferme.

Une partie de mon cerveau enregistre cette information absurde, tandis qu'une autre remarque que les cris de Callie atteignent un tel niveau sonore que sa voix se brise. Ma vision se brouille et je glisse dans l'inconscience à cause du manque d'oxygène.

D'un coup, je suis comme étrangement détaché. Tout se calme autour de moi. Je ne sens plus l'eau qui emplit mes poumons et qui continue de rejaillir de ma bouche grande ouverte dans un cri muet. Je ne sens plus la douleur de mes membres comprimés par le poids invisible. Je n'entends plus le bourdonnement du sang dans mes oreilles. Non, tout est calme. Est-ce cela, mourir ?

— Je t'en supplie...

La voix de Callie est brisée et faible, mais j'entends sa supplique plus clairement que jamais.

— Papa... arrête... S'il te plaît... je t'en supplie, ne le tue pas... Je l'aime.

Un faible sourire se dessine douloureusement sur mes lèvres. « Je l'aime. » Si ce doit être les derniers mots que j'entends, alors soit.

Mais je ne meurs pas.

Au contraire.

D'un coup l'eau qui me tuait disparaît.

Le poids qui me maintenait au sol s'évapore.

Je rouvre les yeux en prenant une grande inspiration.

Je ne suis pas mort.

J'ai mal partout et ma tête me fait atrocement souffrir, mais c'est bien la preuve que je suis toujours vivant.

Je rassemble toutes mes forces pour redresser la tête et vois que Callie est désormais libre de ses mouvements. Le Sorcier n'a pas bougé, mais il est étrangement immobile et son visage reflète un trouble que je n'arrive pas à déchiffrer. Je peux presque voir les ombres s'agiter sous ses traits.

Callie me regarde et je lis dans ses yeux qu'elle est horrifiée par mon état. Je voudrais la rassurer et lui dire que je vais bien, que je vais m'en sortir, mais j'ai promis de ne jamais lui mentir et je ne suis pas sûr que mes blessures ne me seront pas fatales.

— Blake, dis-moi que ça va, exige-t-elle de sa voix cassée.

— Callie, va-t'en... je parviens à murmurer.

— Callie...

Une autre voix a parlé en même temps que moi. Une voix qui sort de la bouche du Sorcier Noir mais qui ne ressemble en rien à celle des ombres. Une voix plus douce, un peu rauque et hésitante.

— Callie ? répète la voix.

La jeune fille se tourne lentement vers le Sorcier, un air incrédule sur le visage.

— … Papa ?

Je cligne des yeux pour chasser le sang qui y coule toujours et, quand je les rouvre, Callie est dans les bras de son père. Son père. Comment est-ce possible ?

— Papa, comment…

— Je t'ai entendue… je…

Il me semble le voir grimacer et Callie pose ses mains autour de sa tête, comme pour le forcer à rester avec elle.

— Je ne peux pas gagner contre les ombres. Contre le Sorcier qu'elles forment. Elles étaient trop fortes pour moi à l'époque, et maintenant que je suis diminué et dominé depuis des années… je ne peux rien faire.

— Mais tu me parles ! Tu as repris le dessus !

— Je ne sais pas combien de temps je parviendrai à le contenir… Tu dois… Tu dois les faire partir.

— Mais comment ?

Très lentement et au prix de douleurs lancinantes dans tout mon corps, je me mets à genoux. Je plaque ma main contre ma poitrine, encore hanté par la sensation de noyade et l'impression d'étouffer. Au moment où je relève la tête en grimaçant, le père de Callie tire un médaillon de l'encolure de son vêtement. D'un geste vif, il brise la chaîne qui le retenait autour de son cou et le tend à Callie. Je la vois le tourner entre ses doigts puis retenir son souffle alors qu'elle en sort ce qui ressemble à un morceau de papier.

— Est-ce que c'est…

— Oui. L'incantation que j'ai lue pour les faire venir. Elles la gardent sur elles depuis le début car c'est la seule chose qui pourrait les faire quitter mon corps. C'est… je crois, la seule… la seule chose qu'elles craignent.

La voix du père de Callie devient hachée. Il se plie en avant et pousse un cri, sous les yeux inquiets de Callie. Lorsqu'il se redresse, il agrippe les épaules de sa fille avec force et je la vois grimacer.

— Lis la formule, Callie. Lis-la.

— Mais… si je fais partir les ombres… que t'arrivera-t-il ?

— Tu me sauveras.

— Non. Si les ombres partent, tu ne tiendras pas le coup. Si je lis cette formule, tu vas mourir.

— Callie, tu n'as pas beaucoup de temps !

— Je refuse de te tuer !

Elle pleure de nouveau et mon cœur se serre quand j'imagine ce qu'elle doit ressentir. Retrouver son père, seulement pour s'entendre dire qu'il faut qu'elle le tue.

— Callie. Si je survis, nous serons ensemble. Et si je meurs… je serai libre. Dans tous les cas, je serai en paix.

J'ai l'impression d'être emporté par l'énergie qui circule dans mon corps, comme un instinct de survie qui arrive un peu tard. Je ne parviens pas à me défaire de ce pressentiment que quelque chose va mal tourner. J'aimerais avertir Callie, mais elle regarde toujours son père en pleurant, secouant la tête avec obstination, et je n'ai pas assez de forces pour hausser la voix.

— Ma chérie, mon bébé, dit son père en lui caressant le visage. Ma petite fille si belle, si intelligente. Si courageuse. Je suis désolé. Pour tout.

— Je ne peux pas.

— Bien sûr que si. J'ai trop souffert, j'ai commis trop d'horreurs. Il faut que ça cesse et… il n'y a… il n'y a qu'en toi que j'ai confiance. Tu peux arrêter tout ça. Tu dois arrêter tout ça.

Il ferme de nouveau les yeux et pousse un long soupir.

— Callie, je t'en supplie…

J'entends Callie gémir, puis elle se penche pour embrasser son père et le serrer contre elle. Il lui rend son étreinte avant que Callie s'éloigne un peu. D'un geste lent mais ferme, elle lève le papier devant ses yeux. Même d'ici, même dans mon état, je peux lire la détermination dans son regard. Ma Callie. Elle fera ce qu'il faut, parce qu'elle a déjà fui une fois et qu'elle ne parvient pas à vivre avec. Cette fois, elle est prête.

Sa voix rauque et cassée donne aux incantations qu'elle commence à réciter un air encore plus mystérieux. Plus sombre.

Dès les premiers mots, son père se plie en deux et hurle. Lorsqu'il se redresse, ses iris sont complètement noirs et contiennent tellement de colère que Callie bute sur les mots.

— QU'EST-CE QUE TU FAIS, MISÉRABLE HUMAINE ?

Callie continue sa lecture, presque imperturbable.

— TU PENSES QUE TU AS TROUVÉ LA SOLUTION À TOUS TES SOUCIS ! PAUVRE SOTTE, NOUS ALLONS TE DÉTRUIRE !

Mais les ombres ne bougent pas, comme si elles étaient toujours immobilisées. Soit c'est l'œuvre du père de Callie, soit c'est le sort qui commence à faire effet. Un vent violent se lève brusquement et, contre toute attente, les ombres se mettent à rire. Elles semblent avoir sombré dans la folie. Ou peut-être commencent-elles à retourner d'où elles viennent, dans les profondeurs de l'enfer. Là où elles étaient avant que le père de Callie ne les invoque… Là où est leur place.

Les ombres.

Le père de Callie.

L'invocation.

En un éclair, je comprends ce qui me dérangeait et je pousse un cri.

— Callie !

J'ai l'impression que mon cœur va éclater et j'ignore la douleur qui déchire mes poumons, mes os et tout mon corps pour me lever. Je titube vers Callie, animé par une seule idée : je dois l'arrêter. Elle ne doit pas dire toute la formule. Mais elle est tellement concentrée sur ce qu'elle fait qu'elle ne m'entend pas. En plus de ce vent étrange qui secoue les arbres autour de nous, des odeurs nauséabondes se répandent rapidement et la température chute de plusieurs degrés. Callie est toujours debout, devant son père, et elle continue de réciter sa formule, criant pour couvrir les bruits qui semblent venir de nulle part. Ses cheveux lui fouettent le visage et, alors que l'urgence me fait suffoquer, elle lève le regard vers moi. Nos yeux se croisent. Le temps semble ralentir de nouveau. Je grave son image dans mon esprit. Ses cheveux cuivrés voletant autour d'elle, ses yeux verts brillants, son air à la fois triste et déterminé, ses lèvres qui articulent ce que je devine être les derniers mots de l'incantation…

— CALLIE, NON ! NE FINIS PAS LA FOR…

Dans un craquement de fin du monde semblable à celui produit par une explosion, je suis projeté en arrière. Un éclair de lumière m'aveugle et je lève mon bras pour me protéger les yeux. Lorsque la lumière décline, je me redresse et regarde autour de moi.

Là où se tenait le Sorcier Noir, il n'y a plus qu'un cratère fumant et ce qui ressemble à des cendres qui s'éparpillent doucement au gré du vent qui a retrouvé sa force habituelle. La température est remontée, les odeurs se sont dissipées, le silence semble assourdissant, après tous nos cris… tout semble normal, et pourtant… je sens que ce n'est pas le cas.

Je regarde Callie.

Elle n'a pas bougé alors que l'explosion m'a jeté au sol à plusieurs mètres de là.

Elle n'a pas la moindre blessure.

Sa tête est baissée sur sa poitrine que je vois se soulever à un rythme régulier. Ses cheveux sont rabattus devant son visage, formant comme un rideau qui m'empêche de distinguer ses yeux et son expression.

— Callie.

Je l'appelle doucement, et il me semble la voir frémir.

Pour ce qui me paraît être la millième fois ce soir, je rassemble mes forces pour me lever et me traîner vers elle. J'ai la tête qui tourne à cause du sang que je perds, mais j'avance vers elle. La panique fait battre mon cœur plus vite. Je crois que je n'ai jamais eu aussi peur qu'aujourd'hui.

— Callie… S'il te plaît, dis quelque chose…

Je ne suis qu'à quelques pas d'elle quand elle relève brusquement la tête. Ses yeux se fichent dans les miens, m'immobilisant sur place plus sûrement que des chaînes.

Des yeux d'un noir d'encre.

À suivre

REMERCIEMENTS

J'ai du mal à réaliser que j'en suis là : à écrire les remerciements de mon premier roman. L'émotion est présente. Mais allez, j'y vais, et, contrairement à d'habitude, j'ai promis d'être claire et concise. Il y a tellement de personnes que je dois et veux remercier... toutes les citer irait à l'encontre de l'objectif de concision, alors voilà une petite sélection.

Tout d'abord, merci à ceux qui acceptent encore de lire les mots que j'écris après cette fin (qui n'est pas très sympa, je vous l'accorde). Merci à tous ceux qui ont choisi ce livre parmi tant d'autres : vous faites vivre mon rêve et, pour ça, je ne pourrai jamais assez vous remercier.

Merci à Xavier et Marianne ainsi qu'à Valentine, Marie et toute l'équipe de PKJ. Merci d'avoir cru en moi, en Blake et en Callie, et merci pour tout le travail réalisé autour de ce roman. J'ai une chance incroyable de pouvoir travailler avec vous.

Merci à tous ceux qui me suivent sur les réseaux sociaux. Ça fait cliché mais vous illuminez mes journées avec vos messages et votre soutien. Merci à tout ceux qui m'ont lue sur Wattpad : vous avez aimé Blake et Callie dans leur première version, bourrée de clichés et de fautes et, ça, je ne l'oublierai jamais. Sans vous, je n'en serai sans doute pas là, alors merci.

Merci à tous mes collègues et ami(e)s qui m'ont soutenue en s'intéressant à ce projet, qui m'ont encouragée quand je stressais et qui m'ont écoutée quand je radotais. Un merci tout particulier à Soraya qui a toujours été là pour me laisser m'épancher (aaah, nos messages vocaux nocturnes !).

Merci à toutes mes amies : Barbara, Lina, Caro, Lou, Noémie, Alice, Véronique… Vous y avez cru avant moi et vous n'avez pas cessé d'être là, chacune à votre manière.

Merci à Marion. Parce que tu as été la première à lire tout ce que j'ai pu écrire et que tu as toujours été enthousiaste, que tu as corrigé les fautes et incohérences des toutes premières versions (« Euh, pourquoi il boite ? Il s'est pris une balle dans le bras. »). Parce que tu es une personne incroyable et que j'ai beaucoup de chance de t'avoir, ma Ionion, ma sœur, ma Blorp.

Merci à mes Girls, mes Queens, mon insta-squad. Maë, Nana, Alex, Cam, vous ne m'avez jamais dit que je vous soûlais quand je parlais de mon histoire H24 et, ça, c'est une preuve d'amour incroyable. Merci pour votre soutien, votre enthousiasme et tous ces moments passés ensemble. Un merci particulier à Cam qui m'a poussée à faire le premier pas et est allée voir Xavier alors que ma timidité était sur le point de me faire tomber dans les pommes.

Merci à Jéliza-Rose, Nils, Jadzia, Noé et Sacha. Juste merci d'être là et de faire de moi une tata gaga. Vous êtes encore trop petits pour lire ce roman, mais il est pour vous. J'espère que vous serez aussi forts que Blake et Callie (mais moins têtus) (et qu'il vous arrivera moins d'horreurs !).

Enfin, merci à mes parents qui, quoi qu'il arrive, m'ont toujours soutenue. Vous m'avez nourrie de livres, de moments de bonheur, de belles expériences et de tellement d'amour (mais aussi des meilleurs pâtes carbonara au monde), et ce livre est pour vous. J'aurais pu être clerc de notaire, c'est vrai. Mais avouez que dédicacer un contrat notarial à ses parents, c'est un peu moins classe que de leur dédicacer un roman…

Ouvrage composé par
PCA, 44400 Rezé

Imprimé en France par
CPI Brodard & Taupin
en avril 2021
N° d'impression : 3042410
S31066/01

MIXTE
Papier issu de
sources responsables
FSC® C003309

L'éditeur de cet ouvrage s'engage dans une démarche
de certification FSC® qui contribue à la préservation
des forêts pour les générations futures.

Pour en savoir plus :
www.editis.com/engagement-rse/

www.pocketjeunesse.fr
POCKET JEUNESSE

92, avenue de France – 75013 Paris